Marianne Werner

Der stumme Novize

Marianne Werner

Der stumme Novize

mit
Amy Craig

Kriminalroman

Bibliografische Informationen der Deutschen Nationalbibliothek
Die Deutsche Nationalbibliothek verzeichnet diese Publikation in der
Deutschen Nationalbibliografie, detaillierte bibliografische Daten sind im
Internet über http://dnb.dnb.de abrufbar.

1. Auflage Januar 2016
© 2016 Ulrike Beckmann
Lektorat und Korrektorat: Katharina Raub, Berlin
Umschlagentwurf und Zeichnung: Ulrike Beckmann
Umschlaggestaltung: Druckerei Dällenbach, CH-Buchberg

Herstellung und Verlag:
BoD – Books on Demand, Norderstedt

ISBN: 978-3-7392-1369-9

Für meine Eltern

Liebe Ele,
liebe Anna, Anni, Barbara und Gitti,
Ihr habt mich begleitet, motiviert und an mich geglaubt.

Ich danke Euch dafür.

1

Amy fuhr mit ihrem Auto durch das große, schwere Holztor, das mit alten schmiedeeisernen Beschlägen besetzt war. Das Tor war der einzige Durchgang in der Klostermauer, durch den man mit einem Fahrzeug zum Kloster und somit zum Hotel gelangen konnte. Die Mauer umringte das imposante Klostergebäude vollständig, das auf einem Hügel oberhalb des kleinen Dorfes St. Florian lag. Das Kloster St. Florian hatte dem später entstandenen Ort seinen Namen gegeben.

Amy hatte die große Anlage, die förmlich auf dem Hügel thronte, schon von Weitem gesehen. Sie wusste so gut wie nichts von diesem Ort, der in einem kleinen unbedeutenden Tal lag und einem das Gefühl vermittelte, nahezu am Ende der Welt zu sein. Dabei war er nur eine Autostunde von München entfernt.

Das ehemalige Kloster war heute ein renommiertes Hotel mit fünf Sternen. Dass sie als Kriminalhauptkommissarin am Abend an diesen Ort gerufen wurde, konnte nichts Gutes bedeuten. Und so war es auch.

Sie stellte ihren Wagen auf dem Parkplatz vor dem Hoteleingang ab, stieg aus und ging auf die große gläserne Flügeltür zu, auf der in großen goldenen Buchstaben **Hotel Kloster St. Florian** und **Familienbetrieb Tiegelmeier seit 1949** zu lesen war. Unter dem letzten Schriftzug leuchteten fünf goldene Sterne. Das Gebäude und die Klostermauer waren weiß gestrichen, ebenso wie die Rahmen der großen in klarer und präziser Ordnung angelegten Sprossenfenster. Die Fenster gaben der gewaltigen, sich auf drei Etagen auftürmenden Fassade eine gewisse Leichtigkeit. Das grobe Kopfsteinpflaster aus Natursteinen zwischen der

Klostermauer und dem Gebäude war vermutlich so alt wie die gesamte Anlage. Abgesehen von den kleinen Grasbüscheln und anderem Unkraut, das wie überall unverwüstlich zwischen den Pflastersteinen wuchs, war ein großer Strauch, der links vom Holztor an der Klostermauer emporrankte, die einzige Grünpflanze, die zu sehen war.

Ein Page öffnete Amy die Flügeltür, hieß sie im Hotel Kloster St. Florian herzlich willkommen und wünschte ihr einen angenehmen Aufenthalt. Er fragte sie höflich, ob er sich um ihr Gepäck kümmern dürfe, was Amy ebenso freundlich für den Moment verneinte. Sie bedankte sich und betrat den Eingangsbereich des Hotels. Es war eine Art vorgelagertes Entree, nicht besonders groß, mit drei kleineren Tischen, an denen jeweils zwei Stühle standen, und einer kleinen Rezeption, die nicht besetzt war. Die Wände aus Natursteinen, der Boden aus Sandsteinplatten, die alten edlen Möbel und das dezente Licht vermittelten dem Gast bereits hier ein Gefühl von Harmonie und Wohnlichkeit. Allerdings kam auch die Gediegenheit des 5-Sterne-Standards bereits hier klar zum Ausdruck. Amy vermutete, dass dieser Bereich für wartende, ankommende oder abreisende Gäste vorgesehen war.

Auf einem schlichten roten Läufer, den nur an den seitlichen Rändern ein dezentes eingewebtes Muster säumte, ging sie weiter durch einen breiten Gang, der laut einem im Entree befindlichen Wegweiser zur eigentlichen Rezeption führte. Der Läufer bedeckte den Sandsteinplattenboden, der sich fortsetzte, und die Wände waren mit Halbsäulen besetzt, die ein Kreuzgewölbe trugen.

Amy war bereits jetzt von diesem Gebäude fasziniert und hätte es stundenlang erkunden können, wenn sie nicht wegen eines Verbrechens gerufen worden wäre. Am Ende des Gangs tat sich vor ihr eine beeindruckende großräumige Eingangshalle auf, in der sich die eigentliche Rezeption befand. Hier wurden die Halbsäulen von freistehenden Säulen abgelöst, die wiederum das sich fortsetzende Kreuzgewölbe trugen. Die Säulen übernahmen in der großen Halle geschickt die Funktion von Raumteilern. An der übrigen Decke rechts und links des Kreuzgewölbes waren mächtige tragende Holzbalken in einem Abstand von etwa einem Meter angebracht. Zwischen den Balken war die Decke mit dunklem Holz vertäfelt. Die Bodenplatten unterhalb des Kreuzgewölbes waren wie im Entree und im Gang aus hellem Sandstein. Den dunklen Parkettboden, der im Rest des Raumes verlegt war, zierten gemusterte Teppiche und Läufer, die in dem Rot des Läufers im Gang gehalten waren. Die Fenster ließen trotz ihrer Größe nicht genügend Licht in diesen weitläufigen Eingangsbereich. Stilsicher eingesetzte und in der Deckenvertäfelung versenkte Strahler und eine Unmenge an brennenden Kerzen glichen dies aus. Das fehlende Tageslicht empfand Amy nicht als störend. Im Gegenteil, die Strahler und die Kerzen gaben dem Raum ein warmes, angenehmes Licht. Es war ruhig in der Eingangshalle. An der Rezeption sah Amy einen Angestellten, der damit beschäftigt war, Papiere zu sortieren.

An die rechte Säulenreihe schloss sich ein Café mit einer Bar an. Kleine runde und eckige Tische mit gepolsterten Stühlen, Clubsesseln und Sitzbänken boten Platz für etwa einhundert Personen. Die Bar war zu diesem Zeitpunkt nahezu leer, und der Kellner vertrieb sich die Zeit damit, Gläser zu polieren. Weitere Sitzmöglichkeiten für die Gäste befanden sich links von der Säulenreihe in Form von Sitzgruppen aus Polstersesseln und Couchs. Von diesem Aufenthaltsbereich führten links von Amy drei Türen in separate Räume.

In einer der Polstergruppen saß eine junge bleiche Frau, die auf Amy einen verstörten Eindruck machte. Vermutlich war es die Mitarbeiterin des Hotels, die den Toten gefunden hatte. Dies war aus der Meldung des Beamten der hiesigen Polizeistation hervorgegangen. Zwei Sitzgruppen weiter sah Amy drei Männer, die sich leise unterhielten.

Vor der ersten Tür links von Amy stand ein uniformierter Polizeibeamter. Somit erübrigte sich ihr Weg quer durch die

Halle zur Rezeption und sie ging direkt auf ihn zu. Sie vermutete, dass es sich um den Kollegen der hiesigen Ortspolizei namens Hannes Gruber handelte, der ihre Dienststelle über den Vorfall informiert hatte.

„Guten Abend. Herr Gruber, nehme ich an", begrüßte Amy ihn.

„Jawohl, der bin ich, guten Abend", antwortete er und bevor er fragen konnte, stellte Amy sich ihm vor.

„Amy Craig, Kriminalhauptkommissarin aus München, es freut mich, Sie kennenzulernen, Herr Gruber."

„Ganz meinerseits." Hannes Gruber musterte Amy noch immer etwas überrascht. Nicht, dass Amy einem Paradiesvogel glich oder sich sonst durch irgendwelche auffälligen Accessoires in Szene setzte. Es war wohl vielmehr ihre geringe Körpergröße von einem Meter fünfzig, die noch dazu durch ihre sehr zierliche Figur gefühlt um mindestens zwei Zentimeter verringert wurde. Sie hatte ihr dichtes langes schwarzes Haar zu einem Zopf zusammengebunden und hochgesteckt. Man musste Hannes Gruber zugutehalten, dass er mit seinen ein Meter und neunzig auf Amy hinuntersehen musste. Ein weiterer Umstand, der ihrer Körpergröße nicht zuträglich war. Hannes Gruber besaß eine füllige Statur und hatte graumeliertes kurzes und von Natur aus lockiges Haar. Er sah stets etwas unordentlich um seinen Kopf herum aus und das ständige Auf- und Absetzen der Polizeimütze wirbelte seine Locken zusätzlich durcheinander.

Amy kam direkt zur Sache.

„Wo ist die Leiche?", fragte sie ihn. Der Ortspolizist öffnete die Tür, die sich in seinem Rücken befand.

„Hier drin, der Chef des Hotels, Gustav Tiegelmeier", antwortete er kurz und knapp, ließ Amy vorbei und schloss die Tür wieder, als Amy den Raum betreten hatte.

Ein überdimensionaler Kristalllüster schwebte bedrohlich über dem Toten, der in der Mitte des Raumes auf dem Boden lag. Nicht, dass der Kronleuchter dem Toten noch etwas hätte anhaben können. Allerdings wären alle Tatortspuren zunichte gemacht, würde er von der Decke stürzen.

Amy trat neben den Toten. Er lag auf dem Rücken und war übel zugerichtet. Das Gesicht war von Schlägen gezeichnet. Am Hals konnte Amy Strangulationsmale erkennen, die vermutlich von einem Seil oder einer Schnur herrührten. Seine Bekleidung war augenscheinlich nicht sein tägliches Outfit. Er trug eine schwarze Mönchskutte, die bis an seine Fußknöchel reichte. Sie war in der Taille mit einem schwarzen Ledergürtel zusammengerafft. An den bloßen Füßen trug er Sandalen, Mönchssandalen, um genau zu sein. Im Brustbereich drang von innen Blut durch die Kutte, was auf weitere Verletzungen hinwies. Die Arme lagen ausgestreckt rechts und links neben dem Körper. Er hatte die Augen geschlossen und der Gesichtsausdruck war entspannt. Im direkten Umkreis des Toten konnte Amy keine Blutspuren sehen. Sie sah sich in dem Zimmer um. Alles schien an seinem Platz zu sein und Spuren eines Kampfes waren nicht vorhanden. Auf den ersten Blick konnte sie nirgends die Kleidung entdecken, die der Tote vermutlich vor der Tat getragen hatte.

Gustav Tiegelmeier war vor wenigen Tagen sechsundsechzig Jahre alt geworden und war neben der Tatsache, dass er Chef des Hotels war, auch dessen Besitzer. Er kam am 19. Juni 2015 in seinem Büro gewaltsam zu Tode. Die Tat geschah am frühen Abend. Eine Angestellte fand den Toten um neunzehn Uhr fünfundvierzig.

Amy war von den aus München angeforderten Beamten als Erste am Tatort. Sie sah sich genauer in dem Büro um, während sie auf die Gerichtsmedizinerin und die Spurensicherung wartete. Der Raum war dunkel und hatte etwas Bedrückendes. Bücherregale aus dunklem Eichenholz, die bis unter die Decke reichten, befanden sich an allen vier Wänden. An der Wand, die zur Außenfassade des Klosters gehörte, waren die Bücherregale elegant um zwei Fenster herum angebracht. Hinter dem Schreibtisch befand sich eine Lücke von etwa drei Metern zwischen den Regalen. Schwere Eichenmöbel und Ledersessel, die auf einem ebenfalls dunklen Boden aus breiten Eichendielen standen, ließen in diesem Raum kaum Platz für viel Bewegung, geschweige denn eine freundliche Atmosphäre. Amy entdeckte kein persönliches Utensil wie zum Beispiel Familienfotos oder irgendwelche Erinnerungsstücke. Sie sah sich die riesigen Bücherregale genauer an, die bis auf wenige Lücken mit Büchern gefüllt waren. Den Einbänden nach zu urteilen waren viele ältere Exemplare darunter. Gerne hätte Amy den Toten gefragt, ob er alle diese Bücher gelesen hatte, zu spät. Der Schreibtisch war in dem Büro so positioniert, dass jeder Eintretende direkt auf ihn zuging. In dem Bereich zwischen Eingangstür und Schreibtisch lag der Tote, die Füße zeigten zur Tür. Hinter dem Kopf des Toten stand ein großes Kruzifix, das an den Schreibtisch gelehnt war. Es war zu vermuten, dass es dort nicht hingehörte. Amy blickte auf die Wand hinter dem Schreibtisch. Das Kruzifix musste dort zwischen den Regalen seinen eigentlichen Platz gehabt haben, sofern der Täter es nicht mitgebracht hatte. Dies war allerdings aufgrund der Größe und des Gewichts eher unwahrscheinlich. Sie ging näher an die Wand heran und entdeckte einen wuchtigen leeren Haken. Hier musste das Kruzifix gehangen haben.

Es klopfte an der Tür, die sich im gleichen Moment langsam öffnete, und der Ortspolizist kam herein.

„Entschuldigen Sie, Frau Craig, brauchen Sie mich noch?"

„Ja, ich würde gerne nachher noch mit Ihnen reden, wenn Sie Zeit haben. Ich denke, meine Kolleginnen und Kollegen aus München werden jeden Moment eintreffen, um die Spuren aufzunehmen. Das würde ich gerne noch abwarten."

„Dann warte ich in der Eingangshalle auf Sie", antwortete er und ein erstes vorsichtiges Lächeln huschte über sein Gesicht.

„Wenn Sie hinausgehen, Herr Gruber, sagen Sie bitte der jungen Frau, die den Toten gefunden hat und den übrigen möglichen Zeugen, dass ich gleich noch zu ihnen komme, danke."

„Wird gemacht", sagte er und verschwand wieder.

Nur wenige Minuten später trafen die Spurensicherung und die Gerichtsmedizinerin ein. Nach einer knappen, aber herzlichen Begrüßung nahmen sie ihre Arbeit auf. Amy interessierte sich besonders für die erste Einschätzung der Pathologin. Sie arbeiteten bereits seit einigen Jahren zusammen und Amy hatte sich immer auf ihre ersten Einschätzungen und ihre später folgenden detaillierten Berichte verlassen können. Mit ihren knapp zwanzig Dienstjahren gab es kaum noch etwas, was die Pathologin Lea Vogler noch nicht gesehen hatte, und zur Freude ihrer Kolleginnen und Kollegen blieb sie in jeder Situation die Ruhe selbst.

„Das meiste wirst du selber schon erkannt haben, Amy", bemerkte die Pathologin. „Dich interessiert natürlich wie immer der Zeitpunkt des Todes." Sie blickte zu Amy auf, die ihre Vermutung mit einem ausgeprägten Nicken bestätigte. Nach der ersten Ansicht der Leiche drehte Lea Vogler den Toten auf die Seite. An dessen Hinterkopf zeigte sich eine blutende Wunde und auch am Rücken waren an der Kutte von innen her Blutspuren durchgedrungen.

„Kein schöner Tod, den der Herr erleiden musste, er musste einiges über sich ergehen lassen. Also hier meine erste Einschätzung. Der Tod ist vermutlich durch die Strangulation herbeigeführt worden. Die Wunde am Hinterkopf ist auf den ersten Blick nicht tief genug, als dass sie als Todesursache infrage käme. Alle übrigen Verletzungen, den Schlag auf den Kopf eingeschlossen, scheinen ihm vor der Strangulation beigebracht worden zu sein. Wichtig ist vielleicht noch, dass ich bisher noch keine Abwehrverletzungen erkennen konnte. Was die Ursache für die Blutspuren an der Kutte im Brust- und Rückenbereich angeht, dazu kann ich dir erst später etwas Genaueres sagen. Der Tote ist nach Eintritt des Todes nicht mehr bewegt worden, somit ist der Fundort auch der Tatort. Der Todeszeitpunkt dürfte zwischen halb sieben und halb acht liegen."

„Vielen Dank, Lea, das ist schon mehr, als ich erwartet hatte."

„Frau Craig, wenn Sie bitte einmal schauen wollen", rief ein Kollege aus dem hinteren Teil des Raumes.

„Schick mir deinen Bericht bitte per Mail. Ich werde heute Nacht hier im Hotel bleiben", bat Amy die Gerichtsmedizinerin und wandte sich dem Kollegen zu.

Dieser hatte eine Geheimtür entdeckt, die in einer der Regalwände versteckt war. Durch diese Tür gelangte man in einen angrenzenden fensterlosen Raum von etwa zwölf Quadratmetern Größe. Die Wände waren vollständig mit Holz vertäfelt, die Decke weiß gestrichen und der Boden war aus den gleichen Sandsteinplatten wie im Entree und im Gang. Ein kleiner einfacher Tisch mit einem Holzstuhl, ein unansehnlicher eintüriger Schrank und zwei kleine leere Bücherregale waren die gesamte Ausstattung. Im Vergleich zu den übrigen Möbeln, die Amy bereits gesehen hatte, sahen diese billig aus. In einer Ecke des Raumes lagen Kleidungsstücke auf dem Boden, auf denen Blutspuren zu erkennen waren. Vermutlich waren es die Kleider des Toten, die er vor der Tat getragen hatte. Amy öffnete den eintürigen Schrank. Bis auf zwei leere Kleiderbügel, die an einer Kleiderstange hingen, befand sich nichts darin. Sie ging die Wände entlang und klopfte die Vertäfelung ab. Sie konnte jedoch nichts Auffälliges entdecken. Noch eine Geheimtür zu finden, wäre doch etwas gewesen.

„Bitte sehen Sie sich die Wände noch einmal genau an. Vielleicht ist auch in diesem Raum ein Geheimzugang versteckt", bat sie die Kollegen. „Und die Kleidung geht mit ins Labor." Sie ging zurück in das Büro des Toten.

„Wir haben in dem versteckten Raum Kleider mit Blutspuren gefunden. Es werden wohl die sein, die der Tote vorher getragen hat", informierte Amy die

Gerichtsmedizinerin. „Sie gehen direkt mit ins Labor. Hast du noch etwas entdeckt?"

„Nein, tut mir leid, Amy, du wirst auf den Bericht warten müssen. Ich fange sofort an, sobald ich wieder in München bin", versprach die Pathologin. Sie hatte ihre Arbeit am Tatort abgeschlossen und gab den Kollegen ein Zeichen, dass sie die Leiche mitnehmen konnten. Danach verließ sie das Büro.

Amy stand den Kollegen der Spurensicherung mehr im Weg, als dass sie nützlich war, und beschloss daher, sich das Büro später in Ruhe anzusehen, wenn es wieder frei war. Sie ging vor die Tür und ließ ihre Augen durch die große Halle schweifen auf der Suche nach Hannes Gruber. Er stand neben einer der Säulen.

„Herr Gruber", rief Amy mit gedämpfter Stimme. Er hatte sie gehört und kam zu ihr.

„Herr Gruber, sagen Sie mir bitte, wer die Zeugen sind, die auf mich warten."

„Die junge Frau ist Sandra Huber. Sie arbeitet als Serviceangestellte im Restaurant und hat die Leiche gefunden, wie ich Ihrem Kollegen in München bereits am Telefon sagte. Der Herr in dem dunklen Anzug dort drüben ist Hubertus Tiegelmeier, der Juniorchef des Hotels und Sohn des Toten. Die zwei anderen Herren, die bei ihm sitzen, sind von auswärts. Sie hatten eine Besprechung im Büro des Juniorchefs, als Sandra Huber den Toten fand. Das Büro des Juniorchefs liegt hinter der Rezeption, bis dorthin konnten sie ihre Schreie hören."

„Während ich die Gespräche führe, wäre ich Ihnen dankbar, wenn Sie mit dem Rezeptionisten und dem Angestellten hinter der Bar reden würden. Fragen Sie, ob jemand von ihnen etwas gesehen oder gehört hat, vor allem zwischen halb sieben und halb acht Uhr. Wenn Sie dann noch Zeit haben, treffen wir uns in der Bar, einverstanden?"

„Selbstverständlich, gerne, Frau Craig."

„Guten Abend Frau Huber, mein Name ist Amy Craig, Kriminalhauptkommissarin aus München", sprach Amy die junge Frau mit ruhiger Stimme an. Sandra Huber blickte auf und erwiderte den Gruß. Sie war eine zierliche junge Frau, etwa Anfang zwanzig mit schulterlangen blonden Haaren. Sie war bleich und ihre blaugrauen Augen waren verweint und sahen leer aus. Der Schreck steckte ihr noch in den Gliedern und nervös nestelten ihre Finger an dem Saum der schwarzen Strickjacke herum, die sie trug.

„Meinen Sie, Sie können mir einige Fragen beantworten?", fragte Amy. Die junge Frau nickte und kämpfte mit den Tränen.

„Wann haben Sie heute Ihren Dienst begonnen?"

„Um viertel vor drei bin ich gekommen und mein Dienst beginnt um drei, also um fünfzehn Uhr."

„Was ist danach passiert?"

Ihr Gespräch wurde unterbrochen, als die Bürotür aufging und die Beamten die Leiche abtransportierten. Die junge Frau brach erneut in Tränen aus, und die drei Männer erhoben sich von ihren Plätzen. Es dauerte einige Minuten, bis sich Sandra Huber wieder beruhigt hatte und auf die Frage von Amy antworten konnte.

„Zuerst war alles wie immer. Ich habe bei den Vorbereitungen für das Abendessen geholfen und bin dann in die Küche gegangen. Ich hatte heute Chefdienst."

„Was heißt Chefdienst?"

„Der Seniorchef kam jeden Tag außer sonntags gegen sechzehn Uhr in sein Büro, um zu arbeiten. Pünktlich um halb sieben muss der Chefdienst ihm das Abendessen servieren und pünktlich um viertel vor acht das Geschirr wieder abräumen. Heute war ich an der Reihe. Herr Tiegelmeier hasste Unpünktlichkeit und niemand hätte es gewagt, diese Zeiten nicht einzuhalten. Genau um Viertel vor acht klopfte ich an seine Bürotür, um das Tablett vom Abendessen zu holen. Er gab keine Antwort. Danach habe ich noch zwei weitere Male und etwas lauter geklopft. Als ich wieder nichts gehört habe, öffnete ich ganz vorsichtig die Tür. Zuerst habe ich nur das große Kreuz vor dem Schreibtisch gesehen und dann sah ich Herrn Tiegelmeier auf dem Boden liegen. Es war Blut in seinem Gesicht und er war so eigenartig gekleidet. Dann weiß ich nur noch, dass ich laut geschrien habe", sie begann erneut zu weinen und konnte nicht weitersprechen. Nach einer Weile hatte sie sich beruhigt und fuhr fort: „Benno kam zu mir und dann auch gleich der Juniorchef mit den zwei Herren. Sie fragten, was passiert sei, und ich konnte nur mit dem Finger auf die Tür zeigen. Der Juniorchef und die zwei Herren sind dann in das Büro gegangen. Benno ist bei mir geblieben, hat mich in den Arm genommen und versucht, mich zu beruhigen. Danach hat er mich zu diesem Sessel geführt. Seitdem sitze ich hier."

„Ist Ihnen irgendetwas Außergewöhnliches aufgefallen, als Sie das Essen serviert haben? Oder war der Seniorchef anders als sonst?"

„Es war alles wie immer. Als ich das Essen bringen wollte, habe ich geklopft und er hat „Herein!" gerufen. Ich habe das Tablett auf den Tisch bei den Ledersesseln gestellt und bin wieder gegangen. Er hat nie etwas gesagt, keinen Gruß und auch nicht danke."

„Saß Herr Tiegelmeier hinter seinem Schreibtisch, als Sie das Essen gebracht haben?"

„Ja, er saß hinter dem Schreibtisch und blätterte in einem Aktenordner, den er vor sich liegen hatte."

„War er allein in seinem Büro?"

„Ich habe niemand anderen gesehen."

„Und im Büro selbst war dort etwas anders als sonst?", hakte Amy weiter nach.

„Mir ist nichts aufgefallen. Das Kreuz hing noch an der Wand hinter dem Schreibtisch, als ich das Essen gebracht habe. Das weiß ich genau."

„Noch eine letzte Frage, dann lasse ich Sie für heute in Ruhe. Ist Ihnen in der Eingangshalle etwas aufgefallen, als Sie die beiden Male zum Büro gegangen sind?"

Die junge Frau überlegte einen Moment.

„Nein, ich habe niemanden gesehen, außer Benno und Sepp. Wir haben im Moment nicht so viele Gäste. Um viertel vor acht sind die meisten von ihnen bereits im Restaurant."
„Wer ist Sepp?"
„Das ist unser Oberkellner an der Bar, der Sepp Obermeier. Er fängt um sechzehn Uhr seinen Spätdienst an", erklärte die junge Frau.
„Und wer ist Benno?"
„Benno ist an der Rezeption, er heißt Tischler mit Nachnamen und macht fast nur die Nachtschicht."
„Vielen Dank, Frau Huber, Sie haben mir sehr geholfen. Eventuell komme ich morgen oder in den nächsten Tagen noch einmal auf Sie zu. Bitte sagen Sie im Moment noch niemandem etwas darüber, wie Sie Herrn Tiegelmeier aufgefunden haben. Gibt es jemanden, der Sie nach Hause begleiten kann?"
„Eine Kollegin von mir hat gleich Dienstschluss. Sie nimmt mich mit und bleibt heute bei mir. Ich werde nichts davon erzählen, Frau Craig", versprach sie. Amy verabschiedete sich und wandte sich den Herren zu.
„Guten Abend meine Herren, Amy Craig ist mein Name und ich bin von der Kriminalpolizei München." Sie gab Herrn Tiegelmeier Junior die Hand und kondolierte ihm.
„Vielen Dank, Frau Craig." Er war aufgestanden und stellte Amy die anderen zwei Herren vor: „Das sind Herr Gerber und Herr Brandel, Hoteliers aus den benachbarten Gemeinden. Wir hatten eine Besprechung, als ...", ihm stockte der Atem. Einige Augenblicke später fuhr er fort: „... als wir die Schreie von Frau Huber hörten."
„Setzen Sie sich doch bitte wieder, Herr Tiegelmeier. Ich würde Ihnen gerne ein paar Fragen stellen, wenn das möglich ist. Ist es Ihnen recht, wenn Ihre Geschäftspartner bei dem Gespräch anwesend sind?"
„Ja das ist kein Problem, fragen Sie bitte."
„Wann haben Sie Ihren Vater das letzte Mal lebend gesehen?"

„Es war heute vor dem Mittag, kurz bevor er nach Hause fuhr. Den frühen Nachmittag hat mein Vater immer in dem Haus meiner Eltern unten im Dorf verbracht. Gegen sechzehn Uhr kam er dann zurück und arbeitete oft bis spät abends in seinem Büro."

„Das hat er jeden Tag so gemacht, auch am Wochenende?" Amy wollte sich von ihm die Aussage der jungen Frau bestätigen lassen.

„Bis auf den Sonntag hat er es jeden Tag so gemacht. Außer er wäre verreist gewesen, natürlich", präzisierte er seine Angaben.

„Ist Ihnen heute oder in den letzten Tagen irgendetwas aufgefallen? War Ihr Vater anders als sonst?"

„Nein, das kann ich nicht sagen. Er war wie immer, eher ruhiger."

„Gab es einen Grund dafür, dass er ruhiger war?"

„Das Hotel ist zurzeit nicht voll ausgelastet. Der Juni ist immer ein ruhiger Monat, auch für uns."

„Ist Ihnen im Hotel etwas merkwürdig erschienen? Sind Ihnen Personen aufgefallen, die Sie nicht kennen?"

„Unser Personal ist sehr aufmerksam, Frau Craig. Fremde Personen werden direkt angesprochen. In der Regel sind es anreisende Gäste. Mir ist nicht berichtet worden, dass etwas vorgefallen wäre."

„Wie lange steht Ihr Personal täglich vor dem Hoteleingang?"

„Die Pagen stehen von acht Uhr am Morgen bis um acht Uhr am Abend dort."

„Gab es Probleme mit jemandem vom Personal in der letzten Zeit?"

„Nein, abgesehen von kleineren Disputen, die es immer wieder gibt, war es ruhig."

„Vielen Dank, das ist für heute schon alles. Ich möchte Sie bitten, nichts über die Auffindsituation Ihres Vaters nach außen dringen zu lassen, bitte auch nicht zu den Angestellten. Das gilt auch für Sie, Herr Brandel und Herr Gerber. Danke. Herr Tiegelmeier, mit Ihnen würde ich morgen gerne noch einmal sprechen. Ich werde hier im Hotel bleiben und wenn es Ihnen recht ist, im Laufe des Tages an der Rezeption nach Ihnen fragen." Damit beendete Amy das Gespräch und verließ die Herren nach einem zustimmenden Nicken von Hubertus Tiegelmeier.

Amy trat hinaus vor das Hotel und suchte in der bereits hereingebrochenen Dunkelheit ihr Auto. Es war eine klare Nacht und die frische Luft tat ihr gut. Sie holte ihre kleine Reisetasche, die sie immer mit den notwendigen Übernachtungsutensilien und einigen Kleidungsstücken bei sich hatte, und ihre Aktentasche mit ihrem Laptop. Da das Hotel nicht ausgebucht war, sollte es kein Problem sein, noch ein Zimmer zu bekommen. Es war schon spät und machte keinen Sinn, dass sie noch nach München zurückfuhr. Sie blieb noch einen Moment vor dem Hotel stehen. Die Sterne und der abnehmende Halbmond wirkten beruhigend und entspannend auf sie.

Wieder in der Eingangshalle ging sie zur Rezeption. Der Nachtportier begrüßte sie mit „Frau Kriminalhauptkommissarin". Das musste er von Hannes Gruber gehört haben.

„Guten Abend Herr Tischler", erwiderte Amy, und noch bevor sie weiterreden konnte, bot Benno Tischler an, jederzeit für Fragen zur Verfügung zu stehen, und versicherte, in den nächsten Tagen besonders aufmerksam zu sein. Als Amy wieder zu Wort kam, bedankte sie sich, bat um ein Zimmer, checkte ein und bekam ihren Zimmerschlüssel.

„Es ist ein besonders schönes Zimmer", flüsterte der Portier ihr zu und wünschte ihr eine angenehme Nachtruhe.

Amy setzte sich in der Bar an einen der kleinen, runden Tische. Von Hannes Gruber war noch nichts zu sehen, aber er würde sicher bald auftauchen. Unterdessen kam der Oberkellner, stellte sich mit Sepp Obermeier vor und nahm Amys Bestellung entgegen. Sie brauchte als Erstes unbedingt einen starken Kaffee.

Auf ihrem Laptop waren noch keine Berichte der Spurensicherung und der Gerichtsmedizin eingegangen. Ein Blick auf die Uhr sagte ihr, dass sie wieder einmal zu ungeduldig war. In diesem Moment kam Hannes Gruber an ihren Tisch und setzte sich, nachdem Amy ihn dazu aufgefordert hatte.

„Sie sehen richtig munter aus, Herr Gruber. Noch keine Spur von Müdigkeit?"

„Bis jetzt geht es noch. Wahrscheinlich ist es das Adrenalin. Es ist mein erster Mordfall hier in St. Florian."

„Was hat Ihre Befragung von Sepp Obermeier und Benno Tischler ergeben?"

„Nichts. Nach ihren Aussagen war alles wie immer. Der Seniorchef verhielt sich nicht anders als sonst. In der Eingangshalle war es ruhig und nur wenige Gäste waren unterwegs. Es hat niemand nach dem Seniorchef gefragt und dem Portier ist nicht aufgefallen, dass jemand das Büro betreten hat außer Sandra Huber. Fremde Personen haben sie in der Eingangshalle auch keine gesehen. Da muss man sich fast fragen, ob der Mörder unsichtbar war", scherzte der Ortspolizist am Ende seiner Ausführungen.

„Die Befragung von Frau Huber und den drei Herren hat ebenfalls nichts ergeben. Sicher ist jedoch, dass jemand, und ich gehe mal davon aus, dass es kein Geist war, in das Büro des Seniorchefs gelangt ist und den Mord begangen hat. Aber bevor wir weiterreden, Herr Gruber, würde ich Ihnen gerne das Du anbieten, wenn Sie damit einverstanden sind. Nach meiner Erfahrung erleichtert es die Zusammenarbeit und die Kommunikation", schlug Amy ihm ohne Umschweife vor und sah in das Gesicht eines etwas verdutzten Ortspolizisten.

„Danke, gerne, Frau Craig, ich meine Amy", sagte er und fühlte sich ein wenig geehrt.

„Hannes, wie lange bist du schon Ortspolizist hier in St. Florian?"

„Jetzt am ersten Juli werden es fünfzehn Jahre", antwortete er stolz.

21

„Das ist eine lange Zeit und gut für mich. Dann kannst du mir bestimmt einiges über die Familie Tiegelmeier erzählen, nehme ich an."

„Das kann ich. Ich bin sogar in St. Florian geboren. Bis ich mit achtzehn Jahren zur Polizeischule gegangen bin, habe ich im Dorf gewohnt. Zurückgekommen bin ich vor fünfzehn Jahren, als ich die Stelle des Dorfpolizisten übernommen habe. Was möchtest du wissen?"

„Du kannst gerne etwas weiter ausholen. Umso besser kann ich mir ein Bild von dem Toten, seiner Familie und seinem Leben machen."

Hannes überlegte einen Moment und begann zu erzählen: „Ich kannte bereits die Eltern des Toten. Sie waren ein liebenswürdiges und bescheidenes Ehepaar und führten das Hotel mit Hingabe und Herzblut. Das Personal schätzte besonders ihre Herzlichkeit und Offenheit und das Vertrauen, was sie ihnen entgegenbrachten. Dieses gute Arbeitsklima spürten natürlich auch die Gäste, und das Hotel lief bestens. Bei den Dorfbewohnern waren der Josef und seine Frau hoch angesehen und beliebt. Sie hatten zwei Söhne, den jüngeren Sohn Gustav und den Fritz, den älteren. Der Fritz kam vor gut dreißig Jahren bei einem Bergunfall ums Leben. Das war damals ein schwerer Schlag für den Josef und seine Frau gewesen. Er sollte eigentlich die Nachfolge von Josef antreten und hätte das Hotel sicher in seinem Sinne weitergeführt. Sie haben sich nie wirklich von diesem Schicksalsschlag erholt. Josef hat die Leitung des Hotels nur zwei Jahre nach dem tragischen Unfall an Gustav übertragen, ich glaube, es war im Jahr 1984. Von diesem Tag an, wehte ein anderer Wind im Hotel. Gustav war, obwohl er vorher nur wenig im Hotel mitgeholfen hatte, bekannt für seine Strenge, seinen Hochmut und seine Unbeherrschtheit. Das wurde mit der Übernahme der Leitung leider nicht besser, sondern eher noch schlimmer. Für die Eltern war es schwer, mit ansehen zu müssen, wie er das Hotel führte und vor allem, wie er mit dem Personal umging. Josef und seine Frau versuchten ihn auf einen anderen, einen besseren Weg zu bringen. Doch sie merkten bald, dass sie keinen Einfluss auf ihn hatten. In meinen Augen haben sie damals das einzig Richtige getan. Sie zogen weg aus St. Florian und gingen nach Salzburg. Ihre Besuche in St. Florian wurden rasch weniger, bis man sie gar nicht mehr hier sah. Als Hotelchef wurde Gustav automatisch in den Gemeinderat gewählt. Die anschließende Politik und die Entscheidungen des Gemeinderates von St. Florian wurden von der Bevölkerung nur noch selten gutgeheißen. Jeder wusste, dass Gustav dafür verantwortlich war und nur seine eigenen Interessen durchsetzen wollte. Er wurde damals der Schatten-bürgermeister genannt. Bei den Gästen im Hotel zeigte er sich immer von seiner charmanten Seite, aber das wirkte bei allen, die ihn kannten, stets aufgesetzt und falsch. Leider kann ich nichts Positives über ihn berichten, auch nicht was sein Familienleben angeht. Seine Frau Maria bekam ebenfalls seine Herrschsucht und seine Wutausbrüche zu spüren. Dennoch stand sie all die Jahre hinter ihm, das muss man sagen. Gemeinsam haben sie, wie du schon weißt, ihren Sohn Hubertus, einen zweiten Sohn, den Jakob, und ihre Tochter Brigitte. Brigitte ist seit acht Jahren eine verheiratete Harter. Sie hat dem Vater schon vor vielen Jahren den Rücken gekehrt. Das erfährt man hier alles beim Bäcker im Dorf und auf den Dorffesten wird auch immer gerne und viel über die Leute geredet, musst du wissen. Sie und ihr Mann haben zwei Kinder, den sechsjährigen Lukas und die vierjährige Lena Maria. Ihr Mann ist Architekt und hat mit der Hotelbranche nichts am Hut. Sie sind häufiger im Dorf bei der Mutter, aber nur, wenn Gustav nicht dort war. Jakob ist der jüngere Sohn von Gustav. Er schlägt vollkommen aus der Reihe. Im Ort und auch hier im Kloster ist er verschrien als Taugenichts und Weiberheld und hat im Hotel noch nie Hand angelegt. Aber das Geld aus dem Fenster werfen kann er gut. Drei Ausbildungen hat er angefangen und keine davon abgeschlossen. Ab und an kommt er noch kurz auf einen Besuch hierher, die meiste Zeit verbringt er allerdings in München, Salzburg oder

Wien. Was er dort treibt, kann ich dir nicht sagen, man hört nur so einiges. Bleibt noch Hubertus. Er ist der Nachfolger von Gustav und außerordentlich um das Hotel bemüht. Mit ihm als Hotelchef wird sich wieder einiges zum Besseren wenden. Vor zwei Jahren hat Gustav ihm ganz offiziell einen Teil der Leitung abgetreten. Doch die Realität sah anders aus. Hubertus konnte nach wie vor nichts selbständig entscheiden oder veranlassen. Für alles musste er seinen Vater fragen und obendrein die ständigen Zurechtweisungen ertragen." Hannes hielt einen Moment inne.

„Das heißt, du kannst dir einige Personen vorstellen, die einen Grund gehabt hätten, dem Seniorchef nach dem Leben zu trachten?"

„Da müsste ich noch einmal in Ruhe nachdenken, Amy. Viele mochten ihn wirklich nicht, aber gerade umbringen und dann noch auf diese Art und Weise. Lass mich eine Nacht darüber schlafen. Möchtest du noch mehr wissen?"

„Nein, das ist gut so weit, danke Hannes. Aber wenn du Zeit und Lust hast, was weißt du über die Geschichte des Klosters? Das würde mich auch noch interessieren."

„Du meinst die ganze Geschichte, von Anfang an?"

„Alles, was du weißt, gerne."

Hannes trank noch einen Schluck Kaffee und zu Amys Erstaunen begann er seine Erzählung wirklich mit dem Gründungsjahr des Klosters.

„Im Jahr 1220 kam in unser bis dahin unberührtes Tal eine Gruppe von Mönchen und errichtete eine kleine Siedlung, dort, wo jetzt das Dorf steht. Sie begannen hier auf dem Hügel das erste Kloster zu bauen. Natürlich war es wesentlich kleiner als heute und sie errichteten neben dem Klostergebäude noch zwei weitere kleinere Gebäude. Man geht davon aus, dass sie eines davon als Werkstatt und das andere als Stall für ihr Vieh nutzten. Sie verließen ihre Siedlung nach der Fertigstellung des Klostergebäudes und zogen auf den Hügel. Aus alten Aufzeichnungen geht hervor, dass sie noch weitere zwei Jahre brauchten, bis das erste Kloster St. Florian inklusive der Kirche fertig gestellt war.

Sie waren zunächst alleine hier im Tal, bis sich etwa 100 Jahre später einige Städter hier niederließen. In Anlehnung an das Kloster nannten die Siedler ihr neu entstandenes Dorf St. Florian. Die Mönche hatten das Land um den Hügel herum landwirtschaftlich nutzbar gemacht und Weiden für ihr Vieh eingezäunt. Dennoch blieb auch für die Siedler genug Land übrig. Durch die Siedlung wurde das Kloster bekannter und so stieg die Zahl der jungen Männer, die in den Orden eintreten wollten. Das Klostergebäude wurde schnell zu klein und es wurde ein neues errichtet. In der nun fast 800-jährigen Geschichte wurde das Hauptgebäude insgesamt viermal abgerissen und jeweils größer wieder aufgebaut. Das heutige vierflügelige Gebäude und die Kirche wurden nach zehnjähriger Bauzeit 1721 fertiggestellt. Dazu gehörten auch wie bei dem ersten Kloster Stallungen und eine große Werkstatt, die entlang der südlichen Mauer angebaut waren. Als der Konvent dann immer kleiner wurde und die Gebäude ungenutzt blieben, verfielen sie mit den Jahren. Der Vorgänger des letzten Abts hat sie dann abreißen lassen. Die Klostermauer entstand bereits direkt nach dem zweiten Bau. Da mit den Siedlern auch vermehrt Fremde in das Tal kamen, wollten sich die Mönche mit ihr vor Dieben und Überfällen schützen. Die Brüder lebten von den Erträgen aus ihrer Viehzucht und der Landwirtschaft. Als das Dorf größer wurde, verkauften sie die überschüssigen Erträge an die Bewohner. Später übernahmen sie den Schulunterricht für die Kinder aus dem Dorf und natürlich auch alle priesterlichen Aufgaben für die Bürger von St. Florian. Alles gegen Bezahlung versteht sich, denn anders als bei anderen Männerorden werden die einzelnen Klöster der Benediktiner autonom geführt. Die Mönche müssen für ihren Unterhalt selber aufkommen und erhalten keine regelmäßige Unterstützung durch eine übergeordnete Benediktinerorganisation. Somit war die Entstehung des Dorfes für die Mönche von St. Florian ein Segen, weil es ihnen ihre Einnahmen sicherte. Wie bei fast allen anderen Klöstern auch ging die Zahl der Mönche in St.

Florian gegen Ende des 19. Jahrhunderts deutlich zurück. Die alten Mönche starben und der Nachwuchs blieb aus. Waren anfangs noch Rücklagen aus den guten Jahren vorhanden, wurde die Überalterung bald zu einem existenziellen Problem für die Mönche. Aus diesem Grund veräußerten sie als Erstes ihre Ländereien an die Landwirte im Dorf. Von dem Geld, das sie dafür bekamen, konnten sie einige Jahre leben. Um dauerhafte und regelmäßige Einkünfte zu sichern, verpachteten sie 1930 drei Flügel des Hauptgebäudes. Durch den Rückgang der Eintritte in den Orden stand dieser Teil des Gebäudes bereits leer. Ein Städter hatte die erste Pacht übernommen und richtete dort ein Erholungsheim für Kinder ein. Das Heim lief wohl nie wirklich gut und wurde bereits 1938 wieder geschlossen. Danach blieben die drei Flügel für mehrere Jahre ungenutzt. Für die Mönche war dies eine schwierige Zeit in der sie von den Dorfbewohnern unterstützt wurden, obwohl diese während des Krieges auch nicht viel hatten. 1949 hat Josef Tiegelmeier die Pacht übernommen und den Mönchen zwanzig Jahre später die drei Gebäudeflügel abgekauft. Innerhalb von nur zwei Jahren war der Umbau abgeschlossen und das Hotel wurde 1951 eröffnet. In dem Vertrag wurde verankert, dass die historischen Bauelemente nicht zerstört werden durften. Dazu gehören zum Beispiel die Säulen mit den Kreuzgewölben, die alten Sandsteinböden, die Holzböden und die historischen Decken. Wände durften im Gebäude versetzt oder herausgenommen werden, die Gebäudehülle war allerdings auch von allen Veränderungen ausgeschlossen. Das Hotel florierte von Beginn an, hat mittlerweile fünf Sterne und ist über die Grenzen des Landes hinaus bekannt. Josef Tiegelmeier hat mit den Mönchen gelebt. Gustav Tiegelmeier hat, wie sollte es auch anders sein, gegen die Mönche gelebt. Mitte 2008 wurde den Mönchen nach einem Beschluss des Gemeinderats der Friedhof weggenommen. Der Friedhof lag im Innenhof des Klosters und der Innenhof wurde gemäß diesem Beschluss dem Hotel zugesprochen.

Eine üble Sache damals. Das ganze Dorf war entrüstet. Nur kurze Zeit später stimmten die Mönche dem Verkauf des letzten Flügels, des Ostflügels zu. Noch bevor der Kaufvertrag unterschrieben war, siedelten die letzten sechs Brüder Ende des gleichen Jahres um in das Kloster St. Benedikt. Dies, obwohl im Vertrag das Wohnrecht auf Lebenszeit für die Mönche verankert war. Doch in diesem Fall war es die Entscheidung der Mönche gewesen und es war somit rechtskräftig. Gustav hatte sie regelrecht hinausgetrieben und seinem schlechten Ruf einmal mehr alle Ehre gemacht. Für die Dorfbevölkerung war das Kloster ohne Mönche fast nicht vorstellbar und wenn Gustav bis zu dem Zeitpunkt überhaupt noch Sympathien gehabt hatte, waren sie damit endgültig verspielt. Als die Mönche gegangen waren, brauchte Gustav die Umbaupläne nur noch aus seiner Schublade zu ziehen. Er hatte auf diesen Tag hingearbeitet und schon alles vorbereitet. Die gesamten Umbauarbeiten im Ostflügel haben nicht einmal ein Jahr gedauert. Ich habe die Mönche selber noch gekannt, also nur vom Sehen. Zwar bin ich nie in die Klosterkirche gegangen, aber als Kind habe ich sie ab und an bei ihren Einkäufen im Dorf gesehen. Die letzten Jahre, bevor sie nach St. Benedikt gegangen sind, hat man sie aber nur noch sehr selten im Dorf angetroffen."

Hannes machte eine Pause und trank von seinem Kaffee.

„Da bin ich aber wirklich beeindruckt, Hannes. Wenn ich das im Internet hätte recherchieren müssen, hätte ich deutlich länger dafür gebraucht, ich danke dir. Die Geschichten dieser alten Gebäude sind immer wieder faszinierend, wie die Gebäude selbst. Manchmal wünschte ich mir, die Mauern könnten erzählen, was alles in ihnen passiert ist", sagte Amy etwas nachdenklich.

„Ja, da kann ich dir nur zustimmen. Ich habe mich vor einigen Jahren intensiv mit der Geschichte des Klosters befasst und es ist tatsächlich noch etwas hängen geblieben, ich bin selber erstaunt", freute sich Hannes über das Lob von Amy.

Einen Moment saßen sie beieinander, ohne dass jemand etwas sagte. Amy hatte sich das Erzählte noch einmal durch den Kopf gehen lassen und brach das Schweigen.

„Es scheint ja wirklich niemanden zu geben, dem der Seniorchef fehlen wird, oder kennst du jemanden, von seiner Ehefrau einmal abgesehen?"

„Da hast du recht, ich kenne niemanden. Das Gegenteil wird der Fall sein. Die Erleichterung wirst du schon in den nächsten Tagen beim Personal feststellen können, wenn die Mitarbeitenden den ersten Schock überwunden haben. Aber auch in der Gemeinde wird ihm keiner eine Träne nachweinen und vermutlich auch viele seiner sogenannten Geschäftspartner nicht. Für den Hubertus freut es mich. Er hat den Charakter von seinem Großvater geerbt und wird wieder Harmonie und Menschlichkeit in diese Mauern bringen, das ist gut so."

„Wahrscheinlich werde ich noch einiges mehr hören, wenn ich mit den Angestellten rede."

„Du solltest mit dem Sepp reden, er ist schon mehr als fünfundzwanzig Jahre im Hotel. Als Oberkellner hinter der Bar hört er so einiges und mancher schüttet ihm nach einigen Gläsern sein Herz aus."

Amy spürte schon längere Zeit, dass sie beobachtet und belauscht wurden. Sie ließ absichtlich ihren Kaffeelöffel auf den Boden fallen und versuchte etwas zu erkennen, als sie sich nach dem Löffel bückte und den Blick dabei nach hinten werfen konnte. Gerade hatte Hannes ihn erwähnt und schon war er da, Sepp, der Oberkellner. Der hatte also seine Ohren auch dort, wo ihm kein Gesprächspartner gegenübersaß. Gut zu wissen, dachte Amy.

Ihr Laptop meldete in diesem Moment den Eingang einer Nachricht. Amy sah nach und fand die ersten Ergebnisse der Spurensicherung und von Lea Vogler.

„Die ersten Ergebnisse aus München sind da, Hannes. Die kann ich dir aber leider hier nicht mitteilen, da jemand hinter der Säule steht und uns belauscht", sagte Amy bewusst laut und sah in das überraschte Gesicht von

Hannes, der sich instinktiv zu allen Seiten hin umsah, aber niemanden ausmachen konnte. Kaum hatte Amy ihren Satz beendet, hörte sie Schritte, die sich für ihre Ohren nicht leise genug von der etwa fünf Meter hinter ihr stehenden Säule entfernten.

„Jetzt ist der Lauscher weg", sagte sie schmunzelnd zu Hannes.

Amy hatte auf dem Bildschirm ihres Laptops die bereits weit fortgeschrittene Zeit gesehen.

„Hannes, es ist schon nach Mitternacht. Ich glaube, die Ergebnisse sehen wir uns an, wenn wir wach und ausgeschlafen sind."

„Ja das ist wohl besser. Jetzt merke ich auch, dass ich müde werde", antwortete Hannes und musste im gleichen Moment gähnen. Es war ein langer Tag gewesen.

Amy saß in ihrem Bett und hätte nicht einschlafen können, bevor sie die Resultate aus München nicht wenigstens überflogen hatte.

Die Aussagen zum Tathergang brachten zunächst keine großen Überraschungen. Gustav Tiegelmeier saß auf seinem Schreibtischstuhl, als er einen Schlag auf den Hinterkopf bekam. Blutspuren an der Rückenlehne seines Schreibtischstuhls und an seiner normalen Kleidung belegten dies. Vermutlich wurde durch diesen Schlag eine kurze Bewusstlosigkeit herbeigeführt. Womit der Schlag ausgeführt wurde, war noch unklar. Die Form und Größe der Wunde sowie kleine Holzsplitter darin ließen auf einen kantigen hölzernen Gegenstand schließen. Dem Opfer wurde danach ein Mundknebel angelegt, der zu Druckstellen und Rissen in den Mundwinkeln geführt hatte. Nachdem er das Bewusstsein wiedererlangt hatte, war Gustav Tiegelmeier die Schritte bis vor den Schreibtisch selbständig gegangen. Dafür sprach das Fehlen von Schleifspuren auf dem Boden. Zeitgleich waren ihm die Faustschläge in sein Gesicht zugefügt worden, die ihn zu Boden warfen. Sturzmarken an der rechten Schulter, dem rechten Ellenbogen und der rechten Hüftseite belegten dies. Bei dem Sturz schlug er mit dem Kopf auf dem Boden auf, was zu einer erneuten Bewusstlosigkeit geführt hatte. Auf dem Boden liegend wurden ihm seine Kleider ausgezogen. Um dies zu erleichtern, hatte der Täter sämtliche Kleidungsstücke der Länge nach aufgeschnitten. Er hatte dafür die Schere vom Schreibtisch benutzt, an der noch einzelne Faserspuren sichergestellt werden konnten. Auf die entblößte Brust hatte der Täter mit einem Skalpell oder einem sehr scharfen Messer die Worte „Superbia" und „Gula" eingeritzt.

Amy las die Begriffe noch einmal und im gleichen Moment lief vor ihren Augen ein Film ab, der einen ihrer früheren Fälle betraf. Die sieben Todsünden – und SUPERBIA und GULA waren zwei davon. Amy schob den Gedanken beiseite und las weiter.

Auf dem Rücken waren auf gleiche Weise die Worte AVARITIA und IRA tief in die Haut geritzt. Lea Vogler ging davon aus, dass das Opfer das Bewusstsein nicht wiedererlangt hatte und somit diese Verletzungen nicht bewusst erleiden musste. Danach wurden dem Opfer die Mönchskutte und die Sandalen angezogen sowie der Gürtel umgeschnallt. Durch die anschließende Strangulation wurde der Tod von Gustav Tiegelmeier herbeigeführt. Für die Strangulation hatte der Täter ein Hanfseil mit etwa einem Zentimeter Durchmesser benutzt, was Faserspuren in den Wunden am Hals belegten. Der Körper des Toten wurde anschließend in die Position gebracht, in der er aufgefunden wurde. Der Todeszeitpunkt lag nach Berücksichtigung aller Ergebnisse zwischen neunzehn Uhr fünfzehn und neunzehn Uhr dreißig. Zwischen dem Schlag auf den Hinterkopf und der Strangulation lag eine Zeitspanne von mindestens zwanzig Minuten. An den Kleidungsstücken und am Körper des Toten hatte Lea keine fremden DNA-Spuren gefunden. Auch in unmittelbarer Nähe des Toten konnten keine Beweismittel sichergestellt werden.

Die vollumfängliche Auswertung aller Spuren aus dem Büro und dem hinteren kleinen Raum durch die Spurensicherung war noch nicht abgeschlossen. Der entsprechende Bericht würde folgen.

Amy atmete tief durch. In ihrem früheren Fall hatte ein, wie sich später herausstellte, schizophrener junger Mann für jede der sieben Todsünden, die er bewusst begangen hatte, aus einem religiösen Wahn heraus als Akt der Buße einen Menschen umgebracht. Amy suchte in ihrem Laptop die Unterlagen zu diesem Fall und hatte sie schnell gefunden. In ihren persönlichen Aufzeichnungen fand sie die Ergebnisse ihrer damaligen Recherchen zu den sieben Todsünden.

SUPERBIA für Hochmut, Eitelkeit und Übermut
GULA für Völlerei, Maßlosigkeit und Selbstsucht
AVARITIA für Geiz und Habgier
IRA für Zorn, Wut und Rachsucht
LUXURIA für Wollust, Genusssucht, Ausschweifung und Begehren
INVIDIA für Neid, Eifersucht und Missgunst
ACEDIA für Faulheit, Ignoranz, Feigheit und Trägheit des Herzens

Amy hatte sich seinerzeit intensiv mit diesem Thema beschäftigt und viel darüber gelesen. Neben dem Begriff der Todsünden, den die Theologie ablehnte, war der Begriff Hauptsünden, vor allem durch die katholische Kirche, eine gängige Bezeichnung. Der Ursprung lag im vierten Jahrhundert, als acht negative Eigenschaften oder Laster benannt wurden, denen Mönche verfielen. Aus den negativen Eigenschaften entwickelten sich die Haupt- oder Todsünden, wobei diese sich in der Zusammenstellung über die Jahre hinweg geändert hatten. Die Schwere der Sünde wurde später davon abhängig gemacht, ob sie bei klarem Verstand und in voller Absicht begangen worden war.

Für Amy war klar, dass ihr Täter die Bezeichnung Todsünde bevorzugte. Gustav Tiegelmeier hatte vermutlich in den

Augen des Mörders die Sünden begangen, die er ihm in die Haut eingeritzt hatte, und war am Ende mit dem Tod bestraft worden.

Obwohl die Zeit mittlerweile bis weit nach Mitternacht fortgeschritten war, verspürte Amy nicht einmal einen Hauch von Müdigkeit. Ihr gingen zu viele Gedanken durch den Kopf.

Die Todsünden zusammen mit dem Mönchsgewand, den Mönchssandalen und dem großen Kreuz, das an den Schreibtisch gelehnt war, ließen den Fall in einem anderen Licht erscheinen. Ein religiöser Hintergrund und ein Täter, der sich als Rächer sah, rückten plötzlich an die erste Stelle. Ohne die eingeritzten Todsünden hätte sie nicht ausgeschlossen, dass der Täter möglicherweise eine falsche Fährte legen wollte. Aber aufgrund der neuen Fakten war sie sich sicher, diese Überlegung ausschließen zu können.

Als Erstes musste sie sich bis ins letzte Detail mit der Geschichte des Klosters und der Rolle von Gustav Tiegelmeier in dem jüngeren Teil dieser Geschichte befassen. Dazu gehörten auch die letzten sechs Mönche von St. Florian. Hannes hatte während seiner Ausführungen bereits deutlich gemacht, dass der Tote keine rühmliche Rolle im Zusammenleben mit den Mönchen gespielt haben musste.

2

Amy öffnete die Augen und brauchte einen Augenblick, um sich zu orientieren. Irgendwann musste sie wohl doch eingeschlafen sein. Sie sah auf ihre Armbanduhr. Es war sieben, draußen war es bereits hell und es schien ein sonniger Tag zu werden. Sie fühlte sich ausgeruht und fit, trotz der kurzen Nacht. Der Balkon an ihrem Zimmer und die Kaffeemaschine, die auf dem kleinen Sideboard stand, waren genau das, was sie jetzt brauchte. Sie zog sich ihren Jogginganzug an, ließ sich eine Tasse Kaffee heraus, stopfte sich ihre kleine Pfeife und setzte sich auf einen der zwei Stühle, die auf dem Balkon standen. Zwischen den Stühlen stand ein kleiner Tisch für ihre Kaffeetasse und den Aschenbecher. Der Balkon lag zum Innenhof hinaus. Jetzt sah Amy zum ersten Mal die enormen Ausmaße des Klostergebäudes. Es war im Rechteck gebaut und die einzelnen Flügel waren sicher zwischen achtzig und einhundertzwanzig Meter lang. Nord- und Südflügel waren länger als der Ost- und Westflügel. Einmal mehr war Amy tief beeindruckt von den Leistungen der Baumeister in der damaligen Zeit. Neben dem Erdgeschoss hatte das Kloster zwei weitere Etagen, in denen ausschließlich Gästezimmer untergebracht waren. Wie die Zellen der Mönche lagen diese zum Innenhof. Die breiten hellen Gänge zu den Zimmern befanden sich außen und erlaubten in der zweiten Etage die Sicht über die Klostermauer hinweg in das Tal und auf das Dorf. Diese Aussicht konnten auch die Gäste genießen, die ihre Zimmer in den Erkern des zweiten Stocks hatten. Die Erker waren zur Erreichung der Symmetrie des gesamten Gebäudes an drei der äußeren Ecken angebaut worden. Sie hoben sich gleichermaßen von den Längsflügeln ab wie die Kirche.

Nach der sternenklaren Nacht war es etwas kühl. Der Innenhof lag noch im Schatten, aber bald schon würde die Sonne hoch genug stehen, um ihn zu erwärmen. Amy erinnerte sich an Hannes' Ausführungen. Sie sah über die Balkonbrüstung in den Innenhof hinunter. Wo bis vor wenigen Jahren noch die Gräber der verstorbenen Mönche waren, befanden sich heute ein gepflegter Rasen und akkurat angelegte Blumenbeete. Auf schmalen Wegen konnte man durch die Anlage gehen und auf kleinen Bänken ausruhen.

Amy hatte ihr Zimmer in der ersten Etage im Nordflügel über der Rezeption. Gegenüber, im Erdgeschoss des Süd-flügels, befand sich ein Zugang zum Innenhof. Ein kurzer schmaler Weg führte von dort aus zu einem großen Kräuterbeet. Sie versuchte sich zu orientieren. Aber eigentlich lag es auf der Hand, dass sich im Erdgeschoss des Südflügels die Küche befinden musste. Im unteren Geschoss des Westflügels war das Restaurant untergebracht, und der Serviceraum lag im Übergang vom West- in den Südflügel. Von ihm aus hatten die Kellner direkten Zugang in die Küche. Amy lehnte sich noch etwas weiter über die Balkonbrüstung und sah, dass in der Mitte der übrigen Gebäudeflügel auch jeweils eine Tür den Zugang zum Innenhof ermöglichte. Absolute Symmetrie eben, dachte sie. Genüsslich trank sie ihren Kaffee und rauchte ihre Pfeife. Das brauchte sie jetzt, um gut in den Tag zu starten. Danach konnte fast alles passieren.

Nach einer ausgedehnten Dusche zog Amy sich an und verließ ihr Zimmer. Jetzt bei Tageslicht konnte sie sich die Flure genauer ansehen. Die Wände waren wie die Außenmauern weiß gestrichen und der mit breiten weichen Läufern bedeckte Boden war aus rötlichen Sandsteinplatten. Zwischen den einzelnen Zimmertüren schmückten historische Schränke und Vitrinen die langen Gänge. Auf den Fensterbänken waren wie in der Eingangshalle dicke weiße Kerzen abgestellt, die in der vergangenen Nacht gebrannt hatten, als Amy auf ihr Zimmer gegangen war. Über eine breite Treppe, die sich neben dem Nord-Ost-Erker befand, gelangte Amy in das Erdgeschoss. Sie ging einige Schritte durch den Nordflügel, der in den Aufenthaltsbereich mit den Polstermöbeln überging, und erreichte die Eingangshalle. Es war sehr ruhig im Hotel. Nicht ein Gast war ihr bisher begegnet. Der Nachtportier schien seinen Dienst beendet zu haben. Eine junge Frau stand hinter der Rezeption und wünschte Amy einen guten Morgen. Amy erwiderte den Gruß und ging weiter in Richtung Restaurant. Es waren nur drei Tische mit Gästen besetzt und ein Kellner erklärte Amy, dass die Tischwahl am Morgen frei sei. Sie setzte sich an den Tisch in der äußersten südwestlichen Ecke des Speisesaals direkt am Fenster. Von dort aus konnte sie den ganzen Saal überblicken. Sie liebte es, Menschen zu beobachten und ihre Verhaltensweisen zu studieren. Der Speisesaal nahm beinahe die gesamte Länge des Westflügels ein. Bei den Umbauarbeiten waren alle Zwischenwände entfernt und der Flur von der Außen- auf die Innenseite verlegt worden. Durch die Fenster, die das Restaurant hell und freundlich machten, blickten die Gäste in den Klosterhof und auf die Klostermauer. An der Gipsdecke, die mit Ornamenten verziert war, hingen zwölf Kristalllüster, die allerdings nicht so bedrohlich wirkten wie der im Büro des Seniorchefs. Auf dem roten Teppichboden standen rechteckige, weiß eingedeckte Tische. Die Polster der Stühle waren in dem gleichen Rot gehalten wie der Teppichboden. Auf die Wände war Strukturputz aufgetragen, der weiß gestrichen war. In gleichmäßigen Abständen angebrachte Wandleuchten, die dem Design der Lüster entsprachen, waren der einzige Wandschmuck.

Der Kellner brachte Amy den Kaffee. Nachdem sie einen Schluck getrunken hatte, stand sie auf. Nur wenige Meter von ihrem Tisch entfernt befand sich der Durchgang in den angrenzenden Raum, in dem das Frühstücksbuffet aufgebaut war. Der Raum lag direkt gegenüber vom Serviceraum. Auf Tischen, die an den Wänden standen, waren die unterschiedlichsten Köstlichkeiten angerichtet. Eine zweiflügelige Glastür unterbrach das Buffet. Interessiert sah Amy durch eine der Glastüren und entdeckte einen großen Saal. Er lag im Süd-West-Erker und war bestückt mit großen runden Tischen für jeweils mindestens zehn Personen. Auch diese Tische waren weiß eingedeckt und boten Platz für weitere hundert Gäste. Amy vermutete, dass dort Bankette, Familienfeiern oder große Gesellschaften abgehalten wurden. Der Raum war sehr stilvoll eingerichtet und die vielen Fenster des Erkers durchfluteten ihn mit Tageslicht. Josef Tiegelmeier hatte bei den Umbauarbeiten 1949 wirklich an alles gedacht und die Räumlichkeiten optimal genutzt.

Das laute Knurren ihres Magens erinnerte sie daran, dass sie eigentlich frühstücken wollte. Hunger hatte sie ausreichend, weil das Abendessen am Tag zuvor ausgefallen war. Zunächst ging sie an den Tischen vorbei, um zu sehen, was es alles gab. Sie hatte selten ein so reich bestücktes Frühstücksbuffet gesehen. Alleine die verschiedenen Brotsorten erinnerten eher an eine Bäckerei als an ein Buffet. Frisches Obst und Gemüse, Müslizutaten und die Auswahl an Käse und Aufschnitt machten einem die Wahl nicht leicht. Außerdem gab es frische Kräuter, die sicher aus dem Beet im Innenhof stammten. Wem das noch immer nicht ausreichte, der bestellte sich aus einer Frühstückskarte, die alleine auf zwei Seiten nur Ei-Variationen enthielt, kleine warme Gerichte. Das Restaurant hatte sich in der Zwischenzeit gut gefüllt. Es war ein gemischtes Publikum. Alle Altersklassen waren vertreten, Familien mit kleinen Kindern, ältere und jüngere Paare und Alleinreisende. Amy hatte sich von allem nur ein bisschen aufgetan, um möglichst viel probieren zu können. Dennoch hatte sie bald so viel gegessen, dass sie kapitulieren musste. Während sie langsam ihre letzte Tasse Kaffee trankt, beobachtete sie das Hotelpersonal. Trotz der wenigen Gäste hatte sie mittlerweile zwölf verschiedene Personen ausgemacht, die die Gäste bedienten. Höflich, aufmerksam und freundlich nahmen sie jeden Wunsch entgegen. Ihnen war nicht anzumerken, dass ihr Chef am Vorabend gewaltsam zu Tode gekommen war. Drei Tische entfernt von Amy hatte eine Dame den Kellner gefragt, was am Tag zuvor passiert sei. Professionell verwies der junge Mann auf seine fehlende Kompetenz, darüber Auskunft zu geben, entschuldigte sich und war dabei so charmant, dass er eine verständnisvolle Dame zurückließ. Auch da zeigen sich die fünf Sterne, dachte Amy.

Ihr erster Weg nach dem Frühstück führte sie zur Rezeption. Sie fragte nach dem Hotelmanager, da sie davon ausging, dass der Juniorchef noch nicht im Haus war. Nur wenige Augenblicke später stellte sich ihr der Hotelmanager Peter Fischer vor. Ein groß gewachsener, schlanker, noch recht junger Mann mit kurzen schwarzen Haaren stand vor ihr. Die dunkelbraunen Augen sahen Amy durch eine Brille mit extrem dicken Gläsern an. Der anthrazitfarbene Anzug kleidete ihn sehr gut, und eine rote Krawatte sorgte für einen auflockernden Farbtupfer. Peter Fischer wusste bereits, was geschehen war und war über die Anwesenheit von Amy informiert worden, womit sich die Vorstellung von Amys Seite erübrigte.

„Herr Fischer, ich habe eine Bitte an Sie. Ich werde die nächsten Tage hier im Hotel bleiben. Könnten Sie mir einen Raum zur Verfügung stellen, den ich während der Zeit meiner Ermittlungen als Büro nutzen kann? Es würde mir vieles erleichtern."

„Das lässt sich bestimmt einrichten, Frau Craig. Was benötigen Sie an Mobiliar?"

„Einen Schreibtisch oder einen einfachen Tisch mit einem Stuhl und zusätzlich zwei Stühle mit einem kleinen Tisch, das wäre schon alles."

„Spätestens in zwei Stunden steht der Raum für Sie bereit", versicherte der Hotelmanager.

„Das ist sehr nett", bedankte sich Amy und ging zum Büro des Seniorchefs. Das Polizeisiegel war unversehrt und Amy zog es vorsichtig von der Tür ab. Sie ging in das Büro hinein und schloss die Tür hinter sich. Ihr erster Blick galt dem Kronleuchter. Der hing noch immer an der Decke und das war gut so.

Amy hatte sich vor dem Frühstück die Tatortfotos ausgedruckt. Einige Gegenstände hatten die Kollegen der Spurensicherung mitgenommen. Mit den Fotos hatte sie die Situation direkt nach dem Auffinden der Leiche mit allen Gegenständen, die sich zu der Zeit im Büro befanden, vor Augen. Auf dem Tisch bei den Ledersesseln hatte das Tablett mit dem Geschirr vom Abendessen gestanden. Es waren keine Essensreste darauf zu sehen. Das Opfer hatte demnach noch Zeit gehabt, in Ruhe zu speisen. Ansonsten war der Tisch leer. Amy sah sich um. Schon gestern war ihr die Ordnung in dem Büro aufgefallen, die darauf schließen ließ, dass der Täter es nicht durchsucht hatte. Ob trotzdem etwas fehlte, musste Hubertus Tiegelmeier im Verlauf des Tages überprüfen. Auf dem Schreibtisch hatten sich, dem Foto zufolge, ein Laptop, ein Aktenordner, einige Papiere und ein ledernes Schreibtischset, bestehend aus einer Schreitischunterlage, einer Stiftablage und einem Behältnis für Notizzettel, befunden. Die Papiere in dem Ordner gaben nach Ansicht der Spurensicherung, deren vorläufiger Bericht im Laufe der Nacht eingegangen war, nichts her. Der Laptop wurde noch untersucht. Amy ging hinter den Schreibtisch und sah die beschriebene Blutspur an der oberen Kante der Rückenlehne des Schreibtischstuhls. Vor ihrem inneren Auge sah sie den Tathergang, wie Lea ihn beschrieben hatte, wie einen Film ablaufen.

Nun kamen die offenen Fragen. Von seinem Stuhl hinter dem Schreibtisch konnte Gustav Tiegelmeier jeden sehen, der das Zimmer durch die Bürotür betrat. So auch den Mörder, wenn er diesen Weg genommen hatte. Kannte Gustav Tiegelmeier seinen Mörder und war arglos? Oder hatte er noch an dem kleinen Tisch beim Abendessen gesessen, als der Täter hereinkam? Warum ließ das Opfer seinen Mörder hinter den Schreibtisch? Oder war der Täter doch auf einem anderen Weg ungesehen in das Büro gelangt und hatte Gustav Tiegelmeier während er am Schreibtisch saß von hinten überrascht und ihn dann niedergeschlagen? Die Fenster, obwohl das Büro im Erdgeschoss lag, kamen für den Ein- und Ausstieg nicht infrage. Zum einen stand am Eingang des Hotels den ganzen Tag hindurch bis um zwanzig Uhr ein Page, und der Hoteleingang lag nur unweit von den Fenstern entfernt. Zum anderen waren die Fenster verschlossen, als der Tote aufgefunden wurde. Wie also war der Täter in das Büro gelangt und wie wieder heraus? Dieser Punkt war Amy noch vollkommen schleierhaft.

Sie wandte sich wieder dem Büro zu. Die Bücherregale waren wirklich bis auf ganz wenige Lücken mit Büchern gefüllt. Sollte der Täter wirklich Bücher entwendet haben, hatte er genau gewusst, welche er wollte. Diese Frage konnte ihr der Juniorchef vielleicht auch beantworten. Amy setzte sich in einen der großen Ledersessel und ließ den Raum auf sich wirken. Sie saß eine ganze Weile dort, doch sie spürte nichts. Der Raum strahlte nichts aus außer Kälte.

Bisher gab es noch keinerlei Spuren, die der Täter selber hinterlassen hatte. Er war sehr sorgfältig, beinahe professionell vorgegangen. Amy stand wieder auf und ging zu der versteckten Tür, die in den verborgenen kleinen Raum führte. Auf den ersten Blick erkannte man diesen Durchgang nicht. Bei genauerem Hinsehen waren allerdings die doppelten Regalbretter und Seitenwände nicht zu übersehen. Sie ging in den kleinen Raum hinein. Noch einmal sah sie sich die holzvertäfelten Wände an. Die Spurensicherung hatte keinen Hinweis für eine weitere geheime Tür gefunden. Das wäre die Antwort auf die Frage gewesen, wie der Täter unbemerkt in das Büro gelangt war. Vielleicht gab es noch alte Grundrisspläne des Klosters, auf denen möglicherweise weitere versteckte Räume oder sogar unterirdische Gänge eingezeichnet waren. Darum musste sich Hannes kümmern.

Es klopfte an der Bürotür. Amy ging zurück und öffnete sie. Hannes stand vor ihr.

„Guten Morgen Amy, wie hast du geschlafen? Schon wieder bei der Arbeit?"

„Guten Morgen Hannes, danke der Nachfrage, alles bestens. Komm herein, gerade habe ich an dich gedacht."

„Hoffentlich nur Gutes", scherzte er und fragte, welche Aufträge sie für ihn hätte. Einen kleinen Block und einen Stift hatte er bereits in der Hand.

„Bitte besorge eine Liste aller Angestellten des Hotels, auch von den Angestellten, die innerhalb der letzten zwei Jahre gegangen sind. Schicke sie nach München, damit ein Abgleich mit unserer Datenbank erstellt wird. Dann gehe bitte zur Ortsverwaltung von St. Florian. Ich brauche alle alten Grundrisspläne vom Kloster, die noch existieren. Eventuell gibt es auch hier im Hotel welche. Ich werde Hubertus Tiegelmeier danach fragen. Als Letztes organisiere mir bitte Anschrift und Telefonnummer vom Kloster St. Benedikt. Ist das in Ordnung für dich?"

„Selbstverständlich, ich habe mir alles notiert."

„Jetzt noch etwas anderes, Hannes. Was ist mit den übrigen Familienmitgliedern? Hubertus Tiegelmeier hat sie gestern über den Tod seines Vaters informiert, das wissen wir. Wissen wir auch, ob sich alle Angehörigen des Toten zurzeit in St. Florian aufhalten?"

„Die Ehefrau und die Tochter des Toten sind im Haus der Familie im Ort. Der Jakob kommt heute Nachmittag aus München angereist. Der Ehemann der Tochter, Herr Harter, befindet sich seit einigen Tagen auf einer Auslandsreise und ist in zwei Tagen wieder zurück."

„Bis auf den Schwiegersohn muss ich heute noch mit allen sprechen. Kannst du mich am Nachmittag zu der Ehefrau und der Tochter bringen und meinen Besuch vorher anmelden?"

„Natürlich, Amy, für welche Uhrzeit soll ich dein Kommen ankündigen?"

„Für vierzehn Uhr und hol mich bitte zehn Minuten vorher hier ab. Wir bekommen übrigens ein eigenes Büro hier im Hotel. Das macht es uns wesentlich leichter, vor allem mit den Gesprächen, die wir noch führen müssen."

Amy sah auf die Uhr. Es war halb elf. Vielleicht hatten sie Glück und das Büro war bereits fertig. Gemeinsam mit Hannes verließ sie den Tatort und verschloss und versiegelte die Tür. Schon hörte sie, wie jemand von der Rezeption ihren Namen rief, und sie hatten Glück. Das Büro war eingerichtet und der Zugang befand sich im hinteren Teil der Bar. Zentraler konnte es nicht sein, wunderbar, dachte Amy. Sie bedankte sich und bat die Angestellte an der Rezeption, sie zu informieren, wenn der Juniorchef ins Hotel kam.

Hannes und Amy durchquerten die Bar. Die Tür zu ihrem Büro war offen und der Schlüssel steckte von innen. Sie gingen hinein. Der Raum war nicht sonderlich groß, für ihre Zwecke reichte er aber vollkommen aus. Noch bevor einer von ihnen etwas sagen konnte, klopfte es an der Tür und Hubertus Tiegelmeier trat ein.

„Guten Morgen Frau Craig, Herr Gruber. Ich hätte jetzt Zeit für Sie, Frau Craig. Sie wollten mich noch einmal sprechen."

„Guten Morgen Herr Tiegelmeier, das trifft sich sehr gut, kommen Sie bitte herein."

„Ich werde dann mal gehen", sagte Hannes etwas kleinlaut und war schon durch die Tür verschwunden, bevor Amy noch etwas erwidern konnte.

„Herr Tiegelmeier, bevor wir uns setzen, glauben Sie, Sie könnten noch einmal in das Büro Ihres Vaters gehen? Sie müssten nachsehen, ob etwas entwendet wurde", fragte Amy vorsichtig.

„Ich denke, das schaffe ich."

Sie verließen den Raum und gingen hinüber zum Büro des Seniorchefs. Der Sohn zögerte einen Moment, bevor er das Zimmer betrat. Nachdem er drei Schritte in das Büro hineingegangen war, blieb er stehen und starrte auf die Stelle, wo sein Vater gelegen hatte. Amy spürte, dass er innerlich aufgewühlt war, und versuchte ihn aus dieser Situation herauszuholen.

„Schauen Sie sich um und überlegen Sie bitte in Ruhe, ob etwas fehlt, Herr Tiegelmeier." Er zuckte leicht zusammen, sah zu Amy und ging dann zunächst langsam an den Bücherregalen entlang. Es herrschte absolute Stille in dem Raum.

„Wissen Sie, ob Ihr Vater diese Bücher alle gelesen hat?", Amy konnte ihre Neugierde nicht unterdrücken.

„Sehr viele davon sicher, aber alle kann ich mir nicht vorstellen. Mein Großvater, der hatte alle gelesen und wusste wirklich auch noch den Inhalt jedes einzelnen Buches, das hat mich immer fasziniert. Als Junge habe ich mir geschworen, es ihm gleichzutun. Leider fehlt mir

41

oftmals die Zeit für ein gutes Buch. Doch ich kann sagen, dass ich etwa die Hälfte bereits geschafft habe."

„Band zwei der Chroniken fehlt!", stieß er plötzlich entsetzt aus. „Er ist nicht an seinem Platz. Hier hat er gestanden, neben Band eins. Ich bin mir ganz sicher, dass ich ihn vor etwa zehn Tagen noch gesehen habe."

„Was sind das für Chroniken, Herr Tiegelmeier?"

Hubertus Tiegelmeier war sichtlich aufgebracht.

„Als mein Großvater die ersten drei Flügel des Klosters gepachtet hat, musste er sich und seine Nachkommen verpflichten, über die Geschichte des gepachteten Klosterbereichs chronologisch Buch zu führen. Die Entwicklung, die durchgeführten Veränderungen, die Geschehnisse und besonderen Begebenheiten, einfach alles, was wichtig war und ist. Dies war eine Vorgabe in dem Pachtvertrag und später auch in dem Kaufvertrag. Sehen Sie hier ist Band eins. Er ist noch aus der Zeit, bevor Großvater die drei Flügel gepachtet hat. Schon der erste Pächter musste diese Chronik führen. Großvater hat etwa in der Mitte von Band eins mit dem Schreiben begonnen, und als das Buch voll war, in Band zwei seine Einträge weitergeführt. Die Einbände sehen genau gleich aus. Die Bücher wurden von den Mönchen in reiner Handarbeit angefertigt. Selbst mein Vater hat das Schreiben fortgesetzt, obwohl er es eigentlich überflüssig fand. Das hat mich immer erstaunt, weil er sich in der Regel über Vorgaben hinweggesetzt hat. In unserem Haussafe befinden sich noch die leeren Bände drei bis zehn für unsere Nachkommen."

Amy bat ihn, ihr Band eins zu geben. Vorsichtig nahm er das große, dicke Buch aus dem Regal und reichte es Amy.

„Vorsichtig, es ist recht schwer."

„Danke, es geht."

Sie bestaunte die Verzierungen und die verschnörkelten eingearbeiteten Schriftzeichen auf dem dunkelbraunen ledernen Einband. Das Buch war beschriftet mit **Weltliche Chroniken Kloster St. Florian** und eine Zeile tiefer stand **Band 1**. Amy schlug vorsichtig die ersten Seiten auf und las einige der mit einer Feder handgeschriebenen Einträge. Sie verspürte Ehrfurcht vor diesem Buch, das über so viele Jahre hindurch die Geschichte des Klosters aufgenommen hatte. Vorsichtig gab sie das Buch zurück und bat Herrn Tiegelmeier, die übrigen Regale noch durchzusehen. Nach einer knappen Viertelstunde war er fertig, und es blieb dabei, einzig Band zwei der Chroniken fehlte. Im Rest des Büros war außer den Gegenständen, die die Spurensicherung mitgenommen hatte, alles vorhanden, auch in den Schubladen des Schreibtischs.

„Sie kennen den geheimen Raum hinter diesem Büro?", fragte Amy den Juniorchef.

„Sie meinen die kleine Kammer, sicher. Dort haben wir uns als Kinder oft versteckt. Ich bin schon lange nicht mehr in diesem Raum gewesen."

„Gibt es noch andere geheime Zugänge zu diesem Büro?"

„Meines Wissens nicht. Mein Großvater und mein Vater haben nie etwas dergleichen erzählt."

„Haben Sie bei Ihren Unterlagen zum Hotel alte Grundrisspläne von der Klosteranlage?", stellte Amy direkt die nächste Frage.

„Das ist möglich, aber da müsste ich selber erst nachschauen. Diese Unterlagen hat mein Vater im Haussafe aufbewahrt. Ich werde mich gleich heute Nachmittag darum kümmern."

Sie verließen die kleine Kammer und gingen ins Büro zurück. Amy merkte, dass Hubertus Tiegelmeier sich nicht wohlfühlte in diesem Raum und bat ihn, mit in ihr Büro zu kommen.

Hubertus Tiegelmeier saß Amy gegenüber. Er sah müde und erschöpft aus und war in seinen Gedanken versunken.

„Darf ich Ihnen einen Kaffee holen?", fragte Amy.

„Ja gerne, einen normalen Kaffee mit Milch und Zucker."

Amy wollte ihn noch einen Moment alleine lassen, damit er Zeit hatte, sich zu sammeln. Als sie zurückkam, stellte sie ihm den Kaffee auf den kleinen Tisch.

„Vielen Dank, Frau Craig. Die Situation ist nicht einfach für mich. Es kommt so viel auf mich zu. Mein Vater hat die Geschäfte praktisch alleine geführt und mir den Einblick darin verwehrt. Es wird einige Zeit dauern, bis ich mir überhaupt einen Überblick verschafft habe. Aber was behellige ich Sie mit meinen Sorgen. Sie wollten mir noch einige Fragen stellen. Wie kann ich Ihnen noch helfen?"

„Es ist eine verantwortungsvolle Aufgabe, ein so großes Hotel zu führen. Ich kann mir vorstellen, welche Herausforderungen jetzt auf Sie zukommen. Im Moment gehe ich davon aus, dass die Ermordung Ihres Vaters aus Rache geschah und vermutlich einen religiösen Hintergrund hat. Die Auffindsituation und die Ergebnisse aus München deuten in einigen Punkten darauf hin. Was können Sie mir über die letzten Mönche sagen, die hier im Kloster waren, und über die Umstände ihres Weggangs?"

„Es waren nur noch sechs Mönche, die die letzten Jahre bis Ende 2008 hier in St. Florian gelebt haben. Sie besaßen und bewohnten den Ostflügel, der über einen direkten Zugang zur Kirche verfügt. Bei ihrem Weggang war jeder der Mönche schon um die achtzig Jahre alt. Sie lebten sehr zurückgezogen und wir haben sie kaum zu Gesicht bekommen. Ganz selten ging mal jemand von ihnen über den Friedhof, als der noch im Innenhof war. Die Fahrten mit ihrem alten Auto ins Dorf hinunter unternahmen sie zuletzt gar nicht mehr. Mein Vater wollte ihnen, seitdem er die Leitung übernommen hatte, unbedingt den Ostflügel abkaufen. Doch sie haben sich nie dazu bereit erklärt. Kapituliert, so kann man es wirklich sagen, haben sie erst, nachdem sich mein Vater auf sehr dubiose Weise ihren Friedhof angeeignet hatte. In früheren Jahren war dieser Friedhof für die Mönche und die Bewohner von St. Florian die letzte Ruhestätte gewesen. Nachdem das Dorf einen eigenen Friedhof angelegt hatte, vor etwa sechzig Jahren, wurden im Innenhof nur noch die Mönche beigesetzt. Als der Innenhof dem Hotel zugesprochen wurde, hat der Pfarrer vom Dorf alle Gräber der Mönche, die jünger als zwanzig Jahre waren, auf den Dorffriedhof umbetten lassen. Er kam damit dem Wunsch der Mönche nach, die noch hier waren. Es waren nur noch wenige Gräber, auf die das zutraf. Doch dieser Frevel hat den Mönchen die letzte Energie und die letzte Kraft für ihre bis dahin konsequente Gegenwehr geraubt. Es verging kein halbes Jahr, da war auch der Verkauf des Ostflügels perfekt, und die Mönche sind schon einige Wochen vor der offiziellen Übernahme in das Kloster St. Benedikt übergesiedelt. Mein Vater war in diesen Dingen eiskalt. Er hatte kein Gefühl und er kannte kein Mitleid. Er war sich selbst immer der nächste", sagte Hubertus Tiegelmeier mit verbitterter Stimme.

„Wann genau war der Umzug der Mönche?", hakte Amy nach.

„Das ist jetzt gut sechs Jahre her, denke ich. Warten Sie, es war glaube ich im Oktober 2008."

„Ich nehme an, dass die Mönche auch in Ihren Chroniken vorkommen, oder?"

„Mein Großvater hatte einen sehr guten Kontakt zu ihnen und hat hin und wieder über ihre Begegnungen geschrieben. Mein Vater hat sich diesbezüglich auf die geschäftlichen Kontakte beschränkt. Ich denke nicht, dass er sie oft erwähnt hat."

„Wissen Sie, ob heute noch jemand von Ihren Angestellten Kontakt zu den Mönchen pflegt?"

„Meines Wissens nicht. Irgendjemand hat einmal erzählt, dass nur noch drei von ihnen leben. Aber das ist sicher auch schon wieder zwei oder drei Jahre her."

„Fällt Ihnen sonst noch etwas ein, was für mich von Bedeutung sein könnte, Herr Tiegelmeier?"

„Es fällt mir im Moment schwer, einen klaren Gedanken zu fassen. Entschuldigen Sie bitte, Frau Craig. Wenn mir noch etwas einfällt, werde ich mich bei Ihnen melden."

„Vielen Dank für Ihre Offenheit, Herr Tiegelmeier. Heute Nachmittag bin ich für vierzehn Uhr bei ihrer Mutter und ihrer Schwester zu einem Gespräch angemeldet. Wie haben sie die Nachricht vom Tode Ihres Vaters aufgenommen?"

„Meine Mutter war sehr gefasst. Sie ist jedoch schwer einzuschätzen, selbst ich weiß nie, was wirklich in ihr vorgeht. Meine Schwester hatte so gut wie keinen Kontakt mehr zu meinem Vater und hat dementsprechend keine Reaktion gezeigt."

„Wohnen Sie noch im Haus Ihrer Eltern?"

„Nein, ich habe eine kleine Wohnung gemietet, im Dorf unten. Ich wohne alleine. Als ich noch bei meinen Eltern gelebt habe, war das Hotel ein 24-Stunden-Thema zwischen meinem Vater und mir. Das war mir einfach zu viel, ich konnte nicht mehr abschalten."

„Wie ich gehört habe, kommt Ihr Bruder heute aus München zurück. Mit ihm werde ich nach seiner Ankunft ebenfalls sprechen. Ihr Bruder hat mit der Leitung des Hotels nichts zu tun, oder?"

„Nein, definitiv nicht. Das Einzige, was er mit dem Hotel zu tun hat, ist, dabei zu helfen, die Einnahmen auszugeben. Mein Bruder hat die Arbeit nicht gerade erfunden, Frau Craig. Anders kann man es leider nicht beschreiben. Er war der einzige Mensch, der sich meinem Vater widersetzt hat. Ich weiß nicht, ob das der Grund dafür gewesen ist, weshalb mein Vater ihn so lange finanziell unterstützt hat. Erst vor zwei Monaten hat er ihm den Geldhahn endgültig zugedreht. Bei jedem anderen hätte mein Vater keine Minute gezögert, bei meinem Bruder hat es Jahre gedauert."

„Haben Sie noch eine Frage an mich, Herr Tiegelmeier?"

„Eine konkrete Frage habe ich nicht. Ich wäre Ihnen dankbar, wenn Sie mich über wichtige Erkenntnisse informieren, sofern das möglich ist. Doch, eine Frage habe ich noch bezüglich der Beisetzung meines Vaters. Wissen Sie schon, wann die Gerichtsmedizin ihn freigibt?"

„Das wird noch zwei oder drei Tage dauern, nehme ich an. Ich gebe Ihnen Bescheid, sobald ich Genaueres weiß", versprach Amy.

Hubertus Tiegelmeier bedankte sich, stand auf und verließ das Büro.

Amy blieb noch einen Moment sitzen. Der religiöse Hintergrund war zwar nicht wegzudenken, dennoch musste sie nach wie vor jeden als Täter in Betracht ziehen. Ihr Gefühl sagte ihr, dass Hubertus Tiegelmeier es nicht getan hatte. Aber was war mit dem Bruder? Es wäre nicht das erste Mal, dass Geld das Motiv für einen Mord war. Andererseits war er, nach dem zu urteilen, was Amy bis jetzt von ihm wusste, nicht der Typ, der sich so viel Arbeit bei der Ausführung der Tat machen würde. Er kam eher für eine Affekttat infrage. Sie würde sich am Nachmittag ihr eigenes Bild von dem jungen Mann machen, und auf das Gespräch mit ihm war sie schon jetzt sehr gespannt.

Amy verließ das Büro, um sich einen Kaffee zu holen. Es war kurz nach ein Uhr mittags und in der Bar saßen nur wenige Gäste. Sie überlegte es sich anders. Jetzt hatte sie noch eine Stunde Zeit, bis Hannes kam. Die wollte sie nutzen, um sich das Kloster genauer anzusehen. Sie lief den Gang in Richtung Restaurant hinunter, um dann in den Servicebereich abzubiegen. Von dort gelangte sie in die Küche. Ohne dass sie jemand ansprach, konnte sie die Küche durchqueren und kam zu der Tür, die in den Innenhof führte. Sie ging an dem Kräuterbeet vorbei und ihre Nase nahm eine wilde Mischung der verschiedensten Kräuter und Gewürze wahr. Über einen der schmalen Wege, die zwischen den Beeten hindurchführten, erreichte sie den Ostflügel. Sie verließ den Innenhof und stand im Wellnessbereich des Hotels, der nach dem Kauf des Ost-flügels dort eingerichtet worden war. Bei der Anmeldung für die Behandlungen angekommen, sah sie den Ausgang des Wellnessbereichs. Amy hatte beim Frühstück in einem Prospekt gelesen, dass der Wellnessbereich auch von den Dorfbewohnern genutzt werden konnte. Sie verließ den Ostflügel durch diesen Ausgang und fand sich auf dem mit Steinen gepflasterten Klosterhof wieder. Der Abstand zwischen dem Ostflügel und der Klostermauer betrug hier mindestens fünfzehn Meter. Beim Haupteingang des Hotels war dieser Abstand etwa zehn Meter breiter, schätzte Amy.

An der Mauer entlang in Richtung Hoteleingang waren weitere Autos der Hotelgäste geparkt. Amy entschied sich, ihren Rundgang um das Klostergebäude Richtung Süden fortzusetzen. Am Ende des Ostflügels war die Klosterkirche angebaut. Der Zugang zur Kirche von außen befand sich auf der südlichen Längsseite. Der Kirchturm war etwa zwanzig Meter höher als das Klostergebäude. Am Morgen hatte Amy zum ersten Mal die Turmglocke zur vollen Stunde schlagen hören.

Sie ging um die Kirche herum. Hier endete das Kopfsteinpflaster, und entlang des Südflügels war der Boden mit alten Natursteinplatten besetzt. Der Abstand zur Klostermauer war hier noch breiter als beim Haupteingang. Amy erinnerte sich, dass Hannes ihr von den zwei Gebäuden erzählt hatte, die in diesem Teil des Klosterhofs gestanden hatten, bis sie der vorletzte Abt abreißen ließ. Ein Lastwagen stand vor einer zweiflügeligen Tür, die sich in der Mitte des Südflügels befand und mit „Lieferanten-eingang" beschriftet war. Die Tür war höher und breiter als der Hoteleingang und Amy fragte sich, ob sie in dieser Größe schon immer dort gewesen war. Aber es hätte sie nicht gewundert, wenn Gustav Tiegelmauer die Regelung mit der Unantastbarkeit der Außenfassade nicht so genau genommen hätte. Amy erreichte den Westflügel, wo das Kopfsteinpflaster wieder den Boden schmückte. Die gesamte Anlage war sehr gepflegt, dachte Amy, als im gleichen Moment eine kleine motorisierte Kehrmaschine um die Nord-West-Ecke geschossen kam. Ein älterer Mann steuerte sie und grüßte freundlich, als er an Amy vorbeifuhr. Sie näherte sich dem Nord-West-Erker und wieder fiel ihr der große grüne Strauch auf, der am Ende des westlichen Teils der Klostermauer wuchs. Er hatte bereits eine stattliche Größe erreicht und überragte schon fast die Klostermauer. Es war definitiv die einzige Grünpflanze, die zwischen dem Klostergebäude und der Klostermauer existierte. Am Nordflügel angekommen hörte Amy laute Motorengeräusche von einem Sportwagen, der sich dem Kloster näherte und im gleichen Moment mit hoher Geschwindigkeit auf den Klosterhof gerast kam, um dann mit heftigem Einsatz der Bremsen vor dem Hoteleingang zum Stehen zu kommen. Ein braungebrannter Mann sprang aus dem Wagen, warf dem Pagen am Hoteleingang den Autoschlüssel zu und verschwand im Hotel. Amy ahnte, wen sie gerade gesehen hatte. Es konnte eigentlich nur Jakob Tiegelmeier sein. Welcher Gast würde sich auf diese Art und Weise in einem Hotel präsentieren? Bald würde sie es wissen.

Nur wenige Augenblicke später kam mit deutlich geringerem Tempo der Streifenwagen von Hannes durch das Tor gefahren. Amy sah auf ihre Uhr. Es war tatsächlich schon kurz vor zwei. Sie wartete, bis Hannes ausgestiegen war, und gemeinsam gingen sie ins Hotel.
„Diese alten Gemäuer sind einfach wunderschön, findest du nicht auch Hannes?"
„Das ist wahr, Amy."
Sie gingen durch das kleine Entree und den Gang entlang, um in die große Eingangshalle zu gelangen.
„Ich hole nur schnell meinen Mantel und dann können wir auch schon fahren, Hannes. Oder möchtest du erst einen Kaffee trinken?"
„Nein danke, wir können uns sofort auf den Weg machen. Ich warte hier auf dich", antwortete Hannes und blieb stehen.
Im Auto erfuhr Amy, dass der Datenabgleich der Angestellten des Hotels mit der Datenbank in München nichts Erwähnenswertes ergeben hatte. Auf dem Rücksitz lagen bereits einige alte Grundrisspläne des Hotels, die Hannes in der Gemeindeverwaltung bekommen hatte. Die Angaben zu Kloster St. Benedikt hatte Hannes ebenfalls herausgesucht. Im Gegenzug erzählte Amy von ihrem Gespräch mit Hubertus Tiegelmeier.
Die Fahrt dauerte nur wenige Minuten. Das Haus von Gustav und Maria Tiegelmeier lag am Ortsrand von St. Florian. Es

war ein sehr stattliches und schönes Haus, fand Amy. Hannes hingegen konnte den alten Fachwerkhäusern mehr abgewinnen, er wohnte schließlich auch in einem solchen. Er zog es vor, im Auto auf Amy zu warten. Diese Gespräche lagen ihm nicht, auch wenn er selber nichts sagen musste.

Amy stieg aus, ging durch das Gartentor und erreichte nach wenigen Schritten die Haustür. Sie klingelte und eine junge Frau öffnete ihr.

„Guten Tag, mein Name ist Amy Craig. Ich bin von der Kriminalpolizei München", stellte Amy sich vor.

„Kommen Sie herein, Frau Craig. Ich bin die Tochter, Brigitte Harter. Meine Mutter und ich erwarten Sie bereits." Sie schloss die Haustür und ging voraus. „Meine Mutter ist im Wohnzimmer, folgen Sie mir bitte."

Brigitte Harter war etwa einen Meter siebzig groß und schlank. Sie trug schulterlanges braunes Haar und war sportlich elegant gekleidet. Sie wirkte natürlich und entsprechend der Aussage ihres Bruders nicht wie eine trauernde Tochter. Frau Tiegelmeier saß in einem mächtigen Ohrensessel, der so gestellt war, dass sie durch eine große Fensterfront in ihren gepflegten Garten mit blühenden Blumen, Sträuchern, altem Baumbestand und einer ansehnlichen Rasenfläche blicken konnte.

„Mutter, Frau Craig ist gekommen."

„Danke, Brigitte", erwiderte Maria Tiegelmeier und stand langsam und bedächtig aus dem Ohrensessel auf. Sie war etwas größer als ihre Tochter, ebenfalls von schlanker Statur und trug ihr bereits ergrautes Haar kurz. Amy konnte den Schmerz über den Verlust ihres Mannes in ihrem Gesicht lesen. Sie erkannte mit einem Blick jedoch auch, dass diese Frau beherrscht war und nie die Fassung verlieren würde.

„Guten Tag Frau Craig, wollen wir uns dort drüben hinsetzen?", begrüßte sie Amy.

„Gerne, Frau Tiegelmeier. Ihnen beiden mein aufrichtiges Beileid und danke, dass Sie mich trotz dieser schwierigen Umstände empfangen."

„Fragen Sie uns, was Sie fragen müssen, Frau Craig", bat Frau Tiegelmeier, als alle Platz genommen hatten. Auf dem Tisch stand bereits Kaffee und Gebäck.

„Danke, ich werde mich so kurz fassen wie möglich. Ist Ihnen an Ihrem Mann in der letzten Zeit etwas aufgefallen? War er anders als sonst?"

„Mir ist nichts dergleichen aufgefallen. Im Gegenteil, er war ruhiger und entspannter, seit er beschlossen hatte, auf Ende des Jahres unserem Sohn Hubertus die gesamte Leitung des Hotels zu übergeben."

„Gab es einen besonderen Grund dafür, dass er sich so entschieden hatte?"

„Eigentlich nicht. Mein Mann hat sich in den letzten zwei Jahren immer schwerer damit getan, die anfallenden Aufgaben zu bewältigen. Er hat es sich natürlich nicht anmerken lassen, aber es wurde ihm einfach zu viel. Er wusste, dass er dann alles abgeben musste. Gemeinsam mit Hubertus wäre es auf Dauer niemals gut gegangen, das haben die letzten zwei Jahre gezeigt. Er hatte diese Entscheidung zwar noch nicht kommuniziert, aber ich war mir sicher, dass er es wirklich ernst meinte."

„Wissen Sie, ob es im Hotel Probleme gab mit Geschäftspartnern, mit Kunden oder anderen Personen?"

„Was die Geschäfte anging, darüber haben mein Mann und ich nie gesprochen. Ich wollte nicht, dass er diese Dinge mit nach Hause brachte. Das Hotel hat unser Leben genug beherrscht. Noch mehr hätte ich nicht ertragen, Frau Craig. Das war auch der Grund, weshalb Hubertus bei uns ausgezogen ist. Es gab damals zwischen ihm und seinem Vater immer nur dieses eine Thema. Das hat mich zu der Zeit sehr belastet."

„Wissen Sie etwas, Frau Harter, was mir weiterhelfen könnte?", Amy wandte sich nun der Tochter zu.

„Es tut mir leid, Frau Craig, von unserer Familie kann ich Ihnen am wenigsten sagen. Der Kontakt zwischen meinem Vater und mir war auf das Notwendigste beschränkt. Der Tagesablauf meines Vaters war zeitlich genau strukturiert.

So wusste ich immer, wann er nicht zu Hause war und habe die Besuche bei meiner Mutter auf diese Zeiten gelegt. Bei besonderen Anlässen im Hotel, bei Geburtstagsfeiern in der Familie und an den hohen Feiertagen haben wir uns noch gesehen, meiner Kinder wegen. Aber auch dann haben mein Vater und ich kaum ein Wort miteinander gewechselt."

„Das war es auch schon, vielen Dank, Frau Tiegelmeier, Frau Harter", beendete Amy das Gespräch und stand auf.

„Ich danke Ihnen, Frau Craig, meine Tochter wird sie noch hinaus begleiten", erwiderte Maria Tiegelmeier und lächelte ein wenig.

„Ist alles gut gegangen?", fragte Hannes, als Amy ins Auto stieg.

„Ja, das ist es, aber erfahren habe ich nichts Neues. Wir treten irgendwie auf der Stelle Hannes, das gefällt mir nicht."

Hannes fuhr auf direktem Wege ins Hotel zurück. Er trug Amy die Grundrisspläne ins Büro und übergab ihr die Liste der Angestellten sowie die Angaben zum Kloster St. Benedikt.

„Du kannst Schluss machen für heute, Hannes. Der gestrige Tag war sehr lang, ruh dich aus für morgen. Wenn ich einen Termin bekomme, fahren wir morgen nach St. Benedikt."

„Zu den alten Mönchen? Da begleite ich dich gerne. Mach du auch nicht mehr zu lange, Amy. Dann sehen wir uns morgen und einen schönen Nachmittag wünsche ich dir", verabschiedete er sich und verließ das Büro.

Amy wollte gerade einen der Grundrisspläne ausrollen, als es an der Tür polterte und im gleichen Moment der braungebrannte junge Mann förmlich in ihr Büro fiel.

„Sie wollten mich sprechen, da bin ich." Er machte eine kurze Pause, sah Amy an und sprach direkt weiter. „Eine Indianerin hatte ich mir allerdings anders vorgestellt, Frau Craig, und vor allen Dingen größer. Jakob Tiegelmeier mein Name", sprudelte es aus ihm heraus mit einem unverschämten Grinsen im Gesicht. Amy hatte in vergleichbaren Situationen selten ein so ungehobeltes und flegelhaftes Benehmen erlebt. Sie ließ sich allerdings in keinster Weise davon provozieren oder sich etwas anmerken.

„Da Sie sich über mich erkundigt haben, erübrigt es sich, dass ich mich Ihnen vorstelle, Herr Tiegelmeier. Nehmen Sie bitte Platz", antwortete Amy mit einer festeren Stimme als bei allen anderen, die sie bereits gesprochen hatte. Jakob Tiegelmeier war salopp gekleidet und setzte sich seinem Verhalten entsprechend lässig auf einen der Stühle. Die Bräune entpuppte sich bei näherem Hinsehen als das Ergebnis von stundenlangen Sitzungen in einem Solarium. Die Haut war unnatürlich ausgemergelt und wies mehr Falten auf, als es in seinem Alter zu erwarten gewesen wäre. Was hatte Hannes gesagt? Taugenichts und Weiberheld, Amy würde die Beschreibung bereits nach den wenigen Augenblicken mit Macho ergänzen.

„Mein Beileid zum Tod Ihres Vaters, Herr Tiegelmeier. Sie kommen jetzt aus München, wie ich gehört habe, ist das richtig?", begann Amy ihre Befragung.

„Das ist richtig. Mein Bruder hat mich angerufen und mich eindringlich gebeten zu kommen. Ich persönlich wäre lieber dort geblieben."

„Seit wann waren Sie in München?"

„Vor zehn Tagen war ich kurz hier bei meinem Vater und bin dann wieder zurück nach München gefahren."

„Was wollten Sie von Ihrem Vater?"

„Er hat mir vor zwei Monaten den Geldhahn zugedreht, das wissen Sie sicherlich bereits. Meine Rücklagen gingen langsam zu Ende. Ich wollte, dass er die Zahlungen wieder in Auftrag gibt. Leider konnte ich ihn aber nicht dazu bewegen."

Bei allem, was er sagte, hatte er nach wie vor dieses unverschämte Grinsen im Gesicht und konnte es selbst in dieser Situation nicht unterlassen, sich unwiderstehlich zu finden, das missfiel und störte Amy zunehmend.

„War das der Grund, weshalb Sie am gestrigen Abend heimlich nach St. Florian zurückgekommen sind, Ihren Vater in seinem Büro überrascht und ihn dann ermordet haben?", fragte Amy und blickte ihm dabei fest in die Augen. Die Konfrontation zeigte Wirkung, und zwar eine ausgeprägtere Wirkung, als Amy erwartet hatte. Schlagartig fiel die gespielte Figur in sich zusammen und auf dem Stuhl blieb ein sprachloser und betroffen wirkender junger Mann zurück. In dem Gesicht von Jakob Tiegelmeier war leichte Panik zu lesen und seine Augen wurden feucht. Seine Hände zitterten und Amy roch den Angstschweiß, der aus seinen Poren schoss.

„Nein, das stimmt nicht, Frau Craig. Ich war nicht hier. Ich war in München. Das hätte ich nie fertiggebracht, glauben Sie mir bitte, Frau Craig. Außerdem hätte ich nichts davon gehabt. Mein Erbe habe ich schon komplett vorbezogen. Es ist nichts mehr übrig." Seine Stimme klang weinerlich und flehend. So schnell konnte man also von einem großkotzigen Macho zu einer jämmerliche Gestalt werden, dachte Amy. Wahrscheinlich sah sie in diesem Moment den wirklichen Jakob Tiegelmeier. Die Spannung war aus jedem seiner Muskeln gewichen und das Gesicht hatte einen komplett anderen, aber jetzt natürlicheren Ausdruck angenommen.

„Haben Sie Zeugen dafür, dass Sie in der Zeit von neunzehn bis zwanzig Uhr in München waren?", fragte Amy, ohne ihm auch nur das geringste Gefühl von Mitleid entgegenzubringen.

„Ich war in einer Bar, in der ich bekannt bin. Sie bekommen die Anschrift und die Namen der Personen, die mich sicher dort gesehen haben in dem besagten Zeitraum", versprach er und hatte sich wieder ein wenig gefangen.

„Werden Sie die kommenden Tage in St. Florian bleiben?"

„Ja, mein Bruder hat mir ein Zimmer hier im Hotel gegeben."

„Danke, das ist im Moment alles, Herr Tiegelmeier. Sollte ich noch weitere Fragen haben, werde ich auf Sie zukommen. Sie können jetzt gehen", beendete Amy kurz und knapp das

Gespräch. Er stand auf und versuchte auf dem Weg zur Tür seine Fassung wiederzuerlangen und seine zusammengefallene Körperhaltung zu korrigieren. Bevor er die Tür öffnete, atmete er tief durch und ging ohne ein weiteres Wort hinaus. Er ließ die Tür offen stehen. Amy stand auf, ging hinüber, um die Tür zu schließen, und traute ihren Augen nicht. Er war gerade in der Mitte der Eingangshalle angelangt und hatte den Rollentausch zum Macho offensichtlich wieder vollständig vollzogen, denn er flirtete ungeniert mit einem weiblichen Gast des Hotels. Amy schloss die Tür. Jakob Tiegelmeier passte wirklich nicht in diese Familie. Aber auch ihn konnte sie als Täter ausschließen. Hinter der Fassade versteckten sich ein Weichei und wahrscheinlich auch ein Feigling, anders konnte sie es nicht ausdrücken. Ein wenig verwundert war sie dennoch, dass dieser Typ sich die Mühe gemacht hatte, sich vor dem Gespräch im Internet über sie zu erkundigen. Amy war gespannt, wie lange es dauern würde, bis sie wieder darauf angesprochen wurde. Denn eines war sicher, dieses Wissen konnte ein Jakob Tiegelmeier nicht für sich behalten.

Amy war einundfünfzig Jahre alt und kam ursprünglich aus Nordamerika. Sie wurde in einem Indianerreservat geboren und ihre Eltern gehörten einem Stamm der Sioux Indianer an. Ihr vollständiger Vorname war Amitola, ein indianischer Name, der übersetzt der Regenbogen bedeutete. Ihr Vater hatte damals außerhalb des Reservats für eine große europäische Baufirma gearbeitet. Er hatte sich in der Firma in wenigen Jahren hochgearbeitet und war seinem Chef aufgefallen. Dieser hatte ihm die einmalige Chance angeboten, in einer seiner Firmen in Norddeutschland zu arbeiten. Ihr Vater nahm dieses Angebot an und so wanderten sie gemeinsam aus, als Amy zwölf Jahre alt war. Natürlich taten die Eltern dies vor allem wegen ihrer Tochter, denn sie wollten Amy eine gute Ausbildung und ein anderes Leben ermöglichen, als es in dem Reservat möglich gewesen wäre. Das Leben in den Indianerreservaten war alles andere als einfach. Viele Indianer waren arbeitslos und lebten trotz der staatlichen Zuschüsse am Rande des Existenzminimums. Alkoholismus und Drogensucht waren selbst bei den Jugendlichen sehr verbreitet. Die Chancen, einen Ausbildungsplatz oder eine Arbeitsstelle zu finden, waren deutlich geringer als bei der nichtindianischen Bevölkerung.

Amys Vater hatte das Glück, dass ihr Großvater ein Schamane war. Auch wenn das Ansehen und die Bedeutung der Schamanen in früheren Zeiten wesentlich höher waren, so hatte er doch ausreichende Beziehungen, seinem Sohn eine solide Ausbildung zu ermöglichen. Vom Schamanismus wollte Amys Vater jedoch nichts wissen. Mit dieser Einstellung hatte er seinen Vater natürlich sehr gekränkt. Als Amy geboren wurde, sah der Großvater seine letzte Chance, sein Wissen doch noch weiterzugeben. In den Schamanenfamilien hatten sich über Generationen hinweg besondere Fähigkeiten entwickelt, die zum Teil weitervererbt wurden. Diese Fähigkeiten alleine reichten jedoch nicht aus. Es war unabdingbar, den Umgang mit diesen Fähigkeiten zu erlernen. Amy wurde schon sehr früh von ihrem Großvater betreut, da beide Eltern arbeiteten. Ganz behutsam lehrte er Amy, ihre Fähigkeiten zu erkennen und sie bewusst zu nutzen. Doch das war nicht alles. Sein immens großes Wissen über die Pflanzenwelt, die Tiere und die Menschen gab er ebenso liebevoll an Amy weiter und bescherte ihr eine wunderschöne behütete Kindheit. Amys Eltern akzeptierten, dass der Großvater Amy unterrichtete. Sie konnte im Grunde genommen nur davon profitieren und Amys Vater sein Gewissen erleichtern, da er sich dieser Schule entzogen hatte. Als Amy elf Jahre alt war, starb ihr Großvater ganz plötzlich. Nur wenige Tage zuvor hatte er ihr eine kleine selbstgeschnitzte Pfeife geschenkt, die sie an ihrem zwölften Geburtstag das erste Mal gemeinsam mit ihrem Großvater als Teil ihrer Ausbildung zur Schamanin rauchen sollte. Diese Pfeife hatte Amy seither immer bei sich und sie war für sie eine Art Talisman. Der Tod des Großvaters war für Amy ein einschneidendes Erlebnis gewesen und ein unbeschreiblicher Verlust. Ihre Auswanderung nach Deutschland bot Amy die Möglichkeit, an einem Ort neu zu beginnen, an dem sie nicht alles an ihren Großvater erinnerte. Sie ging in Deutschland zur Schule, machte ihr Abitur, absolvierte anschließend die Polizeischule für den gehobenen Dienst und schloss diese als Beste ihres Jahrgangs ab.

Amy wandte sich den Grundrissplänen zu, die Hannes in der Gemeindeverwaltung bekommen hatte. Sie studierte sie genau, fand aber keinen Hinweis für Geheimtüren oder unterirdische Gänge. Selbst der Raum hinter dem Büro und der Weinkeller, von dem sie in einer Broschüre gelesen hatte und der sich in der Nähe des Restaurants befinden musste, waren nicht eingezeichnet. Vielleicht lag es daran, dass diese Pläne aus der Zeit der ersten Umbauten zum Hotel stammten. Die Mönche aus St. Florian wurden für ihre Ermittlungen immer wichtiger. Vielleicht konnten sie ihr Antworten auf die zunehmenden offenen Fragen geben. Das war das Stichwort, dachte Amy.
Sie nahm ihr Telefon und rief in St. Benedikt an. Der Mönch an der Klosterpforte gab ihr bereitwillig Auskunft. Von den sechs Mönchen, die seinerzeit übergesiedelt waren, lebte nur noch der letzte Abt von St. Florian, Bruder Hieronimus. Die fünf Mönche, die mit ihm St. Florian verlassen hatten, waren in der Zwischenzeit verstorben. Zum Glück erfreute sich der Abt noch guter Gesundheit und war auch geistig noch nicht eingeschränkt. Einem Besuch von Amy und Hannes stand nichts im Wege. Sie wurden am Morgen des folgenden Tages um zehn Uhr erwartet. Für den Besuchstermin hatte der Mönch an der Pforte Amy mit Bruder Friedrich, dem Abt von St. Benedikt verbunden. Er hatte sich gefreut, dass jemand Bruder Hieronimus besuchen wollte. Auch wenn der Anlass nicht erfreulichste war, würde Bruder Hieronimus sie gerne

empfangen. Amy war angetan von der Freundlichkeit der Brüder und sehr gespannt auf den morgigen Tag. Sie schickte Hannes eine Kurznachricht mit dem Termin auf sein Handy und schlug als Abfahrtszeit neun Uhr vor. Kurze Zeit später bestätigte Hannes den Termin mit dem Kommentar: „Freue mich auf den Ausflug."

Für das Abendessen war es noch zu früh. Amy ging in die Eingangshalle. In der Bar stand Sepp Obermeier hinter der Theke, Gäste waren keine da. Amy nutzte die Gunst der Stunde, ging zu ihm hinüber und setzte sich auf einen Barhocker. Sepp wirkte nun doch etwas verlegen, vermutlich wegen seines Lauschangriffs am Abend zuvor. Amy ließ sich allerdings nichts anmerken und bestellte einen Kaffee.

„Ich habe gehört, Sie sind schon über fünfundzwanzig Jahre im Haus, Herr Obermeier. Das ist eine lang Zeit", versuchte Amy mit ihm ins Gespräch zu kommen.

„Vor einem Jahr habe ich die fünfundzwanzig Jahre vollgemacht, das stimmt." Sepp strahlte und war sichtlich stolz auf sein Jubiläum. „Frau Craig, bitte sagen Sie Sepp zu mir. Jeder nennt mich so, Herr Obermeier ist mir mit den Jahren hier im Hotel irgendwie fremd geworden."

„Hannes Gruber hat Sie gestern bereits zu der Tatzeit befragt. Mich würde interessieren, was in den letzten Jahren hier im Hotel im Allgemeinen passiert ist. Einiges habe ich schon gehört, aber ich verstehe die Zusammenhänge noch nicht wirklich. Würden Sie mir erzählen, was Sie erlebt und vor allem wie Sie es erlebt haben?", fragte Amy ihn nun doch direkt.

„Da könnte ich die ganze Nacht erzählen und wäre noch nicht fertig. Was interessiert Sie denn besonders, Frau Craig?", wollte Sepp wissen.

„Mich interessiert, ob es in der Zeit, seitdem sie hier sind, besondere Vorkommnisse gegeben hat. Vor allem interessieren mich die letzten Jahre, in denen die Mönche noch hier waren", versuchte Amy ihr Anliegen zu konkretisieren. Amy hatte schon zu Anfang des Gesprächs bemerkt, dass Sepp sie auf eine besondere Art ansah. Sie spürte, dass ihn etwas beschäftigte und brennend interessierte. Noch bevor sie diesen Gedanken zu Ende gedacht hatte, konnte er seine Frage nicht mehr zurückhalten.

„Darf ich Sie etwas Persönliches fragen, Frau Craig?", kam es von Neugier getrieben aus ihm heraus.

„Wenn Sie die Antwort nicht scheuen, dürfen Sie mich alles fragen", Amy ahnte, was jetzt kam.

„Stimmt es, dass Sie indianische Vorfahren haben? Ich will nicht indiskret sein, ich habe es nur gehört. Wenn es nicht so ist, kann ich das Gerücht auch ganz schnell wieder aus der Welt schaffen."

„Sie haben es also gehört. Ich nehme an, Jakob Tiegelmeier hat hier bei Ihnen an der Bar etwas getrunken und es Ihnen erzählt. Ja, das ist richtig. Ich habe nicht nur indianische Vorfahren, ich bin Indianerin. Als ich zwölf Jahre alt war, bin ich mit meinen Eltern nach Deutschland gekommen. Ich bin in einem Indianerreservat in North Dakota geboren. Wir gehören einem Stamm der Sioux Indianer an. Können wir jetzt zu meinen Fragen zurückkommen?"

„Natürlich, Frau Craig, danke", entgegnete Sepp etwas verlegen. Er hatte wohl nicht damit gerechnet, dass Amy so offen mit der Frage umgehen würde. Umso mehr strengte er sich jetzt an, seine Erlebnisse und sein Wissen an Amy weiterzugeben.

Vieles, was Sepp erzählte, war Amy bereits bekannt. Die schlechten Charakterzüge von Gustav Tiegelmeier und sein Einfluss in der Gemeindevertretung, die Übernahme des Friedhofs und des Ostflügels, die Stellung von Hubertus Tiegelmeier im Hotel und die Lebensumstände von Brigitte Harter und ihrer Mutter.

„Bleibt noch der Jakob, das war eine schlimme Geschichte damals", fuhr Sepp fort und seufzte schwer. „Er war schon seit seiner Jugend das schwarze Schaf in der Familie, er scheute die Arbeit, interessierte sich nur für die schönen

Dinge des Lebens und vor allem für das weibliche Geschlecht. Er war der Einzige, der sich nichts sagen ließ, auch nicht von Gustav. Das hat sich sonst niemand getraut, sich ihm zu widersetzen, meine ich. Er war damals knapp siebzehn Jahre alt und lief schon vorher jedem Rock hinterher, vor allem denen der jungen Serviertöchter. Ich sehe ihn heute noch hier an meiner Bar sitzen. Es war der Tag nach dem schrecklichen Vorfall. An dem Tag, als er hier saß, waren Gustav und Hubertus in München bei einem Treffen des Hotelverbandes gewesen. Er war total betrunken und hat es mir erzählt. Gerüchte hatte es da natürlich schon einige gegeben, aber niemand hatte etwas Genaues gewusst. Laura hieß sie, Laura Viehofer. Sie war in der Ausbildung im Restaurant und ein Jahr jünger als der Jakob. Ein hübsches Mädchen war sie, hatte eine zierliche Figur und langes blondes Haar. Sie hatte an besagtem Abend die späte Schicht bis zweiundzwanzig Uhr gehabt. Mit dem Fahrrad kam sie jeden Tag vom Dorf hergefahren. Sie wohnte bei ihren Eltern. Jakob hatte schon länger ein Auge auf sie geworfen, war aber immer von ihr abgewiesen worden. Das hatte ihn natürlich noch verrückter nach dem Mädel gemacht. An dem besagten Abend hatte er ihr aufgelauert. An diesem Abend hat er sich nicht abweisen lassen und sich mit Gewalt geholt, was sie nicht bereit gewesen war, ihm zu geben."

Sepp versagte die Stimme und Tränen standen in seinen Augen. Er brauchte einen Moment, trank einen Cognac und fuhr fort: „Laura kam von dem Tag an nicht mehr ins Hotel. Jakob war zwei Tage später von der Bildfläche verschwunden. Es wurde erzählt, Gustav hätte ihn in einem Internat oder einem Heim untergebracht. Einige Wochen später erfuhren wir, dass Laura ein Kind von Jakob erwartete. Nur wenige Tage darauf nahm sich das arme Mädchen das Leben."

Wieder musste Sepp eine Pause machen. Amy sah ihm an, wie sehr ihm das Schicksal des Mädchens zu Herzen ging, auch nach elf Jahren noch.

„Wissen Sie, Frau Craig, das Schlimmste an der ganzen Geschichte war, dass Jakob nichts daraus gelernt hat. Er war nach einem Jahr plötzlich wieder da und stellte wieder jeder hübschen Frau nach. Gustav war machtlos, wohl das einzige Mal in seinem Leben. Die Konsequenz war, dass er ihn nur wenige Wochen später des Hotels verwies. Von da an war Jakob mal in München, mal in Salzburg oder in Wien und Gustav hat ihm dieses Leben finanziert."

„Wissen Sie, wie es der Familie des Mädchens ergangen ist nach den schrecklichen Geschehnissen?"

„Es wurde erzählt, dass sie St. Florian verlassen haben. Der Vater ist wohl dem Alkohol verfallen und die Mutter war lange Zeit in einer psychiatrischen Klinik in Behandlung. Aber wie gesagt, das wurde erzählt. Ich weiß nicht, ob es wirklich stimmt."

„Haben Sie später noch einmal mit Jakob darüber gesprochen, Sepp?"

„Nein. An dem Tag, als Jakob verschwand, hat der Seniorchef die Anweisung für alle Angestellten herausgegeben, dass diese Geschichte für alle Zeiten tabu ist. Jeder, der sich danach darüber geäußert hat oder davon erzählt hat, dem wurde fristlos gekündigt. Sie sind die Erste, mit der ich seit damals darüber rede. Und es hat mir gutgetan. Danke, dass Sie mir zugehört haben."

Wieder kämpfte Sepp mit den Tränen.

„Ich danke Ihnen, dass Sie es mir erzählt haben Sepp. Ich glaube, jetzt kann ich auch einen Cognac vertagen, trinken Sie noch einen mit?"

„Gerne, Frau Craig", sagte er und wirkte erleichtert.

Amy beließ es dabei. Die anderen Fragen waren in diesem Moment nicht mehr wichtig. Nach zwei weiteren Cognacs war es bereits wieder nach Mitternacht und Amy zog sich auf ihr Zimmer zurück.

Sie hatte wieder Mühe, in den Schlaf zu finden. Das Schicksal des Mädchens ging ihr nicht aus dem Kopf. Sie konnte nicht einschätzen, ob die Geschichte von damals mit dem jetzigen Mord in Verbindung stand. In jedem Fall hatte Gustav

Tiegelmeier auch nach diesem Verbrechen die Fäden in seinem und in dem Sinne seiner Familie gezogen, da war Amy sich sicher. Dennoch wusste sie zu wenig darüber. Aber das konnte sie ändern. Irgendwann schlief sie ein.

3

Um halb sieben am Morgen saß Amy bereits mit ihrer Pfeife und einem Kaffee auf dem kleinen Balkon. Auch heute würde es ein schöner Tag werden. Der Himmel war wolkenlos. Sie war mit ihren Gedanken bereits wieder bei den Erzählungen von Sepp. Sie fragte sich, warum Hannes diesen Vorfall nicht erwähnt hatte. Wenn sie später nach St. Benedikt fuhren, würde sie ihn darauf ansprechen.
Um halb acht war Amy in ihrem Büro. Heute hatte sie sich weniger Zeit für das Frühstück genommen. Bevor sie um neun mit Hannes aufbrach, wollte sie alle Fakten noch einmal sichten. Die letzten Ergebnisse der Spurensicherung waren zwischenzeitlich eingetroffen. Amy erhielt in dem Bericht eine Kurzeinweisung in die Kleiderordnung der Benediktiner Mönche. Das Gewand, das der Tote trug, war eine originale Tunika der Benediktiner Mönche. Die Kleidung der Benediktiner Mönche, der sogenannte Habit, war schwarz und bestand aus einem Untergewand, der Tunika; einem Ledergürtel, dem Zingulum; einem ärmellosen Überwurf mit Kapuze, dem Skapulier, und einem weiten Überwurf mit Kapuze, der Kukulle. Die Tunika wurde von den Mönchen immer getragen, die übrigen Gewänder je nach Witterung, besonderem Anlass oder der Arbeit, der sie nachgingen. Die Sandalen an den Füßen des Toten gehörten ebenfalls zur originalen Bekleidung der Benediktiner. Die Tunika, die der Tote trug, wurde jedoch

aus einem Stoff gefertigt, der bei den Benediktinern heute nicht mehr verarbeitet wurde. Ebenso war es mit den Sandalen, diese wurden heute ebenfalls aus einem Material mit mehr Tragekomfort produziert. Die Tunika und die Sandalen, die Gustav Tiegelmeier trug, mussten mindestens fünfzehn Jahre alt sein. Seither wurden nur noch die neuen Stoffe und Materialien verwendet. Amy war verblüfft über die verschiedenen Kleider der Mönche. Wenn sie heute nach St. Benedikt fuhren, würde sie speziell darauf achten.

Amy sah sich die Liste der Angestellten des Hotels an. Sie hatte sie aus München zusätzlich in elektronischer Form erhalten. Sie filterte die Personen heraus, die länger als zwölf Jahre im Hotel beschäftigt waren. Zudem suchte sie aus der Liste derer, die in den letzten zwei Jahren das Haus verlassen hatten, diejenigen heraus, die bereits zu dem Zeitpunkt der Vergewaltigung von Laura Viehofer angestellt waren. Diese Mitarbeitenden hatten auch das üble Spiel, das Gustav Tiegelmeier mit den Mönchen getrieben hatte, miterlebt. Es kamen insgesamt aus beiden Listen neun Personen zusammen. Acht davon waren noch im Haus, der neunte hatte vor einem Jahr gekündigt.

Wenn jemand vom Personal für die Tat infrage kam, schieden von den acht Personen drei aus. Zwei Frauen vom Reinigungsdienst, die bereits mehr als dreißig Jahre im Hotel arbeiteten und beide über sechzig Jahre alt waren. Zudem ein Mitarbeiter in der Administration, den Amy bereits kennengelernt hatte und der nach einem schweren Verkehrsunfall im Rollstuhl saß.

Amy notierte die verbliebenen Personen auf einem Zettel und ging zur Rezeption. Sie fragte nach dem Hotelmanager, der prompt zu ihr kam.

„Herr Fischer, ich benötige die Personalakten dieser sechs Angestellten. Ist das möglich?"

Peter Fischer sah sich die Liste an.

„Selbstverständlich, Frau Craig. Ich sehe gerade, dass Herr Blume auf der Liste steht. Er hat uns vor etwa einem Jahr aus gesundheitlichen Gründen verlassen müssen und ist ein halbes Jahr später verstorben."

„Das tut mir leid", erwiderte Amy. „Dann sind es noch die Akten der verbleibenden fünf Personen."

„Wenn Sie warten wollen, suche ich sie Ihnen sofort heraus."

„Dann warte ich gerne, Herr Fischer, vielen Dank, ich gehe mir in der Zwischenzeit etwas zu trinken holen."

Amy hatte ihr Mineralwasser gerade bekommen, als Peter Fischer auf sie zukam und ihr die Personaldossiers in die Hand drückte. Mit den Akten und dem Wasser ging sie zurück in ihr Büro. Sie sah auf die Uhr und fragte sich, wo die Zeit geblieben war. Jeden Moment musste Hannes für die Fahrt nach Hochburg, dem Ort, in welchem St. Benedikt lag, vorfahren. Hochburg war etwas größer als St. Florian und die Orte lagen zweiundfünfzig Kilometer entfernt voneinander. Amy hatte im Internet nachgesehen. Die Abtei St. Benedikt war wesentlich größer als St. Florian und beherbergte heute noch mehr als dreihundert Mönche. Sie beschloss, Hannes entgegenzugehen, nahm ihren Mantel und verließ das Büro in Richtung Hotelausgang. Als sie hinaustrat, kam Hannes auf den Klosterhof gefahren und Amy musste nur noch einsteigen.

„Guten Morgen Hannes, du bist pünktlich, das schätze ich sehr."

„Guten Morgen Amy, du kennst doch sicher den Spruch **Pünktlichkeit ist eine Zier** ... Mein Vater hat sehr viel Wert darauf gelegt und das ist mir geblieben", erklärte er und fuhr los.

Nach einer Weile des Schweigens fragte Amy, ob Hannes von dem Schicksal von Laura Viehofer wusste. Sie erklärte ihm, dass Sepp in der vergangenen Nacht sehr gesprächig war und ihr unter anderem von diesem schrecklichen Vorfall erzählt hatte.

„Ja, ich kann mich daran erinnern. Als das passierte, war ich aus gesundheitlichen Gründen fast ein Jahr nicht im Dienst. Ich hatte eine Lungentuberkulose und habe einige Monate in einem Sanatorium verbracht, nach meiner Rückkehr habe ich davon gehört. Es war etwa vier Monate später. Das Vergehen von Jakob wurde damals nicht zur Anklage gebracht, daran kann ich mich noch sehr gut erinnern. Soweit ich weiß, hatte Gustav dafür gesorgt, dass es unter den Tisch fiel. Es wurde erzählt, dass das Mädchen und ihre Familie finanziell großzügig entschädigt wurden. Aber das konnte das anschließende Drama der Familie auch nicht aufhalten." Hannes schüttelte traurig den Kopf.

„Was meinst du mit anschließendem Drama?", hakte Amy nach.

„Drei Wochen vor meiner Rückkehr hatte sich das Mädchen mit einer Überdosis Tabletten das Leben genommen. Der Vater hatte vorher schon zu trinken begonnen und ist etwa zwei Jahre später in betrunkenem Zustand auf eine stark befahrene Straße gelaufen. Er wurde von einem Auto erfasst und starb noch an der Unfallstelle. Die Mutter musste nach dem Tod der Tochter in die Psychiatrie eingewiesen werden und ist soweit ich weiß noch immer dort. Wenn das kein Drama ist."

„Das ist wirklich eines. Geschwister hatte Laura keine?"

„Lass mich überlegen. Doch, sie hatte einen jüngeren Bruder, er muss damals um die vierzehn gewesen sein, als das mit seiner Schwester passiert ist. Der Name fällt mir bestimmt noch ein. Als die Mutter eingewiesen wurde, kam er zu einer Tante irgendwo in Norddeutschland. Ich glaube in der Nähe von Lübeck. Aber das kann ich herausfinden, wenn du es genau wissen möchtest", bot Hannes an.

„Gerne, Hannes und lass bitte über München herausfinden, wo der junge Mann heute lebt und was er macht."

„Ich werde mich nach unserer Rückkehr von St. Benedikt sofort darum kümmern."

Die letzten zwanzig Minuten der Fahrt sprachen sie nur wenig. Jeder hing seinen Gedanken nach oder ließ sich von der schönen Landschaft ein wenig von dem Fall ablenken.

Hannes bog auf den großen Besucherparkplatz der Abtei ein. Die Kirche war für die Öffentlichkeit zugänglich und wie es schien ein Anziehungspunkt. Bruder Friedrich, der Abt von St. Benedikt, hatte Amy beschrieben, wie sie zur Klosterpforte kamen. Auf dem Weg dorthin gingen sie an einem der Gebäudeflügel entlang.

„Die Abtei ist ja riesig im Vergleich zu St. Florian", staunte Amy.

„Ja, das ist gewaltig", pflichtete Hannes ihr bei.

Genau in der Mitte des Gebäudeflügels standen sie vor einer großen, schweren Holztür mit der Aufschrift „Klosterpforte". Hannes öffnete die Tür und sie betraten einen kleinen Vorraum, in dem sich die eigentliche Pforte befand, die von einem Mönch besetzt war.

„Guten Tag, mein Name ist Amy Craig. Ich habe gestern mit Ihrem Abt telefoniert und für zehn Uhr einen Besuchstermin bei Bruder Hieronimus bekommen."

„Guten Tag Frau Craig, Bruder Friedrich hat mich informiert. Einen kleinen Moment bitte, ich werde ihn rufen", antwortete der Mönch. Es waren nur wenige Minuten vergangen, als sich die Tür öffnete, die gegenüber der Eingangstür lag.

„Guten Morgen Frau Craig, Herr Gruber, als Abt von St. Benedikt heiße ich Sie herzlich willkommen in unserer Abtei", begrüßte Bruder Friedrich sie beinahe überschwänglich. Er war etwa ein Meter achtzig groß und schien sehr schlank zu sein. Amy sah ihn sich genau an. Er trug eine Tunika mit einem Ledergürtel auf Taillenhöhe wie Gustav Tiegelmeier. Darüber trug Bruder Friedrich ein Skapulier mit Kapuze. In dem schmalen Gesicht stachen die tiefblauen Augen besonders hervor und das dunkelbraune Haar war an den Schläfen bereits ergraut. Das Habit sitzt tadellos und kleidet den Abt gut, dachte Amy bei sich, bevor sie seine Begrüßung erwiderte.

„Guten Morgen Bruder Friedrich, vielen Dank, dass wir die Möglichkeit bekommen, Ihre Abtei zu betreten und mit Bruder Hieronimus zu sprechen."

„Das ist doch selbstverständlich. Wir sind ja schließlich kein Gefängnis", bemerkte Bruder Friedrich mit einem Lachen und bat Amy und Hannes, ihm zu folgen.

„Bruder Hieronimus ist schon ganz aufgeregt. Er bekommt sehr gerne Besuch, aber dies leider viel zu selten. Ich hoffe, Sie haben etwas Zeit mitgebracht."

„Wir werden uns die Zeit nehmen. Ich hoffe, er kann uns viel erzählen."

„Das ist mit Sicherheit so. Er hat für sein hohes Alter ein ausgesprochen gutes Gedächtnis, auch für die kleinsten Dinge, die geschehen sind, es ist erstaunlich. Wir treffen Bruder Hieronimus in unserem Klostergarten im Rosenpavillon. Es ist sein Lieblingsplatz und bei dem schönen Wetter ideal für ein zufriedenes Beisammensein."

Amy hatte sich, während sie Bruder Friedrich folgten, umgesehen. Die Gebäudeflügel der Abtei waren sicher doppelt so lang wie die in St. Florian. Das Gebäude war wunderschön und in einem tadellosen Zustand. Der Weg, den Bruder Friedrich wählte, war etwas verwirrlich, doch Amy hatte an einigen Türen die Aufschrift „Klausur" gelesen, was wohl bedeutete, dass dort nur die Brüder Zutritt hatten. Der Abt öffnete eine weitere Tür und plötzlich standen sie im Innenhof der Abtei. Amy traute ihren Augen nicht. Der Innenhof war ebenfalls um ein Vielfaches größer als der in St. Florian. Eine solche Blütenpracht hatte Amy noch nie gesehen. In einzelnen voneinander getrennten Beeten, die mit Natursteinen eingefasst waren, wuchsen Grünpflanzen, Blumen und blühende Sträucher in allen Farben. Über schmale weiße Kieswege schritt man durch dieses Paradies. Nicht das kleinste Unkraut auf den Wegen oder in den Beeten störte die Pracht. Gerne hätte Amy den Garten einmal von oben betrachtet, um das Zusammenspiel im Ganzen zu sehen. Sie war sich sicher, dass es einem Muster folgte. Nur wenige Augenblicke nachdem sie den Garten betreten hatten, wurden sie von einer Duftwolke umhüllt. Sie war so intensiv, dass es kaum möglich war, einzelne Düfte auszumachen. Bruder Friedrich bemerkte ihr Erstaunen.

„Dieser Garten ist unser ganzer Stolz, Frau Craig. Der Zugang ist normalerweise nur den Brüdern gestattet. Sie zwei sind eine Ausnahme, Bruder Hieronimus zuliebe."

„Ich habe noch nie eine solche Blütenpracht gesehen. Ich bin wirklich überwältigt, Bruder Friedrich, vielen Dank, dass Sie uns hier Einlass gewähren", erwiderte Amy. Hannes blieb stumm und staunte nur.

„Ah, Bruder Friedrich, ich höre dich mit einer fremden Stimme an deiner Seite. Bringst du mir den angekündigten Besuch?", hörte Amy eine tiefe, warmherzige Stimme sagen.

„So ist es, Bruder Hieronimus. Ich bringe dir Frau Amy Craig und Herrn Hannes Gruber."

„Das ist sehr schön. Ich freue mich schon den ganzen Morgen darauf."

Sie gingen um einen großen Buchsbaum herum, der die Form eines Korkenziehers hatte, und standen vor dem runden Pavillon. Das schmiedeeiserne Gestänge war vollständig von dunkelroten Rosen umrankt. In dem Pavillon stand ein runder Tisch mit einer Sitzbank und drei Stühlen. Bruder Hieronimus hatte auf der Bank Platz genommen. Obwohl er nicht aufstand, erkannte Amy, dass er mindestens so groß wie Hannes sein musste. Er hatte dichtes schneeweißes Haar und ein freundliches Lächeln.

„Entschuldigen Sie bitte, dass ich zur Begrüßung nicht aufstehe. Die alten Knochen mögen nicht mehr so. Kommen Sie doch bitte näher", begrüßte er Amy und Hannes. Amy bemerkte, dass Bruder Hieronimus an ihnen vorbeisah. Auch die Hand, die er ihnen zur Begrüßung entgegenstreckte, reagierte nicht auf ihre Bewegungen. Bruder Hieronimus war blind, da war Amy sich sicher. Sie ging auf ihn zu, nahm seine Hand, begrüßte ihn ebenso freundlich und dankte ihm, dass er sich Zeit für sie nahm. Hannes folgte Amy und tat es ihr gleich.

„Setzen Sie sich doch bitte", bat Bruder Hieronimus. „Bruder Anselm wird uns gleich Kaffee und einige Häppchen zu essen bringen."

„Der Garten ist so wunderschön. Ich habe so etwas noch nie gesehen, Bruder Hieronimus", schwärmte Amy immer noch.

„Da haben Sie wohl recht, Frau Craig, dies ist mein Lieblingsplatz. Heute kann ich leider nur noch die Düfte wahrnehmen, nachdem ich mein Augenlicht in den letzten Jahren mehr und mehr verloren habe und seit zwei Jahren leider gar nichts mehr sehe. Aber als wir von St. Florian hierhergekommen sind, durfte ich den Garten noch in seiner vollen Blütenpracht sehen und diese Bilder werde ich nie vergessen."

„Das verstehe ich, dass einem diese Bilder bleiben. Das würde mir genauso gehen", stimmte Amy ihm zu.

„Bruder Friedrich sagte mir, dass Sie aus St. Florian kommen und mit mir über die vergangenen Zeiten sprechen möchten. Der Anlass für ihre Fragen ist ein trauriger, wie ich gehört habe. Wie kann ich Ihnen helfen, Frau Craig? Sie sind Kriminalhauptkommissarin, nicht wahr?"

„Ja, das ist richtig, Bruder Hieronimus, und Herr Gruber ist von der Ortspolizei St. Florian. Der Anlass ist wirklich nicht schön. Gustav Tiegelmeier ist gewaltsam zu Tode gekommen. Die Geschichte des Hotels ist mit Ihrer Geschichte und mit der Ihrer Brüder, die ebenfalls in St. Florian waren, sehr eng verbunden. Bei den bisherigen Ermittlungen habe ich festgestellt, dass mir wichtige Informationen fehlen, die ich gerne aus erster Hand erhalten würde, da doch sehr viel erzählt wird. Aus diesem Grund bin ich hier. Würden Sie mir helfen?"

„Das ist doch selbstverständlich und ich mache es gern. Sie haben Glück, dass Sie mich noch antreffen. Meine Brüder, die mit mir von St. Florian hierhergekommen sind, leben leider nicht mehr. Ich denke, der Herr wird mich auch bald zu sich rufen", sagte Bruder Hieronimus etwas nachdenklich.

„Bruder Hieronimus, ich würde Sie gerne einfach von damals erzählen lassen und später eventuell noch die eine oder andere Frage stellen. Wäre das auch in Ihrem Sinne?"

„Sie müssen mir einfach sagen, wenn ich zu viel erzähle oder Sie eine Pause brauchen", Bruder Hieronimus schmunzelte. „Ich erzähle nämlich gern und dann kann es schon einmal etwas länger gehen."

„Wir haben genug Zeit mitgebracht, Bruder Hieronimus."

„Ah, jetzt kommt unser Kaffee, Bruder Anselm, du bist es doch, oder?"

„Richtig, Bruder Hieronimus, du erkennst mich immer früher an meinem Schritt", lachte der junge Mönch, begrüßte Amy und Hannes und stellte den Kaffee und einige belegte Brote auf den Tisch. Bruder Hieronimus bedankte sich bei Bruder Anselm und bat Amy, den Kaffee einzuschenken.

„St. Florian blickt auf eine lange Geschichte zurück, wie Sie sicher bereits wissen, Frau Craig", begann Bruder Hieronimus. „Und es hat in seiner fast 800-jährigen Geschichte viele und auch anhaltende Blütezeiten erlebt. Es gab Anwärter, die kamen von weit her, um in unser Kloster aufgenommen zu werden, und manchmal mussten sie sogar abgewiesen werden, weil das Kloster keinen Platz mehr hatte. Doch gegen Ende des 19. Jahrhunderts wendete sich das Blatt. Der Nachwuchs kam nur noch spärlich und die großen Klöster, wie die Abtei St. Benedikt, wurden von den Anwärtern bevorzugt. Dies war der Grund für den ersten Vertrag des damaligen Abts mit einem Pächter für die Gebäudeflügel im Süden, Westen und Norden. Sie müssen wissen, Frau Craig, dass die einzelnen Klöster des Benediktiner Ordens autonom sind. Das heißt, dass die Brüder für ihren Lebensunterhalt selber sorgen müssen. Solange St. Florian genug junge Brüder hatte, die die Ländereien bestellen konnten und die als Gelehrte in den Schulen und bei betuchten Familien unterrichten konnten, war das kein Problem. Doch ohne den Nachwuchs blieben mit der Zeit nur noch die betagten Mönche übrig. Sie waren nicht mehr in der Lage, ihren Lebensunterhalt zu bestreiten. Die Ländereien waren bereits um 1900 veräußert worden. Von dem Ertrag konnten die Mönche, da sie auch nicht mehr viele waren, viele Jahre leben. Als diese Rücklagen dann aber aufgebraucht waren, entschieden sie sich, drei der vier Flügel zur Pacht anzubieten. Den wenigen Mönchen, die noch dort waren, genügte der Ostflügel. 1930 kam der erste Vertrag zustande. Eines der Gelübde, die ein Benediktiner Mönch ablegt, beinhaltet die Ortsgebundenheit. Das bedeutet, dass er bis an sein Lebensende in dem Kloster bleibt, in dem er sein Gelübde abgelegt hat. Aus diesem Grund stand in allen Pacht- und später auch in den Kaufverträgen eine Klausel geschrieben, die den Mönchen den Verbleib in St. Florian bis zu ihrem Tod garantierte. Diese Klausel durfte aus keinem Vertrag entfernt werden. So hat ihn auch der erste Tiegelmeier, der Josef, 1949 unterschrieben und anerkannt. Sein Sohn Gustav war da ganz anderer Meinung. Als er die Leitung, ich glaube im Jahr 1984, übernommen hatte, dauerte es nicht lange und er fragte zum ersten Mal bei mir an, ob er den Ostflügel kaufen könne. Ich habe das damals strikt abgelehnt und auf den Vertrag verwiesen. Als ich danach einige Jahre nicht mehr von ihm behelligt wurde, glaubte ich, dass er es akzeptiert hätte. Erst später habe ich erfahren, dass er, nachdem ich ihn abgewiesen hatte, im Hintergrund nichts unversucht gelassen hat, dem Vertrag die Rechtmäßigkeit aberkennen zu lassen. Als er damit endgültig gescheitert war, begann er uns mit allem zu plagen, was ihm möglich war. Details dazu erspare ich Ihnen. Wir waren bereits zu der Zeit nur noch zu sechst, wir waren nicht mehr die Jüngsten und unsere Gesundheit litt unter diesen Hinterhältigkeiten, den Anfeindungen und seinen permanenten Attacken. Auch wenn wir Unterstützung von der Bevölkerung von St. Florian erhielten, fühlten wir uns in dieser Situation und somit auch in unserem Kloster nie mehr richtig wohl. Ich als Abt hatte meinen Brüdern versprochen, dass sie in St. Florian sterben würden, und sie haben mir vertraut. Dann

71

schaffte es Gustav Tiegelmeier, uns unseren Klosterfriedhof wegzunehmen. Das hat unsere Gemeinschaft bis ins Mark erschüttert. Danach hatten wir keine Kraft mehr. Wir wollten unsere letzte Ruhe auf einem geschützten Benediktiner Friedhof finden. Also haben wir gemeinsam beschlossen, nach St. Benedikt überzusiedeln. Der Verkauf des Ostflügels wurde von dem Rechtsbeistand von St. Benedikt verhandelt. Ich hätte es damals nicht ertragen, mich mit diesem Menschen noch einmal an einen Tisch zu setzen. Ich hoffe, Sie verstehen das, Frau Craig. Der Schmerz steckte einfach zu tief. Die Klosterkirche ist im Besitz des Benediktiner Ordens geblieben und wird von St. Benedikt aus verwaltet. Aber dass wir die Kirche behalten haben, ist nicht wirklich ein Trost. Mit der Ankunft in St. Benedikt konnten wir die Vergangenheit hinter uns lassen, und nach einigen Wochen des Einlebens ging es uns wieder gut. Vor allem hatten wir unseren Frieden wiedergefunden. Leider sind meine fünf Brüder aus St. Florian in der Zwischenzeit verstorben. Sie sind auf dem Friedhof der Abtei beigesetzt worden, und ich kann sie jederzeit besuchen, das ist mir wichtig."

Amy spürte, wie schwer diese letzte Entscheidung, die Bruder Hieronimus als Abt treffen musste, noch immer auf dem alten Mann lastete.

„Ich bin Ihnen sehr dankbar, Bruder Hieronimus, dass Sie uns Ihre Geschichte so offen erzählt haben. Sie haben mir damit sehr geholfen. Gustav Tiegelmeier hat vielen Menschen das Leben schwer gemacht. Ihr Schicksal und das Ihrer Brüder wiegen dabei besonders schwer. Darf ich Ihnen abschließend noch eine Frage stellen?"

„Sicher, junge Frau, fragen Sie", antwortete er und drehte seinen Kopf in die Richtung, aus der er Amys Stimme vernahm.

„Ich weiß, dass die Pächter und Käufer sich verpflichtet haben, eine Chronik über die Entwicklung der von ihnen gepachteten oder gekauften Gebäude zu schreiben. Gibt es auch Chroniken, die Sie und Ihre Brüder verfasst haben?"

„Ja, ja, wir haben unsere eigenen Chroniken geschrieben. Wir haben sie bei unserem Umzug mitgenommen. Sie befinden sich hier in der Klosterbibliothek. Es sind einige Bände zusammengekommen in der langen Geschichte von St. Florian. Wenn es Ihnen hilft, können Sie den letzten Band gerne ausleihen. Den habe ich beinahe ganz alleine geschrieben. Es war die Aufgabe des Abts, sie nachzuführen", sagte Bruder Hieronimus stolz.

„Ihre Geschichte interessiert mich auch unabhängig von dem Fall. Ich würde sie sehr gerne lesen."

„Bruder Anselm", rief Bruder Hieronimus etwas lauter mit seiner angenehmen dunklen Stimme.

„Ja, Bruder Hieronimus, was kann ich für dich tun?" Amy hatte nicht gesehen, woher der junge Mönch gekommen war. Nur Augenblicke nach dem Ruf von Bruder Hieronimus stand er neben dem Pavillon.

„Bring mir bitte den letzten Band der Chroniken von St. Florian und trage ihn auf den Namen von Frau Craig aus dem Register aus", bat Bruder Hieronimus.

„Das mache ich gerne", antwortete Bruder Anselm und verschwand zwischen den Blumen.

Amy hätte Bruder Hieronimus gerne noch weitere Fragen gestellt, doch ihr war aufgefallen, dass er müde wurde und seine Körperspannung deutlich nachgelassen hatte. Die Chronik würde vielleicht noch weitere Fragen aufwerfen. So entschied sich Amy für einen weiteren Besuch in den nächsten Tagen. Bruder Hieronimus würde es sicher freuen.

„Bruder Hieronimus, ich werde Ihnen den Band persönlich zurückbringen und würde mich freuen, wenn wir auch dann Zeit für ein Gespräch fänden."

„Das würde mich auch sehr freuen, Frau Craig. Sie sind natürlich auch herzlich dazu eingeladen, Herr Gruber." Hannes hatte bis zu diesem Zeitpunkt kein Wort gesagt.

„Vielen Dank für die Einladung, wenn ich Zeit habe, komme ich gerne wieder hierher", brach er nun sein Schweigen.

Bruder Anselm war zurückgekehrt und übergab Amy das Buch. Es sah genauso aus wie die Chronik, die Amy in dem

Büro von Gustav Tiegelmeier in den Händen gehalten hatte. Auf diesem Einband stand **Geistliche Chroniken Kloster St. Florian, Band 17.**

„Vielen Dank, Bruder Anselm, ich werde sorgsam damit umgehen", versprach Amy. Bruder Anselm lächelte sie an, nickte und ging wieder.

„Bruder Hieronimus, wir werden uns auf den Weg nach St. Florian machen. Haben Sie noch einmal herzlichen Dank, wir sehen uns bald wieder. Ich habe mich gefreut, Sie kennenzulernen." Amy nahm die Hand von Bruder Hieronimus und verabschiedete sich.

„Letzteres kann ich nur erwidern, Frau Craig. Ich wünsche Ihnen viel Erfolg bei Ihrem Fall und freue mich auf das Wiedersehen. Auch Ihnen alles Gute, Herr Gruber."

„Das wünsche ich Ihnen auch", erwiderte Hannes. Bruder Anselm war zurückgekommen, um sie hinauszubegleiten. Auf dem Weg zur Pforte, als sie den Innenhof bereits verlassen hatten, sprach Amy Bruder Anselm an.

„Darf ich Sie etwas fragen, Bruder Anselm?"

„Selbstverständlich", antwortete er und blieb stehen.

„Vielleicht erscheint Ihnen die Frage etwas eigenartig, aber für mich ist Ihre Antwort wichtig. Was passiert mit Ihren alten Habits?"

„Sie meinen, mit den Kleidern, die wir nicht mehr tragen können?", vergewisserte sich Bruder Anselm.

„Genau das meine ich."

„Sie haben Glück. Ich habe einige Monate in der Kleiderversorgung gearbeitet, daher kann ich Ihre Frage beantworten. Jeder Mönch ist für sein korrektes und ordentliches Aussehen selbst verantwortlich. Vielleicht wissen Sie, dass jeder Mönch verschiedene Gewänder besitzt. Die einen werden stark und die anderen weniger stark beansprucht."

„Mich interessieren vor allem die Tunika und die Sandalen", unterbrach ihn Amy.

„Wenn eine Tunika den Anforderungen nicht mehr entspricht, kann jeder Bruder ein neues Gewand bestellen.

Die Mönche, die im Garten oder in den Werkstätten arbeiten, tragen ihre alten Tuniken dort auf, bis es gar nicht mehr geht. Die anderen geben ihre alten Kleider zurück in die Kleiderversorgung. Dort werden sie sortiert. Die besseren werden anschließend an unsere Brüder in den ärmeren Ländern verschickt, weil diese dort nicht über die finanziellen Mittel für neue Kleider verfügen. Die schlechteren werden in einen Reißwolf gegeben, damit kein Unfug damit getrieben werden kann. Genauso wird mit dem Schuhwerk verfahren", erklärte Bruder Anselm.

„Wird über alle Tuniken und Gewänder Buch geführt? Wissen Sie, wie viele jeder Ihrer Brüder hat?"

„Nein, darüber führen wir nicht Buch. Jeder von uns hat das Gelübde des klösterlichen Lebenswandels abgelegt, was die freiwillige Armut beinhaltet. Ich bin mir sicher, dass jeder meiner Brüder nur so viele Gewänder hat, wie er auch wirklich benötigt."

„Wie lange trägt ein Mönch eine Tunika, ich meine, wie strapazierfähig sind sie?"

„Oh, das ist sehr unterschiedlich. Unsere älteren Brüder tragen ihre Gewänder manchmal mehr als zwanzig Jahre. Sie sind bescheidener als wir jungen." Bruder Anselm lächelte, als er das sagte.

„Vielen Dank, Bruder Anselm, Ihre Antworten helfen mir weiter. Jetzt hätte ich noch eine Bitte. Glauben Sie, dass es möglich ist, dass wir mit Ihnen in den zweiten Stock des Klosters gehen? Ich würde den Klostergarten sehr gerne einmal von oben her betrachten. Natürlich nur, wenn das erlaubt ist."

„Ich denke, Bruder Friedrich würde Ihnen diesen Wunsch auch erfüllen. Kommen Sie, dort vorne ist die Treppe."

Über eine breite Holztreppe mit ungewöhnlich niedrigen und tiefen Stufen gelangten sie in den zweiten Stock. Bruder Anselm führte sie zu einem Fenster im Gang, von dem aus sie den gesamten Garten überblicken konnten. Es war genau so, wie Amy es sich vorgestellt hatte. Der Garten sah aus wie ein riesiges Ornament, wie es schöner nicht hätte sein können. Selbst die Farben der Blumen und blühenden Sträucher waren genau gewählt und entsprechend gesetzt worden. Einen Moment überlegte Amy, ein Foto davon zu machen. Sie wollte jedoch die Gastfreundschaft nicht unnötig strapazieren und verzichtete darauf. Vielleicht war es überhaupt besser, dieses Bild einfach in Erinnerung zu behalten.

„Der Garten ist wirklich einzigartig, Bruder Anselm, vielen Dank", sagte Amy. Hannes stand noch immer mit vor Staunen geöffnetem Mund neben ihr.

An der Pforte verabschiedeten sie sich von dem jungen Mönch und gingen zurück zu ihrem Wagen.

„Warum hast du ihn das mit den Gewändern gefragt?", wollte Hannes auf dem Weg zum Auto wissen.

„Das Gewand, das Gustav Tiegelmeier trug, war eine echte Tunika der Benediktiner. Zwar eine alte, die so seit fünfzehn Jahren nicht mehr hergestellt wird, aber ich habe mich gefragt, wie der Mörder an dieses Gewand herangekommen ist. Deshalb habe ich Bruder Anselm danach gefragt. Die Sandalen waren übrigens auch echt."

„Wenn niemand weiß, wer wie viele Gewänder hat und wie viele sie überhaupt haben, könnte jeder eines entwendet haben. Selbst jemand, der in einem Benediktiner Kloster ein und aus geht und kein Mönch ist", folgerte Hannes.

„Du sagst es, Hannes, genau so ist es. Wenn die älteren Mönche ihre Tuniken wirklich so lange tragen, gibt es auch heute noch welche aus dem Stoff von damals." Sie waren an Hannes' Dienstfahrzeug angekommen und stiegen ein. Die Chronik legte Amy auf den Rücksitz. Während der ersten Kilometer der Rückfahrt sagten beide kein Wort. Sie waren mit ihren Gedanken bei dem alten Mönch und seiner Geschichte.

„Hast du Bruder Hieronimus wiedererkannt?", fragte Amy.

„Nein, es ist zu lange her, dass ich die Mönche gesehen habe. Damals wird er auch noch ganz anders ausgesehen haben. Seitdem ich Dorfpolizist bin, habe ich keinen mehr von ihnen gesehen, obwohl sie noch acht Jahre hier waren."

„Es ist immer wieder erstaunlich, wie manche Dinge an uns vorbeiziehen, ohne dass wir sie wahrnehmen. Selbst wenn sie so nah sind", sagte Amy vor sich hin.

„Das ist mir auch schon durch den Kopf gegangen. Eigentlich müsste ich viel mehr von den letzten Jahren der Mönche im Kloster wissen. Aber dienstlich habe ich nie im Hotel oder im Kloster zu tun gehabt und was ich weiß, ist vom Hörensagen im Dorf."

„Es waren natürlich auch zwei verschiedene Welten. Auf der einen Seite das Kloster und das Hotel und auf der anderen Seite euer Dorfleben. Viele Berührungspunkte gibt es da nicht."

„Da hast du recht, Amy. Ich bin froh, dass du es genauso siehst und es verstehst", Hannes war erleichtert.

Für eine Weile herrschte Stille im Auto.

„Das meiste haben wir schon gewusst", sagte Hannes, als sie nur noch wenige Kilometer von St. Florian entfernt waren.

„Aber jetzt haben wir auch die Version von Bruder Hieronimus gehört, Hannes, das war mir wichtig. Sie waren bereits bei der Übernahme der Leitung durch Gustav nur zu sechst. Nur Bruder Hieronimus lebt noch und er war definitiv nicht der Täter." Als Amy das sagte, musste sie selber lachen. Eher würde ein Kamel durch ein Nadelöhr gehen, dachte sie.

„Wie wahr", bestätigte Hannes und lachte ebenfalls bei der Vorstellung.

„Nicht zu vergessen die Chronik vom Kloster, die Bruder Hieronimus uns überlassen hat. Vielleicht finden wir darin noch den einen oder anderen wertvollen Hinweis." Auch dem widersprach Hannes nicht.

Es war bereits fünfzehn Uhr, als sie vor dem Hotel ankamen. Amy hatte das Buch in eine große Tüte gesteckt. Sie wollte nicht, dass die Chronik erkannt wurde, und bat Hannes, es niemandem gegenüber zu erwähnen.

Hannes begleitete Amy in die Eingangshalle. Sie brachte ihre Sachen in ihr Büro und anschließend setzten sie sich in die

Bar, um einen Kaffee zu trinken. Jetzt fand Amy die Zeit, Hannes in Ruhe die Resultate aus München zu schildern. Entsetzen las Amy in seinem Gesicht, als sie ihm von den in die Haut eingeritzten Wörtern berichtete. Man hätte meinen können, Hannes würde die Schmerzen des Einritzens selber spüren. Seine Vorstellungskraft reichte nicht aus, um nachzuvollziehen, dass jemand im Stande war, einem Menschen etwas derartig Grausames anzutun.

Um Hannes wieder auf andere Gedanken zu bringen, lenkte Amy das Gespräch auf den wunderschönen Garten in St. Benedikt. Beide waren gerade richtig ins Schwärmen gekommen, als ein Kellner aus Richtung des Restaurants in die Eingangshalle stürmte. Amy hörte, wie der Kellner an der Rezeption nach ihr fragte, stand auf und eilte zu ihm. Hannes folgte ihr.

„Was ist los?", fragte Amy den jungen Mann, der vollkommen verwirrt schien und kreidebleich war.

„Kommen Sie schnell, es ist etwas Schreckliches passiert", stammelte er und lief voraus, zurück in Richtung Restaurant. Als sie den Westflügel erreicht hatten, blieb er wenige Meter vor dem Restaurant vor der offenen Tür zum Weinkeller stehen.

„Dort unten, hinten im kleinen Keller, Herr Tiegelmeier ...", mehr brachte er nicht heraus. Amy ging die Treppe hinunter, gefolgt von Hannes. Amy kannte den Weinkeller noch nicht. Die Beleuchtung war schlecht und die Steintreppe recht steil. Vorsichtig hatte Amy Stufe um Stufe genommen und es ohne zu stürzen geschafft. Als sie am Fuße der Treppe angelangt war, mussten sich ihre Augen zunächst an die Dunkelheit gewöhnen. Nach einigen Augenblicken erkannte sie langsam etwas in dem schummerigen Licht. Vor ihr lag ein großer niedriger Raum mit hunderten in alten Weinregalen gelagerten Weinflaschen. Im hinteren kleinen Keller, hatte der junge Mann gesagt. Amy sah sich um. In der rechten hinteren Ecke des Weinkellers erkannte sie eine schmale Tür, die einen Spalt weit offen stand. Sie ging auf die Tür zu und öffnete sie so, dass sie hindurchkam. Durch einen kurzen engen Gang gelangte sie in einen kleineren Raum, in den nur durch die Beleuchtung des Weinkellers ein schwaches Licht fiel. Noch bevor sie den Raum richtig betreten hatte, sah sie ihn, Jakob Tiegelmeier. Er war tot. Er saß auf dem Boden, der Rücken lehnte an der Wand. Er hatte die Augen weit aufgerissen, das Gesicht war schmerzverzerrt und blutüberströmt. Hannes sah Amy über die Schulter und ihm entfuhr ein Schrei des Entsetzens.

„Hannes, gehe bitte nach oben und telefoniere mit München. Und kümmere dich darum, dass niemand in den Weinkeller kommt." Amy sprach ganz ruhig und langsam und hoffte, Hannes damit etwas beruhigen zu können. Ohne ein Wort drehte Hannes sich um und eilte aus dem Keller. Amy hatte vorne im Weinkeller Kerzenständer gesehen. Sie ging zurück, nahm sich den Kerzenständer mit der dicksten Kerze und Streichhölzer, die daneben lagen. Zurück in dem kleinen Raum zündete sie die Kerze an. Das Licht war ausreichend, um den Raum so weit zu erhellen, dass Amy das Wichtigste erkennen konnte.

Der Raum war etwa zwölf Quadratmeter groß und, abgesehen von der Leiche, leer. Die Luft war abgestanden, schwer und feucht. Der Boden und die Wände waren aus gehauenen Natursteinen. Amy hatte den Kerzenständer auf den Boden gestellt und kniete sich neben den Toten. Damit hatte sie nicht gerechnet, dass der Täter ein weiteres Mal zuschlagen würde. Seit dem ersten Mord waren nicht einmal achtundvierzig Stunden vergangen.

Sie sah sich den Toten genauer an. Platzwunden oberhalb des rechten Auges und am linken Wangenknochen hatten stark geblutet. Vermutlich waren sie durch Faustschläge herbeigeführt worden. Am Hals des Toten erkannte sie Strangulationsmale, die denen am Hals des Vaters glichen. Gekleidet war er ebenfalls mit einer Tunika und Sandalen, der Ledergürtel fehlte. Auch bei Jakob Tiegelmeier drückten im Brustbereich Blutspuren von innen nach außen durch die Tunika. Vermutlich würden sie wieder eingeritzte

79

Wörter finden. Amy beugte sich ein wenig vor und sah sich die Mundwinkel des Opfers genauer an. Sie waren gerötet. Vermutlich war Jakob Tiegelmeier ebenfalls geknebelt worden. Bis dahin war alles annähernd gleich wie bei dem ersten Toten. Amy suchte mit ihren Augen den leblosen Körper weiter ab. An den Hand- und Fußgelenken entdeckte sie tiefe Hauteinschnitte. Diese Male kannte sie. Es waren Spuren von zu fest angezogenen Kabelbindern. Amy sah sich noch einmal genau in dem Raum um. Die Kleidung des Toten fehlte.

Sie stand auf und sah in das schmerzverzerrte Gesicht und in die weit aufgerissenen Augen des Toten. Jakob Tiegelmeier schien bei Bewusstsein gewesen zu sein, als der Täter ihm die Einritzungen zugefügt hatte. Anders konnte sie sich dieses schreiende Gesicht nicht erklären.

Außer der Tür und dem schmalen Gang, durch den Amy gekommen war, gab es keinen weiteren Zugang zu diesem Raum. Einen zweiten versteckten Eingang konnte sie definitiv ausschließen. Amy verließ den kleinen Keller, um keine weiteren Spuren zu verwischen. Lea und die Kollegen der Spurensicherung konnten frühestens in dreißig Minuten eintreffen. Amy sah sich in dem großen Weinkeller am Fuße der Treppe nach den Kleidungsstücken des Toten um. Auf den ersten Blick waren sie dort nicht. Von diesem Raum führte ein weiterer Gang in westlicher Richtung tiefer in den Keller hinein. Vielleicht fand die Spurensicherung dort noch etwas, wenn sie ihn genauer untersuchte.

Ihre Gedanken wanderten zurück zu Jakob Tiegelmeier. Auch er würde also eingeritzte Todsünden auf der Brust tragen. Sie hätte sich gerne den Rücken der Leiche angesehen, aber sie wollte es sich nicht mit Lea Vogler verderben. Wenn sie eines nicht verzieh, dann, wenn jemand die Auffindsituation und somit den Fundort eines Opfers veränderte. Nach diesem zweiten Mord musste Amy davon ausgehen, dass jemand auf einem Rachefeldzug war. Einige Gründe dafür konnte sie sich nach dem, was sie mittlerweile gehört hatte, ohne Probleme vorstellen. Dafür hatten beide Opfer in ihren Leben selber gesorgt. Dennoch stellten sich ihr einige Fragen.

Warum jetzt? Nach Amys Wissensstand lagen die schwersten Vergehen der beiden Toten Jahre zurück. Sofern es nicht noch weitere Missetaten der beiden gab, die ihr nicht bekannt waren.

Hatte der Mörder noch weitere Personen auf seiner Liste? Um das zu beurteilen, musste Amy die wirklichen Gründe für diese beiden Morde herausfinden.

War es ein Täter oder waren es mehrere? Es bedurfte eines recht großen Kraftaufwandes, zwei erwachsene Männer zu überwältigen und im Fall von Jakob Tiegelmeier, ihn in diesen Keller zu bringen.

Und welche Rolle spielte die verschwundene Chronik? Amy ging nicht davon aus, dass Gustav Tiegelmeier seine kriminellen Machenschaften dort hineingeschrieben hatte.

Das waren nur einige der offenen Fragen, die sie beschäftigten. Welche Antworten hatte sie durch den zweiten Mord erhalten? Der Täter musste sich im Kloster auskennen. Bei der ersten Tat war dies noch eine Vermutung gewesen, jetzt war es Gewissheit. Der Mörder wusste um die Gewohnheiten von Gustav Tiegelmeier und er wusste, dass sich Jakob zurzeit in St. Florian aufhielt. Der Mörder kannte die Abläufe im Hotel. Wie wäre er sonst ungesehen mit Jakob Tiegelmeier in diesen Keller gekommen und hätte ausschließen können, bei der Tat überrascht zu werden?

Alle diese Punkte sprachen dafür, dass der Mörder ein Angestellter war oder jemand, der das Hotel kannte oder in ihm ein und aus ging.

Amy hörte Schritte auf der Steintreppe. Es war Hannes. Er war immer noch kreidebleich.

„Die Spurensicherung und die Gerichtsmedizinerin sind informiert, Amy. Oben am Eingang habe ich Peter Fischer postiert, damit niemand herunterkommt. Hast du damit gerechnet, dass es noch einen weiteren Mord geben könnte?", fragte er und dabei zitterte seine Stimme ein wenig.

„Nein Hannes, das habe ich nicht erwartet. Das konnten wir auch nicht erwarten. Dafür ist für uns bei dem ersten Mord das Motiv noch viel zu vage gewesen. Hast du schon Hubertus Tiegelmeier informiert?"

„Ich habe ihn telefonisch nicht erreicht und ihm eine Nachricht hinterlassen, dass er sich umgehend melden soll."

Auf der Treppe waren wieder Schritte zu hören und im nächsten Moment erschien Lea Vogler. Sie war schneller eingetroffen, als Amy es erwartet hatte.

„Hallo Amy, ich hatte nicht gedacht, dass wir uns hier in dem Kloster noch einmal treffen würden."

„An einem anderen Ort ohne Leiche wäre es mir auch lieber gewesen, Lea. Hinten rechts, dann durch den schmalen Gang und dann kommt ein weiterer kleiner Keller. Der Tote ist der Sohn unseres ersten Opfers." Nur wenige Minuten später traf auch die Spurensicherung ein.

Hannes wurde es zu eng in dem Weinkeller. Er meldete sich bei Amy ab und sagte, er würde in der Eingangshalle warten. Amy ging zurück in den kleinen Kellerraum zu Lea.

„Er ist noch schlimmer zugerichtet worden als sein Vater", sagte die Pathologin zu Amy.

„Ja, das sehe ich auch so", antwortete Amy und wartete geduldig, bis Lea sich einen ersten Eindruck verschafft hatte.

„Die Verletzungen sind nahezu gleich, bis auf die härteren Schläge ins Gesicht und die zirkulären Wunden an den Hand- und Fußgelenken. Er war gefesselt, ich nehme an, es waren Kabelbinder", begann Lea Vogler mit ihrer ersten Einschätzung. „Der Ablauf könnte anders gewesen sein. Dafür spricht das schmerzverzerrte Gesicht des Toten." Sie beugte den Oberkörper des Opfers nach vorne. „Siehst du, er hat am Rücken ebenfalls eine blutige Kutte. Hier am Hinterkopf ist noch eine Wunde. Also wurde auch er vermutlich zuerst niedergeschlagen." Amy ging ein paar Schritte vor und sah es sich an.

„Also werden wir auch dort Einritzungen in der Haut finden, vermute ich", fuhr Lea fort. „Der Todeszeitpunkt ist bei den niedrigen Temperaturen und den leicht feuchten Wänden hier im Keller ohne genaue Untersuchung schwer einzugrenzen. Jetzt haben wir halb sechs. Ich sage einmal vorsichtig zwischen vierzehn und fünfzehn Uhr. Die definitiven Ergebnisse schicke ich dir so schnell wie möglich. Spätestens um zweiundzwanzig Uhr hast du die ersten Resultate."

„Vielen Dank, Lea", antwortete Amy und machte sich auf den Weg in die Eingangshalle.

Sie hatte gerade den Nordflügel erreicht, als Hubertus Tiegelmeier ihr entgegengerannt kam. Amy hielt ihn auf.

„Lassen Sie mich bitte, Frau Craig. Was ist mit meinem Bruder? Ich will ihn sehen!", rief er aufgeregt.

„In Ihrem Sinne, Herr Tiegelmeier, bitte sehen Sie sich Ihren Bruder nicht so an. Beruhigen Sie sich. Kommen Sie mit mir in mein Büro, da können wir in Ruhe reden." Nach wenigen Minuten gab Hubertus Tiegelmeier nach und ließ sich von Amy in ihr Büro führen. Er saß zusammengesunken auf einem der Stühle, wirkte wie ein Häufchen Elend, bleich im Gesicht, mit leeren, ausdruckslosen Augen.

„Warum, Frau Craig, wer macht so etwas? Was haben mein Vater und mein Bruder verbrochen, dass sie so sterben mussten?", fragte er verzweifelt und begann zu schluchzen. Amy überlegte einen Moment, bevor sie ihm antwortete. Sie wollte ihn jetzt nicht noch mehr verletzen.

„Es tut mir sehr leid, was mit Ihrem Bruder geschehen ist. Ich werde herausfinden, wer für die Morde verantwortlich ist, Herr Tiegelmeier. Es deutet vieles darauf hin, dass es mit dem Kloster und den Geschehnissen in der Vergangenheit zu tun hat. Das habe ich Ihnen heute Morgen schon angedeutet. Geschehnisse, an denen Ihr Vater und Ihr Bruder nicht unwesentlich beteiligt waren."

„Ich denke, ich weiß, worauf Sie hinauswollen. Mir ist auch klar, dass nicht alles richtig war, was die beiden gemacht haben." Er hatte sich etwas gefasst und wieder ein wenig

83

Haltung angenommen. „Ich weiß nicht, wie ich das meiner Mutter sagen soll. Sie wird es nicht verkraften. Jakob war immer das Sorgenkind und ihr aus diesem Grund am nächsten von uns drei Kindern." Er sah Amy hilflos und erwartungsvoll an, als hätte sie eine Lösung für ihn parat.

„Sie sollten es gleich tun, damit Ihre Mutter es nicht von jemand anderem erfährt. Ist Ihre Schwester noch bei ihr?"

„Ja, sie ist seit dem Tod unseres Vaters bei ihr. Sie haben recht, ich werde direkt zu ihnen fahren und es hinter mich bringen, vielen Dank, Frau Craig." Er stand auf und wollte gerade das Büro verlassen, als Amy ihn noch einmal ansprach.

„Eine Frage habe ich noch, entschuldigen Sie bitte. Wann haben Sie Ihren Bruder das letzte Mal gesehen?" Hubertus Tiegelmeier drehte sich noch einmal zu Amy um.

„Er war kurz nach dem Mittagessen bei mir im Büro und wollte wissen, ob ich den Termin für die Beisetzung unseres Vaters schon wüsste. Wir haben dann noch ein, zwei Worte miteinander gewechselt und dann ist er wieder gegangen. Ich kann Ihnen aber nicht sagen, was er anschließend gemacht hat."

„Welche Kleidung trug Ihr Bruder, als er bei Ihnen war? Können Sie sich noch daran erinnern?"

„Warten Sie, er hatte eine helle Jeanshose an, ein kurzärmeliges weißes Poloshirt und darüber eine ärmellose hellblaue Wollweste. Was er für Schuhe trug, kann ich Ihnen nicht sagen."

„Vielen Dank, das hilft mir schon sehr."

Amy sah ihm nach, als er das Büro verließ. Er schien in den letzten zwei Tagen um Jahre gealtert zu sein.

Amy griff nach ihrem Handy. Sie brauchte Unterstützung. Zu viele Dinge waren zu klären und zu erledigen und sie durfte keine Zeit verlieren. Sie konnte sich nicht sicher sein, dass dieser zweite Mord auch der letzte war. Wenn wirklich noch weitere Personen auf der Liste des Täters standen, musste sie ihn vorher finden.

„Guten Morgen Alexander, hier ist Amy. Wie geht es dir?", begrüßte sie die Person am anderen Ende der Leitung. „Alexander, ich brauche dich hier in St. Florian. Kannst du dich für einige Tage frei machen? Sehr gut. Ich werde dir ein Zimmer reservieren lassen. Schön, ich freue mich, dich heute Nachmittag zu sehen. Vielen Dank und gute Fahrt." Erleichtert atmete sie auf.

Alexander Wilms war ein Student, den Amy vor einigen Jahren im Rahmen einer Ermittlung kennengelernt hatte. Er hatte ihr damals mit seinem Informatikwissen wichtige Hinweise für die Lösung des Falls gegeben. Sie hatten sich auf Anhieb gut verstanden und waren Freunde geworden. Er war zweiunddreißig Jahre alt, und nach seinem Informatikstudium und drei Jahren Beschäftigung in einer großen Softwarefirma hatte er vor einem Jahr ein Jurastudium begonnen. Irgendwie eine seltsame Kombination, fand Amy, aber er wusste genau, was er wollte. Alexander war für Amy eine absolute Vertrauensperson, auf die sie sich hundert Prozent verlassen konnte. Sie hatte es sogar geschafft, ihren Chef davon zu überzeugen. Alexander durfte von ihr mittlerweile ganz offiziell als ihr Assistent engagiert werden, wenn sie ihn brauchte.
Amy verließ ihr Büro und ging durch die Eingangshalle. Sie schlug den Weg in Richtung zweitem Tatort ein. Die Tür zum Weinkeller war noch nicht versiegelt, somit hatte die Spurensicherung ihre Arbeit noch nicht beendet. Amy ging am Restaurant vorbei, bog links ab und öffnete die Tür zum Servicebereich, der gegenüber vom Buffetraum lag. Einige der Kellner standen zusammen und unterhielten sich leise. Unweit von ihnen saß der junge Mann, der Amy geholt hatte. Sie ging zu ihm und sprach ihn an: „Ich weiß noch nicht einmal Ihren Namen. Wie geht es Ihnen jetzt?"
„Sven Berger ist mein Name. Ich bekomme die Bilder nicht aus meinem Kopf", sagte er leise.
„Sind Sie in der Lage, mir zu erzählen, was passiert ist?"

„Ich glaube schon, was möchten Sie wissen?"

„Erzählen Sie mir bitte, was Sie gemacht haben, bevor Sie Herrn Tiegelmeier gefunden haben."

„Ich bin in dieser Woche dafür zuständig, dass zum Abendessen die Weinregale hier im Servicebereich aufgefüllt sind. Nachdem ich mir wie immer eine Liste gemacht hatte, welche Weine fehlen, bin ich in den Weinkeller gegangen, um sie zu holen. Als ich die letzten Stufen hinunterging, bemerkte ich, dass die Tür zum kleinen Keller offen stand. Sie ist sonst immer verschlossen. Also bin ich dort hin. Damit ich niemanden aus Versehen einschließe, wollte ich mich vergewissern, dass er leer ist. Ich ging durch den schmalen Gang und dann habe ich ihn dort sitzen sehen. Die aufgerissenen Augen, das Blut und dieser fratzenhafte Gesichtsausdruck, die Bilder werde ich bestimmt nie mehr los." Seine Stimme wurde immer leiser und Tränen liefen über sein Gesicht. „Dann bin ich nur noch weggerannt und dann fielen Sie mir ein. Deshalb bin ich in die Eingangshalle gelaufen."

„Das haben Sie sehr gut gemacht, dass Sie mich direkt geholt haben. Waren Sie heute den ganzen Nachmittag hier im Servicebereich?"

„Mein Dienst hat um dreizehn Uhr begonnen. Zwischendurch war ich einige Male kurz in der Küche, ansonsten war ich die ganze Zeit hier."

„Ist Ihnen irgendetwas Ungewöhnliches aufgefallen? Haben Sie etwas gesehen oder etwas gehört, was Ihnen eigenartig vorkam?"

„Nein, mir ist nichts aufgefallen. Es war alles wie immer. Matthias war auch hier. Sie können ihn fragen, er hat auch nichts Außergewöhnliches bemerkt. Das hat er mir vorhin gesagt."

„Ich danke Ihnen, Herr Berger. Sollte ich noch weitere Fragen haben, würde ich noch einmal auf Sie zukommen. Und noch etwas: Die Bilder werden wieder verschwinden, nicht sofort, aber sie werden verschwinden."

Der junge Kellner hob den Kopf und sah Amy dankbar an.

Es ist zum Haare raufen, dachte Amy. Sie konnte sich nicht vorstellen, dass diese Morde am helllichten Tag passieren konnten und niemand etwas davon mitbekam. Sie ging noch einmal in den Weinkeller. Die Kollegen der Spurensicherung packten gerade ihre Sachen zusammen.

„Tschau Amy", sagte der Leiter der Gruppe und war gerade im Begriff zu gehen.

„Frank, auf ein Wort", hielt Amy ihn auf. „Habt ihr etwas Brauchbares gefunden, zum Beispiel die Kleidung des Toten?"

„Tut mir leid, Amy, nichts. Auch am Tatort nicht eine brauchbare Spur bis auf einige Faserreste neben der Leiche. Es ist, als hätte sich der Tote selbst dort hingelegt."

„Habt ihr den Weinkeller auf einen möglichen zweiten Zugang untersucht?"

„Haben wir, soweit uns das möglich war. In dem großen Raum hier und dem langen Gang, der von dem Raum wegführt, haben wir dafür auch keine Hinweise gefunden. Solltest du das genauer untersuchen lassen wollen, musst du dich bitte an die Spezialisten wenden. Für diese Spezialaufgaben sind wir leider nicht ausgebildet."

„Du musst dich nicht bei mir entschuldigen, Frank. Ich werde die Kollegen bei Bedarf anfordern. Wir haben es anscheinend mit einem sehr ausgebufften Mörder zu tun. Vielleicht haben wir Glück und er macht irgendwann einen Fehler. Vielen Dank und gute Heimfahrt", verabschiedete sich Amy und ging durch den Gang tiefer in den Weinkeller hinein. Es war unfassbar, wie viele verschiedene Weine und Flaschen hier unten gelagert waren. Amy ging an den Regalen entlang und für einen Moment dachte sie, dieser Gang wäre endlos. Dann kam allerdings doch ein Regal, dass quer vor ihr stand und es ging nicht mehr weiter. Amy drehte sich um und blickte zurück. Die Wände hatten über die gesamte Länge jeweils im Abstand von drei Metern kleine Nischen mit einer Breite von drei und einer Tiefe von zwei Metern. Es gab nicht ein Stückchen Wand, die Nischen eingeschlossen, an dem keine Weinregale standen, und alle waren zu etwa achtzig Prozent mit Flaschen gefüllt. Sie ging langsam wieder zurück. In drei aufeinander folgenden Nischen links von ihr waren verschlossene Weinregale. Die Türen waren aus Glas, was Amys Neugier weckte. Sie versuchte zu erkennen, welche Flaschen darin gelagert wurden. Eines der Regale war gefüllt mit Magnum Flaschen. Auch wenn Amy nicht sonderlich viel von Weinen verstand, waren ihr Mouton Rothschild und Lafite Rothschild ein Begriff. Hier lagerte ein Vermögen. In einem Artikel hatte Amy vor längerer Zeit von einer Weinauktion gelesen. Dort war eine fünf Liter Magnum Flasche Mouton Rothschild eines bestimmten Jahrgangs für 25.000 US-Dollar verkauft worden. Leider konnte sie die Jahrgangszahlen auf den hier gelagerten Flaschen nicht erkennen. Amy nahm sich vor, den Oberkellner des Restaurants bei Gelegenheit zu fragen, wie viele Flaschen es waren, die hier unten darauf warteten, getrunken zu werden. Sie hatte den Gang hinter sich gelassen und stand wieder am Fuß der Treppe. Der Kellerraum hier war etwa fünfunddreißig Quadratmeter groß und nahezu quadratisch. In der Mitte des Raums stand ein massiver runder Tisch. Er schien schon sehr alt zu sein. In der Hotelbroschüre hatte Amy gelesen, dass in diesem Keller Weinproben durchgeführt wurden.

Sie war mittlerweile allein in dem Keller. Langsam ging sie die Treppe hinauf, verriegelte die Tür hinter sich und brachte das Polizeisiegel korrekt an, das die Spurensicherung für sie vorbereitet hatte.

Amy sah auf ihre Armbanduhr. Alexander würde in etwa einer Stunde eintreffen. Sie musste jetzt an die frische Luft und einen klaren Kopf bekommen. Sie holte ihren Mantel aus dem Büro und verließ das Hotel. Sie ging durch das Tor in der Klostermauer, lief der Straße entlang und den Hügel hinunter in Richtung St. Florian. Es war angenehm warm und die Sonne tat ihr gut. Nach wenigen Minuten kam Amy an die Stelle, an der sich die Straße teilte. Links führte sie ins Dorf und rechts ging die Hauptstraße weiter. Amy entschied sich für den Radweg, der hier begann und parallel zur Hauptstraße verlief.

Aufgrund der neuen Situation musste sie alle Fakten auf ihrer Speicherplatte neu sortieren. Die Bezeichnung Speicherplatte kam von Alexander. Bei einem ihrer letzten Fälle hatte sie ebenfalls seine Hilfe in Anspruch genommen. Er war damals davon beeindruckt gewesen, wie viele Details Amy in jeder Situation zu dem Fall aus ihrem Kopf abrufen konnte. Er sagte, ihr Gedächtnis gleiche der Speicherkapazität seines Computers, und seither sprach er nur noch von der Speicherplatte, wenn er Amys Gedächtnis meinte.

Nach dem ersten Mord hatte es so ausgesehen, als hätte der Täter Rache an dem Menschen genommen, der für alle üblen Machenschaften, die in diesem Hotel in den vergangenen Jahren passiert waren, verantwortlich war. Jakob Tiegelmeier hatte mit dem Hotel wenig zu tun. Es lag nahe, dass er für sein Vergehen an Laura Viehofer zum Opfer geworden war. Parallelen bei den Verbrechen der Tiegelmeiers lagen in der Art und Weise, wie sie mit ihren Taten und den betroffenen Menschen umgegangen waren. Somit stellte sich automatisch die Frage, ob es noch weitere Personen gab, die in gleicher Weise Schuld auf sich geladen hatten und in irgendeiner Verbindung zum Hotel standen. Das würde die Frage beantworten, ob es weitere Morde zu befürchten gab. Als Täter kam jeder infrage, der diese Jahre miterlebt hatte. Die Auffindsituationen sprachen dafür, dass für den Täter das traurige Schicksal der Mönche mit das schwerwiegendste Vergehen war. Der Tod von Jakob Tiegelmeier zeigte allerdings auch, dass Vergehen gesühnt wurden, die scheinbar nicht in direktem Zusammenhang mit den Mönchen standen. Amy zog jedoch auch in Betracht, dass ihr dieser Zusammenhang möglicherweise noch nicht bekannt war.

Sicher war, dass der Fall mit dem zweiten Mord eine komplett neue Dimension erreicht hatte. Er war zu einem Wettlauf mit der Zeit geworden, solange unklar war, ob es bei den zwei Toten bleiben würde. Als Amy die neue Zuordnung der Fakten abgeschlossen hatte, priorisierte sie die nächsten Schritte. Die Angestellten, von denen sie bereits die Personalakten hatte, musste sie für morgen früh zu einem ersten Gespräch einbestellen. Mit Hannes ..., wo war Hannes eigentlich abgeblieben, schoss es ihr durch den Kopf. Sie hatte ihn nicht mehr gesehen, seit er sich im Weinkeller bei ihr abgemeldet hatte. Der Tod von Jakob Tiegelmeier hatte ihn sehr mitgenommen. Wahrscheinlich brauchte er etwas Abstand und Zeit für sich. Amy war sich sicher, dass er wieder auftauchen würde. Er musste ihr sagen, wer seiner Meinung nach noch auf der Liste des Mörders stehen könnte, wenn es überhaupt jemanden gab. Wenn ja, hatte er wie Gustav oder Jakob Tiegelmeier eine Mitschuld an den Leichen, die das Hotel in den vergangenen Jahren im Keller gesammelt hatte.

Amy wurde durch ein Auto, das direkt neben ihr auf der Straße bremste, aus ihren Gedanken gerissen. Sie blickte zur Seite und aus einem offenen Cabriolet hörte sie die Stimme von Alexander.

„Hallo Amy, so ganz allein unterwegs? Kann ich dich irgendwohin mitnehmen?" Sein strahlendes Gesicht hatte Amy vermisst.

„Alexander, schön dass du schon da bist! Wenn du mich so fragst, bitte gerne zurück ins Hotel St. Florian", antwortete sie lächelnd, ging um das Auto herum und stieg ein.

Alexander hatte nach dem Anruf von Amy nur schnell ein paar Sachen eingepackt und war direkt losgefahren. Erst jetzt fiel Amy auf, dass es bereits dunkel wurde und wie weit sie sich vom Hotel entfernt hatte.

„Wie sieht es aus mit einem gemeinsamen Abendessen, Alexander? Das Restaurant hat geöffnet und die Küche ist hervorragend", schlug Amy vor.

„Das ist eine gute Idee. Hunger habe ich immer, wie du weißt. Beim Essen kannst du mir von deinem Fall erzählen und was ich für dich tun kann", stimmte Alexander zu und war gespannt, was ihn erwartete.

„Dort hinten ist es", sagte Amy und zeigte auf den Hügel.

„Wow, das sieht ja gigantisch aus."

Nur wenige Minuten später fuhren sie durch das Tor, und Alexander stellte sein Auto vor dem Haupteingang ab. Der Page öffnete Amy die Autotür und begrüßte beide mit Namen. Er bat Alexander um die Autoschlüssel und sagte, er würde sich um das Gepäck und den Wagen kümmern.

Amy und Alexander gingen direkt ins Restaurant. Sie setzten sich an Amys Tisch in der hintersten Ecke.

„Das ist ein sehr ehrwürdiges Gebäude und ein außergewöhnliches Hotel", sagte Alexander beeindruckt von dem was er auf dem Weg bis zum Restaurant gesehen hatte. „Ich denke hier kann man sich sehr wohlfühlen und wie es scheint auch verwöhnen lassen."

„Ja, da hast du recht. Und du hast erst einen kleinen Teil davon gesehen", stimmte Amy ihm zu.

Es waren nur noch wenige Gäste anwesend, sodass sie in Ruhe über den Fall sprechen konnten. Nachdem sie die Bestellung aufgegeben hatten, schilderte Amy Alexander, was in den vergangenen drei Tagen passiert war. Alexander hörte aufmerksam zu und stellte nur wenige Fragen. Immer, wenn der Kellner an ihren Tisch kam, wechselten sie das Thema.

„Das ist die Situation, Alexander. Für mich heißt das, ich darf keine Zeit verlieren und muss den Fall zu Ende bringen, bevor noch weitere Menschen sterben müssen."

„Du glaubst wirklich, dass es noch weitere Opfer geben wird?"

„Das befürchte ich", erwiderte Amy und trank einen Schluck aus ihrem Weinglas.

„Welche Aufgabe hast du für mich vorgesehen?"

„Die Chronik, die ich von St. Benedikt mitgebracht habe, könnte unter Umständen wichtige Hinweise enthalten. Für Bruder Hieronimus sind einige Informationen möglicher-weise belanglos oder er hat sie vergessen. Für unseren Fall könnten sie jedoch interessant sein. Ich habe nicht die Zeit, dieses dicke Buch zu lesen. Bitte lies du die Chronik für mich und finde etwas, was mir weiterhilft", bat Amy gespielt flehend.

„Oh, auf die Aufgabe freue ich mich. Nach allem, was du mir über das Kloster und die Brüder erzählt hast, wird das eine interessante Lektüre. Dass ich das Buch lese, das kann ich dir versprechen. Mit dem anderen Versprechen wird es etwas schwieriger, aber ich werde mich bemühen, nichts zu übersehen", lachte Alexander.

Nach dem Essen tranken sie in der Bar noch einen Kaffee zusammen und wie aus dem Nichts stand plötzlich Hannes neben ihrem Tisch.

„Hannes, ich habe dich schon vermisst, ist alles in Ordnung?", fragte Amy besorgt.

„Es geht mir wieder besser, Amy, danke. Der zweite Mord hat mir einfach mächtig zugesetzt. Ich wollte mich noch bei dir abmelden, habe dann aber gesehen, wie du mit Hubertus in dein Büro gegangen bist, und wollte nicht stören, entschuldige bitte."

„Wichtig ist, dass du dich ein wenig erholen konntest. Hannes, darf ich dir Alexander Wilms vorstellen? Ich habe ihn hergerufen, damit er uns unterstützt. Er wird die Chronik der Mönche für uns lesen."

„Freut mich, Herr Wilms", begrüßte Hannes den Neuankömmling und streckte ihm seine Hand entgegen.

Alexander stand auf, ergriff die Hand und sagte: „Es freut mich ebenfalls, Sie können Alexander zu mir sagen."

„Dann bin ich der Hannes", erwiderte er und beide setzten sich.

Über den Fall sprachen sie nicht mehr. Alexander fragte Hannes einiges über das Dorf. Im Gegenzug erzählte er Hannes etwas über sich, was er zurzeit beruflich machte und wie er seine Freizeit verbrachte. Nach einer Weile löste sich die Runde auf. Sie verabredeten sich zu einem gemeinsamen Frühstück am nächsten Morgen um acht. Amy schloss ihr Büro auf und gab Alexander die Chronik, die noch immer in der großen Tasche war. Sie bat ihn, das Buch nicht offen im Zimmer liegen zu lassen. Es bestand die

Möglichkeit, dass der Täter versuchen würde, es an sich zu bringen, wenn er erfuhr, dass es hier im Hotel war. Alexander zog sich in sein Zimmer zurück und Amy setzte sich noch einmal an den Schreibtisch. Die Ergebnisse von Lea und der Spurensicherung waren bereits eingetroffen.

Laut dem Bericht wurde das Opfer mit einem Schlag auf den Hinterkopf niedergeschlagen. Die Spuren in dieser Wunde entsprachen denen bei dem ersten Mord. Es war wiederum ein hölzerner kantiger Gegenstand. Kurz nach dem Schlag auf den Hinterkopf erfolgten die ersten Schläge ins Gesicht. Zeitnah wurde das Opfer gefesselt und geknebelt, davon zeugten die Fesselspuren an den Hand- und Fußgelenken sowie die Risse in den Mundwinkeln. Bis zu den nächsten Faustschlägen, die ebenfalls das Gesicht verletzten, war mindestens eine halbe Stunde vergangen. Wie sein Vater wurde Jakob Tiegelmeier mit einem weißen Baumwolltuch geknebelt. Auch bei ihm fanden sich Fasern im Mund. Wie vermutet wurden auch bei Jakob Tiegelmeier Buchstaben auf der Brust und auf dem Rücken eingeritzt. Diese wurden ihm jedoch anders als bei seinem Vater bei vollem Bewusstsein zugefügt. Amy schauderte bei diesem Gedanken. Der Knebel sollte die Schreie unterdrücken oder zumindest dämpfen, die er vor Schmerzen ausgestoßen haben musste. Ob er bei dieser Misshandlung das Bewusstsein verloren hatte, war nicht festzustellen. Der Tod wurde definitiv durch die Strangulation herbeigeführt. Der Fundort war der Tatort. Wie bei dem ersten Mord hatte der Täter dafür ein Hanfseil benutzt, was kleine Faserreste in den Wunden am Hals belegten. Es war davon auszugehen, dass die Seile, die bei den beiden Morden benutzt wurden, identisch waren. Anschließend hatte der Täter die Hand- und Fußfesseln entfernt und dem Toten die Tunika und die Sandalen angezogen. Den Todeszeitpunkt konnte Lea auf die Zeit zwischen Viertel nach zwei und Viertel vor drei Uhr nachmittags eingrenzen. Auch bei dem zweiten Mord fanden sich keine Spuren des Täters auf der Kutte, den Sandalen oder der Haut des Toten. Hellblaue Wollfasern, die in dem kleinen Kellerraum sichergestellt wurden, lassen vermuten, dass der Tote am Fundort umgezogen wurde, sofern er ein zu den Fasern passendes Kleidungsstück trug. Bestätigt werden könnte dies durch das Auffinden der Kleidung des Toten oder einer verlässlichen Aussage eines Zeugen zur Bekleidung des Toten am Mordtag, schrieb Lea in ihrem Bericht.

Diese Aussage habe ich schon, liebe Lea, dachte Amy. Sie wusste von Hubertus Tiegelmeier, dass sein Bruder wenige Stunden, bevor er ermordet wurde, eine hellblaue ärmellose Wollweste getragen hatte. Das passte also.

Auf der Brust des Toten waren die Begriffe Luxuria und Gula, auf dem Rücken Acedia und Superbia eingeritzt.

LUXURIA für Wollust
GULA für Maßlosigkeit und Selbstsucht
ACEDIA für Faulheit und Ignoranz
SUPERBIA für Hochmut

Nach dem, was Amy in den letzten Tagen über den Toten erfahren und wie sie ihn im Gespräch erlebt hatte, waren diese Begriffe zu erwarten gewesen. Es mussten extreme Schmerzen gewesen sein, die der Täter seinem Opfer beim Einritzen dieser Wörter zugefügt hatte. Amy war sich sicher, dass es so gewollt war. Wie sehr musste der Mörder Jakob Tiegelmeier gehasst haben, dass er ihn so gequält hatte. Im Moment gab es für Amy nur eine Erklärung dafür: Rache für das, was der Tote Laura Viehofer angetan hatte. Oder aber es gab etwas anderes, wovon sie noch nichts wusste.

Die Ergebnisse aus dem Weinkeller brachten sie keinen Schritt weiter. Nichts, was auf den Täter hinwies, und Fingerabdrücke ohne Ende vom Hotelpersonal. Mit dieser ernüchternden Erkenntnis machte Amy sich auf den Weg in ihr Zimmer. Bevor sie schlafen ging, rauchte sie auf ihrem Balkon zur Entspannung noch eine Pfeife und dachte an ihren Großvater. Sie blickte in den sternenklaren Himmel und musste unweigerlich an die weiten Jagdgründe denken, in denen er sich nun wohl aufhielt. Ihr waren die Vorstellungen und der Glaube ihrer Ahnen fremd geworden, doch sie wusste, ihr Großvater würde sich dort wohlfühlen.

4

Noch vor dem Frühstück hatte Amy Peter Fischer gebeten, die Gespräche mit den fünf Angestellten ab neun Uhr zu organisieren. Sie hatte für jedes Gespräch eine halbe Stunde vorgesehen. Im Restaurant traf sie auf Alexander und Hannes, die schon bei einem Kaffee zusammensaßen. Nun widmeten sie sich gemeinsam dem Buffet, das wieder alles bot, was das Herz und der Magen begehrten. Die Stunde bis zu ihrer ersten Vernehmung verging wie im Flug. Hannes hatte sie den Auftrag gegeben, sich über mögliche weitere Opfer Gedanken zu machen und noch einmal in München anzurufen wegen der Ermittlungen zum Bruder von Laura Viehofer. Alexander wusste, was er zu tun hatte.

Viktor Horchler, ihr erster Gesprächspartner, war zweiundfünfzig Jahre alt, Leiter des Restaurants und seit vierzehn Jahren im Hotel St. Florian. Sein Lebenslauf wies keine Lücken auf, und die Zeugnisse belegten die tabellarisch aufgelisteten Angaben. Pünktlich um neun Uhr betrat er Amys Büro.

Zum Zeitpunkt des ersten Mordes war Viktor Horchler zu einer dreitägigen Fortbildung in Nürnberg gewesen. Als Beleg hatte er die Teilnahmebestätigung mitgebracht. Als Jakob Tiegelmeier starb, hatte er Zimmerstunde und hielt sich in seiner Wohnung unten im Dorf auf. Zeugen dafür hatte er keine.

Amy bat ihn darum, von seinen Erfahrungen und Erlebnissen mit Gustav und Jakob Tiegelmeier zu erzählen.

95

Nach anfänglichem Zögern berichtete er von seinen persönlichen Begegnungen mit den Opfern. Amy hörte zum ersten Mal Details über die Art und Weise, wie Gustav Tiegelmeier mit dem Personal umgegangen war. Es war eigentlich ein Wunder, dass überhaupt noch jemand für ihn gearbeitet hatte, dachte Amy bei sich. Die Beschreibung von Jakob enthielt die gleichen negativen Attribute für seinen Lebenswandel und seinen Charakter, die Amy in ihren vorherigen Gesprächen gehört hatte. Bei der Schilderung des Verbrechens an Laura musste Viktor Horchler mehrere Pausen einlegen. Er war damals Oberkellner gewesen und es war, wie er selber sagte, das Schlimmste, was er bis zu dem Zeitpunkt in seinem Leben erfahren musste, beruflich und privat. Zu dieser Zeit war er für die Auszubildenden verantwortlich gewesen und hatte sich lange selber Vorwürfe gemacht und sich immer wieder die Frage gestellt, ob er es hätte verhindern können. Amy hatte den Eindruck, dass er sich auch heute noch nicht ganz von diesen Selbstvorwürfen frei gemacht hatte. Hubertus Tiegelmeier beschrieb er als einen aufrichtigen, ehrlichen Menschen. Obwohl die Mitarbeitenden des Restaurants noch immer von den aktuellen Geschehnissen geschockt waren, glaubte Viktor Horchler bereits jetzt ein gewisses Aufatmen bei seinem Personal zu spüren. Ihm war klar, dass sie diese Verbrechen nie vergessen würden, doch er war überzeugt, dass Arbeitsklima und Motivation der Angestellten erheblich besser werden würden.

„Was können Sie mir zu der Zeit sagen, als die letzten Mönche noch hier in St. Florian lebten?"

„Ich habe die Mönche bewundert und hatte großen Respekt vor ihnen. Wenn ich gesehen habe, dass einer von ihnen auf dem Friedhof im Innenhof war, bin ich hinausgegangen und habe mich mit ihm unterhalten. Ich fand es damals ein Unding, dass die alten Männer für sich kochen mussten und bei uns in der Küche die sogenannten Reste entsorgt wurden. Der Küchenchef und ich wir kennen uns viele Jahre und haben ein freundschaftliches Verhältnis zueinander.

Wir haben damals angefangen, die Mönche heimlich zu verpflegen. Am Anfang waren es zwei oder drei Mahlzeiten in der Woche und am Schluss dann jeden Tag. Die Angestellten wussten, wie übel Gustav Tiegelmeier den Mönchen mitspielte und dennoch war es für mich immer wieder erstaunlich, dass wir dieses Geheimnis über all die Jahre bewahren konnten." Der Gedanke daran ließ ein Lächeln über das Gesicht des Mannes huschen.

„Haben Sie mit den Brüdern auch über persönliche Dinge gesprochen?", hakte Amy nach.

„Nein, das eigentlich nie, wenn Sie mich so fragen. Es waren natürlich auch nie lange Gespräche. Das Übliche eben, ob alle gesund sind und was das Wetter macht. Manchmal habe ich Besorgungen für sie erledigt, wenn etwas zu groß oder zu schwer war für die alten Herren oder wenn man es nur in der Stadt bekam."

„Sind Sie einmal im Ostflügel gewesen, als die Mönche noch dort waren?"

„Nein, das nicht. Ich habe ihnen das Essen und die Sachen, die ich für sie besorgt habe, bis zur Tür getragen. Weiter haben sie mich nie gelassen."

„Ich habe noch eine Frage, die mich persönlich interessiert und die nichts mit dem Fall zu tun hat. Gestern bin ich durch den Weinkeller gegangen. Es ist unwahrscheinlich, wie groß er ist und ich habe einige Schätze darin entdeckt", Amy lächelte den Oberkellner an. „Wie viele Weinflaschen lagern dort unten, Herr Horchler?" Der Oberkellner lächelte zurück.

„Es dürften jetzt knapp achttausend Flaschen sein, und Sie haben recht, es sind wirklich einige Raritäten dabei."

„Wird dieser teure Wein überhaupt von den Gästen getrunken? Für eine Flasche Wein einige hundert Euro auszugeben, das können sich doch nur die wenigsten leisten, oder?"

„Da würden Sie sich wundern, Frau Craig. Wir haben Gäste, die nur diese Weine trinken. Die ganz teuren, bei denen eine Flasche weit über tausend Euro kostet, haben wir nur auf einer speziellen Weinkarte ausgeschrieben und selbst die verkaufen wir hin und wieder." Amy sah ihn erstaunt an, bedankte sich für die Offenheit und entließ Viktor Horchler aus dem Gespräch.

Als zweiter kam Benno Tischler, der Nachtportier. Er war achtundfünfzig Jahre alt und schon einundzwanzig Jahre im Hotel. In St. Florian geboren, war er nur während seiner Ausbildung und den daran anschließenden zwei Anstellungen nicht im Ort wohnhaft gewesen. Er kannte die Tiegelmeiers somit nicht nur vom Hotel, sondern auch ihr Verhältnis zu den Dorfbewohnern.

„Die Ehefrau von Gustav, die Maria, und die Kinder Brigitte und Hubertus waren im Dorf gerne gesehen", begann er zu erzählen. „Zwar hielten sie sich von Dorffesten und anderen Veranstaltungen fern und waren nicht in der freiwilligen Feuerwehr oder den Vereinen im Dorf. Aber sie grüßten, waren freundlich und man konnte mit ihnen ganz normal ein paar Sätze reden. Der alte Tiegelmeier hatte es sich mit uns durch seine Schattenführung im Gemeinderat schon vor vielen Jahren verdorben. Damals hatte er sich bei anstehenden Entscheidungen die Stimmen gekauft und so seine Interessen durchgebracht. Alle wussten es, aber niemand hatte damals den Schneid, etwas dagegen zu unternehmen. Dann passierte die schreckliche Sache mit dem Mädchen aus dem Dorf. Und wieder hatte er alles mit seinem Geld geregelt. Seine Frau, die Tochter und Hubertus schämten sich damals dafür, Gustav und Jakob taten so, als wäre nichts passiert. Als Jakob nach seiner Abwesenheit wieder zurück war, wurde er sogar eines Nachts von einigen jungen Männern aus dem Dorf so verprügelt, dass er in die Klinik musste. Danach hat man ihn fast gar nicht mehr im Dorf gesehen, bis er sich wenig später nur noch in München, Salzburg oder an anderen Orten aufgehalten hat. Gustav ist nach diesem Vorfall dem Dorf ganz ferngeblieben. Der Gipfel war die Vertreibung der Mönche aus dem Kloster. Von da an hasste ihn jeder im Dorf. "

„Können Sie sich vorstellen, dass jemand aus dem Dorf die Morde begangen hat?"

„Der Hass ist bei einigen bestimmt sehr groß, aber dazu ist keiner aus dem Dorf fähig, Frau Craig. Da würde ich für jeden meine Hand ins Feuer legen."

„Ist es denkbar, dass sich einige zusammengetan haben und es gemeinsam geplant und umgesetzt haben?" Amy ließ nicht locker.

„Bestimmt nicht, das wüsste ich. Da suchen Sie am falschen Ort, glauben Sie mir", beteuerte Benno.

Als Amy kurz vor dem Mittagessen alle Gespräche beendet hatte, waren Sepp Obermeier, der Oberkellner der Bar, der Koch Gottfried Scheuerl und der Chefkoch Maximilian Busch ebenfalls bei ihr gewesen.

Die Lebensläufe von diesen drei Männern waren ebenfalls lückenlos und unauffällig. Sie erfuhr in den Gesprächen, dass Jakob häufig in betrunkenem Zustand mit dem Auto unterwegs gewesen war, dass es Gerüchte gab, nach denen Gustav Tiegelmeier ein Verhältnis mit einer Angestellten des Hotels gehabt haben soll, und dass er es auf seinen auswärtigen Terminen mit der ehelichen Treue nicht so genau genommen hatte. Interessant war eine Aussage von Maximilian Busch. Brigitte Harter hatte mit siebzehn Jahren einen Suizidversuch begangen. Ihr damaliger Freund war Gustav Tiegelmeier nicht recht gewesen. Kurzerhand hatte er dafür gesorgt, dass der junge Mann seine Arbeitsstelle im Dorf verlor. Nicht nur das, er hatte es zudem eingefädelt, dass ihn niemand anderer im Dorf mehr einstellte. Der Junge musste daraufhin St. Florian verlassen. Die Beziehung zwischen ihm und Brigitte ging aus diesem Grund auseinander. Sie hatte daraufhin eine Überdosis Schlaftabletten genommen und war nur knapp dem Tode entronnen. Nun war Amy klar, weshalb das Verhältnis zwischen Vater und Tochter eigentlich keines mehr gewesen war.

Ansonsten unterschieden sich die Aussagen der letzten drei Angestellten nicht sonderlich von dem, was Amy in den ersten zwei Gesprächen gehört hatte. Sie kam zu dem Schluss, dass für sie keiner von ihnen als Täter infrage kam. Auch die Dorfbewohner schloss sie aus dem Kreis der Verdächtigen aus. Sie würde Hannes bitten, die angegebenen Alibis zu überprüfen, aber sie war sich sicher, dass diese stimmen würden.

Amy war genau so weit wie vor den Gesprächen, wenn sie von einigen Details absah, die sie vorher noch nicht gewusst hatte. Auf die Spur des Mörders führten sie diese neuen Erkenntnisse allerdings nicht.

Es klopfte an der Tür und Hannes spazierte mit vielversprechendem Gesichtsausdruck herein. Er hatte Neuigkeiten aus München.

„Tobias hieß der Bruder von Laura Viehofer. Jetzt habe ich auch das Bild von ihm vor meinen Augen."

„Was wissen wir sonst noch?", fragte Amy.

„Er wuchs bei seiner Tante auf, die tatsächlich in Lübeck wohnt. Er besuchte regulär die Schule und schloss mit der mittleren Reife ab. Danach begann er ebenfalls in Lübeck eine Lehre als Kraftfahrzeugmechaniker, die er jedoch nicht abschloss. An seinem achtzehnten Geburtstag verließ er das Haus seiner Tante und ist von diesem Zeitpunkt an bis heute in keinem Melderegister mehr zu finden. Mit sechzehn tauchte er einmal in den Polizeiakten auf. Es ging um häusliche Gewalt. Er hatte seinen Onkel verprügelt, weil dieser seine Tante geschlagen hatte. Ansonsten ist er ein unbeschriebenes Blatt. München hat die Suche jetzt ausgeweitet und eine Anfrage an Interpol gestellt. Auf ein Ergebnis werden wir ein bis zwei Tage warten müssen."

„Hoffentlich sind die zwei Tage nicht zu viel, ich habe kein gutes Gefühl", sagte Amy. „Aber ich habe dich unterbrochen Hannes, entschuldige bitte, erzähl weiter."

„Eine Beamtin aus Lübeck hat in der Zwischenzeit die Tante von Tobias Viehofer aufgesucht. In einem Gespräch mit ihr erfuhr sie, dass Tobias sich nach seinem Weggang nie mehr bei ihr gemeldet hat. Der Ehemann der Tante ist bereits vor zwei Jahren verstorben. Sie hatten keine eigenen Kinder und es gibt auch sonst keine weitere Verwandtschaft, die man noch befragen könnte", beendete Hannes seine Ausführungen.

„Dann werden wir wohl oder übel den Bericht von Interpol abwarten müssen. Ich habe Hunger, Hannes, und ich kenne jemanden, der immer Hunger hat. Wie sieht es mit dir aus?"

„Da sage ich nicht nein. Das Frühstück ist ja auch schon wieder eine Weile her", antwortete er und lächelte verschmitzt.

„Hallo Alexander", sprach Amy in ihr Handy. „Was hältst du von einer Mittagspause? Das dachte ich mir. Wir treffen uns im Restaurant."

Alexander berichtete begeistert von den Aufzeichnungen in der Chronik. Amy hatte ihm vorgeschlagen, im Jahr 1984, als Gustav Tiegelmeier die Leitung des Hotels übernommen hatte, mit dem Lesen zu beginnen.

In den Berichten von den ersten Jahren hatte Alexander nichts gefunden, was nicht bereits bekannt war. Die Mönche zehrten von ihren Rücklagen aus dem Verkauf der drei Gebäudeflügel und waren froh, wenn sie gesund blieben und in Ruhe gelassen wurden. Alexander war beeindruckt von der sorgfältigen Schrift, bei der fast jeder Buchstabe wie gemalt aussah. Auf einigen Seiten waren farbige Federzeichnungen, die christliche Motive darstellten. Der erste Buchstabe, wenn ein neuer Monat begann, war etwa fünf Zentimeter groß, mit einer breiten Feder geschrieben und wunderschön verschnörkelt.

Amy berichtete von den Spuren, die am zweiten Tatort sichergestellt worden waren, und davon, was die Gespräche mit den Angestellten ergeben hatten. Es war ihr anzumerken, dass sie sich mehr davon erhofft hatte. Hannes erzählte Alexander von der Suche nach dem Bruder der jungen Frau, die Jakob vergewaltigt hatte.

Nach dem Mittagessen widmete Alexander sich wieder der Chronik und Amy bat Hannes in ihr Büro. Er war ihr noch die Antwort schuldig auf die Frage nach weiteren potenziellen Opfern. Mit einem Kaffee aus der Bar machten sie es sich im Büro bequem.

„Ich habe lange überlegt, Amy, und für mich kommen, wenn überhaupt, nur drei Männer infrage. Sie waren damals mit Gustav im Gemeinderat, haben ihn immer unterstützt und nach seiner Pfeife getanzt. Bei den Entscheidungen haben sie immer darauf geachtet, sich selber auch den einen oder anderen Vorteil zu verschaffen. Das war allerdings nichts Besonderes. Aber bei der Entscheidung den Friedhof betreffend hätte Gustav ohne ihre Stimmen verloren. Das ist für mich der Grund, der sie auf die Liste des Mörders bringen könnte", erklärte Hannes.

„Und wer sind diese drei Herren?"

„Der damalige Bürgermeister Otto Frieden, der damalige Gemeindearchivar Vinzenz Strobel und der reichste Landwirt der Gemeinde, Hubert Greindl. Die übrigen fünf Mitglieder des Gemeinderates konnten gegen die vier nichts ausrichten. Sie waren zum Teil von ihnen abhängig und hatten Angst um ihre Familien und ihre Existenz, sollten sie sich den Entscheidungen nicht anschließen. Selbst bei einem Austritt aus dem Gemeinderat hätten sie mit Repressalien rechnen müssen. Diese fünf haben sich immer hinter vorgehaltener Hand gegen die Entscheide ausgesprochen. Sie waren es auch, die aus den Sitzungen berichtet und so die Bevölkerung über alles informiert haben."

„Es wird doch sicher noch alte Protokolle der Gemeinderatssitzungen geben. Kannst du mir die besorgen, Hannes? Es geht mir vor allem um die Protokolle zum Entscheid den Friedhof betreffend. Vielleicht erreichst du heute Nachmittag noch etwas. Weißt du, wo sich die drei Herren aufhalten, die du für gefährdet hältst?"

„Sie leben noch immer in St. Florian. Von Hubert Greindl weiß ich, dass er schwer krank ist. Er hat Alzheimer und es wird erzählt, dass sich sein Zustand so verschlechtert hat, dass er bald in ein Heim muss. Was mit den zwei anderen ist, werde ich herausfinden."

„Danke, du findest mich hier im Hotel, wenn es etwas Neues gibt."

Amy griff nach ihrem Handy. Es war Zeit, mit ihrem Chef zu sprechen und ihn über den Stand der Ermittlungen zu informieren. Sie war bereits den vierten Tag in St. Florian und wunderte sich, dass er sich noch nicht gemeldet hatte.

„Johannes Brauchli, Landeskriminalamt München."

„Guten Morgen Johannes, ich melde mich vom Ende der Welt", begrüßte sie ihn.

Sie kannten sich schon viele Jahre und Amy wusste, dass sie sein Vertrauen genoss. Er hatte sie damals nach München geholt, nachdem sie sich auf verschiedenen Tagungen und Kongressen kennengelernt hatten. Amy hatte diesen Schritt nie bereut.

„Guten Morgen Amy, was macht der Fall? Kommst du voran?", war natürlich seine erste Frage.

„Doch, es geht mir gut, danke der Nachfrage. Ich lasse mich kulinarisch verwöhnen und genieße die Ruhe", gab sie leicht provozierend zurück. Er fiel immer gleich mit der Tür ins Haus und vernachlässigte nach Amys Ansicht die Pflege des Personals. Amy selber machte es nichts aus, doch sie wusste von anderen Mitarbeitenden, dass sie es manchmal vermissten.

„Was den Fall angeht, sieht es eher schlecht aus", fuhr sie fort und schilderte ihm kurz und knapp die wichtigsten Fakten, die in den Berichten der Spurensicherung und der Pathologin nicht vorkamen. „Noch haben wir nicht die kleinste Spur vom Täter. Seine Motive sind naheliegend, allerdings noch nicht eindeutig geklärt. Er ist gut, sogar sehr gut. Es scheint beinahe so, als wäre er nicht an den Tatorten gewesen."

„Brauchst du Unterstützung?", wollte Johannes wissen.

„Alexander ist bereits hier. Er liest für mich die alte Chronik des Klosters, die wir von dem letzten Abt bekommen haben. Hannes Gruber, der Ortspolizist, ist mir eine große Hilfe. Er kennt die hiesigen Verhältnisse sehr gut. Ansonsten arbeite ich mich Schritt für Schritt vor, das braucht seine Zeit, leider. Was wir von München benötigten, konnten wir bisher telefonisch oder via Mail erledigen. Sollte sich die Situation ändern und mehr Personen hier vor Ort vonnöten sein, würde ich mich melden."

„Der Tod von Gustav Tiegelmeier hat in der Hotelbranche einige Wellen geschlagen. Die genauen Umstände des Todes haben wir bisher zurückgehalten. Sie sind auch noch nicht auf dem Latrinenweg an die Öffentlichkeit gedrungen. Das ist auch gut so und ich werde sie zurückhalten, solange es geht", berichtete ihr Chef. „Was den Tod des Sohnes angeht, herrscht in München in der Szene, in der er verkehrt hat, die einhellige Meinung, dass es irgendwann einmal so kommen musste. Ein gehörnter Ehemann wird dabei als Täter gehandelt."

„Es ist wichtig, dass wir die Detailinformationen so lange wie möglich unter Verschluss halten, Johannes. Die Presse kann ich im Moment hier in St. Florian nicht gebrauchen. Jetzt ist es noch sehr ruhig und ich hoffe es bleibt auch so. Darf ich dich bitten, etwas Druck auf die Ermittlungen von Interpol auszuüben? Der Bruder von Laura Viehofer ist für mich im Augenblick der einzige Tatverdächtige. Alleine wird er es wahrscheinlich nicht getan haben, aber es ist denkbar, dass er in den Fall verstrickt ist. Wir müssen ihn finden und wenn es nur dazu dient, ihn auszuschließen. Was mir allerdings Sorgen macht, ist die Möglichkeit, dass noch weitere Personen auf der Liste des Täters stehen. Ich hoffe, wir können einen weiteren Mord verhindern. Du hörst wieder von mir."

„Ich kümmere mich um Interpol und du meldest dich wegen der Unterstützung. Schön, dass es dir gut geht, Amy", reagierte er auf ihre Anspielung vom Beginn des Telefonats und legte auf.

Es klopfte an der Bürotür. Amy stand auf und öffnete sie. Es waren Brigitte Harter und ihr Ehemann.

„Guten Tag Frau Craig, dürfen wir hereinkommen? Das ist mein Mann, er ist heute von seiner Auslandsreise zurückgekehrt."

„Sicher, kommen Sie herein. Es freut mich, Sie kennenzulernen, Herr Harter. Nehmen Sie beide doch bitte Platz."

„Wir mussten unsere Mutter heute in die Klinik bringen. Sie hatte einen Nervenzusammenbruch und der Hausarzt meinte, es wäre zu riskant, sie in dem Zustand zu Hause zu behalten. Ich wollte, dass Sie das wissen."

„Das ist nett, dass Sie mich darüber informieren. Ich kann mir vorstellen, dass es für Ihre Mutter besonders schwer sein muss. Wie geht es Ihnen?"

„Ich glaube, ich habe noch gar nicht richtig begriffen, was passiert ist. Ich bin natürlich sehr froh, dass mein Mann wieder zurück ist und sich um die Kinder kümmern kann." Sie sah ihren Mann an und begann zu weinen. Amy wartete einen Moment, bis sie sich wieder beruhigt hatte.

„Brauchen Sie noch etwas von mir oder von uns, besser gesagt, oder haben Sie noch Fragen, die wir Ihnen beantworten können, Frau Craig?", schaltete sich nun der Ehemann in das Gespräch ein.

„Von Ihnen benötige ich bitte die Flugnummern Ihres Hin- und Rückfluges. Das ist reine Routine und dient lediglich zur Vervollständigung der Angaben, die Ihre Frau uns bereits über Ihre Abwesenheit gemacht hat." Herr Harter griff in die Innentasche seines Jacketts, holte die Flugtickets heraus und reichte sie Amy.

„Sie können sich vorstellen, dass ich in der Zwischenzeit sehr viele Informationen über Sie und Ihre Familie zusammengetragen habe. Frau Harter, Sie kennen die Dorfbewohner gut. Können Sie sich vorstellen, dass jemand aus dem Dorf als Täter infrage kommt?"

„Dann haben Sie sicher auch gehört, dass meine Mutter und ich uns nach all der Schande, die mein Vater und mein

Bruder über unsere Familie gebracht haben, aus dem Dorfleben zurückgezogen haben", antwortete sie und konnte ihre Erregung nicht verbergen.

„Das weiß ich. Dennoch meine Frage, ob Sie sich jemanden vorstellen können. Sie werden doch sicher in den letzten Tagen mit Ihrer Mutter darüber gesprochen haben?"

„Ja, so ist es, wir haben darüber gesprochen. So bitter wie es klingt, wir waren uns einig, dass mein Vater und mein Bruder ihre gerechte Strafe für das bekommen haben, was sie ihr Leben lang ihren Mitmenschen angetan haben", sagte sie mit zitternder Stimme.

Amy ließ diese Aussage stehen und schwieg einen Moment.

„Meine Frage haben Sie mir damit noch immer nicht beantwortet, Frau Harter." Amy ließ nicht locker.

„Den Dorfbewohnern traue ich so etwas nicht zu. Es gibt zwar einige, die von den Machenschaften meines Vaters direkt betroffen waren. Aber ich glaube, so weit würden sie nicht gehen. Wenn sie es damals in ihrer ersten Wut getan hätten, im Affekt. Doch nach so vielen Jahren, das ergibt für mich keinen Sinn."

„Es tut mir leid, Frau Harter, aber ich muss Sie das fragen. Wissen Sie, was Ihr damaliger Freund heute macht?"

Sie zuckte zusammen und sah Amy mit großen Augen an.

„Sie wissen davon?", fragte sie entsetzt.

„Ja, ich weiß davon, aber Sie müssen sich keine Sorgen machen, es bleibt bei mir", entgegnete Amy mit ihrer beruhigenden Stimme.

„Er ist damals nach München gegangen. Für kurze Zeit hatten wir noch heimlich Kontakt, der dann allerdings abgebrochen ist. Das Letzte, was ich von ihm durch eine Freundin gehört habe, ist, dass er heute mit seiner Familie in Kanada lebt."

„Vielen Dank, Frau Harter", sagte Amy und wandte sich noch einmal an den Ehemann.

„Herr Harter, haben Sie Kenntnis von irgendwelchen Vorkommnissen, die uns noch nicht bekannt sein könnten?"

„Nein, eher nicht. Der Kontakt zur Familie meiner Frau war, wie Sie bereits wissen, sehr begrenzt. Meine Besuche hier im Hotel kann ich an zehn Fingern abzählen. Ich habe mich immer zurückgezogen, wenn über die Geschäfte gesprochen wurde."

„Vielen Dank. Haben Sie noch Fragen an mich?", wollte Amy abschließend wissen. Das Ehepaar sah sich einen Augenblick an.

„Nein, Frau Craig, im Moment nicht", antwortete Herr Harter. „Ich denke, Sie werden uns informieren, wenn Sie den Täter gefasst haben."

„Selbstverständlich, Herr Harter. Natürlich erhalten Sie auch umgehend Nachricht, wenn Sie die Beisetzungen planen können. Vielen Dank, dass Sie gekommen sind." Amy stand auf und begleitete das Ehepaar zur Tür.

Sie hörte noch, wie sie sich vor der geschlossenen Tür unterhielten. Auch wenn sie flüsterten, entging Amys besonders gutem Gehör nicht, was sie sagten.

„Sie weiß alles über uns, das ist so demütigend. Was sie nur von uns denken mag", entsetzte sich Brigitte Harter.

„Mach dir keine Sorgen, Liebling, sie wird es vertraulich behandeln. Du kannst doch nichts dafür, dass sie so waren. Mach dir doch bitte keine Vorwürfe für das, was sie getan haben. Lass uns nach Hause fahren." Amy hörte, wie sie sich langsam entfernten.

Wenn die Ausführungen der Morde nicht so brutal und mit so viel Hass, den der Täter selber in sich gespürt haben musste, ausgeführt worden wären, hätte Amy nach diesem Gespräch einen Auftragsmord nicht ausschließen können. Doch diese Überlegung verwarf sie sofort wieder.

Sie gab die Flugnummern und den Namen des Ehemanns per Mail nach München durch und bat um die Überprüfung der Passagierlisten.

Amys Handy klingelte und auf dem Display sah sie, dass Alexander anrief.

„Sag bitte, dass du etwas gefunden hast", ihre Stimme klang fast etwas verzweifelt.

„Ich habe etwas gefunden, was dich interessieren könnte, Amy, und das sage ist jetzt nicht nur, weil du es hören willst."

„Ich bin in zwei Minuten bei dir!" Amy hatte aufgelegt und war im gleichen Moment schon aus der Tür heraus. Sie ging zügig durch die Klostergänge. Das Zimmer von Alexander befand sich im zweiten Stock des Ostflügels. Alexander hatte seine Zimmertür bereits für sie geöffnet.

„Das solltest du dir ansehen." Er wies mit dem Zeigefinger auf die entsprechende Zeile. Das musste er nicht zweimal sagen. Amy setzte sich und begann zu lesen:

„Heute war ein kalter nebliger Novembermorgen."
Amy sah auf das Datum des Eintrags, es war der 14.11.2001.
„Bruder Jeremias fand den Knaben auf den Stufen der Kirche. Er war durchgefroren und fiebrig. Seine Kleidung war durchnässt. Jeremias holte Bruder Raphael zu Hilfe. Sie trugen ihn in eine freie Zelle, zogen ihm die nassen Kleider aus und wickelten ihn in warme Decken. Das Fieber stieg weiter bedrohlich an. Mit seinem speziellen Kräutertee und kühlenden Wadenumschlägen versuchte Bruder Jeremias das Fieber zu senken. Er erreichte, dass es nicht weiter anstieg. Der Zustand des Knaben ist noch immer kritisch. Er schläft den ganzen Tag und wird immer wieder von Albträumen heimgesucht, die ihn durchschütteln. Jeremias hat seine Kleider gewaschen und getrocknet. Dabei hat er keinerlei Hinweise zum Namen oder der Herkunft des Jungen entdeckt."

Amy sah Alexander an.

„Von dem Knaben wussten wir bisher nichts, du hast recht."
Gespannt und voller Neugierde blätterte sie in den
Aufzeichnungen vier Tage weiter.

„Heute ist er den vierten Tag bei uns. Das Fieber ist
gesunken und zwischendurch hat er wache
Momente. Er ist noch sehr geschwächt und
Speisen kann er noch nicht zu sich nehmen."

Sie blätterte ein weiteres Mal vier Tage vor.

„Der Knabe hat das Fieber überstanden. Heute ist
der zweite Tag, an dem er breiige Nahrung zu sich
nimmt. Er hat schon sehr guten Appetit. Bruder
Jeremias freut das sehr. Die Augen des Knaben sind
jetzt klarer und der Blick ist wach. Aber er spricht
nicht, kein Wort ist bisher über seine Lippen
gekommen. Bruder Jeremias hat sein Vertrauen
bereits gewonnen. Der Knabe scheint nicht ängstlich
zu sein oder weglaufen zu wollen."

„Wie weit hast du schon gelesen, Alexander?", fragte Amy
aufgeregt.

„Nicht weiter als du jetzt gelesen hast. Ich dachte, ich
informiere dich sofort, weil es mir wichtig erschien."

„Ja das ist es, danke. Ob es für unseren Fall von Bedeutung
ist, wissen wir erst, wenn wir die ganze Geschichte des
Jungen kennen. Meinst du, du kannst noch etwas
weiterlesen oder verschwimmen dir schon die Buchstaben
vor deinen Augen?", fragte Amy mit einem erwartungsvollen Lächeln.

„Noch sehe ich klar und deutlich, Frau Craig, und werde mich sofort wieder über die Lektüre hermachen", alberte Alexander zurück und lachte laut.

„Da ist noch etwas, Amy. Wusstest du, dass die Angestellten der Küche und des Restaurants die Mönche heimlich mit Essen versorgt haben?"

„Das habe ich heute Morgen von dem Leiter des Restaurants erfahren. Entschuldigung, das habe ich vorhin vergessen zu erwähnen."

„Gut, dann ist das auch geklärt", sagte Alexander und nahm das Buch wieder zur Hand.

„Danke, Alexander. Ruf mich an, wenn du etwas Neues findest. Es ist jetzt halb sechs. Wenn ich nichts von dir höre, treffen wir uns in einer Stunde im Restaurant, einverstanden?" Alexander nickte und Amy verließ das Zimmer.

Zurück im Büro rief sie im Kloster St. Benedikt an, um einen weiteren Besuch bei Bruder Hieronimus anzumelden. Sie hatte das Gefühl, dass der alte Mönch eine wichtige Rolle in dieser Geschichte spielte. Sollte Alexander bis dahin das Gegenteil herausgefunden haben, hatte sie noch genug andere Fragen, die sie Bruder Hieronimus stellen konnte. Sie hatte direkt Bruder Friedrich am Apparat und vereinbarte mit ihm einen Besuch für den folgenden Tag um vierzehn Uhr in St. Benedikt.

„Bruder Hieronimus wird sich freuen, Sie so rasch wiederzusehen. Er kennt seit Ihrem letzten Besuch kein anderes Thema mehr", erzählte Bruder Friedrich, bevor sie das Telefonat beendeten.

Amy überlegte, diesmal Alexander mitzunehmen. Er war sicher gespannt auf den Schreiber der Chronik und konnte unter Umständen die Antworten von Bruder Hieronimus besser einordnen. Amy war sich sicher, dass Hannes nicht böse war, wenn er hierbleiben konnte.

Sie nahm sich noch einmal die Grundrisspläne vor. Jetzt konzentrierte sie sich auf den Gebäudeteil, in dem sich der Weinkeller befand. Aber auch dort fand sie keinerlei

Anzeichen für eine Tür oder eine Treppe, die zu einem Geheimgang führen konnten. Mit einem der Gebäudepläne verließ Amy ihr Büro und ging an dem von Gustav Tiegelmeier vorbei. In dem anschließenden Raum war ein Büro der Hotelverwaltung untergebracht. Amy klopfte an die Tür und ging hinein. Eine junge Angestellte grüßte sie mit Namen und Amy fragte, ob sie sich den Raum ansehen könne. Die Angestellte bejahte es und wandte sich wieder ihrer Arbeit zu. Dieses Büro war rechteckig. In der hinteren linken Ecke hätte es allerdings einen Vorsprung geben müssen, wegen des geheimen Raumes hinter dem Büro des Seniorchefs. Amy sah erneut auf den Plan. Der kleine Raum fehlte. Sie verließ das Büro und ging an die Rezeption, um sich ein Maßband zu organisieren. Akribisch nahm sie die Maße der zwei Büros und des kleinen Raumes in ihren Plan auf. Bei dem Vergleich dieser Zahlen mit denen auf dem Plan stellte sie fest, dass die Maße der Büros zu groß angegeben waren. Es fehlte genau die Breite des kleinen Raums. Da seine Länge aber nicht einmal die Hälfte der angrenzenden Bürowand ausmachte, musste es einen weiteren Raum geben, der bis zum Gang vor dem Büro der Verwaltung reichte. Sie ging noch einmal in das kleine geheimnisvolle Zimmer und suchte die Wand ab, hinter der sich dieser Raum befinden musste. Doch sie fand nichts. Auch das erneute heftige Abklopfen der Wand erweckte nicht den Anschein, dass sich ein Hohlraum dahinter befand. Rätsel dieser Art mochte sie nicht. Sie war es gewohnt, dass sich solche Fragen rasch klären ließen. An dieser Frage würde sie dranbleiben, bis sie eine Antwort hatte.

Pünktlich zur abgemachten Zeit traf sie Alexander im Restaurant. Natürlich war sie gespannt, was er ihr Neues über den Knaben erzählen konnte. Nachdem sie sich einen Salat vom Buffet geholt hatten, war sie schon ganz ungeduldig und drängte ihn, endlich zu erzählen. Alexander hatte die Einträge zunächst nur überflogen und sobald er etwas zu dem Jungen fand, weitergeblättert. Er wollte

111

herausfinden, wie lange der Junge bei den Brüdern geblieben war. Als er den vermutlich letzten Eintrag entdeckt hatte, begann er alle Einträge seit dem Erscheinen des Knaben genau zu lesen. Die wesentlichen Punkte, die er bis vor dem Abendessen gefunden hatte, waren, dass der Junge fast drei Jahre in St. Florian gelebt und nie ein Wort gesprochen hatte. Die Brüder waren davon ausgegangen, dass er stumm war, und Bruder Jeremias hatte ihm deshalb den Namen Mutus, der Stumme, gegeben. Die Mönche hatten die Anwesenheit von Mutus geheim gehalten. Er verließ den Ostflügel nie bei Tag. In der Nacht, wenn es dunkel war, ging er hinaus, und das schien immer gut gegangen zu sein. Der Abt beschrieb Mutus als fleißigen, wissbegierigen Knaben. Er war folgsam und nahm den betagten gebrechlichen Mönchen alle körperlich schweren Arbeiten ab. Bruder Jeremias war Mutus' Bezugsperson. Sie verbrachten viel Zeit miteinander und so war es denn auch Jeremias, der dem Abt vorschlug, Mutus ins Noviziat aufzunehmen. Bruder Hieronimus stimmte dem zu und Mutus dankte es ihnen mit noch mehr Fleiß und Unterstützung.

„Die letzten drei Einträge habe ich für dich abfotografiert. Sie werden dich besonders interessieren." Alexander reichte Amy sein Handy herüber. Amy legte die Gabel beiseite und begann zu lesen:

15. September 2004

Mutus ist in der vergangenen Nacht von seinem Ausgang nicht zurückgekehrt. Jeremias ist in großer Sorge um ihn, wie wir alle. Ich kann mir nicht vorstellen, dass er uns einfach verlassen würde, ohne sich zu verabschieden. Unser gegenseitiges Vertrauen war so groß. Er weiß, dass er nichts zu befürchten hätte, wenn er seine Entscheidung, bei uns zu bleiben, rückgängig machen würde. Nun hoffen wir natürlich, dass ihm nichts widerfahren ist. Gott sei mit ihm.

25. September 2004

Heute habe ich erfahren, dass in der Nacht, in der Mutus uns verlassen hat, im Hotel etwas Schreckliches vorgefallen ist. Jakob hatte seine Triebe wieder einmal nicht im Griff. Es heißt, er habe sich ein junges Mädchen aus dem Dorf gegen ihren Willen genommen. Hat Mutus etwas davon mitbekommen? Hat ihn das so aufgeregt, dass er fortgelaufen ist? Wenn er doch nur hätte reden können. Vielleicht wäre er dann noch bei uns. Jeremias ist sich sicher, dass es zwischen den zwei Ereignissen einen Zusammenhang gibt. Aber wir werden es wohl nie erfahren. Er fehlt uns. Wir hoffen, der Herr wird ihn auf seinen Wegen begleiten und beschützen.

30. Oktober 2004

Jeremias kam heute freudestrahlend in meine Kammer. Wenn er es noch könnte, wäre er wahrscheinlich vor Freude in die Luft gesprungen. Endlich ein Lebenszeichen von Mutus. Ein kurzer Brief, in dem er uns mitteilt, dass es ihm gut geht und dass wir uns keine Sorgen machen müssen. Er entschuldigt sich für sein plötzliches Verschwinden, ohne den Grund dafür anzugeben.

113

Aber das ist auch nicht wichtig. Wichtig ist nur, dass es ihm gut geht und wir beruhigt sein können. Der Stempel auf der Briefmarke ist so blass und verschwommen, dass wir das Postamt nicht entziffern können. Danke Herr, dass du ihn nicht alleine gelassen hast. Zur Feier des Tages trinken wir am Abend eine Flasche unseres besten und ältesten Weines.

Amy gab Alexander sein Handy zurück.

„Ich frage mich, weshalb Bruder Hieronimus ihn mit keiner Silbe erwähnt hat. Er ist für die Brüder für fast drei Jahre ein wichtiges Mitglied ihrer Gemeinschaft gewesen."

„Das ist verwunderlich, da stimme ich dir zu. Auf der anderen Seite", führte Alexander ihren Gedankengang weiter, „haben sie seine Anwesenheit immer geheim gehalten und nach außen hin ist er nie ein Thema gewesen. So plötzlich wie er gekommen war, war er auch wieder fort. Für die Mönche ging das Leben danach weiter. Als ihnen der Friedhof weggenommen wurde und sie das Kloster verlassen mussten, war er bereits vier Jahre fort. Interessant wird es, wenn er in den folgenden Aufzeichnungen wieder auftaucht oder möglicherweise wieder zu ihnen zurückgekehrt ist. Dann bekommt deine Frage ein ganz anderes Gewicht."

„Das wäre ein Grund, weshalb Hieronimus nichts von ihm erzählt hat. Nun ist es deine Aufgabe herauszufinden, wie es mit dem Knaben weitergegangen ist."

„Sehr gerne. Die Chronik liest sich besser als mancher Roman. Ich bin genauso gespannt wie du, wie sich die Geschichte entwickelt."

Jetzt war Amy an der Reihe. Sie berichtete Alexander, was sie anhand der Grundrisspläne und der Besichtigung der Büros herausgefunden hatte. Alexander unterstützte sie in

114

dem Gedanken, dass es unter dem Kloster geheime Gänge geben musste. Er hatte schon häufiger gelesen, dass in früheren Zeiten unterirdische Gänge oder Räume als Versteck dienten oder eine Fluchtmöglichkeit boten. Allerdings konnte er Amy auch keinen Rat geben, wie sie diese Gänge finden konnte.

Das Essen wurde serviert und das Restaurant hatte sich fast zur Hälfte mit Gästen gefüllt. Sie wechselten das Thema und plauderten über sich und was in den Wochen, in denen sie sich nicht gesprochen hatten, passiert war. Beim Kaffee in der Bar waren sie wieder für sich.

„Für morgen Nachmittag habe ich einen Termin für uns gemacht. Ich habe gedacht, du würdest mich gerne zu Bruder Hieronimus begleiten." Amy war auf Alexanders Reaktion gespannt und sah ihn erwartungsvoll an.

„Zu Bruder Hieronimus? Du meinst, ich lerne den Mann kennen, der die Chronik geschrieben hat, die ich gerade lese? Natürlich komme ich mit, vielen Dank! Ich habe mir schon ein Bild von ihm gemacht und bin neugierig, wie er aussieht. Aber nicht, dass Hannes sich jetzt zurückgesetzt fühlt, das wäre mir nicht recht."

„Ich glaube, da musst du dir keine Sorgen machen. Hannes ist am liebsten hier in St. Florian. Sicher hätte er mich wieder begleitet, aber wenn er die Wahl hätte, würde er sich nicht für St. Benedikt oder irgendeinen anderen Ort entscheiden", da war sich Amy ganz sicher. Das bevorstehende Treffen mit Bruder Hieronimus motivierte Alexander noch mehr, sich wieder der Chronik zu widmen. Nach dem Kaffee begaben sie sich in ihre Zimmer.

Amy war noch nicht müde und ging mit ihrer Pfeife auf den kleinen Balkon. Es war ein lauer Abend und sie genoss die Ruhe und den Sternenhimmel. Die beleuchteten Fenster in den anderen Gebäudeflügeln erinnerten sie immer wieder an einen Adventskalender. Wie sie jetzt im Sommer darauf kam, wusste sie selber nicht. Danach wanderten ihre

Gedanken zurück zum Fall. Sie hatte wenig, nein, eigentlich hatte sie nichts, was den Täter anging. Da war der Bruder eines Opfers von einer Tat, die vor mehr als zehn Jahren begangen worden war, von dem sie nicht einmal wusste, wo er sich aufhielt. Sie hatte einen stummen Novizen, von dem sie nur den Namen kannte, den ihm die Mönche von St. Florian gegeben hatten. Und beide waren nur interessant und streiften den Täterkreis, weil sie kaum etwas über sie wusste. Es war nicht nur eigentlich nichts, es war tatsächlich nichts, was sie hatte. Das musste sie sich eingestehen. Es half auch nicht, sich die vorhandenen Fakten wieder und wieder durch den Kopf gehen zu lassen. Sie musste darauf hoffen, dass Alexander etwas in der Chronik fand, Bruder Hieronimus in dem zweiten Gespräch für den Fall relevante Informationen für sie hatte und Interpol Tobias Viehofer aufspürte.

Die Luft war noch immer lauwarm und der Wind hatte, während sie auf ihrem Balkon saß, deutlich an Fahrt aufgenommen. Der Himmel war mittlerweile wolkenverhangen und in der Ferne meinte Amy, Blitze gesehen zu haben. Sie verließ den Balkon und legte sich schlafen. Damit sie ein mögliches Gewitter nicht aus dem Schlaf holte, entschied sie sich für Ohrstöpsel.

5

Alexander kam verspätet zum Frühstück und sah übernächtigt aus. „Warst du noch aus, Alexander? Du siehst müde aus", flaxte Amy.
„Ich war in der Disco in St. Florian, da war richtig was los", scherzte Alexander und stürzte sich förmlich auf den ersten Kaffee. Danach hatte er das Gefühl, wesentlich munterer zu

sein. Amy hatte ihn währenddessen ununterbrochen beobachtet, mit einem höchst erwartungsvollen Blick, auf den er allerdings nicht reagierte.

„Alexander, spann mich nicht so auf die Folter!", platzte es jetzt aus ihr heraus. „Es ist doch unverkennbar, dass du noch sehr lange gelesen hast. Hast du noch etwas herausgefunden?" Alexander wusste, dass er jetzt etwas sagen musste, ansonsten konnte Amy auch schnell einmal ungemütlich werden, vor allem, wenn sie in einem Fall auf der Stelle trat.

„Ich habe noch weitere zwei Jahre geschafft. Leider Fehlanzeige. Mutus wird in den zwei Jahren nur noch einmal erwähnt. Ein halbes Jahr nach seinem ersten Brief hat er einen weiteren an Bruder Jeremias geschrieben. Auch aus dem zweiten Brief geht nur hervor, dass es ihm gut geht und die Mönche sich keine Sorgen machen müssen. Das ist alles, Amy. Ich hätte dir gerne mehr geboten." Amys Enttäuschung war nicht zu übersehen.

„Es wäre auch zu schön gewesen, wenn die Chronik den Fall für mich gelöst hätte. Aber davon lasse ich mir den Appetit nicht verderben. Komm, wir gehen zum Buffet."

Sie frühstückten in Ruhe und Amy konnte nur hoffen, dass Bruder Hieronimus mehr wusste, als in der Chronik stand. Aber wenn sie ehrlich mit sich war, hatte sie diesbezüglich wenig Hoffnung. Es entsprach nicht der Gewissenhaftigkeit von Bruder Hieronimus, etwas nicht in die Chronik geschrieben zu haben.

Bis zu ihrer Abfahrt nach St. Benedikt ging jeder nach dem Frühstück wieder seiner Wege.

Im Büro fand Amy eine Nachricht von München auf ihrem Laptop. Interpol hatte gemeldet, dass Lauras Bruder, nachdem er Lübeck verlassen hatte, in der halben Welt unterwegs gewesen war. Er hatte bei den Reisen für die Flugtickets und bei einigen wenigen Hotelanmeldungen stets seinen richtigen Namen benutzt. Hin und wieder hatte er mit seiner Kreditkarte Geld bezogen. Der letzte offizielle Hinweis zu seiner Person lag fast ein Jahr zurück. Er stand auf der Passagierliste eines Fluges von der tibetischen Hauptstadt Lhasa nach Frankfurt und hatte diesen Flug definitiv angetreten. Mit der Ankunft in Frankfurt verlor sich seine Spur allerdings wieder. Er war nirgends in Deutschland gemeldet, hatte offiziell in keinem Hotel, keiner Pension eingecheckt und interessanterweise seine Kreditkarte auch nicht mehr benutzt. Es gab auch keinen Hinweis, dass er Deutschland wieder verlassen hatte. Wie vom Erdboden verschluckt, dachte Amy. Für einen jungen Mann, der die halbe Welt bereist hatte, war das zunächst nicht so außergewöhnlich. Aber was hieß das nun für ihren Fall? Es ließ die Option offen, dass er sich in der Gegend von St. Florian aufhielt und dass er in den Fall verwickelt war oder sogar der Täter sein konnte. Amy öffnete die Datei im Anhang der Mail und fand die Personalien, einige weitere Angaben zu seiner Person und ein Passfoto aus dem Jahr 2011. Nun hatte der junge Mann also ein Gesicht. In den Angaben las Amy:

Tobias Viehofer, geboren am 2.1.1990 in St. Florian, zurzeit ohne festen Wohnsitz, mit sechzehn Jahren eine Anzeige wegen Körperverletzung. Dann folgte eine Aufzählung der Reisen, die er unternommen hatte. Amy überflog die Liste. Er hatte nicht einen Kontinent ausgelassen.

Bei ihren Überlegungen zog Amy erneut in Betracht, dass die Morde nicht von einem Einzeltäter begangen worden waren, sondern dass es mindestens zwei waren. In diesem Fall würde sie Tobias Viehofer die Rolle des Mittäters zutrauen. Sie glaubte nicht, dass er diese Taten geplant hatte. In der kurzen Zeit, die er wieder in Deutschland war, konnte er unmöglich das Hotel so gründlich und bis ins Detail ausspioniert haben, ohne dabei aufgefallen zu sein. Sie druckte das Foto des jungen Mannes aus. Er hatte ein schmales Gesicht und große blaugraue Augen. Zu dem Zeitpunkt, als das Bild gemacht wurde, trug er sein dunkelblondes Haar kurz, sodass seine leicht abstehenden Ohren deutlich zu erkennen waren. Sie nahm das Foto und machte sich direkt auf den Weg, die anwesenden

Mitarbeiter des Hotels zu befragen. Da es um die vergangenen Monate ging, konnte sie annähernd jedem das Foto zeigen. Nachdem sie bereits elf Angestellte angetroffen hatte, ging sie am Schluss zu Sepp an die Bar.

„Guten Tag Sepp", begrüßte sie ihn. „Würden Sie sich bitte dieses Foto anschauen und mir sagen, ob Sie den jungen Mann schon einmal gesehen haben?"

Sepp nahm das Foto in die Hand und Amy sah, wie er erschrak und die Farbe aus seinem Gesicht wich.

„Was ist los, Sepp? Ist Ihnen nicht gut?"

„Doch, doch es geht schon wieder. Nur im ersten Moment dachte ich, ich sehe in die Augen von Laura. Wer ist der junge Mann?"

„Das ist der jüngere Bruder von Laura Viehofer."

„Und Sie meinen ...?" Sepp sah Amy fragend an.

„Das weiß ich nicht, Sepp. Im Moment ist es wichtig für mich zu wissen, ob Sie den jungen Mann in den letzten Monaten im Dorf oder hier im Hotel gesehen haben."

„Nein, Frau Craig, mit Sicherheit nicht. Diese Augen hätte ich nicht vergessen, bestimmt nicht."

„Vielen Dank, mehr wollte ich nicht wissen. Es tut mir leid, dass ich Ihnen mit dem Foto so einen Schreck eingejagt habe."

„Es geht schon wieder, Frau Craig. Einen schönen Tag wünsche ich Ihnen und noch viel Erfolg bei den weiteren Ermittlungen."

Amy bedankte sich für die Wünsche und ging zurück in ihr Büro. Von den anderen Mitarbeitenden, die sie befragt hatte, konnte sich auch niemand an Tobias Viehofer erinnern.

Wieder war es nicht mehr als eine Sackgasse. Eine Chance gab es noch. Die Bewohner von St. Florian. Amy schickte Hannes das Foto auf sein Handy und bat ihn, es herumzuzeigen. Es war einen Versuch wert.

Ein weiteres Mal sah sich Amy alle Ergebnisse und Protokolle an. Wieder blieb sie bei der versteckten Tür im Büro von Gustav Tiegelmeier und ihrer Entdeckung von heute Morgen hängen. Sie stand auf, ging zur Rezeption und fragte nach Peter Fischer.

„Was kann ich für Sie tun, Frau Craig?", fragte er, als er nur wenige Augenblicke später vor ihr stand.

„Haben Sie Zeit, mit mir durch die Klosteranlage zu gehen und mir alle Kellerräume zu zeigen, die sich unter dem Gebäude befinden?"

Peter Fischer wirkte überrascht und überlegte einen Moment, bevor er antwortete.

„Das würde ich liebend gerne tun, Frau Craig. Allerdings muss ich Ihnen gestehen, dass ich die Anlage nicht so gut kenne. Lassen Sie mich nachdenken, wen ich Ihnen dafür am besten an die Seite stellen könnte. Unser Gärtner, Herr Schober, wäre glaube ich der Richtige dafür. Er war früher schon einmal als Hauswart hier im Hotel angestellt. Seine Aufgaben sind damals als Sparmaßnahme auf andere Mitarbeitende verteilt worden und er fing, soweit ich weiß, als Hauswart bei der Gemeindeverwaltung von St. Florian an. Als wir vor fünf Jahren einen neuen Gärtner brauchten, ist er zurückgekommen. Wäre er eine Alternative zu meiner Person, Frau Craig?"

„Sicher, auf jeden Fall. Je besser die Person die Kloster-anlage kennt, umso mehr ist mir damit geholfen, danke. Wo finde ich Herrn Schober?"

„Nur einen Moment", bat Peter Fischer und rief kurzerhand den Gärtner an.

„Er ist in zehn Minuten am Hoteleingang, Frau Craig", teilte er Amy mit. Sie bedankte sich und ging in ihr Büro zurück. Mit ihrem Mantel, dem Grundrissplan des Klosters und einem Stift machte sie sich auf den Weg zum Hoteleingang.

Karl Schober, ein kleiner drahtiger Mann von etwa sechzig Jahren wartete bereits auf sie. Sein von der Sonne gegerbtes Gesicht war von markanten Falten durchzogen. Mit einem freundlichen Lächeln begrüßte er sie.

„Das ist nett von Ihnen, dass Sie mir Ihre Zeit opfern, Herr Schober, Amy Craig ist mein Name", sagte sie zu ihm und reichte ihm die Hand.

„Gerne, sogar sehr gerne, Frau Craig. Es sind nur ganz wenige, denen ich die Anlage zeigen kann, obwohl ich das sehr gerne tue. Ich denke, wir fangen mit der Kirche an, wenn es Ihnen recht ist."

„Das überlasse ich ganz Ihnen und folge Ihnen einfach", stimmte Amy zu und sie gingen los.

Karl Schober trug einen großen Schlüsselbund bei sich, an dem mindestens fünfzig Schlüssel in den unterschiedlichsten Größen hingen. Einige davon sahen schon sehr alt aus. Mit dem größten der Schlüssel schloss er als Erstes den Haupteingang der Kirche auf. In der Kirche war Amy noch nicht gewesen und dementsprechend gespannt, was sie erwartete.

Als sie hineingingen, schlug ihnen kalte, verbrauchte Luft entgegen, es roch feucht und muffelig. Die kleinen bunten Fenster ließen nur wenig Licht in das Innere der Kirche. Rechts und links vom Mittelgang standen jeweils zwölf Kirchenbänke. Auf jeder Bank hatten nach Amys Schätzung etwa sechs Personen Platz. Am Ende des Mittelgangs befanden sich drei Stufen, die zum Altar führten. Da die Kirche mit den Wänden im Osten und im Süden an das Kloster grenzte, fehlten über dem Altar und an der östlichen Seitenwand die Fenster. Über dem Altar hing ein großes Kruzifix, das dem im Büro von Gustav Tiegelmeier verblüffend ähnlich sah. Rechts oberhalb vom Altar befand sich eine Empore. Amy konnte eine kleine Orgel erkennen und vermutete, dass dort Sitzgelegenheiten für die Mönche waren. Sie ging die Stufen zum Altar hoch, drehte sich um und blickte zurück ins Kirchenschiff. An den Seitenwänden und der Rückwand standen in gleichen Abständen verteilt große Statuen. Es waren vermutlich Abbilder einiger Heiliger. Sie ging die Stufen wieder hinunter. Der Gärtner ging auf eine Tür zu, die sich rechts vom Altar unterhalb der Empore befand, und öffnete sie.

„Ich habe noch Gottesdienste mit den Mönchen hier erleben dürfen und war sogar eine kurze Zeit als Messdiener eingesetzt. Das ist allerdings schon sehr lange her. Dennoch erinnere ich mich gerne daran", erzählte er, während er die Tür aufschloss. Amy drehte sich um und blickte noch einmal zum Altar. Sie sah Bruder Hieronimus dahinter stehen, wie er die Messe hielt. Wie oft er wohl dort gestanden haben mochte und dann musste er alles hinter sich lassen. Sie konnte sich gut vorstellen, dass er all dies sehr vermisste. Als sie durch die Tür gingen, die der Gärtner geöffnet hatte, kamen sie in die kleine Sakristei. Ein eingebauter Holzschrank, ein kleiner Tisch und ein Stuhl waren alles, was geblieben war.

„Es ist ein unscheinbarer Raum auf den ersten Blick, Frau Craig, nicht wahr? Aber ich wollte es nicht versäumen, Ihnen diesen alten kleinen Paternoster zu zeigen", sagte der Gärtner, während er die Tür des Schranks öffnete. „Dieser Aufzug ist schon so alt wie die Kirche und funktioniert immer noch. Früher wurden damit während der Messen die Hostien und der Wein zu den Brüdern auf die Empore gezogen. Ich weiß noch, wie fasziniert ich als Kind war, wenn er in Gang gesetzt wurde."

„Das ist wirklich beeindruckend, Herr Schober. Die damaligen Bauherren haben an alles gedacht."

Sie verließen die Sakristei und gelangten durch eine Tür in der östlichen Seitenwand der Kirche in den Ostflügel des Klostergebäudes. Im Erdgeschoss des Ostflügels war Amy bereits bei ihrem ersten Erkundungsgang gewesen. Sie gingen nur wenige Schritte und standen vor einer Tür mit der Aufschrift „Zutritt nur für Personal". Karl Schober hatte sofort den richtigen Schlüssel zur Hand und schloss die Tür auf. Dahinter verbarg sich ein recht großzügiger Umkleide- und Aufenthaltsraum für das Personal, an den sogar zusätzlich ein Ruheraum mit einigen modernen Feldbetten angrenzte. Im hinteren Teil des Ruheraums war eine alte Holztür, vor der sich noch zusätzlich eine eiserne Gittertür befand. Als der Gärtner beide Türen aufgesperrt und geöffnet hatte, kam ihnen der gleiche Geruch wie in der Kirche entgegen. Vor ihnen lag eine alte Steintreppe, die steil hinunterführte, wie die im Weinkeller des Hotels. Amy dachte sofort wieder an ihre Geheimgang-Theorie. Doch sie hielt sich bewusst zurück, Karl Schober diese Frage schon jetzt zu stellen. Sie wollte, dass er sie zunächst ganz unbefangen durch alles hindurchführte.

Sie blickten in ein dunkles Loch, aber der Gärtner hatte an alles gedacht. Er schaltete zwei Taschenlampen ein und gab Amy eine davon in die Hand.

„Herzlichen Dank, da fühle ich mich sicherer, wenn ich eine eigene habe." Stufe um Stufe gingen sie langsam die Treppe hinunter. Fünfundzwanzig Stufen hatte Amy gezählt, und es waren hohe Stufen im Vergleich zu den heutigen Treppen. Sie gelangten in einen Raum, der etwa die Größe ihres Hotelzimmers hatte. Dieser Raum musste direkt unter der Kirche liegen, wenn Amys Orientierungssinn sie nicht im Stich ließ. An einer Wand standen zwei alte Weinregale. Amy fiel der Eintrag von Bruder Hieronimus ein, als sie die erste Nachricht von Mutus erhalten hatten, dass sie sich eine Flasche des ältesten Weines gönnen würden. Im gleichen Moment, als ihr dieser Gedanke durch den Kopf ging, bestätigte der Gärtner dies, indem er erklärte, dass hier der alte Klosterweinkeller gewesen sei. Von diesem Raum aus konnte man in zwei Richtungen weitergehen. Amy folgte ihrem Begleiter, der sich für den linken Weg entschieden hatte. Wie im Weinkeller des Hotels waren auch in den Wänden dieses Gangs Nischen eingearbeitet. Als Amy auch hier das Gefühl bekam, dass dieser Gang kein Ende nehmen würde, standen sie plötzlich wieder in dem Raum, von dem aus die Treppe nach oben führte. Sie waren im Kreis gelaufen und Amy hatte es nicht bemerkt. Die kleinen Nischen waren allesamt leer mit Ausnahme der leeren Weinregale, die Amy gesehen hatte. Auf dem Weg hatte sie alle Ecken schnell und geschickt mit ihrer Taschenlampe ausgeleuchtet, in der Hoffnung, auf etwas zu stoßen, was hier nicht hergehörte.

Über die Treppe gelangten sie wieder in das Erdgeschoss. Der Gärtner schien seine erste Scheu abgelegt zu haben und wurde immer redseliger. Er erzählte von den früheren

Zeiten mit den Mönchen und konnte Amy genau sagen, wie die einzelnen Räume früher genutzt wurden. Hatte der Gärtner anfangs noch etwas skeptisch geguckt, als Amy ihre Notizen auf den Grundrissplan schrieb, half er ihr jetzt schon, die richtige Stelle auf dem Plan zu finden. Amy schrieb ihre Notizen in indianischen Schriftzeichen, damit der Gärtner sie nicht lesen konnte. Er guckte zwar etwas verwundert, fragte aber nicht.

Über den Ostflügel gelangten sie in den Nord-Ost-Erker. Bis hierher war Amy noch nicht gekommen. Die Flügeltür, die in den Erkerraum führte, stand offen und sie ging hinein. Vor ihr befand sich ein voll ausgestatteter Fitnessraum mit Kraft- und Ausdauergeräten der neuesten Generation, die jedes Sportlerherz höherschlagen ließen. Eine Sprossenwand, eine Gewichte-Pyramide und selbst Gymnastikmatten für Bodenübungen fehlten nicht. Amy hatte davon gelesen, aber diesen Luxus hatte sie nicht erwartet. Sie nahm ihr Handy hervor und machte einige Aufnahmen von dem Raum. Seit Längerem diskutierte sie mit ihrem Chef über die Neugestaltung des Trainingsraums im Präsidium. Das hier war ein Vorzeigeobjekt, das er sich als Vorbild nehmen konnte.

„Gehen Sie auch in diese Folterkammern?", fragte der Gärtner sie und konnte ein Grinsen nicht verbergen.

„Allerdings, Herr Schober, Fitness gehört für uns zu den Pflichtaufgaben. Nur sieht unser Fitnessstudio ärmlich aus im Vergleich zu diesem. Die Fotos werde ich meinem Chef schicken, vielleicht hilft es etwas", antwortete Amy und lächelte zurück.

Direkt neben dem Studio befand sich ein verwinkelter Hauswirtschaftsraum. Herr Schober betrat ihn und ging in die hinterste Ecke. Er schloss eine alte Holztür auf und wieder standen sie vor einem schwarzen Loch. Am Ende der Treppe, die sie wiederum über fünfundzwanzig Stufen hinuntergingen, befand sich ein Kellerraum, vom dem allerdings keine Gänge abzweigten.

„Hier lagerten die Mönche früher ihre Lebensmittel. Der Fitnessraum und der Hauswirtschaftsraum waren früher ein Raum. Darin befand sich die Klosterküche."

„Waren in diesem Keller nie abzweigende Gänge?"

„Das kann ich Ihnen nicht sagen. Solange ich den Keller kenne, sieht er so aus."

Amy leuchtete auch diesen Keller aus. Er hatte eine Fläche von etwa vierzig Quadratmetern und war komplett leer. Auf die Schnelle konnte sie nichts erkennen, was darauf hinwies, dass vielleicht doch ein Gang von dem Raum wegführte. Wieder im Erdgeschoss angekommen ging der Gärtner mit Amy durch den Ost- und den Südflügel zum Süd-West-Erker. Amy blieb nur noch dieser vierte Keller, um einen Hinweis für unterirdische Gänge zu finden. Als sie auch diesen ebenfalls nur aus einem Raum bestehenden Keller verließen, ohne dass Amy etwas Auffälliges entdeckt hatte, war sie überzeugt, dass sie das Glück verlassen hatte. Der Zugang zu diesem Keller lag in der hintersten Ecke des Lebensmittellagers der Küche. Er war von der Anlage her das Pendant zu dem Keller unter dem Fitnessraum und war wie dieser heute ungenutzt und leer.

Nachdem sie das Klostergebäude verlassen hatten, liefen sie zwischen dem Westflügel und der Klostermauer in Richtung Nordflügel. Amy wollte sich gerade für die interessante Führung bedanken, als ihr Begleiter direkt auf die Klostermauer zusteuerte.

„Diesen Geheimkeller kennt niemand mehr. Sie interessieren sich halt auch nicht für die alten Geschichten, die Herren da oben", sagte Karl Schober mit einem gewissen Stolz und auch ein wenig vorwurfsvoll gegenüber der Hotelführung. Er lief direkt auf den großen Strauch zu, der Amy bereits aufgefallen war. Die dicken Äste hatten die Pflastersteine, zwischen denen sie hervorkamen, mit der Zeit zur Seite gedrängt. Bei genauerem Hinsehen erkannte Amy, dass die Hauptzweige ab einer Höhe von etwa einem Meter fünfzig an der Mauer befestigt waren. Am Boden nahm der Strauch gut und gerne eine Fläche von fünf bis sechs Quadratmetern ein. Sie waren um den Strauch herumgegangen und standen jetzt in der Ecke, in der die nördliche und die westliche Klostermauer aufeinandertrafen. Als Amy zum Klostergebäude zurückschauen wollte, versperrten ihr die Äste den Blick. Sie waren vollkommen hinter dem Busch verschwunden und von niemandem zu sehen. Der Gärtner fuhr mit seinem rechten Arm zwischen die Mauer und die Zweige und im Nu hatte er einen Spalt geschaffen, durch den sie problemlos hindurch konnten. Mit nur einem Schritt fanden sie sich mitten in dem Strauch wieder, der hier einen Hohlraum bildete. Der Gärtner bemerkte Amys Verwunderung, strahlte über das ganze Gesicht und sagte stolz: „Das habe ich mir ganz bewusst bis zum Ende unserer Führung aufgehoben, sozusagen als krönenden Abschluss. Und, Frau Craig, ist es mir gelungen, Sie zu überraschen?"

„Das können Sie aber annehmen, Herr Schober. Ich bin wirklich verblüfft."

„Es kommt noch besser, warten Sie." Er bückte sich und unter altem Laub griff er nach einem großen Eisenring, der sich als Hebegriff für eine Falltür entpuppte. Es war unglaublich, nie wäre Amy auf die Idee gekommen, hier nach etwas Derartigem zu suchen. Der Gärtner hatte die Falltür geöffnet und wieder lag vor ihnen eine steile Treppe, die in ein dunkles Loch führte.

„Gehen Sie regelmäßig in alle diese Kellerräume, Herr Schober?", fragte Amy, als sie etwa die Hälfte der Stufen überwunden hatten.

„Nein, sicher nicht, Frau Craig. Es ist jetzt ungefähr ein Jahr her, dass ich das letzte Mal hier unten war. Wir hatten zu der Zeit wochenlang zum Teil sehr starken Regen, und ich hatte Sorge, dass die Keller unter Wasser stehen könnten. Aber das war dann doch nicht so, zum Glück." Amy hatte zweiunddreißig Stufen gezählt, als sie das Ende der Treppe erreichten. Dieser Keller war von seiner Beschaffenheit anders als die übrigen Keller. Am Fuße der Treppe befand sich ein großer Raum, von dem zwei Gänge abzweigten, die wiederum einen Rundweg bildeten. Allerdings gingen von der äußeren Wand des Gangs mehrere kleine in sich geschlossene Räume ab.

„Das war der Notkeller der Mönche", erklärte der Gärtner. „Bei Unruhen und Kriegswirren haben sie zunächst ihr Hab und Gut und wenn es ganz brenzlig wurde, auch sich selbst hier versteckt. Ich denke, in der langen Geschichte des Klosters haben diese unterirdischen Kellerräume den Mönchen einige Male das Leben gerettet."

„Das kann gut sein, Herr Schober", stimmte Amy ihm zu. Sie hatte, während sie diesen Rundweg gegangen waren, die kleinen Kellerräume ebenfalls geschwind ausgeleuchtet. Sie waren leer und Amy hatte nichts Ungewöhnliches entdecken können. Mittlerweile waren sie wieder hinter dem Strauch hervorgekommen und die Führung war beendet.

„Ich wäre Ihnen dankbar, wenn Sie niemandem etwas von dem letzten Geheimkeller sagen würden. Es wäre doch schade, wenn jemand auf die Idee käme, ihn zuschütten zu lassen", bat der Gärtner Amy abschließend.

„Das verspreche ich Ihnen", versicherte Amy. „Ich danke Ihnen ganz herzlich für diese wirklich interessante Führung."

Die Zeit war vergangen wie im Flug. Es war bereits halb ein Uhr mittags, als Amy in ihrem Büro den Grundrissplan ausbreitete und mit ihren letzten Notizen ergänzte. Der Keller an der Klostermauer würde fast keinen Sinn machen, wenn er nicht mit dem Weinkeller des Hotels oder einem unterirdischen Gang im Bereich vom Nord-West-Erker verbunden war. Was hatte sie übersehen? Warum fanden sich nirgends Hinweise für Verbindungsgänge? Oder war es möglich, dass sie noch von den Mönchen zugeschüttet worden waren? Sie konnte es alleine nicht auflösen und hoffte nun noch mehr, dass Bruder Hieronimus ihr bei dieser Frage weiterhelfen konnte.

Amy hatte Alexander angerufen, um mit ihm vor der Abfahrt nach St. Benedikt noch einen Kaffee zu trinken, und wie gerufen gesellte sich Hannes zu ihnen. Er hatte die Protokolle der Gemeinderatssitzungen bei sich und legte sie für Amy ins Büro. Während des Kaffees berichtete er, dass er erfahren hatte, dass der ehemalige Bürgermeister, Otto Frieden, für zwei Tage verreist war und erst morgen zurückkam. Er lebte alleine. Hannes hatte die Information von seiner langjährigen Sekretärin, die hin und wieder Kontakt mit ihm hatte. Vinzenz Strobl, der damalige Gemeindearchivar, war nach einer schweren Lungenerkrankung in einer Rehabilitationsklinik an der Nordsee und musste dort noch mindestens vier Wochen bleiben.

Gleichzeitig hatte Hannes das Foto von Tobias Viehofer herumgezeigt. Doch niemandem, den er gefragt hatte, war der junge Mann aufgefallen. Nur die Sekretärin des Bürgermeisters hatte ihn wiedererkannt. Sie war damals eine gute Bekannte der Mutter gewesen. Nach ihrer Aussage hatte Tobias der Zerfall der ganzen Familie schwer zu schaffen gemacht. Nur mit großem Widerwillen war er damals mit der Tante nach Lübeck gegangen. Die Sekretärin hatte allerdings seit ein paar Jahren weder zu dem Jungen noch zu der Tante Kontakt.

Amy berichtete den beiden ausführlich, was die Nachforschungen von Interpol ergeben hatten. Die Zeit reichte leider nicht mehr aus, um auch noch von ihrer Führung mit dem Gärtner durch die Klosterkeller zu berichten. Sie nahm sich vor, dies am Abend bei ihrem gemeinsamen Essen nachzuholen.

Das Wetter erlaubte es, dass Alexander und Amy ihre Fahrt nach St. Benedikt mit offenem Verdeck antreten konnten. Die Wolken, die in der vergangenen Nacht noch den Himmel bedeckt hatten, hatten sich aufgelöst und ein strahlendes Blau freigegeben. Aus den Einträgen in der Chronik, die Alexander seit dem Frühstück gelesen hatte, hatten sich keine neuen Erkenntnisse ergeben. Die Fahrt war kurzweilig und ehe sie es sich versahen, hatten sie die Klosterpforte erreicht. Bruder Anselm nahm sie in Empfang und führte sie in den Innenhof. Dieser entlockte auch Alexander einen Ausruf des Erstaunens, und er blieb einen Moment stehen, um den Anblick zu genießen. Bruder Hieronimus erwartete sie im Rosenpavillon wie beim letzten Mal. Noch bevor jemand etwas sagen konnte, hörten sie Hieronimus bereits.

„Frau Craig, Sie sind es, aber heute in Begleitung einer anderen Person, habe ich recht?" Er freute sich sichtlich über den erneuten Besuch. „Das hätte ich nicht gedacht, dass wir uns so schnell wiedersehen, Frau Craig", begrüßte er sie.

„Mir geht es genauso, Bruder Hieronimus. Darf ich Ihnen, wie Sie schon richtig gehört haben, meinen neuen Begleiter vorstellen? Alexander Wilms, ein Freund und eine Stütze bei meiner Arbeit."

„Seien Sie willkommen, Herr Wilms, ich freue mich über jeden, der etwas von seiner Zeit für mich erübrigen kann."

„Ich freue mich ganz besonders, Sie kennenzulernen, Bruder Hieronimus. Frau Craig hat mir viel von Ihnen erzählt, und ich darf die Chronik lesen, was mich natürlich besonders freut. Das Lesen hat mich sehr neugierig gemacht, den Autor kennenzulernen."

„Einen jungen und redegewandten Begleiter haben Sie heute mitgebracht, Frau Craig, im Gegensatz zu Herrn Gruber. Nehmen Sie mir die Bemerkung bitte nicht übel. Der junge Mann scheint wach im Geiste zu sein, sehr schön", freute sich Bruder Hieronimus. „Was führt Sie heute zu mir? Sicher gibt es einen Grund dafür, dass Sie den Weg so schnell wieder auf sich genommen haben. Sie werden Fragen an mich haben, vermute ich. Dann wollen wir erst diese abarbeiten und uns dann noch ein wenig über andere Dinge unterhalten."

„So ist es. Herr Wilms liest, wie er bereits gesagt hat, mit großem Interesse Ihre Chronik und hat mir schon vieles davon erzählt. Ich verstehe jetzt noch besser, welch bewegte und nicht immer einfache Zeit Sie in St. Florian verlebt haben."

„Ja, das stimmt, doch wir haben mehr gute als bedrückende Zeiten gehabt."

„Besonders hat uns die Geschichte von Mutus eingenommen." Amy machte bewusst eine Pause. In den Gesichtszügen von Bruder Hieronimus erkannte sie Freude und Leid zugleich.

„Oh ja, unser Mutus", sagte Bruder Hieronimus nachdenklich. „Er war wie ein Geschenk für uns alte Knaben, wenn ich das mal so salopp formulieren darf." Er lachte über seine eigene Wortwahl. „Er war uns eine sehr große Hilfe und wir waren stolz, als er sich damals für das Noviziat entschied, ja das waren wir."

„Ihm hätte auf der anderen Seite wohl auch nichts Besseres passieren können, als von Ihnen aufgenommen zu werden."

„Da haben Sie wohl recht, Frau Craig. Er war so krank, als er zu uns kam. Wenn Jeremias ihn nicht schon in den frühen Morgenstunden gefunden hätte, wäre er vermutlich zu Tode gekommen."

„Bruder Hieronimus, ist es wirklich wahr, dass niemand außerhalb des Klosters von Mutus' Aufenthalt bei Ihnen gewusst hat?"

„Ja, so ist es, Frau Craig. Ich kann Ihnen auch erklären, weshalb wir uns anfangs so entschieden haben und es dann schlussendlich dabei geblieben ist. Wie ich schon sagte, war Mutus schwer krank, als er vor unserer Kirchentür lag. Aber nicht nur das. Er war abgemagert und sein Körper war geschunden. Egal, woher er auch kam, er war dort geschlagen worden, heftig geschlagen worden. Zunächst tat Jeremias alles, damit Mutus die Krankheit auskurieren konnte. Dann mussten wir erkennen, dass er nicht sprechen und nicht schreiben konnte. Somit erfuhren wir nichts über das Leben, das er geführt hatte, bevor er zu uns kam. Aber wir merkten bald, dass er sich wohlfühlte bei uns, er hatte Vertrauen zu uns gefasst. Unser kleiner Konvent lebte mit ihm wieder auf. Jeder von uns hatte Freude an ihm und er half jedem von uns gleichermaßen. Natürlich hatte er zu Jeremias eine ganz besondere Beziehung, er hatte quasi die Vaterrolle für Mutus eingenommen. Aber das war auch gut so. Er brauchte eine Bezugsperson. Jeremias hatte ihm schließlich auch seinen Namen gegeben." Bruder Hieronimus machte eine kleine Pause und trank einen Schluck Kaffee, den Bruder Anselm in der Zwischenzeit gebracht hatte. Dann fuhr er fort: „Es war für uns undenkbar, ihn wieder vor die Tür zu setzen. Aber an wen hätten wir uns wenden können, um herauszufinden, wer er wirklich war? Und wie wäre es ihm dann ergangen? Natürlich hatten wir auch Angst um ihn. So beschlossen wir gemeinsam, ihn bei uns zu behalten. Dass wir seine Anwesenheit weiterhin geheim hielten, sollte ihn davor schützen, von jemandem erkannt zu werden. Selbstverständlich haben wir Mutus unseren Entschluss mitgeteilt. Sie hätten seine strahlenden Augen sehen sollen. Da wussten wir, dass wir uns richtig entschieden hatten und haben nie mehr ein Wort darüber verloren."

„Wissen Sie, was er nachts gemacht hat, wenn er das Kloster in der Dunkelheit verlassen hat?", fragte Amy.

„Jeremias ist ihm einige Male gefolgt, weil wir uns natürlich die gleiche Frage gestellt haben und ein wenig in Sorge waren. Mutus ist vom Kloster aus über die Wiesen und Felder gezogen und in den Wäldern auf die höchsten Bäume geklettert. Er war flink wie eine Katze. Vom Dorf hat er immer Abstand gehalten. Er musste sich einfach austoben, und ich glaube, es war für ihn wichtig, in der Nacht diese Freiheit zu spüren, die er am Tag nicht ausleben konnte. Die Möglichkeit, diese Ausflüge zu unternehmen, haben wir ihm auch gelassen, nachdem er ins Noviziat eingetreten war. Mit der Zeit wurden sie dann weniger und bevor er plötzlich verschwand, hatte er das Kloster nur noch selten verlassen."

Die Augen von Bruder Hieronimus füllten sich mit Tränen, als er vom Verschwinden von Mutus sprach.

„Die Einträge von seinem Verschwinden haben wir gelesen. Sie schrieben etwa einen Monat später, dass dies im Zusammenhang mit dem schrecklichen Ereignis im Hotel gestanden haben könnte. Glauben Sie das immer noch oder haben Sie später erfahren, was der eigentliche Grund für sein Verschwinden war?" Amy versuchte behutsam bei dem Thema zu bleiben.

„Es ist nach wie vor eine Vermutung. Wie Sie, Herr Wilms, vielleicht schon gelesen haben, meldete Mutus sich noch genau zwei Mal bei uns. Danach haben wir nie mehr etwas von ihm gehört. Ich habe mich oft gefragt, was aus ihm geworden ist. Aber mit dieser Frage werde ich wohl in mein Grab gehen. Ich bin mir sicher, dass Gott ihn beschützt, und das beruhigt mich", antwortete er mit schwacher Stimme.

„In den zwei Briefen, die er an Bruder Jeremias geschrieben hatte, haben Sie dort keine Hinweise gefunden, wo er sich aufhielt?" Amy hoffte, dass Bruder Hieronimus diese weitere Frage nach Mutus noch duldete.

„Leider nein, Frau Craig, es gab keinerlei Hinweise. Können Sie sich vorstellen, wie froh wir damals waren, dass Jeremias ihm das Schreiben beigebracht hatte? Sonst hätte er uns nicht einmal diese zwei Briefe schicken können. Darf ich fragen, warum Sie Mutus so sehr interessiert?" Jetzt schien Bruder Hieronimus doch etwas misstrauisch zu werden. Amy überlegte kurz. Sie wollte ihren Verdacht Bruder Hieronimus gegenüber nicht äußern. Sie fürchtete, dass schon der Gedanke daran ihn zu sehr aufregen und das Vertrauensverhältnis zwischen ihnen einen nicht wiedergutzumachenden Schaden nehmen würde. Deshalb griff sie zu einer Notlüge.

„Sollte es wirklich zutreffen, dass Mutus das damalige Verbrechen beobachtet hat, wäre er unter Umständen ein wichtiger Zeuge für mich, was den jetzigen Fall angeht."

„Ah, ich verstehe, ja, das wäre er dann wohl." Zu Amys Erleichterung schien er sich mit dieser Antwort zufriedenzugeben.

„Ihr Klostergarten ist wunderschön", lenkte Alexander das Gespräch auf ein anderes Thema. Er wollte einen Moment Luft und einige Atempausen für Amy und Bruder Hieronimus schaffen.

„Das freut mich, dass er Ihnen gefällt. Frau Craig hat Ihnen sicher berichtet, dass ich vor knapp zwei Jahren vollständig erblindet bin. Doch wenn ich die vielen Düfte der Blumen aufnehme, sehe ich die Bilder von früher vor meinem inneren Auge und kann es gleichermaßen genießen. Bruder Anselm hat mir erzählt, dass Bruder Friedrich in dem einen Jahr, das er nun bei uns ist, einige Änderungen in dem Garten vorgenommen hat und dass er seither noch schöner ist."

„Bruder Anselm war bei unserem letzten Besuch so nett, mir einen Blick aus dem zweiten Stock des Klostergebäudes auf den Garten zu gewähren. Er ist wie ein wunderschönes Ornament angelegt. Man sieht und spürt die Liebe für das Detail, und die Brüder, die ihn pflegen, kann ich nur bewundern", schwärmte Amy und bat Bruder Hieronimus, ihm noch eine Frage zu Kloster St. Florian stellen zu dürfen.

„Aber sicher, ich habe versprochen, Ihnen alles zu sagen, was ich weiß." Seine Stimme klang ruhig und wohlwollend.

„Unter den Erkern des Klostergebäudes befinden sich, wie Sie wissen, verschiedene Kellerräume. Heute hat mir der Gärtner Kurt Schober ..."

„Der Kurt Schober, ist er noch immer dort?", fiel Bruder Hieronimus Amy ins Wort. „Sagen Sie ihm bitte einen herzlichen Gruß, wenn Sie ihn das nächste Mal treffen. Aber ich habe Sie unterbrochen, verzeihen Sie, Frau Craig."

„Sie müssen sich nicht entschuldigen, Bruder Hieronimus. Herr Schober hat mir heute auch den Geheimkeller gezeigt, dessen Zugang an der westlichen Klostermauer liegt. Sie kennen diesen Keller sicher auch, oder?"

„Oh ja, in früheren Zeiten haben sich unsere Brüder dort in Sicherheit gebracht, wenn ihnen Gefahr drohte bei Kriegen, Überfällen oder anderen Unruhen. Ich kann mich erinnern, dass mein Vorgänger mir diesen Keller bei der Einführung in mein Amt als Abt gezeigt hat. Nicht, dass er gedacht hätte, wir bräuchten ihn noch einmal. Es war wohl eher der Vollständigkeit halber."

„Wissen Sie, ob es zwischen den Kellern unter dem Hauptgebäude und diesem besagten Keller Verbindungsgänge gab oder vielleicht noch gibt?", Amy war angespannt, als sie diese Frage stellte.

Bruder Hieronimus war diese Anspannung, die sich auf Amys Stimme niederschlug, nicht entgangen.

„Das scheint eine wichtige Frage für Sie zu sein, wenn ich den Klang ihrer Stimme richtig deute. Sie haben recht, alle Kellerräume waren früher miteinander verbunden. Der Keller an der Klostermauer war von den Kellerräumen an der Nord-West-Ecke aus zugänglich." Amy war nun auch die Erleichterung anzumerken. Egal, ob sie diese Auskunft wirklich in ihrem Fall weiterbrachte, aber sie hatte mit ihrer Vermutung recht behalten.

„Sind Sie selber einmal in diesen Gängen gewesen, Bruder Hieronimus?"

„Nein, die Gänge kenne ich nur vom Hörensagen, Frau Craig."

„Bruder Hieronimus, Sie wissen doch sicherlich, wo Josef und Gustav Tiegelmeier ihr Büro hatten, vorne bei der Rezeption?" Jetzt wollte Amy es wissen.

„Ja, ich habe Josef Tiegelmeier dort einige Male besucht. Wie ich Ihnen schon letztes Mal erzählt habe, hatten wir ein gutes Verhältnis zueinander."

„Weshalb grenzt an diesen Raum ein geheimes Zimmer, wissen Sie das?"

„Sie kennen sich aber schon gut aus in dem Gebäude", bemerkte Bruder Hieronimus. „Das Büro der Tiegelmeiers war früher, als St. Florian noch ein reines Kloster war, das Büro des Abts. Ihn galt es natürlich besonders zu schützen, und deshalb gab es dieses geheime Zimmer. Von diesem Zimmer aus gelangte man über eine Treppe in den unterirdischen Gang, der vom Nord-Ost-Erker zum Nord-West-Erker führte."

134

„Noch eine letzte Frage zu diesem geheimen Zimmer. Können Sie mir sagen, wo sich in diesem Raum die geheime Tür zu der Treppe befindet?"

„Das kann ich leider nicht. Aber es gibt noch alte Grundrisspläne aus der Zeit der Errichtung des jetzigen Gebäudes. Die Pläne müssten auch hier in der Bibliothek von St. Benedikt sein, da ich sie bei unserem Umzug mitgenommen habe. Wenn ich mich recht erinnere, sind die unterirdischen Gänge dort eingezeichnet. Soll ich Bruder Anselm bitten, danach zu suchen?"

„Wenn Bruder Anselm die Zeit dazu hat, wäre ich Ihnen und ihm sehr dankbar. Meinen Sie, er könnte mir eine Kopie dieser Pläne anfertigen? Das wäre wunderbar."

Es genügte wieder ein einziger Ruf von Bruder Hieronimus und Bruder Anselm war zur Stelle. Er hörte sich die Bitte von Bruder Hieronimus an und verschwand.

„Es kann aber durchaus sein, Frau Craig, dass diese Gänge zugeschüttet oder nicht mehr begehbar sind. Es ist nicht ungefährlich dort unten. Sie sollten nicht alleine dort hinuntergehen, wenn Sie das vorhaben sollten. Das müssen Sie mir versprechen", bat Bruder Hieronimus eindringlich.

„Das verspreche ich Ihnen. Sie müssen keine Angst um mich haben."

„Wollen wir uns ein wenig bewegen? Meine müden Knochen machen sich immer bemerkbar, wenn ich zu lange sitze", schlug Bruder Hieronimus vor.

„Natürlich, gerne, dann können Sie uns noch etwas von dieser wunderschönen Abtei zeigen. Herr Wilms und ich können Sie stützen."

„Würden Sie mich zu den Gräbern von Bruder Jeremias und meinen anderen Brüdern aus St. Florian begleiten? Ich war schon einige Zeit nicht mehr dort. Damit würden Sie mir eine sehr große Freude bereiten. Ich glaube, der Herr wird mich bald zu sich rufen, und dann kann ich Jeremias auf meine Ankunft vorbereiten." Auf das Gesicht von Bruder Hieronimus legte sich eine tiefe Zufriedenheit.

Er hatte sichtlich Mühe mit dem Aufstehen und nahm die Hilfe von Amy und Alexander gerne an. Sie gingen zu der Tür, die in das Klostergebäude führte, die Alexander und Amy bereits kannten. Dann bat Alexander Bruder Hieronimus, ihnen den Weg zum Friedhof zu beschreiben. Sie durchquerten das Klostergebäude und gingen außen am Südflügel der Abtei entlang.

„Wird Bruder Anselm uns nicht vermissen?", machte sich Amy plötzlich Gedanken.

„Oh nein, er wird vermuten, dass Sie mich zum Friedhof führen. Es ist der einzige Ort, den ich außerhalb des Klosters besuche."

Am Ende des Südflügels lag der Friedhof. Er war von einer halbhohen Naturhecke mit saftig grünen Blättern umgeben. Als sie den Friedhof durch das kleine schmiedeeiserne Tor betraten, sagte Bruder Hieronimus: „In der zehnten Reihe rechts das fünfte bis neunte Grab. Das zehnte ist für mich reserviert, neben Bruder Jeremias."

Sie kamen nur langsam vorwärts und so hatten Amy und Alexander Zeit, sich umzusehen. Der Friedhof war sehr groß. In regelmäßigen Abständen standen mächtige alte Bäume zwischen den Gräbern und spendeten Schatten. Die Gräber waren in ihrer Größe einheitlich, ebenso wie die schlichten, aber schönen Holzkreuze mit den Angaben zu den Verstorbenen. Der Friedhof war sehr gepflegt und es gab nicht ein Grab, auf dem nicht wenigstens eine Pflanze blühte.

„Seit wann besteht dieser Friedhof, Bruder Hieronimus, wissen Sie das?", fragte Alexander interessiert.

„Natürlich weiß ich das, junger Mann. Seit der Gründung des Klosters im Jahre 1185. Er wurde immer wieder vergrößert, doch irgendwann mussten die ersten Gräber aufgehoben werden. Aber die Gebeine aller Brüder sind vor der neuen Nutzung der Grabstätten behutsam herausgenommen worden und befinden sich unter dem Klostergebäude in einer riesengroßen Wand, die einer heutigen Urnenwand gleicht. Seit der Gründung von St. Benedikt wurden nicht weniger als 2356 Brüder auf diesem Friedhof beigesetzt. Und jeder trägt noch heute seinen Namen, sei es hier auf den Holzkreuzen oder auf der großen Gräberwand", diese Tatsache erfüllte Bruder Hieronimus hörbar mit Stolz.

„Bruder Raphael, geboren am 12.4.1923, gestorben am 14.7.2009", las Alexander leise für sich. „Bruder Elias, geboren am 30.9.1927, gestorben am 5.1.2010, Bruder Fabian, geboren am 3.5.1921, gestorben am 19.8.2011, Bruder Frederic, geboren am 12.11.1928, gestorben am 13.9.2013, Bruder Jeremias, geboren am 2.7.1925, gestorben am 26.5.2014." Alle diese Namen kannte er aus der Chronik. Dann zuckte er etwas zusammen.

„Was ist, mein junger Freund, wenn ich Sie so nennen darf. Warum erschrecken Sie? Ist es wegen meines Grabkreuzes, welches Sie soeben entdeckt haben? Noch hat es nur ein Datum. Sie müssen den Vorteil sehen, ich weiß, wo mein Platz sein wird." Er machte eine kurze Pause, dann fügte er hinzu: „Danke, dass Sie mir die Namen und Daten meiner Brüder noch einmal vorgelesen haben. So bleiben sie in meinem Gedächtnis. Ein paar Schritte weiter ist eine Bank. Bitte führen Sie mich dorthin, damit ich einen Moment ausruhen kann."

Bruder Hieronimus ließ sich langsam auf der Bank nieder. Amy und Alexander nahmen rechts und links von ihm Platz.

„Frau Craig, Sie sind so still. Bedrückt Sie dieser Ort?"

„Nein, ganz im Gegenteil. Es ist ein wunderschöner Ort."

„Das freut mich, dass es Ihnen hier auch gefällt. Ah, Bruder Anselm ist auf dem Weg zu uns. Ich sagte Ihnen ja, Frau Craig, dass er weiß, wo er uns findet."

Nur wenige Augenblicke später bog Bruder Anselm mit einem Rollstuhl in die zehnte Grabreihe ein. In dem Rollstuhl lag ein großes Couvert. Er stellte ihn neben der Bank ab und reichte Amy den Umschlag.

„Hier ist die Kopie von dem Grundrissplan, in dem auch die unterirdischen Gänge eingezeichnet sind. Ich habe mir erlaubt, Ihnen noch eine Vergrößerung davon zu machen."

„Herzlichen Dank, Bruder Anselm, das ist wirklich sehr nett von Ihnen. Was darf ich Ihnen für die Kopien zahlen?", fragte Amy eher der Form halber.

„Sicher nichts", schaltete sich Bruder Hieronimus ein. „Wenn es der Wahrheitsfindung dient, nicht wahr, Bruder Anselm?"

„Genauso ist es, Bruder Hieronimus", bestätigte er und wandte sich zum Gehen.

„Bruder Anselm", hielt Bruder Hieronimus ihn zurück. „Ich bin müde. Der Nachmittag war wunderschön, aber nun möchte ich auf mein Zimmer und mich ausruhen. Sie entschuldigen, Frau Craig, aber da macht sich das Alter dann doch bemerkbar. Ich weiß ja, dass ich Sie noch einmal treffe, wenn Sie mir die Chronik zurückbringen. Mich würde es freuen, wenn Sie Frau Craig bei diesem Besuch wieder begleiten würden, junger Freund."

„Sehr gerne, Bruder Hieronimus, vielen Dank", antwortete Alexander.

Amy und Alexander halfen dem alten Mönch aufzustehen und in dem Rollstuhl Platz zu nehmen. Sie verabschiedeten sich und Bruder Anselm verließ mit ihm den Friedhof.

„Er ist ein bemerkenswerter Mann, danke Amy, dass ich ihn kennenlernen durfte", sagte Alexander auf dem Weg zum Parkplatz. „Wie gelassen er dem Tod entgegensieht ist für mich beeindruckend. Ist man grundsätzlich gelassener, wenn man ein hohes Alter erreicht hat? Oder ist es sein erfülltes Leben, das ihn so unerschrocken macht?"

„Das ist eine gute Frage, die ich dir aber leider nicht beantworten kann. Vielleicht ist es auch das Vertrauen in Gott."

Auf der Rückfahrt redeten sie nicht viel. Amy hatte den Umschlag mit den Grundrissplänen auf den Rücksitz gelegt und noch nicht einmal geöffnet. Sie dachte an Bruder Hieronimus. Wenn sich wirklich herausstellen sollte, dass Mutus in die Morde verstrickt war, würde für ihn eine Welt zusammenbrechen. Einen kurzen Moment nur hoffte sie, den oder die Mörder nicht zu finden, wenn es so sein sollte, dass Mutus involviert war.

Als Alexander den Wagen auf dem Klosterhof von St. Florian abstellte, begann es langsam dunkel zu werden. Sie vereinbarten, sich nur ein wenig frisch zu machen und sich dann im Restaurant zu treffen. Hannes würde sicher auch bald kommen.

Eine Viertelstunde später saßen sie gemeinsam beim Essen. Auch wenn Alexander und Amy noch etwas nachdenklich waren, hatte das keinen Einfluss auf ihren Appetit. Hannes tat so, als würde er es nicht bemerken. Er konnte es gut nachempfinden. Ihm war es nach dem Besuch in St. Benedikt nicht anders ergangen. Nach der dritten Vorspeise hatten sie zu ihrer gewohnten Kommunikationsfreude zurückgefunden. Alexander erzählte Hannes begeistert von ihrem Besuch in St. Benedikt und von dem Spaziergang zum Friedhof. Hannes schauderte es ein wenig, als Alexander von der Grabstelle und dem Kreuz für Bruder Hieronimus berichtete. In manchen Dingen war Hannes trotz seiner Größe und seiner Körperfülle etwas zarter besaitet, was ihn aber umso sympathischer machte.

Danach beschäftigten sie sich an diesem Abend nur noch wenig mit dem Fall. Auch die neuen Erkenntnisse schienen in diesem Moment niemanden zu interessieren. Ohne es miteinander abgesprochen zu haben, tauschten sie Familiengeschichten miteinander aus. Eine willkommene Abwechslung, die zum Teil zu heiterem Gelächter Anlass gab. Sie ließen den Abend in der Bar bei einem Glas Wein ausklingen.

6

Amy war früh aufgewacht. Es war gerade sieben Uhr und sie hatte schlecht geschlafen. Sie hatte von Bruder Hieronimus geträumt, konnte sich jedoch nicht mehr an den Inhalt des Traumes erinnern. Sie stand auf, zog sich ihren Jogginganzug an und ging wie jeden Morgen mit Kaffee und Pfeife auf den Balkon. Sie dachte an den gestrigen Abend und genoss die Ruhe, bevor sie sich wieder dem Fall widmen würde.

Als sie sich mit Alexander beim Frühstück traf, hatte sie sich im Büro bereits den Plan angesehen, den Bruder Anselm ihr mitgegeben hatte. Es war so, wie die zwei Mönche gesagt hatten. Auf den Plänen waren die unterirdischen Gänge verzeichnet. Ihnen zufolge war die Tür im kleinen Raum hinter dem Büro von Gustav Tiegelmeier in der rechten Wand, wenn man in den Raum kam.

„Guten Morgen, wie hast du geschlafen? Ich hoffe, du hast nicht wieder die halbe Nacht gelesen", begrüßte sie ihren Assistenten und setzte sich zu ihm.

„Guten Morgen, wenn du so gut geschlafen hast wie ich, bist du ausgeruht. Gelesen habe ich gestern Abend nicht mehr, ich war einfach zu müde."

Sie hatten sich bereits am Buffet bedient, als Amy ihm von ihrem kurzen Blick auf die Pläne erzählte.

„Du wirst jetzt aber nicht hingehen und die Gänge suchen", sagte Alexander mit sorgenvoller Stimme.

„Nein, keine Angst, ich habe es Bruder Hieronimus versprochen und ich verspreche es auch dir. Wir haben beim Landeskriminalamt in München auch für diese besonderen Aufgaben unsere Spezialisten. Ich werde sie

140

nach dem Frühstück sofort anfordern. Allerdings bin ich mir noch nicht im Klaren darüber, wie ich die Sache angehen soll."

„Was meinst du damit?"

„Ich frage mich, ob ich mein Wissen über die unterirdischen Gänge und die Suche danach schon preisgeben soll oder ob es besser ist, wenn es noch niemand mitbekommt, verstehst du, was ich meine?"

„Meinst du, der Täter könnte sich darauf einstellen, wenn er es mitbekommt und dass es dann für dich noch schwieriger würde, ihn zu fassen?"

„Genau das überlege ich gerade. Möglich wäre natürlich auch, dass er unsicher wird, wenn er es mitbekommt, und eher dazu neigt, Fehler zu machen. Wie würdest du entscheiden?"

„Die Frage ist nicht einfach zu beantworten. Allerdings, wenn du die Gänge zunächst verdeckt suchen lässt, kannst du es zu jedem von dir gewählten Zeitpunkt offenlegen. Wählst du jedoch sofort die offene Variante, gibt es keinen Weg zurück", beurteilte Alexander die Situation.

„Genauso ist es und deshalb werde ich sie zunächst verdeckt suchen lassen, danke Alexander", sagte sie zufrieden, bevor sie einen weiteren Löffel Müsli in ihrem Mund verschwinden ließ.

Amy telefonierte mit München. Sie vereinbarte mit dem Leiter der Sondereinheiten, dass zwei Spezialisten nach St. Florian kommen und sich als Mitarbeiter der Spurensicherung tarnen sollten. Ihre Ausrüstung sollten sie in großen Aluminiumkoffern, die für die Spurensicherung üblich waren, verstauen. Amy würde den Weinkeller sperren lassen und eine weitere Spurensuche vorgeben. Ebenso konnten sie mit dem kleinen Raum hinter dem Büro verfahren. Da die Zeit drängte, wurde in München alles unverzüglich vorbereitet und die Spezialisten würden noch vor dem Mittag im Kloster eintreffen, hieß es.

Amy nutzte die Zeit, um ihre Aufzeichnungen von dem Rundgang mit dem Gärtner auf den Plan von Bruder

141

Hieronimus zu übertragen. Jetzt ergab alles einen Sinn. Zudem stellte Amy mit Erstaunen fest, dass neben den Verbindungsgängen, die unterhalb der einzelnen Flügel des Klosters verliefen, eine weitere Verbindung diagonal unter dem Innenhof hindurch verlief. Sie konnte sich das nur so erklären, dass dieser als Ausweichmöglichkeit dienen sollte, wenn einer der anderen Gänge nicht mehr begehbar war. Die diagonal verlaufenden Gänge trafen sich genau in der Mitte des Innenhofs, und dem Plan zufolge musste genau dort ein runder Kellerraum sein. Amy schloss die Augen und versuchte sich zu erinnern, was sich jetzt in der Mitte des Innenhofs befand. Wenn sie es richtig im Kopf hatte, war dort ein rundes Blumenbeet. Aufgrund der Tatsache, dass im Innenhof früher der Friedhof gelegen hatte, war es allerdings unwahrscheinlich, dass von diesem runden unterirdischen Raum eine direkte Verbindung nach oben bestand. Die Gräber durften seinerzeit auch nicht zu tief gewesen sein. Das hätte schnell zu einem Einsturz der Gänge führen können.

Es klopfte an ihrer Tür. Schnell drehte Amy die Pläne um und bevor sie „Herein!" rufen konnte, stand Hannes in der offenen Tür.

„Guten Morgen Amy, störe ich?", fragte er, weil er Amys letzte hektische Bewegung mitbekommen hatte.

„Guten Morgen Hannes, nein du störst mich nicht. Komm doch herein und schließe die Tür hinter dir."

Das tat Hannes und setzte sich auf einen Stuhl. Amy drehte die Pläne wieder herum, was Hannes dazu bewog, wieder aufzustehen, um besser sehen zu können, was Amy vorher versteckt hatte. Er ging um den Schreibtisch herum und blieb neben Amy stehen.

„Das sind sehr alte Pläne. Hast du die von Bruder Hieronimus?"

„Genau, Hannes, Bruder Anselm hat mir diese Kopien von dem Originalplan gemacht. Hast du gesehen?" Amy zeigte auf die gestrichelten Linien auf dem Plan.

„Da sind also doch überall Gänge unter dem Kloster. Du hattest recht, Amy, und du hast es nur deiner Beharrlichkeit zu verdanken, dass diese Pläne jetzt auf deinem Schreibtisch liegen, meinen Glückwunsch", sagte er anerkennend.

„Danke Hannes und jetzt müssen wir herausfinden, ob diese Gänge für unseren Fall wirklich von Bedeutung sind."

„Aber da gehe ich bestimmt nicht hinunter. Das solltest du übrigens auch nicht tun", sagte er mit einer ungewohnten Bestimmtheit.

„Nein, keine Sorge, ich habe bereits zwei Spezialisten aus München angefordert. Sie werden noch vor dem Mittag eintreffen. Die ganze Sache bleibt im Moment noch unter uns. Die Männer aus München kommen offiziell als Mitarbeiter der Spurensicherung. Du könntest im Restaurant Bescheid geben, dass der Weinkeller heute von elf Uhr dreißig bis fünfzehn Uhr für eine weitere Spuren- suche gesperrt ist", bat Amy ihn und dass er anschließend noch einmal zu ihr kommen sollte.

„Bin sofort wieder zurück", antwortete Hannes und verließ das Büro.

Als er wieder vor Amy auf einem Stuhl saß, gingen sie gemeinsam die letzten Ermittlungsergebnisse durch, damit sie auf dem gleichen Stand waren. Hannes hatte am Vormittag noch weitere Personen mit dem Foto nach Tobias Viehofer befragt, jedoch ohne Erfolg. Er bekam von Amy den Auftrag, heute gegen Abend beim ehemaligen Bürger- meister vorbeizusehen, ob er von seiner Reise zurück war. Wenn nicht, sollte er morgen früh gleich noch einmal zu seinem Haus fahren. In jedem Fall sollte er ihn ins Hotel bringen, wenn er ihn antraf.

Solange sie auf die Spezialisten aus München warteten, tranken sie noch eine Tasse Kaffee, zu der sie auch Alexander riefen. Er war fast am Ende der Chronik angelangt und bedauerte es ein wenig.

Etwa zwanzig Minuten später betraten die in ihren weißen Anzügen komplett eingehüllten Beamten die Eingangshalle. Amy bat sie zunächst in ihr Büro, um ihnen den

Grundrissplan zu zeigen und das Vorgehen zu besprechen. Besonders wichtig bei der Vorgehensweise der Beamten war, dass nach Abschluss ihrer Arbeit niemand erkannte, was sie wirklich gesucht hatten. Amy führte sie anschließend in den Weinkeller und überließ sie ihrer Arbeit.

Für sie war es an der Zeit, ihren Chef über die neuesten Entwicklungen zu informieren. Obwohl er sonst immer auf rasche Ermittlungserfolge drängte, schien er sich in diesem Fall schon über die kleinsten Erfolgserlebnisse zu freuen. Amy vermutete, dass er sich fortlaufend die Untersuchungsergebnisse hatte kommen lassen. Er wusste, dass bislang keine brauchbaren Spuren vorlagen und auch die Tatverdächtigen nicht gerade Schlange standen. Dies mochte auch der Grund sein, weshalb er Amy alle Freiheiten gab und ihr kein zeitliches Limit setzte. Das war sehr beruhigend für sie, obwohl es nicht den Druck eines möglichen dritten Mordes von ihr nahm, den sie natürlich unbedingt verhindern wollte. Trotzdem bedankte sie sich bei ihm und versprach, sich umgehend zu melden, wenn es neue Erkenntnisse gab. Sie wollte gerade auflegen, als ihr Chef sich noch einmal zu Wort meldete.

„Danke übrigens für die Fotos, Amy, eine bemerkenswerte Einrichtung für einen Fitnessbereich in einem Hotel. Ich werde die Bilder zusammen mit dem Antrag für unser neues Studio einreichen. Mal sehen, ob der Regierungspräsident so viel Geld übrig hat. Ich hoffe, du nutzt diesen Raum in St. Florian auch zwischendurch. Nicht, dass du dort mit dem guten Essen außer Form gerätst", bemerkte er und Amy hörte den kleinen Jubel in seiner Stimme, dass er sie einmal foppen konnte.

„Keine Sorge, Johannes, ich bin fit wie eh und je. Bis zum nächsten Mal", beendete sie das Gespräch.

Amy spürte, dass sie innerlich etwas angespannt war. Warum, wusste sie natürlich auch. Sie konnte sich kaum richtig auf etwas anderes konzentrieren, weil ihr die Spezialisten im Weinkeller und vor allem die Frage, ob sie etwas finden würden, nicht aus dem Kopf gingen. Sie sah immer wieder auf die Uhr und hatte das Gefühl, die Zeit würde nicht vergehen. Ein Klopfen an der Bürotür erlöste sie aus ihren Gedanken. Vielleicht würde jemand kommen und sie ablenken. Hubertus Tiegelmeier öffnete die Tür, nachdem sie „Herein!" gerufen hatte.

„Guten Tag Frau Craig, haben Sie einen Augenblick Zeit für mich?", fragte er beinahe schüchtern.

„Guten Tag Herr Tiegelmeier, sicher habe ich Zeit für Sie. Kommen Sie herein und setzen Sie sich bitte. Was kann ich für Sie tun?"

„Meiner Mutter geht es etwas besser. Sie ist zwar noch in der Klinik, aber wir können sie in zwei oder drei Tagen nach Hause holen. Die Beisetzung von meinem Vater und meinem Bruder ist dann das Nächste, was sehr schwer für sie sein wird. Ich würde es begrüßen, wenn bis dahin nicht zu viel Zeit vergehen würde. Haben Sie schon etwas Genaueres gehört, wann die Gerichtsmedizin sie freigeben wird?"

„Nein, ich habe noch nichts gehört. Aber ich verstehe Sie sehr gut. Ich werde jetzt sofort anrufen. Vielleicht weiß Frau Vogler schon, wann es so weit sein wird." Sie wählte die Nummer von Lea.

„Hallo Amy, das nenne ich eine Punktlandung. Gerade wollte ich den Hörer zur Hand nehmen und dich anrufen. Aber zuerst du, was kann ich für dich tun?", meldete sich Lea.

„Hallo Lea, Herr Tiegelmeier sitzt gerade bei mir und fragt wegen der Freigabe der Leichname. Kannst du mir schon sagen, wann es so weit sein wird?"

„Genau das war der Grund, weshalb ich dich anrufen wollte. Die Untersuchungen bei dem Vater habe ich bereits abgeschlossen. Bei dem Bruder brauche ich noch bis morgen. Dann können sie nach St. Florian überführt werden. Du kannst Herrn Tiegelmeier sagen, dass wir das organisieren. Vielleicht kann er dir schon sagen, welches Bestattungsinstitut die Beisetzungsvorbereitungen übernimmt, dann haben wir eine Adresse."

„Willst du gerade am Apparat bleiben?"

„Ja, gerne."

„Herr Tiegelmeier, Frau Vogler wollte mich in diesem Moment auch anrufen. Unser Institut wird morgen Ihren Vater und Ihren Bruder überführen. Wissen Sie schon welches Bestattungsinstitut sie mit der Beisetzung beauftragen wollen?"

„Es gibt nur einen Bestatter in St. Florian. Mit ihm habe ich bereits gesprochen, und wir haben die Särge und das Übrige bereits ausgesucht. Es ist das Bestattungsinstitut Fuchs in der Dorfstraße."

„Hast du es mitbekommen, Lea?"

„Ja, ich habe es gehört und notiert. Herr Tiegelmeier kann dem Bestatter mitteilen, dass wir gegen siebzehn Uhr eintreffen werden. Dann ist sicher jemand da, wenn wir kommen. Vielen Dank und einen schönen Tag noch, Amy."

„Danke, dir auch", beendete Amy das Gespräch.

„Sie können dem Bestatter ausrichten, dass die Leichname Ihres Vaters und Ihres Bruders morgen Nachmittag gegen siebzehn Uhr in St. Florian eintreffen werden", richtete sie Hubertus Tiegelmeier aus.

„Ja, gerne. Nun bin ich froh, dass wir den Termin für die Beisetzungen festlegen können, vielen Dank, Frau Craig." Er wirkte erleichtert, doch statt aufzustehen blieb er auf seinem Stuhl sitzen, irgendetwas schien ihn noch zu beschäftigen. Amy wartete einen Augenblick ab.

„Kann ich sonst noch etwas für Sie tun?", sprach sie ihn nach einer Weile an.

„Frau Craig ...", begann er, schien aber noch mit sich zu ringen, ob er weiterreden sollte, „... nein, es ist doch nichts, entschuldigen Sie bitte." Hubertus Tiegelmeier wirkte nervös, als er eilig aufstand und nach einem kurzen Adieu das Büro verließ.

Amy fragte sich, was er ihr wohl hatte sagen wollen, verwarf den Gedanken aber recht schnell wieder und war sich sicher, dass er zu ihr käme, wenn er bereit war zu reden.

Amy öffnete in ihrem Laptop ihre Notizen zu dem Fall. Sie las ihre Protokolle durch und kontrollierte, ob sie von allen

Personen die kompletten Angaben hatte und fügte die Ergebnisse der Alibiüberprüfungen ein. Es war alles vollständig und somit gab es für sie nichts nachzuarbeiten. Hannes hatte seine Hausaufgaben ebenfalls erledigt. Da fielen ihr die Protokolle der damaligen Gemeinde-ratssitzungen ein. Über die Aufregung die Geheimgänge betreffend hatte sie die Protokolle vollkommen vergessen.

Amy nahm sie und begann zu lesen. Die Inhalte bestätigten die Machtverhältnisse im Gemeinderat, wie sie von einigen Zeugen beschrieben worden waren. Auch wenn die Machenschaften der drei Herren nicht unmissverständlich dokumentiert waren, so wurde doch deutlich, dass es dort nicht mit rechten Dingen zugegangen war. Das Protokoll zur Abstimmung über die Zukunft des Friedhofs allerdings hätte als Beweisstück für eine Betrugsanzeige ausgereicht. Hier hatte sich der Protokollant mit seinen Formulierungen sehr weit aus dem Fenster gelehnt. Schade, dass Bruder Hieronimus nicht dagegen angegangen war. Diesen Streit hätte er gewonnen. Otto Frieden, der damalige Bürgermeister, war nach dem, was in den Protokollen stand, und nach Amys jetziger Einschätzung, wirklich in Gefahr, sofern der Täter wegen des Entscheids über den Friedhof auch Rache nehmen wollte. Amy hoffte, dass Hannes ihn heute Abend antraf und ins Hotel brachte.

Wieder klopfte es an ihrer Tür und noch bevor Amy etwas sagen konnte, traten die zwei Spezialisten aus München ein. So früh hatte Amy noch nicht mit ihnen gerechnet, aber umso besser, dann hatte das gespannte Warten ein Ende.

„Hallo Frau Craig, im Weinkeller sind wir soweit fertig. Wollen Sie sich die Ergebnisse erst anschauen oder sollen wir direkt in den anderen Raum?", fragte der jüngere von ihnen.

„Ich bin sehr neugierig auf das, was Sie herausgefunden haben und würde mir gerne erst die Resultate von Ihnen zeigen lassen, wenn das für Sie nicht zu umständlich ist."

„Für uns ist es egal. Können wir Ihren Laptop nehmen? Dann würde ich Ihnen die Aufnahmen auch direkt überspielen", schlug er vor.

„Ja, das ist sehr gut, wenn ich die Daten auch habe."

Der noch relativ junge Mann schloss ein Gerät an Amys Laptop an.

„Wir haben anhand des Grundrissplans die Positionen der unterirdischen Gänge errechnet und uns diese Stellen in dem Weinkeller genauer angesehen. Im ersten Fall war es eine zur Hälfte freie Wand, im zweiten Fall war die Wand mit einem Weinregal verstellt und die dritte Stelle war komplett frei. Geheime Türen haben wir nicht gefunden. Da Sie uns gebeten haben, so vorzugehen, dass es unbemerkt bleibt, haben wir in diese Wände kleine Löcher gebohrt und unsere flexible Minikamera eingesetzt. Die haben wir dann durch die kleinen gebohrten Löcher geschoben. Da sie mit einer Lichtquelle ausgestattet ist, konnten wir die Räume hinter diesen Wänden in begrenztem Maße ausleuchten und gleichzeitig filmen", erklärte er Amy. „Ich spiele Ihnen jetzt die Aufnahmen ab."

Amy sah angestrengt auf den Bildschirm ihres Laptops. Die Aufnahmen waren sehr scharf und Amy staunte, wie hell die kleine Lampe der Minikamera war. Hinter der ersten Wand war deutlich ein Gang zu erkennen. Er verlief in dem Bereich der einsehbar war parallel zur Wand und war etwa einen Meter breit, die Höhe konnte Amy schlecht schätzen. Der junge Mann sagte später, dass die Gänge zwischen einem Meter sechzig und einem Meter achtzig hoch waren. Als die Kamera weiter hineingeschoben wurde, erkannte Amy etwa einen Meter weiter rechts, dass der Gang dort verschüttet war, nach links sah er frei aus. Hinter der zweiten Wand fanden sie keinen Hohlraum, geschweige denn einen Gang. Die Männer hatten die Kamera noch etwa dreißig Zentimeter in die Erde einbringen können, mussten sie dann aber wieder herausziehen, damit sie nicht beschädigt wurde. Möglicherweise war dort früher einmal ein Gang gewesen, der mittlerweile verschüttet war. Hinter der dritten Wand befand sich ebenso wie hinter der ersten Wand ein Gang, der nur in eine Richtung begehbar war.

„Das ist zu den markierten Gängen im Bereich des Weinkellers alles. Wir haben uns dann die übrigen Wände noch genauer angesehen und hatten aufgrund der Anzeige in unserem Suchgerät den Eindruck, dass sich parallel zu der hinteren Wand in dem kleinen separaten Keller ein weiterer Gang befindet. Allerdings konnten wir dies mithilfe der Kamera nicht verifizieren. Entweder hat das Suchgerät ein falsches Resultat angezeigt, das kann in seltenen Fällen vorkommen, da die Geräte sehr sensibel sind. Oder die Wand zu dem vermuteten Gang ist zu dick für die Reichweite unserer flexiblen Kamera. Wenn Sie diese Frage sicher beantwortet haben möchten, müsste man die besagte Wand einreißen. Das sind alle Ergebnisse zu unserem ersten Einsatz, Frau Craig", schloss er seine Ausführungen.

„Vielen Dank. Natürlich hatte ich mir mehr erhofft, aber Ihre Resultate beweisen, dass es die Gänge gibt, auch wenn sie scheinbar zum Teil nicht mehr begehbar sind, zumindest in diesem Teil des Klosters. Dann würde ich Sie jetzt in den nächsten Raum bringen. Möchten Sie vorher vielleicht etwas trinken?"

„Gegen einen Kaffee hätten wir nichts einzuwenden, wenn Sie die anderen Ergebnisse nicht sofort brauchen", nahm der junge Mann den Vorschlag an, den der ältere Kollege mit einem Kopfnicken ebenfalls zu begrüßen schien.

„So viel Zeit muss sein und so dringend benötige ich die Ergebnisse nicht. Ich bin Ihnen sehr dankbar, dass Sie den Weg hierher so rasch auf sich genommen haben. Das ist ja auch nicht selbstverständlich."

„Für Sie immer, Frau Craig, jederzeit", meldete sich nun der ältere Mann zu Wort.

„Vielen Dank, das ist nett, dass Sie das sagen." Amy wurde fast etwas verlegen. „Den Kaffee können wir direkt vor meiner Bürotür in der Bar trinken. Ihre Sachen können Sie hier stehenlassen. Kommen Sie bitte." Amy ging voraus.

In der Bar sprachen sie über allgemeine Themen aus dem Bereich der Spurensicherung, der Tatorterforschung und der Entwicklung neuer Technologien, die sie heute nutzen konnten und die vieles ermöglichten. Alexander hatte sich zwischenzeitlich zu ihnen gesetzt und hörte aufmerksam und interessiert zu.

Nach dem Kaffee brachte Amy die Männer in den kleinen Raum hinter dem Büro des Seniorchefs. Sie erklärte ihnen kurz die Situation und ging wieder. Alexander durfte den Spezialisten bei ihrer Arbeit zusehen.

Amy sah sich die Aufnahmen auf ihrem Laptop noch einmal in Ruhe an. Leider konnte man nicht erkennen, ob die Gänge zugeschüttet worden waren oder ob die Decken nachgegeben hatten. Sie war sich auch nicht sicher, ob sie komplett aufgefüllt waren oder ob nicht doch eine Durchgangsmöglichkeit bestand.

Sie legte ihren vergrößerten Plan auf den Tisch und zeichnete die Stellen ein, die die Spezialisten untersucht hatten. Der Gang, den sie hinter dem kleinen Kellerraum vermuteten, in dem die Leiche von Jakob Tiegelmeier gelegen hatte, konnte die Verbindung zu dem geheimen Keller unter dem Strauch sein. Allerdings wäre es eine übertriebene Aktion, die Wand einreißen zu lassen, um dies zu bestätigen, zumindest im Moment.

Mit dem Raum hinter dem Büro waren die Spezialisten relativ schnell fertig. Alexander kam nach einer guten halben Stunde in Amys Büro und bat sie mitzukommen. Sie sah sich die Aufnahmen der Kamera an. Wie im Plan eingezeichnet befand sich hinter der rechten Wand eine steile Treppe, die hinabführte. Die Treppe nahm den Raum ein, den Amy zwischen den zwei Büros ausgemessen hatte, und der auf den neuen Plänen nicht mehr eingezeichnet war. Die Treppe war, soweit das Licht der Kamera reichte, frei. Allerdings blieb ein Problem. Es ließ sich keine geheime Tür zu dem Gang finden.

Alexander hatte in der Zwischenzeit den Laptop von Amy geholt, damit sie auch diese Videoaufzeichnung darauf abspeichern konnten.

Amy beratschlagte zusammen mit den Spezialisten das weitere Vorgehen. Es gab noch einige Keller, die sie untersuchen konnten, und um in die soeben entdeckten Gänge zu gelangen, hätten sie eine Wand durchbrechen müssen. Allerdings fragte Amy sich, ob es zu diesem Zeitpunkt Sinn machte, die Untersuchungen fortzusetzen. Es gab keinen konkreten Hinweis, dass die Gänge wirklich für die Morde benutzt worden waren. Nach einer kurzen Lagebesprechung verblieb sie mit den Spezialisten so, dass sie sie erneut anfordern würde, wenn die Entwicklung des Falls einen weiteren Einsatz rechtfertigte.

Sie hatte einmal mehr das Gefühl, dass dieser Fall nur aus Sackgassen bestand. Es war deprimierend. Zwar hatten sie die Gänge gefunden, doch die Zugänge vom kleinen Raum hinter dem Büro und dem Weinkeller existierten nicht mehr oder waren einfach so genial versteckt, dass sie sie nicht fanden. Um Amy auf andere Gedanken zu bringen, schlug Alexander einen kleinen Spaziergang ins Dorf vor. Der würde auch gleichzeitig den Appetit für das Abendessen bringen. Amy ließ sich gerne von Alexander dazu überreden, und sie verließen gemeinsam das Hotel.

Am Dorfeingang begrüßte sie ein buntes, von Kindern gemaltes Schild mit einer Sonne, Bäumen, Häusern und einem großen **Herzlich willkommen**. Die Straße führte in den Dorfkern, der aus einem kleinen ovalen Platz bestand. An seinem äußeren Rand standen in gleichmäßigen Abständen große, alte Kastanienbäume. Hinter den Bäumen verlief ein schmales Gässchen aus Kopfsteinpflaster. Die Breite reichte gerade einmal für ein Fahrzeug. In dieser Gasse reihten sich einstöckige Fachwerkhäuser mit grünen oder dunkelroten Fensterläden aneinander. Sie waren nahezu alle restauriert und renoviert und sahen sehr hübsch aus. Zwischen den Wohnhäusern konnten sie einen Gasthof, einen kleinen Lebensmittelladen und einen Friseur ausmachen. Sie gingen die Straße weiter hinunter und kamen an der kleinen Dorfkirche und dem Friedhof vorbei. Hier lagen nun also die Mönche, die umgebettet worden waren. Amy blieb einen Moment stehen und blickte über die Gräber.

„Ich glaube, dort hinten stehen die gleichen Holzkreuze, die wir in St. Benedikt gesehen haben", Alexander zeigte auf einige Gräber in den hinteren Reihen.

„Das ist gut möglich. Ich verstehe Bruder Hieronimus, dass er lieber in St. Benedikt beigesetzt werden will. Dieser Friedhof ist zwar auch schön, aber als Mönch geht man sein Leben lang davon aus, auf einem Klosterfriedhof seine letzte Ruhe zu finden. Sich im hohen Alter dann noch auf etwas anderes einzustellen ist schwierig."

„Das sehe ich genauso. Hier sind die Mönche Fremde ohne Familie. Ich weiß nicht, ob jemals jemand an ihren Gräbern steht, außer dem Gärtner natürlich."

Sie gingen weiter, und an dem Geruch, der ihnen in die Nasen stieg, war unschwer zu erkennen, dass es bereits innerhalb des Dorfes einige kleinere landwirtschaftliche Betriebe gab. Bestätigt wurde dies durch das Muhen einiger Kühe und das Grunzen von Schweinen. Erst am Ortsrand standen einige wenige Neubauten, von denen einer Gustav Tiegelmeier und seiner Frau gehörte. Über einen schmalen Feldweg, der um das Dorf herumführte, erreichten sie die Straße, die zum Kloster zurückführte.

Der Spaziergang hatte seine Wirkung in jeder Hinsicht erzielt. Amy hatte ihren Frust vergessen und beim Abendessen zeigte sich der Appetit bei beiden. Sie erzählten Hannes von ihrem Spaziergang durchs Dorf. Mit Stolz erzählte er ihnen, dass ihm das Fachwerkhaus rechts neben dem Friseur gehörte. Er war erst im letzten Jahr mit den Renovierungsarbeiten fertig geworden. Es war sein Elternhaus. Kurz vor seinem Amtsantritt in St. Florian war sein Vater gestorben, der seit dem Tod der Mutter alleine in dem Haus gewohnt hatte. Es war Hannes deutlich anzumerken, wie gerne er in dem kleinen Ort lebte und wie sehr er mit ihm verwurzelt war. Er erzählte von dem kleinen Markt, der jeden Donnerstag auf dem Dorfplatz stattfand, und von den Dorffesten, die dort gefeiert wurden.

„Der kleine Markt würde dir auch gefallen, Amy. Wollen wir uns nicht morgen treffen und gemeinsam auf den Markt gehen? Anschließend kommt ihr mit zu mir, ich zeige euch mein Häuschen und es gibt Kaffee und Kuchen", schlug er vor.

„Das ist eine gute Idee, Hannes, das machen wir", versprach Amy und Alexander nickte zustimmend.

Als sie das Dessert aßen, waren die übrigen Gäste bereits gegangen.

„Wie gehen wir jetzt weiter vor?", fragte Hannes.

„Eine sehr gute Frage. Ich hoffe, dass du morgen früh den ehemaligen Bürgermeister antriffst. Das Gespräch mit ihm könnte uns noch weitere Details liefern, die uns bis jetzt nicht bekannt sind. Ansonsten sieht es ziemlich schlecht aus. Leider weiß ich nicht, wo wir ansetzen sollen. Wir haben einfach nichts Konkretes."

„Ich werde nach dem Essen noch einmal an seinem Haus vorbeifahren. Vielleicht ist er in der letzten Stunde noch nach Hause gekommen."

„Das ist gut. Wir sollten ihn nicht zu lange alleine lassen, wenn er wieder hier ist. Ich habe kein gutes Gefühl und das hat sich noch verstärkt, nachdem ich die Protokolle der Gemeinderatssitzungen gelesen habe."

„Die Chronik wird auch keine neuen Erkenntnisse mehr bringen, befürchte ich", meldete sich Alexander zu Wort.

„Jetzt wollen wir mal keinen Trübsal blasen", versuchte Amy die sich bedrohlich absenkende Stimmung aufzufangen.

„Irgendwie geht es immer weiter. Morgen früh werde ich mich noch einmal hinter alle Unterlagen klemmen. Vielleicht habe ich ja doch etwas übersehen."

Alexander und Hannes sahen sie an und wollten ihr in diesem Moment glauben.

Der Markt öffnete um sieben Uhr am Morgen. Amy und Alexander wollten noch im Hotel frühstücken und sich dann auf den Weg machen. Um neun wollten sie sich mit Hannes vor dem Friseur treffen. Er wollte vorher noch beim alten Bürgermeister vorbeisehen. Sollte dieser bis dahin eingetroffen sein, mussten sie ihren Marktbesuch verschieben.

Nach dem Essen war Amy direkt in ihr Zimmer gegangen. Der Balkon wurde langsam zu ihrem Zufluchtsort, wenn sie nachdenken musste. Sie wollte nicht mit Kanonen auf Spatzen schießen, das war nicht ihre Art. Doch wenn sich wirklich nichts Neues ergab, musste sie die Wände in den Kellerräumen einreißen lassen und hoffen, in den Gängen etwas zu finden. Aber dieser Gedanke widerstrebte ihr. Sie sah in den Himmel über ihr. Das Wetter veränderte sich. Wolken waren aufgezogen und ein frischer Wind war aufgekommen. Es würde Regen geben. Sie hatte sich bereits die zweite Tasse Kaffee geholt und eine zweite Pfeife gestopft. Sie versuchte aufzuhören, sich über den Fall den Kopf zu zerbrechen. Vielleicht erhielt sie durch den ehemaligen Bürgermeister wichtige Hinweise oder Tobias Viehofer tauchte plötzlich auf. Irgendetwas würde ihr weiterhelfen, dessen war sie sich sicher.

7

Es hatte sich über Nacht deutlich abgekühlt und der Himmel war noch immer wolkenverhangen. Amy hatte sich eine Jacke übergezogen, um auf dem Balkon nicht zu frieren. Möglicherweise hatte es in der Nacht wirklich geregnet, aber das konnte Amy im Innenhof nicht richtig erkennen. Der Balkon hatte ein kleines Dach und war trocken.

Sie war mit ihren Gedanken erneut bei den Ergebnissen der Spezialisten vom Tag zuvor. Die Tür im Erdgeschoss des

Südflügels öffnete sich und im Lichtschein, der aus der geöffneten Tür in den Innenhof fiel, sah Amy jemanden, der mit einem kleinen Körbchen in der Hand auf das Kräuterbeet zu ging. Plötzlich fiel das Körbchen zu Boden und im gleichen Augenblick hallte ein gellender Schrei durch den Innenhof. Amy sprang auf. Sie konnte den Grund für den Schrei aus dieser Entfernung nicht erkennen. Sie stürmte durch ihr Zimmer in den Flur hinaus, rannte durch die Klostergänge und erreichte in weniger als einer Minute das Kräuterbeet.

Amy musste zweimal hinsehen, um zu glauben, was sie dort sah. Die rechte Hälfte des Kräuterbeetes hatte der Gärtner zwei Tage zuvor umgegraben und mit neuer Erde aufgefüllt. Jetzt ragten am unteren Rand dieses Beetes zwei Füße heraus, die Mönchssandalen trugen. Also war es noch nicht vorbei mit der Mordserie und sie hatte diesen dritten Mord nicht verhindern können. Amy sah sich die Füße genauer an und war sich sicher, dass es die Füße eines Mannes waren. Sie ahnte, wer in dem Beet lag. Sie griff nach ihrem Handy und forderte ein weiteres Mal die Spurensicherung und Lea an. Danach informierte sie Hannes und bat ihn, so schnell wie möglich zum Hotel zu kommen.

Ihr Blick schweifte durch den Innenhof und über die Balkone und Fenster der einzelnen Flügel des Klostergebäudes. Einige Gäste hatten den Schrei der Angestellten gehört und sahen bereits hinunter. Aus der Entfernung würden sie allerdings ebenso wenig erkennen wie Amy von ihrem Balkon aus, zumal es wegen des verhangenen Himmels noch recht dunkel war.

Amy hatte keine große Hoffnung, dass der Mörder diesmal eine Spur hinterlassen hatte. Sie sah sich das Beet an. Es war unglaublich. Die Erde war fein säuberlich über dem Körper des Toten aufgeschüttet. Amy ging davon aus, dass ein ganzer Körper in dem Beet lag und nicht nur die Füße mit einem Teil der Unterschenkel. Auf dem Rasen konnte sie mit bloßem Auge keinen schwarzen Mutterboden erkennen und selbst der Weg vor dem Beet war besenrein. Das Hotel war zwar nicht voll belegt, doch es mochten an die fünfzig Gäste sein, die derzeit ein Zimmer belegten. Sie hoffte, dass jemand von ihnen in der Nacht oder in den frühen Morgenstunden etwas gehört, im besten Fall gesehen hatte. Die Tür zur Küche öffnete sich und Hannes eilte herbei. Er stand einen Moment sprachlos und wie angewurzelt vor dem Beet.

„Oh mein Gott, schon wieder ein Toter, hört das denn nie mehr auf", war sein erster Kommentar, bevor er Amy einen guten Morgen wünschte.

„Das hoffe ich doch, dass es wieder aufhört. Ich habe nicht vor, mein restliches Leben in St. Florian zu verbringen", erwiderte Amy mit einem ordentlichen Schuss Galgenhumor.

„Glaubst du, es ist der alte Bürgermeister, Amy?"

„Ich befürchte es, Hannes. Ansonsten hätten wir jemanden übersehen, der auch noch auf der Liste des Mörders stand."

Sie gab Hannes den Auftrag, sich an der Rezeption die Gästeliste geben zu lassen und dann von Zimmer zu Zimmer zu gehen. Er sollte die Gäste befragen, ob sie etwas mitbekommen hatten in der vergangenen Nacht oder in den frühen Morgenstunden. Wenn er jemanden in seinem Zimmer nicht antraf, sollte er die Person im Restaurant aufsuchen. Als Hannes den Innenhof durch den Kücheneingang verließ, eilte auch schon Alexander herbei.

„Guten Morgen Amy, ich habe den Schrei gehört. Kann ich dir irgendwie behilflich sein?" Er sah auf das Beet und auch er konnte nicht glauben, was er sah. Es war einfach zu bizarr.

„Guten Morgen Alexander, du könntest den Tatort bewachen, bis die Spurensicherung eintrifft. Ich gehe davon aus, dass dir die Füße keine Angst machen, oder? Ich sollte unbedingt mit der Mitarbeiterin reden, die den Toten gefunden hat. Geht das?"

Alexander sah Amy verwundert an. Makabere Aussagen dieser Art war er von Amy nicht gewohnt. Der Fall machte ihr wirklich zu schaffen.

„Klar, ich komme zurecht, geh du nur. Ich lasse niemanden auch nur in die Nähe des Beetes", versprach er und Amy ging daraufhin in die Küche.

Wie sich die Szenerien ähnelten. Wieder saß eine junge Angestellte des Hotels auf einem Stuhl, kreidebleich und verstört mit verweinten Augen. Zwei Kolleginnen standen bei ihr und versuchten sie zu trösten.

„Guten Morgen, ich bin Amy Craig, waren Sie das vorhin im Innenhof?", fragte sie die junge Frau. Die zwei Kolleginnen gingen wieder an ihre Arbeit und die junge Frau nickte.

„Wie heißen Sie?"

„Nele Hanson."

„Frau Hanson, ich nehme einmal an, Sie wollten Kräuter für die Küche holen, ist das richtig?"

Die junge Frau nickte.

„Wann sind Sie heute Morgen ins Hotel gekommen?"

„Ich war um viertel nach fünf hier. Mein Dienst beginnt um halb sechs."

„Haben Sie, bevor Sie in den Innenhof gingen, etwas Auffälliges bemerkt?"

Die junge Frau überlegte einen Moment und schüttelte dann den Kopf.

Einer der Köche war zu ihnen gekommen. Er grüßte und stellte sich neben Amy.

„Sind Sie auch schon seit halb sechs hier?", wollte Amy von ihm wissen.

„Ich war heute schon um fünf in der Küche." Amy stellte ihm die gleichen Fragen wie der jungen Frau. Doch auch der Koch hatte nichts bemerkt und war auch vorher nicht im Innenhof gewesen. Amy bedankte sich und ging zurück zu Alexander. Es war einfach wie verhext. Wie hatte niemand etwas mitbekommen können?

Alexander hatte das Beet erfolgreich vor unerwünschtem Publikum abgeschirmt und Amy entließ ihn, damit er frühstücken konnte. Bei ihr würde es noch einige Zeit dauern. Sie würde den Tatort hüten und warten, bis Lea eintraf.

Etwa zwanzig Minuten später waren die Kollegen aus München vor Ort. Auch einige von ihnen mussten sich mit einem zweiten Blick vergewissern, dass es wirklich stimmte, was sie dort sahen. Sie stellten Scheinwerfer und einen Sichtschutz gegen die neugierigen Blicke einiger Gäste auf. Anschließend kümmerten sie sich zunächst um die unmittelbare Umgebung des Beetes und warteten auf das Eintreffen der Gerichtsmedizinerin, bevor sie das Beet untersuchten. Lea kam nach weiteren zehn Minuten.

„Das ist doch einmal was anderes, guten Morgen Amy", auch Lea konnte also noch etwas überraschen, dachte Amy, als sie Leas Gesichtsausdruck beim Anblick der Füße sah.

„Ja, da hast du recht. Allerdings hätte ich darauf verzichten können, guten Morgen Lea", erwiderte Amy.

„Das glaube ich dir gerne. Wenn ich gewusst hätte, dass ich noch einmal kommen muss, hätte ich dir Kleider aus deiner Wohnung mitbringen können. Du bist hier ja schon fast zu Hause."

„Danke für das Angebot. Das Hotel verfügt über einen exzellenten Kleiderservice. So gesehen könnte ich noch Wochen bleiben. Das habe ich allerdings nicht vor und hoffe sehr, dass ich dich heute zum letzten Mal rufen musste."

„Das wäre mir auch die liebste Variante", antworte Lea und wandte sich dem Opfer zu. Da die ersten Aufnahmen vom Tatort bereits gemacht waren, gab sie die Anweisung, die Leiche freizulegen. Vorsichtig wurde die Erde abgetragen und der Körper des Toten kam nach und nach zum Vorschein. Mit einem feinen Pinsel entfernte Lea die gröbste Erde von Gesicht, Hals und Händen. Es war eine männliche Leiche, wie Amy bereits vermutet hatte. Am Hals war der Kragen einer Kutte zu erkennen, was Amy nach den Mönchssandalen an den Füßen des Toten ebenfalls vermutet hatte. Sie hatte den Mann zuvor noch nie gesehen und machte mit ihrem Handy ein Foto von seinem Gesicht, um es Hannes zu zeigen. Ihr Gefühl sagte ihr, dass es sich tatsächlich um den ehemaligen Bürgermeister handelte. Bald würde sie es wissen.

Die Auffindsituation machte es für Lea nicht gerade einfach, eine erste Einschätzung zu geben. Zu viele Manipulationen an der Leiche wollte sie vermeiden, um mögliche Spuren nicht zu zerstören. Sie würde den Körper später in ihrem Institut mit Wasser reinigen. Augenscheinlich war, dass sich an den Hand- und Fußgelenken Fesselspuren und am Hals wiederum Strangulationsmerkmale befanden. Im Gesichtsbereich waren mögliche Hämatome wegen der Erdreste nicht eindeutig festzustellen. Einzig die in diesem Fall sehr ausgeprägten geröteten und eingerissenen Mundwinkel waren deutlich zu erkennen. Sie sprachen dafür, dass auch bei ihm ein Mundknebel angelegt worden war und dass er sich heftig dagegen gewehrt haben musste. Der Todeszeitpunkt lag bei diesem Opfer sehr weit vor dem Zeitpunkt des Auffindens der Leiche. Ob der Fundort auch der Tatort war, musste Lea offenlassen. Allerdings vermutete sie, dass dem nicht so war.

„Alles weitere später und natürlich so schnell wie möglich", schloss sie ihre erste Einschätzung ab. Amy dankte ihr und wandte sich an den Chef der Spurensicherung. Sie sagte ihm, dass sie noch einen weiteren Einsatzort für seine Truppe hatte. Er sollte mit ihr Kontakt aufnehmen, wenn sie mit der Arbeit am Beet fertig waren.

Amy ging durch die Küche und am Restaurant vorbei in die Eingangshalle. Da sie Hannes nirgends sah, rief sie ihn an. Er war mit der Befragung der Hotelgäste fast fertig und wollte dann ins Restaurant kommen. Einige der Gäste hatte er nicht mehr in ihren Zimmern angetroffen. Sie vereinbarten, sich im Restaurant auf einen schnellen Kaffee zusammenzusetzen und das weitere Vorgehen zu besprechen.

Alexander war gerade mit dem Frühstück fertig, als Amy sich zu ihm an den Tisch setzte. Der Kellner kam sofort zu ihr. Sie bestellte zwei Kaffee, damit Hannes nicht warten musste. Alexander erzählte ihr, dass die Leiche im Innenhof das Gesprächsthema Nummer eins unter den Gästen war. Einige der Gäste, die schon länger im Haus waren, überlegten ernsthaft abzureisen, weil es ihnen nach dem dritten Toten nun doch unheimlich wurde. Die Kellner hatten versucht, die Gäste zu beruhigen, was allerdings nicht immer geglückt war. Bei dem Personal selber schienen die Nerven auch blank zu liegen.

Mit dem Kaffee kam auch Hannes und setzte sich an den Tisch. Er hatte dem Oberkellner seine Gästeliste gegeben und ihn gebeten, die Gäste, die auf der Liste noch nicht abgehakt waren, zu bitten, auf ihn zu warten.

„Weißt du schon, wer der Tote ist?", fragte Hannes sofort, nachdem er sich gesetzt hatte. Amy nahm ihr Handy aus der Jackentasche und zeigte Hannes das Foto des Toten. Hannes Gesichtsfarbe änderte sich einmal mehr in reine Blässe und er sagte leise: „Otto Frieden, und ich dachte, er wäre verreist." Amy wartete einen Moment, bis Hannes den ersten Schock überwunden hatte.

„Geht es wieder, Hannes?" Er nickte und nahm einen großen Schluck aus seiner Kaffeetasse.

„Du hast gesagt, der alte Bürgermeister hat alleine gewohnt, ist das richtig?" Hannes nickte wieder. „Dann begleite bitte die Spurensicherung zu seinem Haus, sobald die Kollegen ihre Arbeit im Innenhof abgeschlossen haben. Wir wissen nämlich noch nicht, ob der Fundort auch der Tatort ist. Ich werde mich um die Befragung der restlichen Gäste kümmern. Ist das für dich in Ordnung?"

„Ja, natürlich. Die Gäste, die ich bis jetzt befragt habe, haben in der letzten Nacht nichts gehört oder gesehen. Der Oberkellner hat meine Gästeliste und bittet die Gäste, die noch befragt werden müssen zu warten. Dann mache ich mich mal auf den Weg", sagte er noch immer sichtlich betroffen und verließ das Restaurant.

„Das alles ist wirklich schwer für Hannes. Er kannte alle Opfer und das schon über Jahre", bemerkte Alexander, dem Hannes ein wenig leid tat.

„Ja, da hast du recht, Alexander, aber ich kann leider nicht auf ihn verzichten. Ich glaube nicht, dass er wollen würde, dass ich ihn von dem Fall abziehe. Zum Glück erholt er sich jedes Mal wieder schnell", erwiderte Amy.

Sie hatte ihren Kaffee ausgetrunken und besprach sich mit dem Oberkellner, welche Gäste auf sie warteten. Alexander ging zurück auf sein Zimmer. Er hatte seinen Auftrag noch nicht ganz erfüllt, würde aber bis zum Mittag mit dem Lesen der Chronik fertig sein.

Es waren noch vierzehn Gäste, die Amys Fragen beantworteten. Sie hatte nicht mehr Erfolg als Hannes. Niemand hatte etwas gehört oder gesehen. Amy selbst hatte einen leichten Schlaf und ein sehr gutes Gehör, und sie hatte schließlich auch nichts mitbekommen.

Auf dem Weg in ihr Büro ging sie an der Rezeption vorbei. Hubertus Tiegelmeier war gerade ins Haus gekommen. Sie bat ihn auf ein kurzes Gespräch zu sich und informierte ihn über den Tod des ehemaligen Bürgermeisters. Der Innenhof würde ein bis zwei Tage geschlossen bleiben inklusive des Kräutergartens.

„Haben Sie denn nun endlich eine Spur, wer hinter diesen Verbrechen steckt?", fragte Hubertus Tiegelmeier schockiert über den weiteren Mord.

„Der Täter hat bislang nicht die kleinste Spur hinterlassen, Herr Tiegelmeier. Ich habe eine Vermutung, bitte Sie aber um Verständnis, dass ich Ihnen nichts darüber sagen kann. Sollten wir mit unseren Ermittlungen einen Durchbruch erzielen, werden Sie einer der ersten sein, die es erfahren", versprach sie und verabschiedete sich.

Amy fragte sich, ob sie den dritten Mord hätte verhindern können. Sie haderte mit sich und ihrer Arbeit. Aber sie wusste, dass sie alle Möglichkeiten in Betracht gezogen, alle aus ihrer Sicht infrage kommenden Personen gesprochen und ihre Unterlagen mehrfach durchgesehen hatte. Sie war sich sicher, nichts übersehen zu haben. War es möglich, dass der Mörder zumindest teilweise wusste, wie weit die Ermittlungen vorangeschritten waren? Wenn ja, musste ihn das im Moment in Sicherheit wiegen, da sie nicht viel mehr wussten als am Anfang. Das würde jedoch auch bedeuten, dass der Mörder entweder im Hotel war oder Informationen aus dem Hotel erhielt. Wobei die Ermittlungsergebnisse nicht zugänglich waren, für niemanden. Amy verwarf diesen Gedanken. Der Mörder war ein Profi. Ihn würde so schnell nichts aus der Ruhe bringen. Die Ausführung der Morde zeigte, wie genau er alles geplant und durchdacht hatte. Sie konnte nicht darauf hoffen, dass er einen Fehler beging, sondern musste selbst die Lösung finden.

Nun hieß es, wieder warten, bis die Ergebnisse der Spurensicherung vorlagen. Doch Amy konnte jetzt nicht einfach warten, sie musste etwas tun. Sie sah auf ihre Uhr. Mit schnellen Schritten ging sie in ihr Zimmer, zog sich ihre Sportsachen an und nur wenige Minuten später stand sie auf dem Laufband im Fitnessraum. Eine halbe Stunde lang holte sie alles aus sich heraus und der Schweiß lief ihr in die Schuhe. Das Duschen und Umziehen dauerte keine zehn Minuten. Genau das hatte sie jetzt gebraucht.

Zurück in der Eingangshalle fragte sie an der Rezeption, ob zufällig gerade jemand ins Dorf fahren würde und sie zum Haus des alten Bürgermeisters mitnehmen könnte. Sie wollte nicht mit ihrem eigenen Wagen fahren, da Hannes schon dort war und sie wieder mit ins Hotel nehmen konnte.

„Bitte halten Sie mich nicht für neugierig, Frau Craig. Aber darf ich Sie fragen, ob er der dritte Tote ist?", wollte der Portier wissen.

„Fragen dürfen Sie mich, aber antworten darf ich Ihnen nicht, tut mir leid", entgegnete Amy ziemlich direkt.

Peter Fischer hatte sich bereit erklärt, sie zu fahren. Er musste noch zur Post im Dorf und konnte das gut verbinden. Er hatte seinen Wagenschlüssel geholt und verließ mit Amy das Hotel.

„Der alte Bürgermeister also", stellte Peter Frischer fest. „Ich kenne die alten Geschichten zu wenig, aber das Gerücht, er könnte der Nächste sein, kursierte bereits im Hotel."

„Das ist ja gut, dass ich das auch schon erfahre", entfuhr es Amy mit einer lauteren Stimme als gewohnt, sodass Peter Fischer sich etwas erschrak.

„Entschuldigen Sie bitte, Frau Craig, aber ich habe es selber erst heute Morgen erfahren und wäre sonst sicher auf Sie zugekommen", erklärte er und fühlte sich angegriffen.

„Verzeihen Sie meinen kleinen Ausbruch, Herr Fischer. Es war nicht so gemeint. Der Fall ist sehr schwierig und reißt ein wenig an meinen Nerven. Das kenne ich sonst gar nicht an mir", entschuldigte sich Amy, die ihre Fassung sofort wiedergefunden hatte.

„Das verstehe ich, Frau Craig, ist schon in Ordnung", sagte Peter Fischer und damit war es vergessen.

Amy bedankte sich für die Fahrt, stieg aus und ging in das Haus des dritten Opfers. Es war kein sonderlich großes Haus und mochte vielleicht vierzig Jahre alt sein. Amy fiel sofort auf, dass alles sehr ordentlich und aufgeräumt war, was man bei einem alleinstehenden Mann nicht unbedingt erwartete. Auf ihre Frage, wo sie Hannes finden würde, wurde ihr mitgeteilt, dass er unterwegs war, um die Bewohner in der Nachbarschaft zu befragen. Der Chef der Spurensicherung sah Amy und schüttelte den Kopf, noch bevor sie eine Frage stellen konnte.

„Noch nichts, Frau Craig", sagte er und verschwand in den ersten Stock des Hauses.

Amy brauchte frische Luft. Bitte, großer Manitou, nur eine kleine Spur, dachte sie und sah hinauf zum Himmel. Hannes hatte seine Befragungen beendet und kam Amy entgegen.

„Sag nichts, Hannes, ich weiß es schon. Niemand hat etwas gehört oder gesehen, hab ich recht?"

„Auch wenn du es anscheinend gerade nicht mehr hören kannst, aber genauso ist es", sagte er und blickte ihr einen Moment tief in ihre dunkelbraunen Augen.

„Ja, du hast recht mit dem, was du gerade denkst, Hannes. Ich sollte mich wieder ganz auf den Fall konzentrieren und mich von der Situation nicht provozieren und schon gar nicht unterkriegen lassen, danke." Hannes lächelte sie an, sie hatte seinen Blick verstanden.

„Lass uns wieder ins Hotel fahren. Wir können hier nichts tun", bat Amy und Hannes folgte ihr.

Das hatte Amy während ihrer vielen Berufsjahre noch nicht erlebt, dass sie sich untätig die Zeit vertreiben musste, bis die Ergebnisse der Spurensicherung und von Lea fertig waren. Es war eine ganz neue Situation, aber zum Glück war sie nicht alleine. Hannes und Alexander leisteten ihr in der Bar Gesellschaft.

„Ich habe meinen Auftrag erfüllt", sagte Alexander stolz. „Vor einer halben Stunde habe ich die letzte Seite der Chronik gelesen. Es hat sich am Ende vieles wiederholt, aber dennoch fand ich es außerordentlich interessant."

„Ich danke dir ganz herzlich, dass du mir das abgenommen hast", freute sich Amy mit ihm.

„Wir sind ja noch nicht fertig", mischte Hannes sich ein. „Allerdings weiß ich immer noch nicht, wie wir weitermachen sollen, weißt du es, Amy?" Als er den Satz beendet hatte, hoffte er inständig, Amy damit nicht an ihrem derzeitigen wunden Punkt getroffen zu haben.

„Ich habe heute schon den großen Manitou um eine Spur angefleht und das mache ich nur sehr selten und im äußersten Notfall. Von meiner Überzeugung, dass es den perfekten Mord nicht gibt, weiche ich allerdings auch in diesem Fall nicht ab. Wir werden den oder die Täter finden, früher oder später", motivierte Amy nicht zuletzt sich selbst. „Über das weitere Vorgehen entscheide ich, wenn die Ergebnisse aus München da sind."

„Das war wenigstens eine kleine Kampfansage, sehr gut, und ich helfe dir bis zum Schluss", Hannes applaudierte und lachte laut. Seine Reaktion war etwas übertrieben und sollte wohl vor allem ihm selbst Mut machen. Schnell wurde er wieder ruhig und nachdenklich.

„Otto Frieden hatte bestimmt nicht damit gerechnet, dass ihm seine Vetternwirtschaft mit Gustav Tiegelmeier einmal so teuer zu stehen kommt", sagte er plötzlich.

„Das ist mit Sicherheit so, Hannes. Die wenigsten überlegen sich die möglichen Konsequenzen, wenn sie andere über den Tisch ziehen", sagte Amy. Sie hatte ihren Laptop neben

sich liegen, der gerade einen Ton von sich gab. „Die ersten Ergebnisse sind da", freute sie sich, begann zu lesen und fasste die Resultate für Alexander und Hannes zusammen.
„Der Tatort war im Haus, genauer gesagt in der Küche. Sie haben Blutspuren gefunden, obwohl das gesamte Haus gründlich gereinigt worden war. Der Chef der Spurensicherung hat mir die Nachricht noch vom Haus des Bürgermeisters geschrieben. Er hat wohl auch gemerkt, dass ich auf Nadeln sitze. Zudem fand sich ein graues Haar im Schlafzimmer. Es könnte dem Täter gehören, was sie aber erst nach der genauen Untersuchung im Labor sagen können. Die blutige Kleidung des Opfers war fein säuberlich zusammengelegt und lag in seinem Schlafzimmer auf einem Stuhl, was der Beweis dafür wäre, dass der Täter im Schlafzimmer war. Ein graues Haar scheint auf den ersten Blick wenig, aber wenn es nicht dem alten Bürgermeister gehört und wir einen wirklichen Tatverdächtigen haben, dann ist es Gold wert", sagte Amy hoffnungsvoll.
Als sie ihren zweiten Kaffee bereits getrunken hatten und einige Zeit vergangen war, trafen die Ergebnisse von Lea Vogler ein.
„Was schreibt Frau Dr. Vogler?", fragte Hannes ungeduldig.
„Das Opfer erhielt zunächst den Schlag auf den Kopf. Wieder war es ein eckiger hölzerner Gegenstand. Eine oberflächliche vier Zentimeter lange und zwei Zentimeter breite, nur leicht blutende Wunde war die Folge", las Amy vor.
„Dieser eckige hölzerne Gegenstand", begann Alexander zögernd, „habt ihr euch auch schon einmal überlegt, dass es ein Holzkreuz sein könnte?"
„Der Gedanke ist mir auch schon durch den Kopf gegangen", sagte Amy. „Dieser Täter wird keine Skrupel haben, ein Kreuz zu benutzen."
„Glaubst du, er hat immer ein und dasselbe Kreuz genommen?", fragte Hannes.
„Wenn es für ihn ein besonderes Kreuz ist, kann das durchaus möglich sein. Ich müsste Lea fragen, ob sie die Holzsplitter in den Wunden drauf untersucht hat und ob es

165

überhaupt mit den wenigen Spuren nachgewiesen werden kann", antwortete Amy und las weiter. „Das Opfer wurde gefesselt und ebenfalls mit einem weißen Baumwolltuch geknebelt. Danach bekam es die Faustschläge ins Gesicht. Die anschließende Strangulation führte den Tod herbei. Das Einritzen der Wörter wurde erst vorgenommen, als das Opfer bereits tot war. Zwischen der ersten und letzten Verletzung liegen maximal dreißig Minuten."

„Da bin ich froh, dass er das nicht bei lebendigem Leib ertragen musste", sagte Hannes erleichtert.

„Der Tod ist bereits gestern Mittag gegen zwölf eingetreten und der Körper lag etwa vier Stunden in dem Kräuterbeet", Amy rechnete bereits, als sie das sagte, „dann fehlen zwischen dem Todeszeitpunkt und dem Auffinden der Leiche circa neunzehn Stunden."

„Was meinst du", fragte Alexander, „hat er solange in seinem Haus gelegen oder war er zwischendurch an einem anderen Ort?"

„Genau das überlege ich gerade. Lea schreibt, dass auf der Kutte und an den Sandalen keine Spuren gefunden wurden, die darauf hinweisen, wie der Tote transportiert worden ist. Vermutlich haben sie ihn in Plastikfolie gewickelt. Anhand der Untersuchungsergebnisse ist er erst etwa eine Stunde, bevor er in das Beet gelegt wurde, wieder bewegt worden. Nach diesem Mord bin ich mir ganz sicher, dass wir es nicht mit einem Einzeltäter zu tun haben. Eine Person alleine hätte das nicht geschafft. Dennoch bleiben einige Fragen zum Ablauf offen. Wie wurde er von seinem Haus ins Kloster transportiert? Wie sind die Täter in den Innenhof gelangt? Wie haben die Täter es geschafft, den Toten von seinem Haus in das Kräuterbeet zu schaffen, ohne dass jemand etwas mitbekommen hat? Besonders der letzte Punkt ist mir schleierhaft."

„In den frühen Morgenstunden sind die meisten Menschen im Tiefschlaf", sagte Hannes. „Vor seinem Haus stehen große Büsche, Sträucher und die Naturhecke. Die Straßenbeleuchtung in St. Florian wird nach Mitternacht gedrosselt. Das Erdgeschoss im Südflügel des Klosters ist in der Nacht menschenleer. Der Innenhof ist nachts unbeleuchtet."

„Das ist alles richtig. Nur, wie sind sie in den Innenhof gelangt? Sicher nicht durch den Haupteingang, da sind wir uns wohl einig. Bleibt der Lieferanteneingang, der Weg durch die Kirche oder durch den Wellnessbereich. Dafür hätten sie dann allerdings die entsprechenden Schlüssel gebraucht. Von wem haben sie die Schlüssel bekommen? Oder sie sind durch einen unterirdischen Gang und durch den Kellerraum, der unter dem Lebensmittellager liegt, in den Südflügel und von dort in den Innenhof gelangt", überlegte Amy laut.

„Ist das Tor in der Klostermauer in der Nacht offen oder wird es geschlossen?", fragte Alexander.

„Das Tor bleibt offen für Hotelgäste, die später zurückkommen, hat mir der Nachtportier gesagt", antwortete Hannes.

„Gibt es Überwachungskameras auf dem Klosterhof?", war Alexanders nächste Frage.

„Nein, die gibt es auch nicht. Bis jetzt bestand keine Veranlassung, welche zu installieren", sagte Hannes.

„Ich kann mir nicht vorstellen, dass die Täter mitten in der Nacht mit einem Auto über den Klosterhof bis zu einem der Klosterzugänge fahren. Die Gefahr entdeckt zu werden ist viel zu groß", sagte Amy.

„Womit wir wieder bei deinen unterirdischen Gängen wären", folgerte Alexander.

„So ist es", bestätigte Amy.

Eine Weile sagte niemand etwas und jedem war anzusehen, dass seine Gedanken um die offenen Fragen kreisten.

„Welche Begriffe wurden dem alten Bürgermeister auf seiner Brust und seinem Rücken eingeritzt?", fragte Alexander.

„Auf der Brust waren eingeritzt

SUPERBIA für Hochmut und Ruhmsucht

AVARITIA für Habgier und Geiz

und auf dem Rücken
GULA für Völlerei und Selbstsucht und
ACEDIA für Feigheit, Faulheit und Ignoranz", las Amy aus dem Bericht vor.

„Wie der Täter es geschafft haben soll, den Bürgermeister dazu zu bringen, einen vermeintlichen Kurzurlaub anzutreten und dies in seinem sozialen Umfeld zu kommunizieren, will mir nicht ganz in den Kopf", überlegte Alexander. „Im Grunde genommen wissen wir nicht wirklich, ob der Bürgermeister die ganzen Tage hier war oder vor seinem Tod noch weggefahren ist."

„Das ist richtig. Allerdings weiß ich nicht, ob das relevant ist. Der Täter wird sich nicht mit dem alten Bürgermeister in der Öffentlichkeit gezeigt haben, egal wo sie vielleicht waren. Zudem haben die Beamten der Spurensicherung nicht den kleinsten Hinweis für eine Kurzreise gefunden. Es gibt keine Quittungen, keine Fahrkarten, keine Prospekte. Wo sollten wir anfangen zu suchen?", fragte Amy.

„Von den Nachbarn hat niemand gesehen, ob und wenn ja, wann er mit einem Koffer aus dem Haus gekommen ist, und auch nicht, wann er zurückgekommen ist", berichtete Hannes von seinen Befragungen.

„Die Lösung für alles finden wir hier im Kloster und in der jüngsten Vergangenheit. Dessen bin ich mir sicher und darauf müssen wir uns konzentrieren", sagte Amy bestimmt.

Sie saßen um den kleinen Tisch herum und wirkten ratlos. Amy mochte recht haben, dass die Lösung im Kloster lag. Aber sie wussten eigentlich nicht, wonach sie suchen mussten. Dafür fehlten ihnen Spuren, Hinweise und Fakten. Es waren sicher zwanzig Minuten vergangen, als Amy mit einem ganz neuen Vorschlag aufwartete.

„Bisher war der Täter immer schneller als wir. Jetzt werden wir in die Offensive gehen."

„Was meinst du mit Offensive?", fragte Hannes.

„Wir haben zwar keine Spuren und keine Beweise, aber wir haben zwei Namen: Mutus und Tobias Viehofer. Über Mutus wissen wir zu wenig. Von Tobias Viehofer wissen wir einiges und wir haben sein Foto. Wir werden eine bundesweite Suchaktion nach ihm über das Fernsehen starten. Die Suchmeldung werden wir stündlich ausstrahlen lassen. Mal sehen, was dann passiert. Wenn er an den Morden beteiligt ist, werden die Täter vielleicht nervös. Sollten wir ihn finden und er hat mit all dem nichts zu tun, sind wir auch einen Schritt weiter. Was meint ihr dazu?", sie sah Hannes und Alexander erwartungsvoll an.

„Sehr gut", stimmte Hannes zu. „Jetzt klopfen wir mal auf den Busch."

„Die Alternative wäre, zu warten, bis wieder etwas passiert. Da ist die Suchmeldung sicher die bessere Variante", urteilte auch Alexander.

„Ich werde mich kurz mit meinem Chef besprechen", sagte Amy, stand auf und verschwand im Büro. Es dauerte nur wenige Minuten und sie war wieder bei ihnen.

„Es ist auf dem Weg. Mein Chef ist einverstanden und informiert unsere Pressestelle, die alles veranlassen wird. Alle eingehenden Meldungen aus der Bevölkerung werden per Mail direkt an mich weitergeleitet", informierte sie die zwei und hatte wieder einen zufriedeneren Gesichtsausdruck. „Das wird Arbeit geben. Ich habe einen neuen Auftrag für dich, Alexander", sagte sie.

„Ganz zu Ihren Diensten, Frau Craig", erwiderte er und war froh, dass Amy wieder etwas Oberwasser hatte. Sie nutzten die Zeit bis zu der ersten Ausstrahlung und bereiteten ein Ablagesystem für die eingehenden Nachrichten auf Amys Laptop vor. Alexander brachte seinen Laptop ebenfalls in Amys Büro und richtete alles so ein, dass zeitgleich alle Meldungen auch bei ihm ankamen.

Nur wenige Minuten nach der ersten Ausstrahlung ging es los. Es war unglaublich, wie viele Personen sich meldeten. Noch unglaublicher war, wo er überall gesehen worden war und das in vielen Fällen zur gleichen Zeit. Alexander hatte Filter eingebaut, die eine erste Zuteilung der Mails automatisch vornahmen. Dennoch mussten sie sicherheitshalber alle Meldungen durchsehen. Hannes hatte eine große Deutschlandkarte besorgt und von Peter Fischer eine Pinnwand bekommen, auf der er die Karte aufhängen konnte. Eine ausreichende Menge an Stecknadeln hatte Amy immer dabei, eben für solche Fälle.

„Treffer!", rief Alexander. „Ein Mann aus Düsseldorf hat auf dem Flug von Lhasa nach Frankfurt im Flugzeug neben Tobias gesessen." Hannes steckte die erste Nadel auf seiner Karte bei Frankfurt ein.

Bis zum Abend nach vier weiteren Ausstrahlungen war eine Unmenge an Rückmeldungen eingegangen. Es war schlichtweg unmöglich, weiterhin alle zu sichten. Amy und Alexander mussten sich auf die automatische Filterung verlassen. Die Mails wurden nach Zeiträumen, Orten im Umkreis von St. Florian mit einem Radius von fünfzig Kilometern und großen Städten unweit von St. Florian wie München und Salzburg unterteilt.

Immer wieder riefen Amy oder Alexander eine nächste Spur laut aus und die Nadeln auf der Karte nahmen sichtlich zu. Es war mittlerweile nach zwanzig Uhr, und der Magen von Hannes knurrte lauter als die Rufe von den anderen zwei.

„Pause!", rief Amy plötzlich. „Wir gehen besser zum Abendessen, sonst bekommen wir nichts mehr und Hannes bricht vor der Pinnwand zusammen." Der Vorschlag wurde von Alexander und besonders von Hannes für gut befunden.

„Wie lange wird die Suchmeldung noch gesendet?", fragte Hannes, als sie beim Salat waren.

„Wir haben vereinbart, dass morgen früh um neun die letzte Ausstrahlung stattfindet. Erfahrungsgemäß gehen in den ersten zwölf Stunden die meisten und auch die verlässlichsten Hinweise ein", antwortete Amy.

„Im Moment bewegen wir uns mit den glaubhaften Rückmeldungen im Raum Frankfurt, und einigen Meldungen zufolge hat er sich später im Raum München aufgehalten. Es wäre gut, wenn wir zu München noch genauere Hinweise bekämen", fasste Alexander seinen bisherigen Eindruck zusammen.

„Das sehe ich genauso", sagte Amy. „Jetzt dürfen wir jedoch nicht ungeduldig werden. Die wichtigsten Sendezeiten sind von zwanzig bis vierundzwanzig Uhr und morgen früh zwischen sechs und neun. Du wirst sehen, wie sprunghaft die Rückmeldungen ansteigen werden." Es war allen eine neue Zuversicht anzumerken.

Amy sollte recht behalten. Es war bereits ein Uhr in der Nacht und nach dem Abendessen waren einige vielversprechende Hinweise eingegangen. Der Aufenthalt von Tobias Viehofer in München hatte sich mit diesen weiteren Meldungen bestätigt. Besonders wertvoll war die Videoaufnahme von einem Tankstellenbesitzer. Tobias Viehofer war deutlich darauf zu erkennen, und die Tankstelle lag zwanzig Kilometer hinter München in Richtung St. Florian. Er hatte Getränke und einige Lebensmittel gekauft. Leider war auf dem Video nicht zu sehen, wie er an die Tankstelle gekommen war und in welcher Richtung er sie wieder verlassen hatte. Natürlich konnte er anschließend eine andere Richtung als nach St. Florian eingeschlagen haben. Aber er konnte auch auf dem Weg hierher gewesen sein. Die Videoaufnahme war vom dritten März dieses Jahres, also vor etwa fünfzehn Wochen.

Amy und Alexander erkannten die Buchstaben nicht mehr. Ihre Augen brannten und sie waren erschöpft. Hannes war zwischendurch auf seinem Stuhl eingeschlafen und ebenfalls nicht böse, als sie gemeinsam um halb zwei das Büro verließen. Aufgrund der fortgeschrittenen Stunde wollten sie sich erst um acht zum Frühstück treffen.

171

8

Amy hatte tief und fest geschlafen und war guter Dinge, als sie aufstand und ihr morgendliches Ritual absolvierte. Vor dem Frühstück war sie bereits im Büro. Sie hatte sich am Vorabend den Abschlussbericht der Spurensicherung noch nicht angesehen. Die Vermutungen vom Vortag hatten sich bestätigt. Das graue Haar war nicht von Otto Frieden. Da das Haus gründlich gereinigt war, musste es fast vom Täter oder dem Komplizen stammen. Die Blutspuren in der Küche konnten eindeutig dem Opfer zugeordnet werden und waren nicht älter als zweiunddreißig Stunden.

Das Frühstück zusammen mit Alexander und Hannes schmeckte schon wieder, und bei der Tagesplanung ging Amy davon aus, dass sie bis zum frühen Nachmittag brauchen würden, um alle Hinweise zu verarbeiten.

Es war viertel vor neun, als sie sich wieder an die Arbeit machten. Die neuen Meldungen machten den Aufenthalt von Tobias Viehofer in der Umgebung von St. Florian immer wahrscheinlicher. Gegen zehn Uhr klingelte das Handy von Hannes.

„Herr Kollege, was verschafft mir die Ehre?", sagte Hannes und hörte seinem Gesprächspartner aufmerksam zu. Nebenbei fuchtelte er mit seinem Arm in der Luft herum, um die Aufmerksamkeit von Amy und Alexander auf sich zu ziehen. Sie unterbrachen ihre Arbeit und sahen ihn fragend an.

„Wir können aufhören", sagte Hannes, als er das Telefonat beendet hatte.

„Wie, wir können aufhören?", fragte Amy.

„Wir wissen jetzt, wo sich Tobias Viehofer bis vor Kurzem aufgehalten hat. Mein Kollege aus Bausch war das gerade. Tobias hat dort in einer Schrebergartenkolonie gewohnt. Der Besitzer hat sich heute früh bei meinem Kollegen gemeldet, weil er ihn im Fernsehen erkannt hat. Das ist die gute Nachricht."

„Wie, die gute Nachricht? Mach es nicht so spannend, Hannes", drängte Amy ihn.

„Die schlechte Nachricht ist, dass die Laube, in der er gewohnt hat, in der letzten Nacht abgebrannt ist."

„Und Tobias Viehofer? Hat man ihn gefunden?"

„Nein, bis jetzt nicht. Aber die Brandexperten sind noch vor Ort. Es war in jedem Fall Brandstiftung, so viel wusste mein Kollege schon. Ich glaube, du hast die Täter schon jetzt aufgescheucht, Amy", kommentierte Hannes die neuen Nachrichten.

„Da könntest du recht haben, sofern Tobias Viehofer wirklich einer von ihnen ist. Also auf nach Bausch. Willst du uns begleiten, Alexander?", fragte sie.

„Wenn du mich mitnimmst, immer", stimmte er zu und nur wenige Augenblicke später fuhren sie mit dem Dienstwagen von Hannes vom Klosterhof.

„Hast du deinen Polizeiassistentenausweis bei dir?", fragte Amy Alexander.

„Ja, der sollte in meiner Brieftasche sein. Einen Moment, ja, da ist er", bestätigte er.

Alexander hatte an einer speziellen Schulung für einfache Vernehmungen in der Polizeiarbeit teilgenommen. Er durfte Befragungen von Personen durchführen, bei denen keine Verdachtsmomente bestanden, direkt in den laufenden Fall verwickelt zu sein.

„Gut", sagte Amy, „dann würde ich Folgendes vorschlagen: Hannes, du sprichst mit deinem Kollegen. Vielleicht weiß er noch mehr über den Aufenthalt von Tobias Viehofer in Bausch. Alexander, du gehst bitte bei allen Schrebergartenbesitzern vorbei und befragst sie zu dem jungen Mann. Ich werde mit dem Besitzer der Laube reden, in der

173

Tobias sich aufgehalten hat. Anschließend treffen wir uns am Brandort. Seid ihr damit einverstanden?"

Alexander und Hannes stimmten zu. Zehn Minuten später hatten sie Bausch erreicht, und Hannes setzte Alexander an der Gartenkolonie ab. Hannes kannte den Ort und wusste genau, wo er hin musste. Danach fuhren sie zur Polizeistation. Hannes blieb dort und Amy fuhr weiter zu dem Besitzer der Gartenlaube. Die Anschrift, die Amy in der Polizeistation bekommen hatte, gehörte zu einem sehr kleinen in die Jahre gekommenen Fachwerkhaus. Amy stieg aus und klopfte an die verwitterte Haustür, die nur wenig später einen kleinen Spalt geöffnet wurde.

„Guten Tag, mein Name ist Amy Craig, Kriminalhauptkommissarin aus München. Sie sind Herr Schatz?", fragte sie den kleinen, etwa 75-jährigen Mann, der durch den Spalt sah.

„Haben Sie auch einen Ausweis?", fragte der ältere Herr zurück.

Amy musste sich ein Schmunzeln verkneifen, zog ihre Marke aus der Hosentasche und zeigte sie ihm.

„Wissen Sie, man kann nicht vorsichtig genug sein. Kommen Sie doch bitte herein." Er ging voraus ins Wohnzimmer.

Er bot ihr einen Platz auf dem Sofa an. Nachdem er sich in einen Sessel gesetzt hatte, erklärte Amy, dass sie wegen des jungen Mannes gekommen war, der in seiner Laube gewohnt hatte, und einige Fragen hätte.

„Fragen Sie nur, ich gebe Ihnen gerne Auskunft."

Bevor Amy die erste Frage zu Tobias Viehofer stellte, sprachen sie über das Feuer und das zerstörte Gartenhäuschen. Der Verlust traf den älteren Herrn glücklicherweise nicht so hart. Er selber war nur noch selten in der Kolonie gewesen und würde deshalb das Häuschen nicht sonderlich vermissen. Aus diesem Grund hatte er es in die Zeitung gesetzt. Ein paar Euro zu seiner kleinen Rente hatte er sich durch die Vermietung dazu verdienen wollen.

„Seit wann hat der junge Mann in Ihrer Laube gewohnt?"

174

„Das kann ich Ihnen genau sagen, warten Sie. Ich habe einen Mietvertrag mit ihm gemacht. Es muss alles seine Ordnung haben." Er stand auf, zog eine Schublade an seinem kleinen Schreitisch auf und holte ein Blatt Papier heraus, welches er Amy gab. Sie sah es sich an. Als Mietbeginn war der erste Februar dieses Jahres angegeben. Die Mietdauer war auf sechs Monate festgelegt. Unterschrieben war der Vertrag von Herrn Schatz und einem Joachim Kleinert.

„Er hieß Joachim Kleinert, der junge Mann?", fragte Amy überrascht.

„Ja, Joachim heißt er, ein sympathischer Bursche. Hoffentlich ist ihm nichts zugestoßen. Er war immer nett und höflich und hat seine Miete immer pünktlich bezahlt. In bar, das habe ich am liebsten."

„Haben Sie sich einen Ausweis zeigen lassen von Herrn Kleinert?"

„Selbstverständlich, Frau Kommissarin, allerdings habe ich die Ausweisnummer nicht notiert."

„Wie oft haben Sie Herrn Kleinert gesehen seit Anfang Februar?"

„Immer am ersten des Monats, wenn er mir die Miete gebracht hat, und drei oder vier Mal war ich in der Laube, weil etwas nicht funktioniert hat."

„Ist Ihnen bei diesen Besuchen etwas aufgefallen oder hat Sie etwas verwundert?"

„Lassen Sie mich nachdenken, nein, eigentlich nicht. Es war aufgeräumt und der junge Mann hatte nicht viel bei sich. Das ist mir aufgefallen, aber das war auch schon alles."

„Eine Frage hätte ich noch, Herr Schatz. Wissen Sie, ob Herr Kleinert Besuch gehabt hat oder haben Sie selber jemanden bei ihm gesehen?"

„Nein, ich habe niemanden gesehen. Fragen Sie den alten Herrn Bauer. Ich meine, er hätte einmal so etwas erwähnt, aber ich bin mir nicht mehr ganz sicher."

„Eine Frage hätte ich dann doch noch. Hatte Herr Kleinert ein Auto oder ein Motorrad?"

„Nein, er hatte kein Fahrzeug. Ich habe ihn gefragt, als ich den Mietvertrag fertig gemacht habe. Sonst hätte er den Parkplatz vor der Kolonie auch noch mieten müssen."

Amy stand auf, bedankte sich für das Gespräch und lobte den älteren Herrn, dass er so vorsichtig und gewissenhaft war. Dieser strahlte Amy für das Lob an und wünschte ihr alles Gute. Den Vertrag hatte er Amy überlassen, aber darauf bestanden, dass sie ihn wieder zurückbrachte, was Amy ihm auch versprach.

Sie fuhr zur Polizeistation, um Hannes abzuholen. Dieser war noch immer im Gespräch mit dem Kollegen. Nach dem, was Amy mitbekam, hatte dessen Inhalt allerdings nichts mehr mit dem Feuer oder Tobias Viehofer zu tun.

„Bist du so weit, Hannes?"

„Ja, wir waren gerade fertig", sagte Hannes. „Also dann Horst, vielen Dank und bis zum nächsten Mal. Wenn du noch etwas hörst, sofort melden bitte", wandte sich Hannes noch einmal seinem Kollegen zu.

Es war etwa ein Kilometer bis zu der Gartenkolonie. Als sie den Wagen verließen, stieg ihnen bereits der Brandgeruch in die Nase. Nach etwa fünfzig Metern Fußweg standen sie vor der Parzelle mit der abgebrannten Laube. Die Brandexperten waren noch immer nicht fertig. Amy schaute sich um, von Alexander war nichts zu sehen. Sie ging auf die Parzelle und sprach einen der Experten an.

„Können Sie schon irgendetwas zur genauen Brandursache sagen?"

„Es war in jedem Fall Brandstiftung. Wir haben Reste von einem Brandbeschleuniger gefunden."

„Gibt es Anzeichen, dass sich noch jemand in der Laube aufgehalten hat und bei dem Feuer umgekommen ist?"

„Nein, das können wir jetzt schon mit Sicherheit ausschließen."

„Hier ist meine Karte. Schicken sie mir bitte ihren Abschlussbericht per Mail zu, vielen Dank für die Auskunft", verabschiedete sich Amy und ging zurück zu Hannes.

Alexander war zwischenzeitlich ebenfalls eingetroffen.

„Ich glaube, wir sind fertig hier, oder?", fragte Amy in die Runde.

Beide nickten. Da fiel Amy die Aussage von Herrn Schatz ein.

„Alexander, hast du mit einem Herrn Bauer gesprochen?"

„Ja, er hat seinen Schrebergarten direkt neben diesem."

„Du hast ihn sicher gefragt, ob er Besuch bei Tobias Viehofer gesehen hat. Was hat er dir darauf geantwortet?"

„Er hat vor etwa vier Wochen spät abends eine dunkle Gestalt gesehen, die aus der Laube gekommen ist und die Kolonie verlassen hat, Tobias Viehofer ist es vermutlich nicht gewesen, denn in der Laube brannte noch Licht. Eine Beschreibung konnte er allerdings nicht abgeben. Herr Bauer hatte auf seiner Zeitung eine große Lupe liegen und kneift die Augen zusammen, wenn er in die Weite sieht. Seine Sehkraft ist wohl nicht mehr die beste."

„Danke. Also fahren wir zurück", sagte Amy und sie verließen die Anlage.

Auf dem Weg nach St. Florian und beim anschließenden Kaffee tauschten sie die Ergebnisse der Befragungen aus. Amy berichtete von dem Vertrag, der Unterschrift mit falschem Namen und dem Ausweis, den sich der ältere Herr hatte zeigen lassen. Sonst sei ihm nichts Besonderes aufgefallen an dem jungen Mann, der die Miete übrigens immer bar bezahlt hatte und nicht motorisiert war.

Der Kollege von Hannes hatte Tobias Viehofer nie im Dorf gesehen. Die Bewohner der Kolonie seien sehr empfindlich und immer auf Ruhe und Ordnung bedacht. Genau so muss er sich verhalten haben, sonst wäre es bei dem Kollegen gemeldet worden.

Das alles konnte Alexander anhand der Aussagen der übrigen Schrebergartenbesitzer bestätigen. Kaum gesehen, nie auffällig, keine Besuche, ein netter, freundlicher junger Mann.

Nun formulierten sie die neuen Fragen, die sich aus dem Vorfall in Bausch und somit für ihren Fall ergaben und versuchten diese zu beantworten.

Warum hatte Tobias Viehofer einen gefälschten Ausweis? Dies sprach dafür, dass er in den Fall verwickelt war.

Wie war er an diesen Ausweis gekommen? Das war heute leider bei entsprechenden Kontakten nicht schwer. Da er jedoch lange im Ausland war und erst seit kurzer Zeit wieder in Deutschland, war es möglich, dass ihm eine andere Person diesen Ausweis besorgt hatte.

Konnte es wirklich Zufall sein, dass er nur zwölf Kilometer entfernt von St. Florian wohnte und trotzdem nichts mit dem Fall zu tun hatte? Das war eher nicht anzunehmen und auch der falsche Name sprach dagegen.

Wo war Tobias Viehofer jetzt?

Wer hatte die Laube angezündet? War er es möglicherweise selber gewesen, um Spuren zu beseitigen?

Wer war sein Komplize, besser gesagt der Kopf, der die Morde geplant hatte? Denn das war der junge Mann aller Wahrscheinlichkeit nach nicht.

Wie hatten die Komplizen die ganze Zeit Kontakt zueinander gehalten? Vermutlich mit einem Prepaid Handy.

Wie waren die zwei zusammengekommen? Was verband sie miteinander?

Aus diesen Fragen, den Vermutungen und den wenigen bekannten Fakten entwickelten Amy, Alexander und Hannes, die mittlerweile wieder in ihrem Büro saßen, gemeinsam eine Theorie.

Jemand wollte Rache nehmen für die Verbrechen, die in der Vergangenheit im Kloster und im Hotel St. Florian begangen worden waren. Er plante die Morde mit allen ihren grausamen Details. Doch er wusste, dass er sie nicht alleine durchführen konnte. Er kannte die Geschichte von St. Florian und somit auch alle Beteiligten, an denen die Verbrechen verübt worden waren oder die unter diesen Verbrechen gelitten hatten. In Tobias Viehofer sah der Haupttäter einen möglichen Komplizen. Er fand ihn, nahm mit ihm Kontakt auf und schaffte es, ihn für seine Pläne zu gewinnen. Einen neuen Ausweis für Tobias zu organisieren, schien kein Problem für ihn zu sein. Die eigentlich verantwortliche Person für diese Taten verfügte dem Anschein nach über Geld und Beziehungen und hatte genügend Zeit für die Planung, die Organisation und die Durchführung der Morde.

„Wir müssen den Namen Joachim Kleinert durch unsere Datenbank laufen lassen. Ich gebe es sofort an München weiter, umso eher haben wir ein Resultat", warf Amy in die Runde und griff sofort zu ihrem Telefon, um die Datenüberprüfung in Auftrag zu geben. Dann überlegten sie weiter.

Tobias kehrte für die Umsetzung des Plans aus Tibet zurück oder er war bereits in Deutschland gewesen, als er kontaktiert wurde. Er wurde in die Details eingeweiht und half bei den Vorbereitungen. Die ersten Morde verliefen wie geplant. Wer bei der Ausführung der Morde welche Aufgaben übernommen hatte, ließen die drei noch offen. Die Suchmeldung im Fernsehen hatte die Täter zum ersten Mal ernsthaft aufgeschreckt. Sie mussten reagieren, damit Tobias Viehofer nicht gefunden wurde. Sie beschlossen, die Laube niederzubrennen, um mögliche Spuren zu beseitigen. Tobias Viehofer wurde daraufhin an einem anderen Ort untergebracht. Er konnte sich nun nicht mehr in der Öffentlichkeit zeigen, da sein Gesicht bundesweit bekannt war. Eine reguläre Ausreise war ebenfalls nicht möglich, da er mittlerweile auf der Fahndungsliste ganz oben stand.

„Meinst du, der Komplize wird Tobias beseitigen?", fragte Alexander.

„Die Frage ist mir auch schon durch den Kopf gegangen. Wenn der ehemalige Bürgermeister der Letzte auf ihrer Liste war, ist deine Befürchtung gerechtfertigt. Für den Kopf der Verbrechen spielt es wahrscheinlich keine Rolle, wie viele Menschen am Schluss ihr Leben lassen mussten. Aber wenn er das wirklich wollte, warum hat er es dann nicht mit dem Brand in der Laube erledigt? Vielleicht braucht er ihn noch, vielleicht ..." Amy wollte es nicht aussprechen.

„Vielleicht sind sie noch nicht fertig, wolltest du sagen?", Alexander beendete Amys Gedanken.

„Nein, bitte nicht, nicht noch ein Mord!", flehte Hannes.

„Mir fällt leider kein anderer Grund ein. Von dem Komplizen, dem Kopf des Duos, wissen wir nichts. Dass wir Tobias Viehofer fassen, ist jetzt nur noch eine Frage der Zeit. Er ist und bleibt ein Risiko für den anderen. Außer sie haben für den Fall, dass sie auffliegen, ebenfalls einen Plan parat. Solange wir nicht wissen, wer der Hauptverantwortliche für alles ist, können wir seine Möglichkeiten und Reichweiten nicht abschätzen. Grundsätzlich hatte er sich auch nicht sicher sein können, dass er unerkannt bleibt. So gut wie die Morde geplant waren, wird er einen Plan B vorbereitet haben, da bin ich mir ganz sicher", sagte Amy.

„Aber wer um Himmels Willen ist dann der nächste auf der Liste? Wen müssen wir ab sofort beschützen?", fragte Hannes, der etwas konfus schien.

„Wenn es noch jemanden gibt, ist das eine gute Frage, auf die ich allerdings keine Antwort weiß. Wir haben vor dem dritten Mord genau überlegt, wer als mögliches weiteres Opfer infrage kommt. Neben dem ehemaligen Bürgermeister hatten wir niemanden, der sich durch seine Vergangenheit in diese Gefahr gebracht hätte. Die zwei Gemeinderatsmitglieder, die vielleicht zu dem erweiterten Kreis gehören, fallen meines Erachtens aufgrund der Inhalte der Gemeinderatsprotokolle und ihrer jetzigen Lebenssituation weg. Wenn wirklich noch ein weiterer Mord geplant ist, müssen wir uns die folgenden Fragen stellen: Ist damals noch etwas geschehen, von dem wir keine Kenntnis haben, und wer ist darin verstrickt?"

Amys Gedanken liefen weiter. Wer wollte denn genau wissen, ob es nur einen weiteren Mord geben würde? Vielleicht waren es auch zwei oder drei. Die Täter legten fest, wer ihrer Meinung nach den Tod verdient hatte. Es konnte auch sein, dass plötzlich alles aus dem Ruder lief und sie in einen Blutrausch verfielen. Amy musste ihre Gedanken abstellen, sie brachten sie nicht weiter.

„Also, ihr zwei", begann sie, nachdem es für einige Augenblicke sehr still gewesen war. „Jetzt sitzt uns also wieder die Zeit im Nacken."

Sie sah auf die Uhr. „Wollen wir beim Abendessen überlegen, wie wir weiter vorgehen?"

„Ein sehr guter Vorschlag, wir haben nämlich schon kein Mittagessen gehabt", sagte Hannes etwas vorwurfsvoll.

„Ja, Hannes, wenn wir noch länger zusammen sind, läufst du Gefahr, zu verhungern", foppte ihn Alexander und lachte.

„Dann bist du früher verhungert als ich. Ich habe einiges mehr an Reserven als du", konterte Hannes.

„Dann lasst uns schnell essen gehen. Ich brauche euch nämlich beide noch", mischte sich Amy ein und stand auf.

Im Restaurant wartete heute Abend ein Fünf-Gänge-Buffet auf sie. Die Anzahl der Gäste hatte sich nach dem letzten Mord deutlich reduziert und so saßen sie allein in ihrer Ecke und konnten in Ruhe ihre Gedanken zu dem Fall wieder aufnehmen. Das Buffet war hervorragend, zum einen von der Qualität und zum anderen, weil sie ihre Pausen selber bestimmen konnten.

Offen war das Ergebnis des Datenbankabgleichs von Joachim Kleinert und es fehlte noch der Abschlussbericht der Brandexperten. Morgen wartete auf sie eine weitere Durchsicht aller vorhandenen Gesprächsprotokolle, aller Ergebnisse der Spurensicherung und der Gerichtsmedizin. Zudem mussten sie die Antworten auf ihre Anfragen aus München, die Protokolle der Gemeinderatssitzungen und die Notizen von Alexander, die er sich bei dem Lesen der Chronik gemacht hatte, noch einmal akribisch durchgehen. Sie teilten die Aufgaben auf und wollten sich um halb acht zum Frühstück treffen und anschließend an die Arbeit gehen. Als das geklärt war, beendeten sie das Thema. Sie wandten sich nun voll und ganz dem Buffet zu und plauderten miteinander über Gott und die Welt.

9

Amy war am nächsten Morgen schon vor sieben im Büro und hatte sich die Antwort aus München zu Joachim Kleinert und den Bericht des Brandmeisters durchgelesen. Ein Joachim Kleinert war in der Datenbank nicht gespeichert. Die Untersuchung der Brandspezialisten hatte ergeben, dass der Brand in der Laube mit einem gängigen Brandbeschleuniger gelegt worden war. Unter den verbrannten Resten hatten sie nichts Verwertbares gefunden, keine persönlichen Gegenstände, kein Telefon, kein Laptop, nichts.

Amy rief ihren Chef an und brachte ihn auf den neuesten Stand bezüglich der Reaktionen auf die Suchmeldung und dem, was sich daraus ergeben hatte. Er war nun doch besorgt, nachdem Amy von einem möglichen weiteren Mord sprach. Das geplante Vorgehen stimmte ihn dann allerdings wieder zuversichtlich. Mit dem Versprechen, ihn über neue Entwicklungen zu informieren, beendete Amy das Gespräch.

Beim Frühstück sagte Hannes plötzlich ganz unvermittelt: „Könntest du nicht irgendwelche indianischen Zaubersprüche anwenden, damit es schneller geht?" Amy und Alexander sahen zuerst sich und dann Hannes verdutzt an.

„Entschuldige, Amy, das ist mir einfach so herausgerutscht", versuchte Hannes die Situation zu retten und seine Verlegenheit trieb ihm die Schamesröte ins Gesicht. In dem Moment fingen Alexander und Amy gleichzeitig laut zu lachen an.

„Entschuldige Hannes, dass wir lachen, aber du bist nicht der Erste, der auf diese Idee kommt. Das wäre zu schön, um wahr zu sein, wenn mein Großvater mir so etwas beigebracht hätte. Das ist wie mit dem Mythos vom Regentanz. Auch der hat nie wirklich funktioniert. Weißt du es von Sepp?", das wollte Amy dann doch noch wissen.

„Ja, wenn du mich so direkt fragst. Ich wollte dich schon die ganze Zeit darauf ansprechen, auch gestern, als du von dem großen Manitou gesprochen hast. Aber ich habe mich nicht getraut."

„Wenn wir wieder etwas mehr Zeit haben, erzähle ich dir gerne aus meinem Leben", versprach Amy mit einem Lächeln.

Motiviert und mit vollem Elan durchkämmten sie nach dem Frühstück alles, was bereits zu dem Fall dokumentiert war. Und das war viel, das merkten sie erst jetzt. Sie gönnten sich nur eine kurze Pause, bis sie gegen vierzehn Uhr eine Kleinigkeit essen gingen. Danach machten sie sich gleich wieder an die Arbeit.

Gegen achtzehn Uhr klopfte es ganz vorsichtig und kaum hörbar an der Bürotür. Alexander stand auf, öffnete die Tür und davor stand der Gärtner. Er zögerte, als er Amy und die zwei Männer sah, murmelte, dass er auch später noch einmal kommen könne, und wollte direkt wieder gehen. Amy rief ihn zurück und sagte, er würde nicht stören und solle doch bitte hereinkommen. Er zögerte etwas, kam dann aber Amys Bitte nach.

„Setzen Sie sich doch, Herr Schober. Sie können ruhig reden. Die zwei Herren arbeiten mit mir zusammen und genießen mein vollstes Vertrauen. Was kann ich für Sie tun?"

„Sie kennen meinen Namen noch, das freut mich, Frau Craig. Ich habe da etwas an der Klostermauer entdeckt. Ich dachte, das würde Sie vielleicht interessieren."

„Was ist an der Klostermauer?", fragte Amy.

„Der Boden hat sich abgesenkt, ich denke, um etwa vierzig bis fünfzig Zentimeter. Das hat es bisher auf dem ganzen Klosterhof noch nicht gegeben. Sie haben sich ja so sehr für die unterirdischen Gänge interessiert. Also habe ich mir gedacht, ich informiere Sie darüber."

183

„Das ist sehr gut, dass Sie zu mir gekommen sind. Würden Sie mir die Stelle zeigen?"

„Natürlich, es ist jetzt noch hell draußen. Sie werden sie noch gut erkennen." Er stand auf und ging voraus. Hannes hatte sich den beiden nach einem kurzen Wink von Amy angeschlossen. Sie verließen das Klostergebäude durch den Haupteingang und der Gärtner ging in Richtung Nord-West-Erker, um diesen herum und etwa zehn Meter den Westflügel entlang. Dann änderte er die Richtung und ging direkt auf die Klostermauer zu. In gebührendem Abstand zu der Absenkung blieb er stehen und deutete darauf. Amy sah sich die Absenkung an, die von nicht unerheblicher Größe war. Sie überlegte einen Moment.

„Wann haben Sie die Absenkung bemerkt, Herr Schober?"

Der Gärtner sah auf seine Uhr. „Jetzt ist es gut eine Stunde her. Ich habe erst noch meine Geräte versorgt, bevor ich zu Ihnen gekommen bin."

„Es wird bald dunkel. Ich denke, es macht keinen Sinn, jetzt noch die Spezialisten aus München kommen zu lassen. Hannes, haben wir etwas, um den Bereich hier abzusichern?"

Noch bevor Hannes antworten konnte, meldete sich der Gärtner zu Wort.

„Für eine Absperrung ist bei mir im Geräteraum alles vorhanden. Ich habe sogar blinkende Baustellenleuchten."

Amy und Hannes sahen ihn verdutzt an.

„Das ist sehr gut, Herr Schober. Würden Sie Herrn Gruber behilflich sein, die Absperrung aufzustellen?", bat Amy ihn.

„Natürlich. Und wenn ich sonst noch etwas für Sie tun kann, mache ich das gerne", bot er sich an.

„Nein danke, im Moment nicht, aber ich wäre froh, wenn Sie weiterhin die Augen so gut offenhalten würden." Amy wünschte ihm einen schönen Abend und ging wieder ins Hotel zurück.

Sie kam so forsch in das Büro gelaufen, dass Alexander etwas irritiert war. Er hörte nur, wie sie mit sich selbst sprach und sagte: „Das ist ein unterirdischer Gang, der nicht auf dem Plan verzeichnet ist. Es gibt noch andere Gänge. Warum bin ich nicht früher darauf gekommen." Dann breitete sie einen Grundrissplan auf dem Tisch aus.

„Habt ihr etwas gefunden?", fragte Alexander interessiert.

„Das kannst du laut sagen. An der westlichen Klostermauer hat sich auf einer Länge von etwa sechs Metern und auf einer Breite von etwa eineinhalb Metern der Boden abgesenkt. Darunter muss ein Gang sein, anders kann ich mir das nicht erklären. Aber das wäre ein Gang, der nicht auf den alten Plänen verzeichnet ist. Schau bitte mal", forderte sie Alexander auf. „Siehst du? Die Absenkung befindet sich hier. Das würde heißen, unsere Täter haben nicht oder nicht nur die alten Gänge benutzt. Sie haben neue gegraben. Darum bin ich bis jetzt immer in einer Sackgasse gelandet." Amy war sichtlich aufgeregt.

„Das ist natürlich möglich und die Erklärung liegt nahe, wenn es sich wirklich um einen eingestürzten Gang handelt", schätzte Alexander die Situation ein. Amy griff zu ihrem Handy und organisierte für den kommenden Morgen erneut die Spezialisten. Wenn sich ihre Vermutung bewahrheiten würde, wären sie einen großen Schritt weiter. Nach etwa einer halben Stunde kam Hannes zurück.

„Der Mann hat wirklich alles in seinem Lager, das ist unglaublich", erzählte er begeistert und fügte an, dass sie den Bereich großräumig gesichert hatten. Die Werkstatt von Herrn Schober war mit den neuesten Werkzeugen und Gerätschaften ausgestattet und er hatte eine bemerkenswerte Ordnung darin.

„Wenn ich einmal Rentner bin, könnte ich mir diese Arbeit auch noch vorstellen. Ein paar Stunden am Tag, immer wieder an der frischen Luft, das wäre nicht schlecht", sagte Hannes.

„Es ist noch etwas früh, um an die Rente zu denken, oder, Hannes? Ich würde sagen, wir machen für heute Schluss, bevor dir noch andere vergleichbare Gedanken durch den Kopf gehen", schlug Amy vor.

Der Tag über den Akten hatte alle drei müde gemacht und nach dem Abendessen verabschiedeten sie sich.

Amy fand nicht sofort in den Schlaf. Vielleicht würden sie jetzt endlich einen Durchbruch erzielen. Sie war in den vergangenen Tagen nicht nur einmal kurz davor gewesen, an ihren Fähigkeiten zu zweifeln. Aber sie bemühte sich trotzdem, ihre Erwartungen nicht zu hoch zu schrauben, was die Ergebnisse zu der Absenkung im Klosterhof betraf. Eine weitere herbe Enttäuschung würde ihr dann doch schwer zusetzen.

10

Amy war am nächsten Morgen bereits um sieben im Restaurant. Die Spezialisten würden in einer Stunde eintreffen und sie wollte sie begleiten. Pünktlich meldeten sie sich bei ihr im Büro. Die zwei Männer, die zuvor die Keller untersucht hatten, waren ebenfalls dabei.

Amy ging mit ihnen in den Klosterhof und zeigte ihnen die Entdeckung des Gärtners. Sie beratschlagten sich, wie sie am besten vorgehen würden. Sollte sich wirklich ein Gang darunter befinden, wollten sie verhindern, dass dieser komplett einstürzte. Amy ging mit ihnen auch in den geheimen Keller, dessen Zugang sich hinter dem Strauch an der Klostermauer befand.

„Gut, Frau Craig, vielen Dank", sagte einer der Spezialisten, als sie aus dem Keller gestiegen und wieder auf dem Klosterhof waren. „Wir werden uns umsehen. Wenn unter der Absenkung ein Gang liegt, dann werden wir den Zugang finden, das verspreche ich Ihnen. Wie lange das dauern wird, kann ich Ihnen aber leider nicht sagen."

„Das denke ich mir und ich werde geduldig warten", antwortete Amy lächelnd und gab ihm ihre Telefonnummer. „Sie können mich jederzeit erreichen."

Als Amy ins Büro zurückkkam, saßen Alexander und Hannes bereits wieder über den Akten.

„Sie rufen mich an, wenn sie etwas finden. Allerdings ist Geduld gefragt. Wenn wirklich ein Tunnel unter dem Bereich liegt, der sich abgesenkt hat, wollen sie nicht riskieren, dass er komplett einstürzt", erklärte Amy den beiden Männern die Situation.

Es war ruhig in dem kleinen Büro. Jeder konzentrierte sich auf seine ihm zugeteilten Aufgaben. So zuckten auch alle drei zusammen, als das Klingeln des Handys die Stille durchbrach. Alexander und Hannes sahen gespannt zu Amy, während sie telefonierte.

„Ja, ich komme sofort, danke", sagte Amy und legte auf. „Kommt mit, ihr zwei, sie haben etwas gefunden. Euch wird ein bisschen Beinevertreten sicher auch guttun. Der Spezialist am Telefon sagte, sie seien außen an der westlichen Mauer." Sie verließen den Klosterhof durch das große Tor. An der Außenseite der Mauer fiel das Gelände recht steil ab und es gab keinen Pfad, den sie hätten entlanggehen können. Ohne festes Schuhwerk wäre der Weg nicht zu schaffen gewesen. Trotz ihrer geringen Körpergröße trug Amy nie Schuhe mit hohen Absätzen. Sie mochte diese Schuhe nicht an sich. Bequeme Laufschuhe waren ihre Favoriten.

„Seid bitte vorsichtig", sagte Amy. „Nicht, dass noch einer von euch abrutscht und sich verletzt." Nach etwa dreißig mühsamen Metern hatten sie die Spezialisten erreicht, die für ihre Arbeit in dem steilen Gelände angeseilt waren.

Der junge Mann, den sie schon von der Untersuchung des Weinkellers kannte, sprach sie an: „Hallo Frau Craig, ich hatte mir gedacht, dass Sie das hier interessieren würde. Hinter dem Strauch dort an der Mauer haben wir den Zugang zu dem unterirdischen Gang gefunden. Ihre Vermutung hat sich also bestätigt. Wir sind hier fünf Meter von dem Beginn der Absenkung entfernt. Den vorderen Bereich des Gangs haben wir bereits eingesehen. Sicher ist, dass er noch relativ neu ist. Genaueres dazu kann ich Ihnen später sagen. Wir haben festgestellt, dass an der Stelle, an der die Absenkung beginnt, ein erheblicher Teil der Decke heruntergekommen ist. Der Gang ist dort zur Hälfte mit Erde gefüllt. Wir werden den Eingang und den vorderen Teil neu abstützen und danach damit beginnen, die Erde abzutragen. Anschließend sichern wir Stück für Stück die verbliebene Decke. Ich gehe davon aus, dass wir dafür etwa vier bis fünf Stunden benötigen werden, sofern nicht etwas Unvorhergesehenes dazwischenkommt. Ist das so in Ihrem Sinne?"

„Selbstverständlich, Herr … Würden Sie mir bitte Ihren Namen sagen?", bat Amy.

„Kramer, Oliver Kramer. Haben Sie noch eine Frage oder ein Anliegen?" Er lächelte Amy an.

„Nein danke, Herr Kramer, im Moment habe ich keine Frage."

„Wollen Sie vielleicht einen ersten Blick in den Gang werfen?"

„Gerne, wenn das möglich ist", stimmte Amy zu und deutete Hannes und Alexander, ihr zu folgen. Die ersten zwei Meter führten gerade unter der Klostermauer hindurch in die Erde, dann bog der Gang nach rechts ab. Von der Biegung aus konnte Amy die Erdmassen in dem hell ausgeleuchteten Gang erkennen. Als sie wieder draußen waren, bedankte Amy sich noch einmal für die ausgezeichnete Arbeit. Langsam gingen die drei an der Mauer entlang zurück bis zum großen Tor.

„Eure Spezialisten verstehen ihr Handwerk, Amy, es ist eine spannende, aber sicher hin und wieder auch gefährliche Arbeit", bemerkte Alexander.

„Du hast recht, wobei sie sehr professionell sind, genau wie die Männer der Sprengkommandos. Sie lassen sich nicht aus der Ruhe bringen und Sicherheit hat für sie immer oberste Priorität."

Bevor sie wieder ins Büro gingen, tranken sie in der Bar einen Kaffee. Hubertus Tiegelmeier kam an ihren Tisch.

„Frau Craig, darf ich Sie fragen, warum ein Teil des westlichen Klosterhofs abgesperrt ist?"

„Selbstverständlich dürfen Sie das. Guten Morgen Herr Tiegelmeier. Ihr Gärtner hat gestern Abend an der Klostermauer eine Absenkung des Bodens bemerkt und mich informiert. Herr Gruber und ich haben uns die Absenkung mit dem Gärtner angesehen und den Bereich aus Sicherheitsgründen abgesperrt. Ich habe unsere Spezialisten angefordert, da ich davon überzeugt bin, dass sich dort ein unterirdischer Gang befindet", erklärte Amy dem Juniorchef.

„Besteht irgendeine Gefahr für den Westflügel des Gebäudes?", fragte er nervös.

„Nein, im Moment sicher nicht. Das hätten mir unsere Beamten mitgeteilt. Sie können ganz beruhigt sein. Ich werde Sie auf dem Laufenden halten", versuchte Amy ihm die Sorge zu nehmen.

„Vielen Dank, Frau Craig und einen schönen Tag noch", entgegnete er. Er hatte sich bereits drei Schritte entfernt, als er noch einmal zurückkam. „Frau Craig, ich wollte Ihnen noch sagen, dass mein Vater und mein Bruder übermorgen Vormittag beigesetzt werden. Vielen Dank noch einmal für Ihre Hilfe und Unterstützung." Dann drehte er sich wieder um und ging, ohne eine Antwort abzuwarten.

„Gehst du zu der Trauerfeier, Amy?", wollte Hannes wissen.

„Wahrscheinlich nicht, aber du wirst sicher gehen wollen, oder?"

„Ja, das würde ich gerne, wenn es von der Arbeit her möglich ist."

„Selbstverständlich kannst du gehen. Alles andere kann warten oder wir machen es, nicht wahr, Alexander?" Alexander nickte zustimmend.

Sie waren nach ihrer kurzen Pause nicht einmal eine Stunde im Büro, als Amys Handy erneut klingelte.

„Ja, ich komme sofort, Herr Kramer." Amys Miene verdunkelte sich. „Wir haben die nächste Leiche. Sie haben beim Abtragen der Erde eine Hand freigelegt. Hannes ..." Noch bevor Amy weiterreden konnte, sagte er: „Ich organisiere die Spurensicherung und Frau Vogler."

„Genau", bestätigte Amy und verließ das Büro.

Als Amy am Zugang zum Tunnel ankam, ruhte die Arbeit. Sie konnten nur gemeinsam mit der Spurensicherung und der Pathologin weitermachen.

„Kann ich in den Tunnel gehen und mir die Fundstelle ansehen?", fragte Amy Oliver Kramer.

„Sicher, kommen Sie, ich begleite Sie", bot er ihr an und ging voraus.

Der Tunnel war jetzt mit noch mehr Scheinwerfern beleuchtet und es war annähernd taghell darin. Der Eingang und die ersten Meter des Tunnels waren bereits mit zusätzlichen Stützbalken gesichert. Von der Erde, die den Gang am Morgen halb gefüllt hatte, war bereits ein Teil abgetragen. Am Tunnelboden ragte aus der noch verbliebenen Erde eine Hand hervor. Sie war stark mit Erde verschmutzt, sodass Amy nicht erkennen konnte, ob es die Hand eines jungen oder eher älteren Mannes oder einer Frau war.

„Was glauben Sie, Herr Kramer, war es ein Unfall oder ist der Tunnel bewusst zum Einsturz gebracht worden?"

„Das ist eine gute Frage, die ich Ihnen aber zu diesem Zeitpunkt noch nicht beantworten kann. Es ist fraglich, ob wir das nach Abschluss aller Untersuchungen überhaupt zu Hundertprozent sicher sagen können werden", musste er Amy gestehen.

„Gut, wir werden es sehen. Die Spurensicherung und die Pathologin sind bereits informiert. Aber es wird sicher noch eine gute halbe Stunde dauern, bis sie hier sind. Gehen Sie doch in der Zwischenzeit mit ihren Kollegen etwas essen. Es wird sicher noch etwas länger dauern heute."

„Das werden wir machen, Frau Craig, danke."

190

Sie verließen den Gang und Amy kämpfte sich zurück zum Tor.

„Ich konnte leider nicht erkennen, ob es die Hand einer Frau oder eines Mannes oder eines jungen oder älteren Menschen war. Sie war zu stark mit Erde verschmutzt", erklärte Amy Hannes und Alexander. „Was glaubt ihr, wer es ist?", fragte sie.

Die beiden sahen sich an.

Alexander äußerte zuerst seine Vermutung: „Wenn es ein Unfall gewesen ist, tippe ich auf Tobias Viehofer. Er hatte sich sicherlich dort unten versteckt. Wenn es ein Mord war, weiß ich es nicht und habe auch keine Vermutung. Sollte es dann allerdings auch Tobias Viehofer sein, würde es bedeuten, dass das der letzte Mord gewesen ist, wenn man von unseren gestrigen Überlegungen ausgeht."

„Ich schließe mich Alexander an. Was meinst du, Amy?", wollte Hannes wissen.

„Da wir auf der Suche nach einem potenziellen vierten Opfer bisher noch zu keinem Ergebnis gekommen sind, habe ich auch keine andere Idee. Ich glaube auch, dass Alexander nicht ganz falsch liegt mit seiner Vermutung."

Eine halbe Stunde später klopfte es an der Tür und Lea Vogler betrat das Büro. Ihr Blick sagte alles.

„Guten Tag zusammen. An der Rezeption hat man mir gesagt, dass du hier im Büro bist. Kannst du mir bitte zeigen, wo ich hin muss, Amy?"

Amy sah auf Leas Schuhe, um deren Tauglichkeit für den Weg entlang der Mauer zu überprüfen.

„Ist etwas mit meinen Schuhen?", Lea hatte Amys Blick wahrgenommen und war etwas verunsichert.

„Nein, Lea, entschuldige bitte. Wir müssen ein kurzes Stück durch unwegsames Gelände gehen und ich wollte mich nur vergewissern, dass du keine Stöckelschuhe trägst. Mit diesen Schuhen sollte der Weg aber kein Problem für dich sein."

Amy stand auf und war fast an der Tür, als Alexander sie zurückrief.

„Du wolltest Frau Vogler noch wegen der Holzsplitter fragen", erinnerte er Amy.

„Gut, dass du daran gedacht hast, danke. Lea, wir haben überlegt, ob die Wunden an den Hinterköpfen der Opfer durch Schläge mit einem Holzkreuz herbeigeführt worden sein könnten."

„Das ist durchaus möglich aufgrund der Beschaffenheit der Wunden."

„Wenn der Täter für die drei Opfer ein und dasselbe Kreuz genommen hätte, hättest du das bereits festgestellt oder ist das gar nicht möglich aufgrund der Menge der Spuren an den Kopfwunden?"

Lea Vogler konnte sich ein Grinsen nicht verkneifen. „Es ist interessant, welche Gedanken ihr euch macht. Das hätte ich festgestellt, wenn es ein und dasselbe Tatwerkzeug gewesen wäre, ja. Vorausgesetzt natürlich, dass von allen drei Opfern Blutreste an den Splittern vorhanden gewesen wären. Die kleinen Holzsplitter reichen für diese spezielle Untersuchung aus. Wir hätten die unterschiedliche DNA der Opfer identifiziert."

„Das heißt, dass wir nach drei Werkzeugen suchen sollten."

„Ja, davon gehe ich aus." Sie und Amy verließen gemeinsam das Büro.

„Weißt du schon, wer der Tote ist und ob der gleiche Mörder wieder zugeschlagen hat?", wollte Lea wissen.

„Oh, du weißt noch gar nichts von dem jetzigen Fundort der Leiche", sagte Amy überrascht. „Der Tote ist mit etwa einer Tonne Erde bedeckt und im Moment haben wir nur eine Hand, die aus der Erde guckt. Er liegt in einem unterirdischen Gang."

„In einem unterirdischen Gang? Das habe ich aber nicht so gerne. Ist der Gang auch sicher?"

„Keine Angst, Herr Kramer von unseren Spezialisten und seine Kollegen sind vor Ort. Sie haben den Gang bis zu dem Fundort neu gesichert. Du kannst in Ruhe arbeiten."

Der steile Hang an der Klostermauer bereitete der Pathologin keine Mühe. Herr Kramer erwartete sie schon und begleitete sie in den unterirdischen Gang. In der Zwischenzeit hatten die Männer einen Großteil der Erde entfernt, sodass nur noch Erde in einer Höhe von etwa vierzig Zentimetern über dem Toten lag. Lea und Oliver Kramer besprachen, wie sie vorgehen wollten und begannen mit ihrer Arbeit.

„Du kannst in einer halben Stunde wiederkommen oder hier warten", sagte Lea zu Amy. Amy hatte verstanden, Lea wollte in Ruhe arbeiten, ohne Zwischenfragen. Also begab sie sich nach draußen und suchte einen Stein, auf den sie sich setzen konnte. Die Sonne schien und wärmte sie auf.

„Wir haben den Toten jetzt geborgen. Frau Vogler sagt, Sie können sich ihre vorläufigen Ergebnisse abholen." Lea hatte Oliver Kramer geschickt, um Amy zu informieren.

„Vielen Dank, Herr Kramer, das ging ja schneller, als ich dachte", antwortete Amy und folgte ihm. Sie sah den Toten und es war Tobias Viehofer.

„Der Tote heißt Tobias Viehofer", sagte Amy.

„Tobias Viehofer?", fragte Lea erstaunt. „Er hat einen Ausweis bei sich mit dem Namen Joachim Kleinert."

„Der Ausweis ist gefälscht. Das haben wir gestern herausgefunden. Ist eine längere Geschichte."

„Gut, ich habe es mir notiert. Nun zu dem jungen Mann. Bisher konnte ich noch keine Anzeichen für irgendeine Form von äußerer Gewalteinwirkung feststellen. Es könnte sich also durchaus um einen tragischen Unfall handeln. Nach meiner Einschätzung ist er unter den Erdmassen erstickt. Der Tod dürfte gestern zwischen sechzehn und siebzehn Uhr eingetreten sein. Genaueres kann ich dir im Moment noch nicht sagen."

„Hast du bei dem jungen Mann außer dem Ausweis noch etwas gefunden?"

„Nein, leider nicht."

„Danke, Lea. Fährst du direkt zurück oder hast du Lust, mit uns ein verspätetes Mittagessen einzunehmen?"

„Wenn du mich so fragst, das wäre doch mal was anderes, gemeinsam an einem Tisch zu sitzen, gerne. Ich brauche noch zehn Minuten. Soll ich dann zu dir ins Büro kommen?"

„Ja, das ist gut, wir warten dort auf dich." Amy freute sich, dass Lea zugesagt hatte.

Beim Mittagessen sprachen sie nicht über den Fall. Amy hatte Alexander und Hannes vorher über die erste Beurteilung von Lea informiert. Es war eine gemütliche Runde, in der sie beisammensaßen.

„Bis zum Abend hast du die Ergebnisse Amy. Danke für die Einladung zum Essen, es war sehr nett mit euch. Das ist wirklich eine vorzügliche Küche hier im Hotel. Wenn ich zwei Wochen hier wäre, müsste ich anschließend eine Diät machen", sagte Lea lachend, als sie an ihrem Auto stand.

„Das Problem habe ich zum Glück nicht. Ich kann essen, was ich will und so viel ich will", entgegnete Amy. „Gute Heimfahrt!"

„Vielen Dank und ich hoffe, dass wir uns nicht noch einmal hier treffen, außer im Restaurant, natürlich", sagte die Pathologin.

Im Büro ging die Arbeit weiter. Irgendwann sagte Alexander: „Ich weiß nicht, ob es etwas zu bedeuten hat, aber ich habe hier drei Daten, die nah aufeinander folgen und deshalb etwas miteinander zu tun haben könnten."

„Was sind das für Daten?", wollte Amy wissen.

„Der 26.5.2014 war der Todestag von Jeremias. Eine Woche später ist Tobias Viehofer in Frankfurt gelandet, und nach den Aussagen von Bruder Hieronimus ist in diesem Zeitraum auch Bruder Friedrich nach St. Benedikt gekommen."

„Das kann natürlich auch Zufall sein. Welchen Zusammenhang könntest du dir vorstellen?"

„Das weiß ich noch nicht, es ist mir einfach aufgefallen."

„Wir behalten es in jedem Fall im Hinterkopf. Vielleicht sehen wir später einen Zusammenhang, danke", sagte Amy.

„Kommt ihr noch einmal mit zur Mauer? Herr Kramer hat mir gesagt, dass sie um achtzehn Uhr mit den Arbeiten aufhören und gegebenenfalls morgen weitermachen, wenn sie nicht fertig geworden sind. Es ist jetzt halb sechs Uhr und ich will mir anschauen, wie weit sie gekommen sind."

Ohne eine Antwort standen beide Männer von ihren Stühlen auf und signalisierten so ihre Zustimmung. An der Mauer angekommen waren die Spezialisten bereits damit beschäftigt, ihre Geräte zusammenzupacken. Amy, Alexander und Hannes gingen zum Eingang des Tunnels und trafen dort auf Oliver Kramer.

„Ah, gut, dass Sie da sind, Frau Craig. Wir haben unsere Arbeiten doch schon heute abschließen können. Soll ich Ihnen zeigen, was wir entdeckt haben?"

„Ja, gerne, Herr Kramer, ich bin sehr gespannt. Ist es in Ordnung, wenn diese zwei Herren uns begleiten?"

„Sicher, nur hereinspaziert, wenn Sie keine Platzangst haben. Das würde in dem engen Gang dann schnell kritisch werden", warnte er die drei, bevor sie in den Tunnel hineingingen. „Angst müssen Sie aber keine haben, wir haben den Tunnel komplett neu abgestützt und gesichert. Wir haben verschiedene Markierungen angebracht. Hier ist die erste. Mit ihr beginnt der Bereich der eingestürzten Tunneldecke." Sie gingen langsam weiter. Im Tunnel war es noch immer sehr hell, da die Scheinwerfer noch nicht abgebaut waren.

„6,80 Meter nach der ersten Markierung folgt hier die zweite. Hier endet der eingestürzte Bereich. Das entspricht in etwa der Länge der Absenkung, die im Klosterhof zu sehen ist. Wenn Sie sich die Tunneldecke ansehen, mit der neuen Abstützung sieht man es jetzt nicht mehr ganz so gut, ist ein klar abgegrenztes Stück der Decke heruntergekommen. Der Bereich, in dem sich die Erde abgelöst hat, sah vollkommen homogen aus. Das spricht dafür, dass es sich um einen Unfall gehandelt hat. So etwas künstlich zu erzeugen, ist fast unmöglich. Dann hätten wir an mehreren Stellen eine andere Ablösestruktur feststellen müssen. Zudem haben wir in dem abgetragenen Erdreich keine Sprenghülsen oder anderes Fremdmaterial gefunden, das

195

auf eine Manipulation hingewiesen hätte. Wie sie sehen, ändert der Tunnel dort vorne seine Richtung und führt auf das Klostergebäude zu. Weiter hinten im Tunnel befindet sich eine weitere Erdaufschüttung, die den Durchgang versperrt." Sie gingen weiter und etwa fünfzehn Meter nach der Biegung erreichten sie die Stelle.

„Ich vermute, dass dies so gewollt und von jemandem mit Absicht herbeigeführt worden ist. Die Stützpfeiler, die wir bis hierhin vorgefunden haben, sind alle exakt in einem Abstand von einem Meter gesetzt. Zwischen diesem letzten sichtbaren Stützpfeiler und der Erdaufschüttung beträgt der Abstand mindestens eineinhalb Meter. Vermutlich wurden dort rechts und links mindestens je zwei Pfeiler entfernt. Das kann bereits ausreichen, um die Decke zum Einsturz zu bringen oder es hat jemand nachgeholfen. An der Stelle verläuft der Tunnel bereits unter dem Klostergebäude. Dem alten Gemäuer macht das nichts, aber deswegen ist keine weitere Absenkung im Klosterhof entstanden. Ist das soweit verständlich?"

„Ja, danke, sehr verständlich", sagte Amy, Alexander und Hannes nickten.

„Die Frage ist jetzt, was Sie wollen, Frau Craig. Sollen wir morgen hier weitermachen und versuchen, den Durchgang wiederherzustellen, oder wollen Sie es erst einmal dabei belassen?", fragte Oliver Kramer.

Amy überlegte einen Moment.

„Wir wissen jetzt, dass es einen neuen unterirdischen Gang gibt, der aller Wahrscheinlichkeit nach mit einem der alten Gänge verbunden ist. Das eröffnet uns neue Optionen für die Erklärung des Hergangs der Taten. In der jetzigen Situation hilft uns die Freilegung bei der Klärung der Mordfälle allerdings nicht weiter. Also stehen Aufwand und Nutzen im Moment in keinem vertretbaren Verhältnis. Wir werden es handhaben wie in den vergangenen Tagen. Sollte sich die Situation ändern, komme ich gerne wieder auf Sie zu. Jetzt können Sie Ihre Arbeit hier aus meiner Sicht abschließen."

„Gut, vielen Dank für Ihre Entscheidungsfreude. Dann werden wir unsere Sachen packen und uns auf den Heimweg machen. Den Eingang werden wir so verschließen, dass niemand den Tunnel betreten kann. Müssen Sie noch einmal hinein, Frau Craig?", fragte er vorsichtshalber nach.

„Nein, für uns ist es soweit gut", stimmte Amy zu und bedankte sich bei Oliver Kramer und den anderen Spezialisten für die ausgezeichnete Arbeit. Amy ging mit Hannes und Alexander zum Hotel zurück.

Im Büro angekommen zeichnete Amy den neuen Gang auf ihrem Plan ein. Wenn die Berechnungen stimmten, führte der Gang hinter dem langen schmalen Bereich des Hotelweinkellers vorbei und traf direkt auf den alten Gang, der vom Nord-West- zum Süd-West-Erker führte.

Alexander und Hannes sahen ihr dabei zu.

„Jetzt wissen wir die Lösung. Die Täter haben diesen Gang für den Transport des Bürgermeisters genutzt. Sie sind mit dem Wagen bis vor das Tor in der Klostermauer gefahren und haben den Toten die wenigen Meter an der äußeren Klostermauer entlang bis zum Eingang des Tunnels getragen. Anschließend sind sie durch den neuen und den alten Gang bis in den Keller im Süd-West-Erker gelangt und von dort ungesehen bis in den Innenhof", sagte Alexander.

„Das denke ich auch. Vermutlich ist Jakob Tiegelmeier auf dem gleichen Weg in den kleinen Kellerraum gelangt. Nur dass uns dort noch der Zugang zum Weinkeller fehlt", ergänzte Amy.

„Und niemand hat mitbekommen, dass dieser Gang bebaut worden ist? Das kann ich mir fast nicht vorstellen", bemerkte Hannes erstaunt.

Sie widmeten sich wieder dem Aktenstudium und waren nach einer weiteren Stunde mit allem fertig. Amy hatte sich mehr davon versprochen. Auf der anderen Seite bedeutete das, dass sie ihre Arbeit von Anfang an sehr gut und gewissenhaft gemacht hatten. Es war erneut an der Zeit unter Einbezug der letzten Ergebnisse ein Resümee zu ziehen.

Tobias Viehofer war aller Wahrscheinlichkeit nach durch einen Unfall zu Tode gekommen. Sie hatten weder in den Überresten des abgebrannten Schrebergartenhäuschens noch bei der Leiche des jungen Mannes etwas Verwertbares gefunden. Sie standen wieder ohne eine Spur und ohne einen Ansatzpunkt für ein mögliches weiteres Vorgehen da. Daran änderte der unterirdische Gang, den sie gefunden hatten, auch nichts. Bei jedem weiteren Resultat, das seit gestern dazugekommen war, hatte sie befürchtet, dass unter dem Strich nichts übrig bleiben würde. Es waren bereits zehn Tage vergangen seit dem ersten Mord, und sie hatten nichts in der Hand. Sie musste jetzt eine Entscheidung treffen, denn sie konnte nicht ewig hier in St. Florian bleiben und darauf warten, dass etwas passierte.

„Hannes, Alexander, ich werde heute Abend mit meinem Chef telefonieren. Ich werde ihm vorschlagen, dass wir den Fall an dieser Stelle abschließen. Wir haben alles noch einmal durchgearbeitet und keine neuen Erkenntnisse gewonnen. Der Tod von Tobias Viehofer und das Wissen um weitere unterirdische Gänge bringen uns auch keinen Schritt weiter. Einfach abwarten, was als Nächstes passiert, ist keine Lösung. Irgendwann wird sich vielleicht noch herausstellen, wer für die Morde verantwortlich ist, wer weiß. Der Zufall geht oft eigene Wege und spielt uns plötzlich etwas in die Hand. Im Moment stehen wir jedoch am Ende unserer Möglichkeiten."

Alexander und Hannes sahen sich mit großen Augen an, aber auch ihnen war klar, dass es die richtige Entscheidung war.

„Gibt es denn jetzt noch etwas zu tun?", wollte Hannes wissen.

„Wenn mein Chef der Entscheidung zustimmt, werde ich morgen beginnen, den Abschlussbericht zu schreiben. Für morgen Nachmittag werde ich einen Besuch bei Bruder Hieronimus vereinbaren. Wie versprochen werden wir ihm die Chronik zurückbringen. Und dann war's das, Hannes. Aber sicher werden wir noch richtig Abschied feiern, wenn ich den Abschlussbericht fertig habe. Was meint ihr dazu?" Amy versuchte damit den zunehmenden traurigen Gesichtsausdruck von Hannes etwas abzufangen.

Alexander hatte ihre Absicht erkannt und stimmte dem mit Nachdruck zu, was ein kleines Lächeln in das Gesicht von Hannes zurückbrachte.

Amy sah auf die Uhr.

„Treffen wir uns in einer halben Stunde beim Abendessen? Dann telefoniere ich jetzt noch mit meinem Chef", schlug sie vor.

Alexander und Hannes nickten und verließen das Büro.

„Die Arbeit mit euch wird mir fehlen. Das Ende ist jetzt doch etwas schnell gekommen", sagte Hannes nachdenklich zu Alexander, als sie in der Eingangshalle standen.

„Das ist richtig. Es fällt mir auch jedes Mal schwer, wenn sich Amys und meine Wege nach einem Fall wieder trennen. Es macht schon Spaß, mit ihr zu arbeiten. Sie ist ein toller Mensch."

„Ja, das ist sie wirklich, ein toller Mensch."

Da ihr Chef mehr mit seiner Arbeit als mit seiner Ehefrau verheiratet war, erreichte Amy ihn sofort. Sie schilderte ihm die Sachlage und informierte ihn über die letzten Entwicklungen in dem Fall. Auch das Durcharbeiten aller Unterlagen erwähnte sie, um ihrem Chef dann ihre Entscheidung mitzuteilen.

„Den Fall abschließen?", fragte er ungläubig. „Du willst einen Fall zu den Akten legen, ohne den Mörder gefunden zu haben? Amy, was ist los mit dir? So kenne ich dich gar nicht."

„Wir haben nichts, Johannes, und mit nichts kann ich nicht weitermachen. Wir haben mehr als einen Tag lang alle Unterlagen noch einmal mehr als gründlich durchgearbeitet. Du kennst den größten Teil der Berichte. Es gibt nicht eine einzige ernsthafte Spur, der wir nachgehen könnten. Es wäre ein sinnloses Herumstochern und nur mit viel, mit sehr viel Glück würden wir vielleicht etwas finden. Selbst wenn ich alle unterirdischen Gänge umgraben ließe, wir würden keinen Schritt weiterkommen. Im Moment sehe ich keine Alternative, die Sinn macht", erklärte Amy ein weiteres Mal.

„Gut, wenn du das sagst, ist es so. Wir müssen uns ja auch nicht lächerlich machen, indem wir wochenlang vor Ort sind und trotzdem keine Ergebnisse liefern können. Dann bist du also vor dem Wochenende wieder in München, sehe ich das richtig?"

„Ich denke, dass ich am Donnerstag wieder zurück bin. Danke für dein Verständnis und einen schönen Abend noch."

Ihr Chef erwiderte die Wünsche, dann legten sie auf.

Amy wusste, dass es der richtige Schritt war. Dennoch wurmte es sie tief in ihrem Inneren. Ihr Chef hatte recht, bisher hatte sie noch keinen Fall abgeschlossen, ohne den Täter gefasst zu haben. Sie konnte nur darauf hoffen, dass ihr das Glück wirklich etwas in die Hände spielte. Doch darauf konnte sie auch in München warten.

Amy informierte Hannes und Alexander, dass der Entscheid definitiv war. Beim Essen sprachen sie über alles, aber nicht mehr über den Fall. Sie waren bereits beim Dessert angelangt und seit einigen Minuten herrschte Stille. Amy bemerkte, dass Hannes und Alexander ein wenig deprimiert waren.

„Mein Großvater hat mich gelehrt, wie wichtig es ist, Entscheidungen zu treffen. Eine gut überlegte und begründete Entscheidung beendet etwas und schafft Platz für etwas Neues. Darum sollte man einmal getroffene Entscheidungen auch nicht wieder hinterfragen. Außer es kämen neue Erkenntnisse hinzu, die die Entscheidung im Nachhinein als nicht richtig erscheinen lassen würden. Nur mit einem sauberen Abschluss, egal worum es geht, ist es möglich, sich uneingeschränkt auf neue Herausforderungen einzulassen. Stellt euch nur einmal vor, wie prall gefüllt im Laufe eines Lebens ein Sack würde, der mit offenen und halboffenen Entscheidungen und solchen, die wir immer wieder überprüfen, gefüllt wäre. Das Gewicht dieses Sacks würde uns bremsen, nach unten ziehen und uns den Blick nach vorne unmöglich machen." Amy machte eine kurze Pause. „An Abenden wie heute vermisse ich meinen Großvater, seine Erzählungen und unsere Gespräche."

Alexander und Hannes hatten Amy aufmerksam zugehört. Nach einer Weile erzählte Alexander von den Erinnerungen an seinen Großvater. War es zunächst ein Austausch tiefgründiger Erkenntnisse, kamen nach und nach auch die lustigen Erinnerungen hoch und es wurde noch ein heiterer Abend.

Das Essen werde ich vermissen, dachte Amy, und meine zwei Männer auch. Nach dem Abendessen verabschiedeten sie sich. Amy war noch nicht müde und hatte beschlossen, schon heute mit dem Schreiben des Abschlussberichts zu beginnen. Sie ging in ihr Büro, setzte sich an den Schreibtisch und kam gut voran. Bei einer Passage über ihre Besuche in St. Benedikt fiel ihr die Auffälligkeit wieder ein, die Alexander bezüglich des Zusammentreffens der drei verschiedenen Ereignisse bemerkt hatte. Bruder Friedrichs Übernahme des Amts als Abt war eines der Ereignisse gewesen. Was wussten sie eigentlich über ihn? Es war wenig, allerdings hatte auch nie ein Grund bestanden, ihn genauer unter die Lupe zu nehmen. Trotzdem suchte Amy im Internet nach Informationen über seine Berufung in das neue Amt. Es dauerte eine Weile, doch dann fand sie die offizielle Mitteilung der Abtei St. Benedikt. Der Lebenslauf von Bruder Friedrich war ebenfalls beschrieben.

Bruder Friedrich, mit bürgerlichem Namen Hans Korne, geboren am 9. September 1981 in der Nähe von München, normale Schulzeit durchlaufen, erfolgreich das Gymnasium absolviert und ein halbes Jahr Amerika bereist. Nach seiner Rückkehr beginnt er das Theologie Studium in München und tritt nach dem vierten Semester in den Benediktinerorden ein. Von dort beendet er sein Studium. Nach mehreren Jahren Ordenszugehörigkeit wird er Anfang

2014 zum Abt berufen und tritt sein neues Amt am 3. Juni 2014 an.

Eine blütenreine Weste und ein fast ganz normaler Lebenslauf, dachte Amy für sich. Sie hatte eigentlich auch nichts anderes erwartet. Sie speicherte den Artikel inklusive Lebenslauf bei ihren Fallunterlagen ab und schrieb weiter an ihrem Bericht.

Es war bereits gegen Mitternacht, als es in der Eingangshalle plötzlich laut wurde.

„Wer sind Sie? Was haben Sie hier zu suchen? Halt, bleiben Sie stehen!", hörte Amy den Nachtportier rufen. Sie lief aus dem Büro und Benno zeigte in Richtung Restaurant und rief: „Dort ist er lang, Frau Craig, dort!" Amy hatte niemanden gesehen und lief dem Unbekannten in die Richtung nach, die Benno ihr angezeigt hatte. Als sie in den Westflügel eingebogen war, sah sie, dass die Tür zum Weinkeller offen stand. Vor der Treppe blieb sie einen Moment stehen und lauschte. Stille, sie hörte nichts. Langsam ging sie die Treppe zum Weinkeller hinunter. Ein schwacher Lichtschein kam von unten herauf. Am Ende der Treppe angekommen sah sie eine brennende Kerze auf dem runden Tisch. Sie sah sich um. Die Tür zu dem kleinen Keller, in dem sie die Leiche von Jakob Tiegelmeier gefunden hatten, stand einen Spalt weit offen. In dem kleinen Raum schien ebenfalls eine Kerze zu brennen. Amys Augen gewöhnten sich langsam an das schummrige Licht. Sie sah sich noch einmal um, aber es schien niemand hier zu sein. Sie ging vorsichtig zu der Tür und öffnete sie ganz. Der Lichtschein nahm zu. Sie ging durch den schmalen Gang. Als sie in den kleinen Keller hineintrat und sich umsah, ertönte plötzlich eine Stimme.

„Guten Abend Frau Craig, es ist schön, dass Sie gekommen sind. Zunächst bitte ich Sie, dort stehenzubleiben, wo Sie jetzt sind. Ich möchte nicht, dass Ihnen etwas zustößt." Amy kannte die Stimme nicht, war das die Stimme des Mörders? „Ich hätte mich Ihnen heute Abend gerne persönlich vorgestellt, aber der tragische Unfalltod von Tobias hat mich gezwungen umzudisponieren." Amy hatte sich, während Sie aufmerksam zuhörte, in dem kleinen Keller umgesehen. Vor der hinteren Wand, an der die Leiche von Jakob Tiegelmeier gelehnt hatte, stand ein Pult. Darauf lag ein Buch der Chroniken, sie erkannte den Einband. Rechts daneben auf dem Boden stand die brennende Kerze, deren Licht Amy in den Keller geführt hatte. Warum sollte sie an dieser Stelle stehen bleiben? Was meinte er damit, ihr könnte sonst etwas zustoßen? Amy entschied sich, seinem Rat zu folgen.

„Sie sind sehr gut in Ihrem Job, Frau Craig, mein Kompliment. Ich habe Sie lange, wahrscheinlich zu lange, unterschätzt. Aber Sie werden verstehen, dass ich mich nicht von Ihnen aufhalten lassen kann. Meine Arbeit ist noch nicht beendet, und ich hoffe, Sie haben Verständnis dafür, ..." Amy wollte die Person unterbrechen und fragte in den Raum hinein: „Sind Sie der Mörder, sind Sie Mutus, der angeblich stumme Novize?" Doch die Stimme sprach einfach weiter: „... dass ich sie beenden muss." Es war eine Tonbandaufzeichnung schoss es Amy durch den Kopf. Sie sah sich noch einmal im Keller um, konnte jedoch nirgends einen Lautsprecher oder etwas Ähnliches entdecken.

„Sie haben sicherlich die Chronik auf dem kleinen Pult vor Ihnen schon gesehen. Es sind die schamlosen Lügengeschichten, die Märchen und die Unwahrheiten von Gustav Tiegelmeier. Ich habe mir erlaubt, diese Chronik neu zu schreiben. Sie so zu schreiben, wie es damals wirklich war. Sie, Frau Craig, werden dieses neue Buch erhalten, wenn die Zeit dafür gekommen ist. Sie können Licht in die dunklen Machenschaften des Gustav Tiegelmeier bringen." Die Chronik neu zu schreiben musste viel Zeit in Anspruch genommen haben ebenso wie der Bau des neuen Tunnels, überlegte Amy. Alles, was bisher geschehen war, war von sehr langer Hand geplant worden. Sie hatte es vermutet, aber nun war es Gewissheit.

„Es gibt noch eine Person, die meine Rache spüren und die angemessene Strafe für ihr Vergehen erhalten wird. Dann

203

ist es vollbracht. Sie werden verstehen, dass ich Ihnen für Ihre weitere Arbeit kein Glück wünschen kann, das wäre nicht in meinem Interesse. Leben Sie wohl, Frau Craig."

Mit dem Ende der Tonbandaufzeichnung erhellte eine große Stichflamme den Raum. Amy erschrak und schützte ihr Gesicht instinktiv, indem sie ihre Arme hochriss und davorhielt. Rauch erfüllte den Raum und brannte in ihren Augen. Sie merkte, dass ihr das Atmen Mühe machte. Amy drehte sich um und tastete nach dem Ausgang. Der Rauch war bereits bis in den Weinkeller gezogen. Erst als Amy die Treppe hinaufging, bekam sie wieder etwas besser Luft. Als sie oben war, schloss sie die Tür zum Weinkeller hinter sich und sank in die Knie. Sie hustete und ihre Augen tränten und brannten wie Feuer. Der Nachtportier hatte sie gehört und war herbeigeeilt.

„Rufen Sie die Feuerwehr, schnell. Die Männer brauchen ihre Atemschutzausrüstung, bitte sagen Sie ihnen das", der Rauch hatte sich auf ihre Stimmbänder gelegt, und das Sprechen fiel ihr schwer. Der Nachtportier war zur Rezeption zurückgeeilt und nur zehn Minuten später traf die Feuerwehr aus St. Florian ein. Sie hatten die Situation schnell im Griff. Den Rauch hatten sie abgesaugt und ein Brand war nicht entstanden. Die zusätzlich alarmierten Brandschutzspezialisten trafen eine halbe Stunde später ein. Sie konnten den Keller bereits wieder ohne Atemschutzmasken betreten. Amy ging mit ihnen hinunter. Trotz ihrer angeschlagenen Stimme berichtete sie ihnen kurz, was passiert war. Als sie in den kleinen Keller ging, sah sie, dass die Stichflamme die Chronik fast vollständig zerstört hatte. Amy wusste, das war vom Täter genau so gewollt.

„Mir ist es sehr wichtig, dass Sie die Tonbandaufzeichnung finden", betonte Amy gegenüber den Spezialisten. Sie hoffte, dass diese unversehrt war. Sie überließ die Männer ihrer Arbeit, ging in die Eingangshalle und setzte sich in einen Sessel. Sie merkte, dass sie erschöpft war, und ihr Hals schmerzte. Trotz der fortgeschrittenen Stunde rief sie

Alexander an. An Amys Stimme hörte Alexander sofort, dass etwas passiert war.

„Wo bist du jetzt?", fragte er, als Amy während des Sprechens immer wieder zu husten begann.

„Ich sitze in der Eingangshalle." Alexander sprang in seinen Jogginganzug und war nur wenige Augenblicke später bei ihr. Er sah Amy an und ahnte sofort, dass es auch viel schlimmer hätte ausgehen können.

„Herr Tischler", rief Alexander den Nachtportier, der wie verloren hinter der Theke der Rezeption stand und vor sich hin starrte. Er schreckte kurz auf und kam zu Amy und Alexander hinüber.

„Können Sie uns bitte einen Kaffee und Wasser für Frau Craig bringen?", fragte Alexander ihn.

„Natürlich, sofort", entgegnete er und ging mit schnellen Schritten in den Raum hinter der Rezeption. Nur wenige Minuten später kam er zurück mit einem Tablett, auf dem zwei Tassen, eine Kanne Kaffee, Gläser und eine Flasche Mineralwasser standen.

„Bitte sehr, kann ich sonst noch etwas für Sie tun?", fragte er.

„Haben Sie das Gesicht des Mannes erkannt, als er durch die Eingangshalle gelaufen ist?", fragte Amy ihn und hatte Mühe, diesen einen Satz ohne einen erneuten Hustenanfall heraus zu bringen.

„Nein, leider nicht, Frau Craig. Er trug eine schwarze Hose und einen schwarzen Kapuzenpulli. Die Kapuze hatte er sich weit ins Gesicht gezogen. Es ging alles so schnell. Wie aus dem Nichts kam er vom Ostflügel her, rannte an der Rezeption vorbei und verschwand genauso schnell in Richtung Restaurant."

„Danke Herr Tischler."

„Brauchen wir Hannes hier vor Ort?", wollte Alexander von Amy wissen.

„Nein, wir können jetzt nicht viel machen", sagte Amy mit rauer und belegter Stimme.

Das Wasser und der Kaffee taten ihrem Hals gut. Nach einigen Minuten hatte es sich so weit gebessert, dass sie Alexander langsam und mit kleinen Pausen erzählen konnte, was passiert war.

„Er wusste, dass ich hier in meinem Büro war. Er wusste, dass Benno an der Rezeption und nicht auf seinem Rundgang war. Und er wusste, dass ich Bennos Rufe hören und ihm folgen würde. Alles in dem Keller ist für mich inszeniert gewesen. Er hat mich an der Nase herumgeführt. Er ist hier, kann nach Belieben Menschen umbringen, kleine Spielchen vorbereiten und ich bemerke nichts davon." Amy war außer sich vor Wut. „Der Fall wird in diesem Moment wieder aufgenommen." Die Anstrengung und die aufkommende Wut taten ihrer Stimme nicht gut und provozierten einen erneuten heftigen Hustenanfall.

Alexander ging hinter die Bar. In dieser besonderen Situation musste es erlaubt sein, dass er für Amy und für sich einen Cognac holte. Er bat Benno, es aufzuschreiben.

Es war nicht bei dem einen Cognac geblieben. Aber als der Brandschutzbeamte nach Abschluss der Arbeiten Amy und Alexander einen vorläufigen Bericht erstattete, merkte er ihnen nichts an. Es war ein ganz einfacher Mechanismus, den der Täter installiert hatte. Mit dem Betreten des kleinen Kellers hatte Amy eine Lichtschranke passiert und dies startete das Tonband. In einer Ecke an der Decke hatten sie einen kleinen kabellosen Funklautsprecher gefunden. Die Stichflamme war mit einem Zeitzünder versehen gewesen, der mit dem Starten der Sprachaufnahme ausgelöst worden war. Das Tonband war unter dem Pult angebracht, die Stichflamme hatte es jedoch nicht vollständig zerstört. Es bestand also die Hoffnung, dass die Aufzeichnung unversehrt geblieben war. Die Beamten übernahmen es, das Tonband noch in der Nacht nach München zur Untersuchung zu bringen. Den Weinkeller hatten sie für die Spurensicherung, die am Morgen kommen würde, versiegelt. Ihren ausführlichen Bericht würden sie Amy in den nächsten Stunden zukommen lassen. Amy bedankte sich und lehnte den Vorschlag der Beamten, sie für ein Durchchecken in die Klinik zu bringen, dankend ab.

Alexander und Amy tranken noch einen letzten Cognac und gingen dann zu Bett.

11

Es war acht Uhr, als Amy von ihrem Handy geweckt wurde. Sie meldete sich und merkte dabei, dass ihre Stimme sich noch nicht vollständig erholt hatte.

„Amy, geht es dir gut? Was ist letzte Nacht passiert?", hörte sie ihren besorgten und aufgeregten Chef am anderen Ende der Leitung.

„Es ist alles in Ordnung, Johannes. Meine Stimme scheint sich noch nicht ganz erholt zu haben, aber mir geht es gut."

„Der Leiter der Brandschutzleute hat mich angerufen. Jetzt nimmst du den Fall wieder auf, oder?", fragte er und es hörte sich gleichzeitig wie ein Auftrag an.

„Auf jeden Fall, jetzt hat er mich vorgeführt und beinahe lächerlich gemacht. Das kann ich so nicht stehen lassen", war Amys angriffslustige Antwort.

„Meinst du nicht, dass du erst mal zu einem Arzt solltest?"

„Nein, das wird schon wieder, Johannes. Alexander und Hannes werden sich um mich kümmern."

„Gut, aber wenn es wider Erwarten schlechter wird, gehst du sofort hin. Halte mich bitte auf dem Laufenden und gute Besserung", wünschte er ihr und legte auf.

Amy überlegte sich gerade, ob die raue Stimme wirklich noch auf den Rauch oder doch eher auf den Cognac zurückzuführen war, als ihr Handy erneut klingelte.

„Guten Morgen Amy, ich wollte nur kurz hören, wie es dir geht. Wie hast du geschlafen?" Es war Alexander und auch er klang besorgt.

„Es ist alles gut. Ich habe tief und fest geschlafen. Bist du schon beim Frühstück?"

„Nein, ich habe auch etwas länger geschlafen. Wie lange brauchst du? Treffen wir uns in zwanzig Minuten im Restaurant?"

„Ja, das schaffe ich, bis gleich." Es war gut zu wissen, dass es Menschen gab, die sich um einen sorgten, dachte sie. Sie stieg aus ihrem Bett und ging direkt unter die Dusche.

Als Amy ins Restaurant kam, saß Hannes ebenfalls am Tisch. „Guten Morgen Amy. Das ist ja schrecklich", sagte er mit einigen Sorgenfalten auf der Stirn. „Alexander hat mir erzählt, was passiert ist, und gesagt, dass es dir zum Glück schon besser geht. Da bin ich sehr froh."

„Danke, Hannes und jetzt habe ich Hunger", stellte Amy mit ihrer angeschlagenen Stimme fest. Sie setzte sich erst gar nicht und wollte direkt zum Buffet gehen. Bevor sie losging, sagte Alexander noch: „Die rauchige Stimme steht dir übrigens sehr gut." Er grinste verschmitzt und war nach dem Schrecken in der Nacht offenbar wieder zu Scherzen aufgelegt.

„Vielleicht ist es ja auch von dem Cognac. Das können wir in den nächsten Tagen einmal ausprobieren. Dann kann ich den Klang meiner Stimme in Zukunft nach Belieben steuern", gab Amy zurück und lachte. Hannes sah Alexander fragend an.

„Das erzähle ich dir später. Jetzt gibt es erst mal Frühstück, Hannes", vertröstete Alexander ihn, stand auf und folgte Amy.

Amys Wut aus der vergangenen Nacht war inzwischen verflogen. Vielleicht hatte der Täter endlich begonnen, seine ersten Fehler zu machen. Sie war hellwach und eröffnete Hannes, als sie am Tisch saßen, dass der Fall wieder aufgenommen war. Die Nachricht steigerte Hannes' Appetit schlagartig und seine Sorgenfalten entspannten sich. Nach dem Frühstück setzten sie sich zusammen ins Büro und analysierten die Geschehnisse der vergangenen Nacht.

Die erste Frage war, warum sich der Mörder, sie gingen davon aus, dass er es war, auf diesem Weg an Amy gewandt hatte. Welche Botschaften der Tonaufzeichnung waren ihm die Wichtigsten?

Nach Amys Einschätzung ging es ihm um die Mitteilung, dass der Tod von Tobias Viehofer ein Unfall war. Dafür sprach auch die Warnung an Amy, nicht weiter in den Raum hineinzugehen. Dem Täter ging es ausschließlich um die von ihm ausgewählten Personen. Er wollte keine unschuldigen Opfer, keine Kollateralschäden.

Er kündigte in seinen Ausführungen die neue, in seinen Augen richtige Niederschrift der Weltlichen Chronik an, die Amy bald erhalten würde.

Amy hatte praktisch den Auftrag von ihm bekommen, die Geschehnisse von damals richtigzustellen. Allerdings glaubte Amy nicht daran, das Buch vor dem nächsten Mord zu erhalten. In dieser Version der Chronik würde sie den Namen des nächsten Opfers finden, da war sie sich ziemlich sicher. Dann hätte sie eine Chance, den Mörder an der nächsten Tat zu hindern.

Die Ankündigung selbst, dass noch eine weitere Person auf seiner Liste stand, war lediglich eine Information. Seine vorherigen Taten hatte er auch nicht angemeldet. Allerdings hatte er Amy in gewisser Weise davor gewarnt, dass sie nicht versuchen sollte, ihn aufzuhalten.

Amy war sich mittlerweile nahezu sicher, dass Mutus der gesuchte Mörder war. Doch er musste neben Tobias Viehofer mindestens noch einen weiteren Komplizen haben. Jemanden, der genau wusste, was in den Jahren, in denen Gustav Tiegelmeier die Hotelleitung innehatte, geschehen war. Diese Person musste mindestens fünfzig Jahre alt sein und diese Zeit hier im Hotel miterlebt haben. Ansonsten hätte er die Chronik nicht neu schreiben können. Gleichzeitig wurde der Mörder mit Informationen aus dem

Hotel versorgt. Er hatte wirklich an alles gedacht und war auf alles vorbereitet.

„Was ist, wenn Bruder Jeremias das Ganze mit Mutus geplant hat? Dann könnte der Tod von Jeremias der Auslöser für die konkrete Vorbereitung und die Durchführung gewesen sein. Das würde auch erklären, warum Tobias Viehofer kurz nach dem Tod von Bruder Jeremias aus Tibet zurückgekehrt ist", überlegte Alexander laut.

„Das ergäbe einen Sinn. Aber Bruder Jeremias?" In diesem Punkt war Amy skeptisch.

„Was wissen wir denn genau über Jeremias? Viel ist das nicht. Aber wir wissen, dass er die Bezugsperson von Mutus gewesen ist und wie wichtig sie sich gegenseitig waren", versuchte Alexander die Zusammenhänge herzustellen.

„Aber Mutus und Jeremias haben sich nach dem Verschwinden von Mutus nicht mehr gesehen. Sie hatten keinen Kontakt mehr miteinander", bemerkte Hannes.

„Irgendetwas von dem, was wir wissen oder was man uns glauben machen will zu wissen, müsste dann in Wahrheit ganz anders sein", war die logische Konsequenz, die Amy aus dem Ganzen zog.

Amy sah zum wiederholten Male auf ihren Laptop. In diesem Moment waren der Bericht der Brandschutzbeamten und die Tonbandaufzeichnung eingetroffen. Bezüglich der Stichflamme verhielt es sich, wie die Beamten in der Nacht bereits gesagt hatten. Die Konstruktion war einfach und hätte von jedem Hobbybastler stammen können. Da auf den Einzelteilen keine Fingerabdrücke gefunden wurden, waren sie als Beweismittel unbrauchbar. Die Aufzeichnungen von Gustav Tiegelmeier waren komplett verbrannt. Lediglich der Einband war noch in Teilen vorhanden.

Bei der Tonbandaufnahme handelte es sich um eine Computerstimme und konnte daher nicht für einen Stimmenvergleich mit einem Verdächtigen herangezogen werden. Die gute Nachricht war, sie war komplett erhalten geblieben. Amy spielte Alexander und Hannes die Aufnahme vor. Den Text hatten die Beamten in schriftlicher Form gleich mitgeliefert.

Guten Abend Frau Craig, es ist schön, dass Sie gekommen sind. Zunächst bitte ich Sie, dort stehenzubleiben, wo Sie jetzt sind. Ich möchte nicht, dass Ihnen etwas zustößt. Ich hätte mich Ihnen heute Abend gerne persönlich vorgestellt, aber der tragische Unfalltod von Tobias hat mich gezwungen umzudisponieren. Sie sind sehr gut in Ihrem Job, Frau Craig, mein Kompliment. Ich habe Sie lange, wahrscheinlich zu lange, unterschätzt. Aber Sie werden verstehen, dass ich mich nicht von Ihnen aufhalten lassen kann. Meine Arbeit ist noch nicht beendet, und ich hoffe, Sie haben Verständnis dafür, dass ich sie beenden muss. Sie haben sicherlich die Chronik auf dem kleinen Pult vor Ihnen schon gesehen. Es sind die schamlosen Lügengeschichten, die Märchen und die Unwahrheiten von Gustav Tiegelmeier. Ich habe mir erlaubt, diese Chroniken neu zu schreiben. Sie so zu schreiben, wie es damals wirklich war. Sie, Frau Craig, werden dieses neue Buch erhalten, wenn die Zeit dafür gekommen ist. Sie können Licht in die dunklen Machenschaften des Gustav Tiegelmeier bringen. Es gibt noch eine Person, die meine Rache spüren und die angemessene Strafe für ihr damaliges Vergehen erhalten wird. Dann ist es vollbracht. Sie werden verstehen, dass ich Ihnen für Ihre weitere Arbeit kein Glück wünschen kann, das wäre nicht in meinem Interesse. Leben Sie wohl, Frau Craig."

Sie hörten sich die Aufnahme einige Male an. Da es sich um eine computergenerierte Stimme handelte, konnte es also doch sein, dass der stumme Mutus dahintersteckte, dachte Amy.

„Wenn ich versuche, zwischen den Zeilen zu lesen", begann Alexander seinen Eindruck von der Aufnahme zu schildern, „glaube ich, dass der Täter sich selber seine Sicherheit und Überlegenheit einreden muss. Aber in Wirklichkeit ist diese Überlegenheit angekratzt worden und zwar von dir, Amy.

211

Wenn er dich mit diesem Auftritt einschüchtern wollte, hat er genau das Gegenteil erreicht. Ich würde sogar so weit gehen und behaupten, dass er Angst vor dir hat."

„Und wie er das Gegenteil erreicht hat!", strahlte Hannes. „Amy hat den Fall wieder aufgenommen."

„Ich bin mir sicher, dass der Täter sich wieder bei mir melden wird. Jetzt, wo er diese Schwelle überschritten hat, wird er es ein weiteres Mal tun. Er könnte versuchen, mich in die Irre zu führen."

„Am Anfang hat er gesagt, er hätte sich dir persönlich vorstellen wollen. Glaubst du ihm das?", fragte Hannes.

„Nein, das glaube ich ihm nicht. Zumindest nicht, dass er es vor Beendigung seiner Taten gemacht hätte."

Offen waren jetzt noch die Ergebnisse der Spurensicherung. Die Beamten würden gegen elf im Hotel eintreffen und die Resultate am späten Nachmittag vorliegen.

„Hannes, du wolltest heute Morgen mit zu der Beisetzung der Tiegelmeiers, nicht wahr?", fragte Amy.

„Ja. Ich sollte mich deshalb auch langsam auf den Weg machen."

„Das ist gut, Hannes. Kommst du dann später zum Abendessen dazu?"

„Ja, gerne. Dann sehen wir heute Abend. Nehmt bitte herzliche Grüße für Bruder Hieronimus und Bruder Anselm mit nach St. Benedikt", bat er und verließ das Büro.

„Das machen wir, bis später, Hannes", rief Amy ihm nach.

„Für uns, Alexander, habe ich gestern unseren wahrscheinlich letzten Besuch bei Bruder Hieronimus angemeldet. Wir werden um vierzehn Uhr erwartet. Den Termin sollten wir trotz der aktuellen Geschehnisse wahrnehmen. Ich habe das Gefühl, dass der Täter noch etwas Zeit verstreichen lässt, bis er seinen letzten Mord begeht. Vielleicht macht er in dieser Zeit einen Fehler, der uns die Chance gibt, ihn zu fassen."

„Einverstanden", stimmte Alexander zu. „Dann haben wir jetzt noch gut zwei Stunden Zeit bis zur Abfahrt. Hast du noch etwas für mich zu tun?"

„Wenn du möchtest, kannst du mich begleiten. Ich wollte nachsehen, ob die Spurensicherung schon eingetroffen ist. Sie sind sicher direkt in den Keller gegangen. Sie kennen sich ja mittlerweile im Hotel aus. Man weiß ja nie, vielleicht haben sie schon etwas gefunden."

„Gerne, den Keller muss ich mir nach der letzten Nacht unbedingt ansehen."

Sie gingen Richtung Westflügel und von weitem erkannte Amy, dass das Siegel zerstört war. Also mussten die Beamten bereits unten sein. An der Tür zur Treppe sahen sie bereits das helle Licht der Scheinwerfer im Keller. Langsam gingen sie und Alexander die Treppe hinunter. Der kleine hintere Raum war ebenfalls taghell beleuchtet. Die Decke und die Wände waren schwarz von der Stichflamme und dem dichten Rauch. Erst jetzt in dem hellen Licht sah Amy das ganze Ausmaß.

„Guten Tag Frau Craig. Geht es Ihnen wieder besser?", fragte der verantwortliche Beamte als Erstes.

„Guten Tag, ja danke, es geht mir wieder gut."

„Das freut mich. Was die Spuren angeht, muss ich Sie leider enttäuschen. Aber Sie sehen ja selbst, wie es hier aussieht. Da noch etwas zu finden, vor allem, wo unser Täter so durchdacht vorgegangen ist, ist fast ausgeschlossen."

„Das hatte ich bereits vermutet. Die ersten Gegenstände haben die Kollegen ja bereits vergangene Nacht mitgenommen. Erfreulicherweise ist die Tonbandaufzeichnung nicht zu Schaden gekommen, wenigstens etwas."

„Da haben Sie recht. Den Bericht schicke ich Ihnen in jedem Fall zu. Bis zum Abend haben Sie ihn."

Amy bedankte sich und ging mit Alexander zurück in die Eingangshalle. Sie merkte, dass die letzte Nacht kurz war und ihr Hals noch nicht ganz wiederhergestellt war.

„Ich werde mich noch eine Stunde hinlegen, Alexander. Sonst schlafe ich nachher in St. Benedikt ein", sagte Amy lächelnd.

„Das finde ich eine gute Idee. Du siehst auch ein wenig müde aus. Der Schlaf wird dir guttun. Treffen wir uns kurz vor eins vor dem Hotel?"

„Ich bin pünktlich dort, bis später."

Sie wachte ohne Wecker auf. Der Schlaf hatte Wunder gewirkt. Sie sah auf ihre Uhr. Es war viertel vor eins und so blieben ihr noch zehn Minuten für einen Kaffee und eine Pfeife auf dem Balkon. Der Rauch des Tabaks tat ihrem Hals nicht wirklich gut, aber Amy ignorierte es. Das brauchte sie jetzt und genoss es entsprechend.

Das Wetter war heute nicht ganz so sonnig wie in den vergangenen Tagen, daher musste das Verdeck des Autos geschlossen bleiben. Die Chronik lag auf dem Rücksitz.

„Bruder Hieronimus gehört heute ganz dir. Ich habe keine besonderen Fragen mehr an ihn."

„Das ist gut, dass du mir das sagst. Dann kann ich mir noch überlegen, was ich von ihm wissen möchte, bis wir dort sind."

„Du könntest allerdings versuchen, ihn dazu zu bringen, ein wenig mehr über Bruder Jeremias und dessen Charakter zu erzählen. Es könnte uns helfen zu beurteilen, ob Bruder Jeremias überhaupt fähig gewesen wäre, diesen Plan mit Mutus zu entwickeln."

„Das kriege ich hin."

Das Wetter in St. Benedikt war etwas freundlicher als in St. Florian und so trafen sie Bruder Hieronimus ein weiteres Mal im Innenhof des Klosters. Alexander hatte das Buch unter dem Arm und übergab es nach der Begrüßung an Bruder Anselm.

„Es ist schön, wenn Menschen ihre Versprechen einhalten und man weiß, dass man sich auf sie verlassen kann. Vielen Dank, Frau Craig, und auch an Sie, junger Freund", honorierte Bruder Hieronimus die Rückgabe des Buches.

„Ich habe es bedauert, als ich am Ende der Chronik angelangt war. Für mich war es eine fremde Welt, in die ich eintauchen konnte, und es hat mich sehr gefesselt."

Alexander übertrieb ein wenig, um Bruder Hieronimus aus der Reserve zu locken.

„Es ist natürlich schon einiges anders als in einem normalen Leben, wenn ich das so formulieren darf. Und doch birgt auch unser Leben viel Normalität, wie Sie sicher gemerkt haben. Für mich war es jeden Tag erneut ein Geschenk, so leben zu dürfen, und ist es auch heute noch."

„Ich weiß nicht, ob es anmaßend ist, Sie das zu fragen, aber ich wage es trotzdem, Bruder Hieronimus. Ich scheue auch eine ehrliche Antwort nicht." Bruder Hieronimus lächelte über die Einleitung von Alexander und erwartete gespannt die eigentliche Frage.

„Sie waren jetzt am Schluss in St. Florian nur noch zu sechst. Aber wenn so viele Brüder wie zum Beispiel hier in St. Benedikt zusammenleben, und eigentlich gilt das ja auch schon für kleinere Gemeinschaften, gibt es da nicht auch Streit oder Uneinigkeit unter den Brüdern?"

Bruder Hieronimus lachte. „Mein lieber Freund, das können Sie wohl annehmen. Das ist wie überall. Die einen kommen miteinander aus und die anderen eben weniger. Vielleicht ist der Wille in einer Ordensgemeinschaft größer, den anderen so zu akzeptieren, wie er ist. Doch das gelingt auch dort nicht immer und so kann es durchaus zu Streitereien oder Wortgefechten kommen."

„War es dann Ihre Aufgabe als Abt, die Rolle des Schlichters einzunehmen? Oder lag es in der Verantwortung jedes einzelnen Mönchs, sich um Versöhnung zu bemühen?" Alexander blieb auf dieser Spur und Amy fragte sich, worauf er hinaus wollte.

„Es lag sicher in der Verantwortung jedes Einzelnen, aber wenn es zu viel wurde oder ein Streit nicht beigelegt werden konnte, dann musste ich eingreifen. Das ist, wie Sie sagen, die Aufgabe des Abts, in einem solchen Fall für Ruhe und Ordnung zu sorgen. Sehen Sie, junger Freund, Sie haben sicherlich beim Lesen bemerkt, dass Bruder Jeremias und ich nicht nur zwei Ordensbrüder waren, die nebeneinander her lebten. Wir haben uns gegenseitig vertraut und ich sage es einmal so, wir waren auch freundschaftlich verbunden. Dennoch hatten wir hin und wieder unterschiedliche Anschauungen, die wir bisweilen heftig diskutiert haben. Wir haben es jedoch immer wieder geschafft, uns zusammenzuraufen, ohne dass uns jemand dabei helfen musste."

„Bruder Jeremias war sicherlich froh, einen Freund wie Sie zu haben, als Mutus von einem Tag auf den anderen nicht mehr da war. Erst in solchen Situationen zeigt sich, auf wen man sich wirklich verlassen kann."

„Ja, der gute alte Jeremias. So sehr er durch Mutus an Elan und Lebenslust gewonnen hatte, so deutlich war auch sein Zusammenfall, ja, man kann es wirklich so nennen, Zusammenfall, als Mutus von einem auf den anderen Tag verschwand. Jeremias schien mir in den folgenden Wochen um Jahre zu altern. Da hat er mich wirklich gebraucht und ich war für ihn da. Er hat sich nie wirklich von dem Verlust erholt. Er hat sich sehr in sich zurückgezogen und hin und wieder hatte ich das Gefühl, dass sein Geist zusehends Schaden nahm. Wissen Sie, er wurde vergesslich oder war in der Zeit nicht mehr richtig orientiert. Das werden Sie sicher aus einigen Passagen in der Chronik herausgelesen haben. Es ist viel wert, wenn man bis ins hohe Alter noch alle Sinne beisammen hat. Da spreche ich aus Erfahrung." Bruder Hieronimus machte eine Pause und trank einen Schluck Wasser. Alexander hielt sich mit einer erneuten Frage zu Bruder Jeremias zurück.

„In Ihrer Chronik finden sich so wunderschöne Verzierungen auf einigen Seiten und die Initialen sind kalligrafische Kunstwerke. Haben Sie dieses Talent?" Er macht es geschickt, dachte Amy, er wechselt das Thema, um nicht zu neugierig bezüglich Bruder Jeremias zu wirken.

„Oh nein, dafür hätte mir wohl die Geduld gefehlt. Das war eine Gabe, die Bruder Raphael besaß. Er hatte Schriftsetzer gelernt und sich in seiner Ausbildung mit den verschiedenen Schriftarten und der Kalligrafie beschäftigt. Er hat wunderschöne Abschriften alter Bücher erstellt. Heute würde man sagen Sicherheitskopien." Er lachte über seinen gelungenen Vergleich.

„Darf ich Sie fragen, wie viele Jahre Sie in St. Florian ver-bracht haben, Bruder Hieronimus?"

„Warten Sie, da muss ich selber nachrechnen. Mit neunzehn Jahren habe ich mich den Benediktinern angeschlossen. Dann war ich fünfzehn Jahre in meinem ersten Kloster und wurde mit vierunddreißig Jahren als Abt nach St. Florian berufen. Seit sechs Jahren lebe ich in St. Benedikt und bin jetzt siebenundachtzig Jahre alt. Haben sie mitgerechnet, junger Freund?"

„Ja, habe ich, Sie waren siebenundvierzig Jahre in St. Florian. Das ist eine wirklich lange Zeit."

„Da haben Sie recht und ich kann sagen, dass es trotz allem, was dort passiert ist, die schönsten Jahre meines Lebens waren. Nicht, dass es mir an den anderen Orten schlecht ergangen wäre oder es mir nicht gefallen hätte. Sie ver-stehen sicher, wie ich es meine."

„Ja, das verstehe ich sehr gut."

„Frau Craig, Sie sind heute so schweigsam? Geht es Ihnen nicht gut?"

„Doch, es geht mir sehr gut, danke. Meine Fragen haben Sie mir bereits bei unserem letzten Treffen beantwortet und heute ist es in dem Sinne auch kein dienstlicher Besuch, sondern er hat eher privaten Charakter. Alexander hat mich gefragt, ob wir die Zeit hätten, dass er Ihnen ein paar Fragen stellen könne, die ihn nach dem Lesen der Chronik interessieren. Das habe ich selbstverständlich bejaht und ich höre Ihnen beiden gerne zu."

„Das ist schön, dass Sie dem jungen Mann die Freiheit geben. Sie wissen es ja, ich erzähle gerne."

Amy hatte Hieronimus während des gesamten Gesprächs genau beobachtet. Als er von Jeremias' Zusammenfall und von den siebenundvierzig Jahren in St. Florian gesprochen hatte, war ihr aufgefallen, dass sich sein Ausdruck verdunkelt hatte und sich Wut oder Hass in seine Gesichtszüge geschlichen hatten. Sie erinnerte sich erst jetzt, dass sie es bei ihrem ersten Besuch auch einmal kurz bemerkt, aber schon wieder vergessen hatte. Hatte dieser Mann doch eine andere Seite, die er geschickt überspielte? Aber Bruder Hieronimus, nein, irgendetwas in ihr wehrte sich gegen diesen Gedanken.

Bruder Anselm hatte zwischenzeitlich Kaffee und belegte Brote gebracht. Amy hatte den Kaffee eingeschenkt, und sie aßen gemeinsam die Brote. Alexander schienen die Fragen auszugehen und so plauderten sie über den Garten und das Wetter.

„Waren Ihre Brüder aus St. Florian auch so gerne und so oft in dem Garten wie Sie?", nahm Alexander einen weiteren Anlauf.

„Es ist fast unmöglich, diesen Garten nicht zu mögen, junger Freund. Allerdings mochten sie ihn nicht gleichermaßen gern, das muss ich einräumen."

„Konnten Sie Ihren Lieblingsplatz in den ersten Jahren, als Bruder Jeremias noch lebte, für Ihre Diskussionen nutzen? Für Gespräche ist dieser Ort doch wie geschaffen."

„Wie ich schon sagte, Jeremias hatte bereits deutlich abgebaut in den letzten Jahren, die wir noch in St. Florian waren. Er hat die Zeit hier in St. Benedikt nicht wirklich bewusst wahrgenommen. Vielleicht ist er in seinem Geist auch in St. Florian geblieben, wer weiß", erklärte Bruder Hieronimus und seufzte schwer. Alexander hatte an seiner Stimme gemerkt, dass er Bruder Jeremias nun besser nicht mehr ansprach. Er machte eine Pause, die Bruder Hieronimus seinerseits nutzte, um das Thema zu wechseln.

„Wie steht es um Ihren Fall, Frau Craig? Wenn Sie mir die Frage gestatten."

„Natürlich dürfen Sie mich fragen, Bruder Hieronimus", antwortete Amy. „Es hat sich eigentlich nicht viel getan in den letzten Tagen. Wir stecken in einer Sackgasse, und wenn ich ehrlich bin, habe ich wenig Hoffnung, dass wir den Fall lösen werden. Im Moment verfolge ich eine letzte Spur. Wenn diese uns nicht weiterbringt, werden wir den Fall wohl in Kürze abschließen müssen. Es ist leider so."

„Empfinden Sie diese Situation als persönliche Niederlage? Entschuldigen Sie, Frau Craig, ich hoffe die Frage ist nicht zu indiskret", fragte Bruder Hieronimus gerade heraus und seine Körperspannung verriet, dass er an ihrer Antwort sehr interessiert war.

„Nein, die Frage empfinde ich nicht als indiskret. Wahrscheinlich würde es mich auch interessieren, wenn ich an Ihrer Stelle wäre. Sie haben den Fall ja praktisch durch unsere Besuche und die vielen Antworten, die sie mir gegeben haben, begleitet. Bei meiner Arbeit bin ich auf die Fehler der Täter angewiesen. Nur diese Fehler ermöglichen es mir, Fälle zu lösen. Wenn ich auf einen Täter treffe, der keine oder nur ganz minimale Fehler macht, habe ich kaum eine Chance. Der Mörder von St. Florian macht keine Fehler. Somit ist es für mich keine persönliche Niederlage, sondern es sind die Grenzen der Ermittlungsarbeit, die mir einzelne sehr sorgfältige und professionell vorgehende Täter aufzeigen." Amy hatte sich sehr gut überlegt, was sie ihm antwortete.

„Ich hätte Sie für ehrgeiziger gehalten, liebe Frau Craig", provozierte er Amy nun.

„An Ehrgeiz mangelt es mir nicht, Bruder Hieronimus. Niemand verliert gerne. Aber man muss auch wissen, wann Schluss ist. Das ist mit allem so", entgegnete Amy ganz ruhig, um ihm zu signalisieren, dass sie nicht bereit war, auf seine Provokation einzugehen.

Bruder Hieronimus hatte Amys Botschaft verstanden und wich aus, indem er sich an Alexander wandte: „Was meinen Sie dazu, junger Mann?"

„Aus dieser Diskussion halte ich mich heraus, Bruder Hieronimus."

Egal, was Bruder Hieronimus mit seinen Fragen bezweckt hatte, er hatte sein Ziel offenbar verfehlt und wechselte erneut das Thema. Seinem Gesicht war jedoch anzusehen, dass es ihm nicht passte, dass Amy und Alexander seine Provokation so souverän pariert hatten.

„Haben Ihnen die Grundrisspläne geholfen, die Sie bei Ihrem letzten Besuch mitgenommen haben?", fragte er.

„Ja sehr, sie haben mir geholfen, einige Fragen zu klären. Leider sind in den Folgejahren noch weitere Gänge hinzugekommen. Das hat uns natürlich wieder ein Stück zurückgeworfen. Aber jeder Fall ist wie ein großes Mosaik und die Pläne waren in diesem Fall ein wichtiges Steinchen darin."

„Es freut mich, das zu hören. Leider kann ich Ihnen keine weitere Unterstützung anbieten. Ich wüsste nicht womit, liebe Frau Craig."

„Sie waren uns eine große Hilfe, Bruder Hieronimus. Denken Sie nur an die Chronik, die Sie uns zur Verfügung gestellt haben."

Es stellte sich erneut eine Gesprächspause ein, in der Amy und Alexander bemerkten, dass Bruder Hieronimus immer unruhiger wurde. Seine Körperspannung hatte zugenommen und er saß nicht mehr so entspannt wie vorher auf der Bank. Alexander und Amy sahen sich an. Amy gab Alexander ein Zeichen.

„Ist alles in Ordnung, Bruder Hieronimus?", fragte Alexander.

„Wie bitte? Ach so, ja, ja, es ist alles gut." Mit seinen Gedanken war er scheinbar nicht mehr bei ihnen im Garten. Plötzlich stand Bruder Anselm neben ihnen.

„Bevor ich es vergesse", ergriff Amy das Wort, „wir sollen Ihnen beiden herzliche Grüße von Hannes Gruber ausrichten. Er konnte uns heute leider nicht begleiten, da er auf der Beisetzung der Tiegelmeiers ist."

„Vielen Dank für die Grüße, Frau Craig, nehmen Sie bitte Grüße mit zurück", entgegnete Bruder Hieronimus, der mit einem Mal sehr müde wirkte.

„Dem schließe ich mich an", sagte Bruder Anselm wie immer kurz und knapp.

„Kann ich etwas für dich tun, Bruder Hieronimus", erkundigte er sich in der gleichen ruhigen Art wie bei den vorherigen Besuchen.

„Ich werde langsam müde." Diese Antwort hatten Amy und Alexander erwartet. „Frau Craig, mein lieber Freund, ich hoffe, Sie sind mir nicht böse, wenn ich unsere Runde auflöse. Das Reden hat mich doch mehr angestrengt, als ich dachte. Das wird wohl das letzte Mal gewesen sein, dass wir uns sehen. Ich danke Ihnen herzlich für Ihre Besuche und den netten Austausch, den wir hatten. Ich hoffe, Sie denken gerne an das Kloster St. Benedikt und mich zurück. Leben Sie wohl und Gott schütze Sie." Genau das war der Abgang, den er sich gewünscht hatte, dachte Amy.

Alexander und sie bedankten sich ebenfalls und beteuerten, die Besuche genossen zu haben, was ja auch stimmte.

Bruder Anselm begleitete zuerst Amy und Alexander hinaus. Bevor sie den Innenhof verließen, sahen sich beide noch einmal um. Diesen Garten würden sie wohl nie wiedersehen. Bei Bruder Hieronimus war Amy sich nicht sicher.

„Bist du zufrieden mit mir?", fragte Alexander, als sie wieder im Auto saßen.

„Du meinst mit deiner Gesprächsführung? Die war unerreichbar, sehr gut, Alexander", antwortete Amy bewusst übertrieben und lachte. Alexander wusste, dass das ein Kompliment war und lächelte.

„Ist Bruder Hieronimus wirklich der gute, liebevolle alte Abt, für den wir ihn bislang gehalten haben? Nach dem heutigen Besuch bin ich mir da nicht mehr ganz so sicher", überlegte Amy laut.

„Du meinst aber nicht ...", Alexander mochte es nicht aussprechen.

„Nein, nicht wirklich, Alexander, irgendetwas in mir sträubt sich gegen diesen Gedanken."

„Vielleicht hatte er heute einfach einen schlechten Tag", versuchte Alexander die Befindlichkeit von Bruder Hieronimus zu erklären.

„Du hast sicher recht. Allerdings bin ich mir sicher, dass Bruder Jeremias aus dem Rennen ist. Er war nicht die Person, die mit Mutus die Verbrechen geplant hat, sofern

Mutus überhaupt unser Täter ist. Dein letzter Anlauf, noch mehr über ihn zu erfahren, hat das geklärt."

„Er scheint in den letzten Jahren in St. Florian die Demenz bereits entwickelt zu haben. Somit kann er es wirklich nicht gewesen sein. In der Chronik ist das so deutlich nicht herausgekommen."

Nach einer kurzen Pause wechselten sie das Thema und erreichten bald das Hotel.

Sie hatten sich um sieben mit Hannes zum Abendessen verabredet und schafften es, pünktlich im Restaurant zu sein.

Hannes saß bereits am Tisch und hatte schon Ausschau nach ihnen gehalten. Alexander und Amy merkten sofort, dass etwas nicht stimmte. Hannes war sichtbar aufgeregt. Er hatte einen hochroten Kopf und hektische Flecken an seinem Hals, was Amy so noch nie bei ihm gesehen hatte.

„Was ist mit dir, Hannes?", fragte sie und hatte Angst, er würde jeden Moment einen Herzinfarkt bekommen. Alexander hatte sich erst gar nicht gesetzt. Er hatte das Restaurant wieder verlassen und kam nur wenige Augenblicke später mit einem Cognac aus der Bar zurück.

„Trink den erst mal, Hannes, das beruhigt", sagte er und stellte ihm das Glas hin.

Dankbar hatte Hannes das Glas in einem Zug geleert. Er versuchte, sich wenigstens so weit zu beruhigen, dass er erzählen konnte, was passiert war.

„Ihr könnt euch das nicht vorstellen. So etwas habe ich noch nie erlebt. Die Beisetzung ist in einem Eklat geendet!" Er atmete ein paar Mal tief durch und versuchte von Anfang an und in Ruhe zu erzählen: „Die Trauergemeinde hatte sich in der Kirche zum Gottesdienst versammelt. Zunächst sprach der Pfarrer einige Worte und danach der Bürgermeister. Nach der Kirche gingen wir auf dem Weg zum Friedhof hinter den Särgen her. Bis dahin war alles wie bei jeder anderen Beerdigung auch. Als die Familie vor den offenen Gräbern stand, wurde es plötzlich unruhig. Hubertus und

Brigitte schienen sich zu streiten, sodass der Pfarrer sogar sein Gebet unterbrechen musste. Stellt euch das nur einmal vor, vor den offenen Gräbern! Dann hörte man die Mutter laut und deutlich, wie sie sagte: ‚Ruhe jetzt!'. Sie stellten den Streit ein und der Pfarrer betete weiter. Es dauerte aber nicht lange, bis die Trauergäste sie wieder tuscheln hörten. Doch bevor sie wieder laut werden konnten, brach Frau Tiegelmeier zusammen. Sie wäre beinahe noch in eines der offenen Gräber gestürzt. Kurze Zeit später stand sie wieder. Hubertus und Brigitte haben sie gestützt und vom Friedhof geführt. Die Gebete am Grab wurden dann ohne sie gesprochen. Der Schwiegersohn blieb alleine zurück und hat praktisch die Familie vertreten. Ich bin hinter den dreien hergegangen, weil ich gedacht habe, vielleicht brauchen sie Hilfe. Als ich kurz vor dem Friedhofstor war, hörte ich, wie ein lautes Geschrei losging. Es kam von dem Parkplatz vor der Aufbahrungshalle. Es waren eindeutig Hubertus und Brigitte. Alle Trauergäste haben es gehört. Es hallte von dort zum Friedhof hoch. Ich will nicht alles wiederholen, was sie sich gegenseitig an den Kopf geworfen haben, es war schrecklich. Brigitte schrie Hubertus an, er sei Schuld an allem, was passiert sei. Er hätte ja unbedingt der Chef sein wollen und jetzt wären beide tot. Hubertus hat seinerseits Brigitte Vorwürfe gemacht. Wenn sie nicht so zickig gewesen wäre über all die Jahre, dann wäre alles anders gekommen. So ging das hin und her. Ich habe jeden Moment damit gerechnet, dass sie sich zu prügeln beginnen, so heftig sind sie aufeinander losgegangen."

„Wo war Frau Tiegelmeier, als sie sich gestritten haben?", fragte Amy.

„Frau Tiegelmeier hatten sie ins Auto gesetzt. Sie saß auf dem Rücksitz und hat alles mitbekommen. Sie weinte die ganze Zeit. Es war so schlimm, sage ich euch", Hannes schüttelte den Kopf und konnte das Ganze immer noch nicht fassen.

„Wie ist es dann weitergegangen?", fragte Amy.

„Hubertus sagte dann, Brigitte solle sich zum Teufel scheren. Er ließ sie einfach stehen und lief in Richtung Dorfmitte. Brigitte fuhr anschließend mit dem Auto hinterher."

Alexander und Amy sahen sich an und waren ebenso fassungslos wie Hannes. Ein paar Minuten lang sagte niemand von ihnen ein Wort. Hannes wurde langsam ruhiger. Er fühlte sich nun etwas leichter, nachdem er sich das Erlebte von der Seele geredet hatte.

„Wollen wir mit dem Salat anfangen?", fragte Amy vorsichtig.

Die Männer nickten und standen mit Amy auf. Als sie wieder am Tisch saßen, fragte Hannes, wie es ihnen in St. Benedikt ergangen war.

„Heute habe ich es Alexander überlassen, sich mit Bruder Hieronimus zu unterhalten. Sie haben fast nur über die Chronik gesprochen und beide haben es sichtlich genossen, nicht wahr, Alexander?"

„Doch, es war sehr nett, und Bruder Hieronimus hat wieder gerne und viel erzählt von den alten Zeiten hier in St. Florian. Von ihm und von Bruder Anselm sollen wir dich übrigens auch herzlich grüßen und sie haben sich über deine Grüße gefreut." Alexander hatte bemerkt, dass Amy nicht ins Detail gehen wollte, um Hannes ein weiteres Negativerlebnis zu ersparen, also beließ auch er es dabei.

„Das ist nett. Danke, dass ihr meine Grüße ausgerichtet habt." Hannes freute sich wirklich über die Grüße, dachte Amy.

Danach sprachen sie nur noch über Themen, die weit weg waren von den Erlebnissen des Tages. Als sie mit dem Dessert fertig waren, musste Amy doch noch einmal auf Hubertus Tiegelmeier zurückkommen: „Hannes, du weißt nicht zufällig, was die Geschwister Tiegelmeier und die Mutter nach dem Streit gemacht haben, oder?"

„Du wirst es nicht glauben, aber sie sind alle in der Gastwirtschaft erschienen, in der das Leichenmahl stattfand. Sie saßen an einem Tisch nebeneinander, als wäre nichts gewesen. Habe ich das nicht erzählt? Als ich um Viertel vor sieben gegangen bin, waren sie immer noch dort."

„Ich sollte morgen früh dringend mit den beiden reden. Es interessiert mich schon, worüber sie so heftig gestritten haben. Außerdem möchte ich wissen, was Brigitte Harter damit gemeint hat, als sie ihrem Bruder sagte, er sei an allem schuld."

„Das würde mich auch interessieren", pflichtete Hannes ihr bei.

In der Bar tranken sie nach dem Essen und nach diesem ereignisreichen Tag eine Flasche Wein und lösten ihre Runde gegen dreiundzwanzig Uhr auf.

12

Amy schreckte aus dem Schlaf hoch. Jemand klopfte heftig an ihre Zimmertür und rief ihren Namen.

„Ich komme, ich komme!", rief sie noch schlaftrunken und wankte zur Tür. Es war Peter Fischer, der sie drängte mitzukommen. Sie hätten Hubertus Tiegelmeier gefunden. Er habe sich in der Kirche erhängt. Amy sah auf ihre Uhr. Es war kurz nach halb sieben.

„Geben Sie mir fünf Minuten, bitte. Ich komme zur Rezeption. Rufen Sie bitte Hannes Gruber an und sorgen Sie dafür, dass niemand in die Kirche geht, danke." Sie steckte nur ihren Kopf unter die Dusche, um wach zu werden, und sprang in ihre Kleider. Auf dem Weg zur Rezeption wünschte sie sich zum ersten Mal, dass dieser Fall endlich vorbei wäre. Fünf Tote und drei davon aus einer Familie waren einfach zu viel. Wenn sie nicht schnell genug war, würde sie den angekündigten Mord und damit den sechsten Toten auch nicht verhindern können. An der Rezeption angekommen ging Peter Fischer mit ihr durch den Ostflügel des Gebäudes in Richtung Kirche.

„Wer hat ihn gefunden?", fragte Amy.

„Herr Schober, er hat heute seinen wöchentlichen Kontrollrundgang durch die kaum oder gar nicht genutzten Räumlichkeiten gemacht. Der Anblick von Herrn Tiegelmeier hat ihn schwer getroffen, er war vollkommen konfus", antwortete Peter Fischer.

„Das kann ich mir vorstellen, dass ihn das schockiert hat. Sie wissen wahrscheinlich nicht, wann das letzte Mal jemand vor Herrn Schober in der Kirche war, von Herrn Tiegelmeier einmal abgesehen, oder?"

„Das kann ich Ihnen leider nicht sagen. Allerdings könnte ich nachher an der Rezeption fragen, wer als Letzter den Schlüssel geholt hat und wann das gewesen ist. Die zwei Türen zur Kirche sind eigentlich immer verschlossen."

„Hatte Herr Tiegelmeier einen eigenen Schlüssel?"

„Nein, das denke ich nicht. Soll ich mich beim Portier erkundigen, ob er den Juniorchef gestern im Hotel gesehen hat?"

„Ja, tun Sie das. Es muss am Abend gewesen sein, da er noch bis Viertel vor sieben im Gasthof im Dorf gesehen worden ist, vielen Dank."

Sie waren an der Tür zur Kirche angelangt und der Hotelmanager schloss sie auf.

„Vielen Dank, Herr Fischer, lassen Sie mir den Schlüssel hier. Ich gehe alleine hinein. Sorgen Sie bitte dafür, dass das Büro von Herrn Tiegelmeier verschlossen ist und dass es niemand betritt. Die Spurensicherung wird es nachher untersuchen. Wenn Herr Gruber kommt, schicken Sie ihn bitte direkt zu mir, danke."

Peter Fischer übergab Amy den Schlüssel und ließ sie allein. Amy hatte fast alles erwartet, aber das, was sie hier sah, nahm ihr dann doch den Atem. Hubertus Tiegelmeier hing direkt über dem Altar, an der Stelle, an der während ihres Rundgangs mit dem Gärtner noch das große Kreuz gehangen hatte. Das Kreuz stand nun vor dem Altar auf dem

Boden und war an den Altartisch angelehnt. Amy kamen sofort die Bilder von dem Kreuz am Schreibtisch von Gustav Tiegelmeier in den Sinn. Amy ging näher an den Altar heran. Hubertus Tiegelmeier hatte an das Seil, das von der Kirchendecke herabhing, ein weiteres Seil angebracht und sich an diesem erhängt. Er trug eine Mönchskutte und Mönchssandalen, was Amy einen Moment irritierte. Sie sah sich um. Die normale Kleidung von dem Toten konnte sie nirgends entdecken. Sollte das etwa heißen, er war das letzte Opfer des Mörders und es war gar kein Suizid? Oder hatte er sich selbst so gekleidet und sich dann erhängt, weil er der Mörder der anderen war? Hatte Brigitte Harter nicht zu ihm gesagt, er sei an allem schuld?

Amy sah sich den Toten genauer an. Sie konnte keine Verletzungen im Gesicht erkennen. Dies war allerdings auch recht schwierig, da sich die Gesichtshaut dunkelviolett verfärbt hatte und die Lichtverhältnisse schlecht waren. Die Kutte war im Bereich der Brust nicht mit Blut verschmiert, soweit Amy es auf diese Entfernung ausmachen konnte. Das Gewand hing recht locker am Körper des Toten, somit war es denkbar, dass es mit eventuellen Verletzungen der Haut nicht in Kontakt gekommen war. Amy ging hinter den Altar. Auch am Rücken konnte sie keine Blutspuren an der Kutte erkennen. Die Fuß- und Handgelenke waren unversehrt. Rechts neben dem Altar lag ein Stuhl auf dem Boden. Amy erkannte ihn wieder. Es war der Stuhl aus der Sakristei. Vermutlich hatte Hubertus Tiegelmeier den Stuhl auf den Altar gestellt, war hinaufgestiegen und hatte ihn dann umgestoßen. Dabei musste der Stuhl vom Altar gefallen sein. Um eine Antwort auf die Frage zu erhalten, ob der Juniorchef die vierte Person auf der Liste des Mörders gewesen war, musste Amy auf Lea warten. Sie hatte die Mannschaft aus München bereits angefordert. Die Tür zum Ostflügel ging auf und Hannes kam herein. Er blieb wie angewurzelt stehen, als er Hubertus Tiegelmeier sah. Er starrte den Toten an und brachte zunächst kein Wort heraus.

„War er die vierte Person auf der Liste des Mörders?", fragte er nach einer Weile ungläubig. „Das kann doch nicht sein, was hat er denn verbrochen?"

„Ich weiß es nicht, Hannes. Ob er wirklich das vierte Opfer ist, muss sich erst herausstellen. Wobei die Kutte und die Sandalen natürlich dafür sprechen. Aber er könnte sie sich auch selber angezogen haben."

„Ich verstehe das alles nicht mehr. Es wird mir einfach zu viel", sagte Hannes erschöpft. „Sag mir, was ich für dich tun kann, Amy."

„Bitte bleibe hier in der Kirche, bis Lea und die anderen Kollegen aus München eingetroffen sind, und sage Alexander Bescheid, dass wir nicht zum Frühstück kommen. Ich muss mich um den Gärtner kümmern, er hat den Toten gefunden. Ist das in Ordnung für dich?"

„Natürlich, ich passe hier auf und gebe Alexander Bescheid."

Amy verließ die Kirche und erinnerte sich an den Aufenthaltsraum für die Mitarbeitenden, den Herr Schober ihr gezeigt hatte. Möglicherweise würde sie ihn dort finden. So war es auch, er saß allein an einem Tisch und starrte vor sich hin.

„Guten Morgen Herr Schober."

„Das ist kein guter Morgen, Frau Craig, gar kein guter Morgen. So etwas Schreckliches habe ich in meinem ganzen Leben noch nicht gesehen. Dafür musste ich erst sechzig Jahre alt werden", murmelte er vor sich hin.

„Es tut mir leid, dass Sie Ihren Chef so finden mussten. Meinen Sie, Sie können mir trotzdem ein paar Fragen beantworten?"

„Sicher, Frau Craig, es geht schon wieder."

„Sie haben Ihren wöchentlichen Rundgang gemacht. Dafür benötigen Sie wahrscheinlich den Schlüsselbund, den Sie auch auf unserem Rundgang dabei hatten, ist das richtig?"

Der Gärtner nickte.

„War der Schlüsselbund an der Stelle, an der Sie ihn das letzte Mal hingelegt haben, oder mussten Sie ihn heute Morgen suchen?"

„Nein, ich hatte mir die Schlüssel auf meine Werkbank gelegt, damit ich daran denke, den Rundgang heute früh als Erstes zu machen, wenn ich komme. Genau dort lagen sie noch heute früh."

„War sonst etwas anders in Ihrer Werkstatt, als Sie heute Morgen gekommen sind?"

„Nein, es war alles, wie ich es gestern Abend verlassen habe."

„Ist Ihnen etwas merkwürdig vorgekommen, gestern oder heute früh?"

„Jetzt, wo Sie es sagen. Natürlich! Die Haupttür der Kirche war nicht verschlossen. Ich hatte den Schlüssel von außen in das Schloss gesteckt, konnte aber nicht aufschließen, weil sie gar nicht verschlossen war."

„Ist das schon häufiger vorgekommen, dass die Tür unverschlossen war?"

„Die Tür zum Ostflügel war schon zwei oder drei Mal nur ins Schloss gezogen gewesen, aber die Haupttür war noch nie offen."

„Wissen Sie, wie viele Schlüssel es von den Eingängen zur Kirche gibt?"

„Ich weiß von jeweils drei Schlüsseln. Einen habe ich, ein weiterer ist an der Rezeption und ein Schlüsselbund, an dem genau die gleichen Schlüssel sind wie an meinem, liegt im Haussafe. Josef Tiegelmeier hat die Zweitschlüssel seinerzeit anfertigen lassen."

„Im Moment habe ich keine Fragen mehr, Herr Schober. Wenn Ihnen noch etwas einfällt, melden Sie sich bitte bei mir. Kann ich noch etwas für Sie tun?"

„Das ist nett, Frau Craig, aber ich komme zurecht, danke. Sie wissen ja, wo Sie mich finden, wenn noch etwas ist."

„Da fällt mir noch etwas ein, Herr Schober. Bruder Hieronimus lässt Sie herzlich grüßen. Bei einem meiner

Besuche bei ihm habe ich erwähnt, dass Sie mir die Keller gezeigt haben. Er konnte sich sofort an Sie erinnern."

Ein Lächeln huschte über das Gesicht des Gärtners. „Er hat mich noch gekannt? Das ist schön. Vielen Dank, Frau Craig."

Amy ging zur Rezeption und suchte Peter Fischer. Sie erzählte ihm von dem Schlüsselbund im Haussafe und bat ihn zu überprüfen, ob dieser noch im Safe lag und ob sich die Kirchenschlüssel an dem Schlüsselbund befanden. Anschließend ging sie wieder in die Kirche zurück.

Hannes war immer noch allein. Er hatte sich in die vorderste Kirchenbank gesetzt und war in seinen Gedanken versunken. Langsam machte sich Amy wirklich Sorgen um ihn. Er sah sehr müde aus. Doch würde sie ihn von dem Fall entbinden, würde ihn das noch viel härter treffen. Sie musste gut auf ihn achtgeben.

„Glaubst du, dass es jetzt vorbei ist, Amy?", fragte er mit monotoner Stimme.

„Das weiß ich nicht, Hannes, aber ich hoffe es sehr. Die letzten zwölf Tage haben viel Leid über das Kloster, das Hotel, den Ort und vor allem über die Familie Tiegelmeier gebracht. Es wäre den Menschen hier zu wünschen, dass sie wieder zur Ruhe kommen können."

„Genau das habe ich auch gerade gedacht."

Amy hatte sich zu ihm gesetzt und beide schwiegen. Es dauerte noch eine Weile, bis Lea Vogler eintraf.

„Guten Morgen zusammen", sagte sie mit gedämpfter Stimme, als sie Amy und Hannes schweigend neben-einander in der Kirchenbank antraf.

„Guten Morgen Lea. Es könnte heute definitiv deine letzte Fahrt nach St. Florian gewesen sein. Sollte Hubertus Tiegelmeier, er ist der Tote, das vierte Opfer unseres Mörders sein, hat der Mörder, wie er selber sagte, seine Arbeit erfüllt", informierte Amy die Pathologin.

„Dann hoffen wir mal, dass das so ist und das Elend hier in St. Florian damit ein Ende hat."

Die Beamten der Spurensicherung trafen kurz nach der Gerichtsmedizinerin ein. Sie stellten große Scheinwerfer auf und leuchteten damit die gesamte Kirche aus. Als sie ihre Aufnahmen von der Auffindsituation gemacht hatten, nahmen sie den Toten herunter. Sie legten ihn vor den Stufen zum Altar auf ein Tuch.

Amy und Hannes saßen noch immer stumm in der Kirchenbank und es wirkte, als sei jeder von ihnen froh, den anderen neben sich zu wissen. Lea brauchte zehn Minuten, bis sie Amy ein Zeichen gab, dass sie eine erste Einschätzung abgeben konnte. Amy stand auf und ging zu ihr.

„Ich habe zwei unterschiedliche Spuren am Hals des Toten gefunden, die definitiv mit einem zeitlichen Abstand entstanden sind. Vom Augenschein her sind beide durch dieses Seil entstanden. Meine Vermutung ist, dass er sich selbst erhängt hat, aber danach noch einmal abgenommen worden ist. So schrecklich es auch klingen mag, danach ist er wieder aufgehängt worden. An der Kutte sind keine Blutspuren, was nicht heißt, dass es keine Einritzungen gibt. In diesem Punkt musst du dich gedulden, bis ich ihn in München habe. Gesicht, Mundwinkel, Hand- und Fußgelenke sind auf den ersten Blick ohne Verletzungen. Meine erste Einschätzung zum Todeszeitpunkt unter Berücksichtigung der niedrigen Temperatur und der feuchten Luft hier in der Kirche ist gestern Abend zwischen neun und zehn. Die Zeitspanne, die zwischen dem Zufügen der ersten und der zweiten Strangulationsmale liegt, kann ich dir erst nach der Obduktion sagen."

„Kannst du mich bitte sofort anrufen, wenn du weißt, ob Einritzungen vorliegen oder nicht? Davon hängt im Moment alles ab", bat Amy.

„Selbstverständlich, das mache ich."

„Vielen Dank, Lea und gute Heimfahrt."

Nachdem die Pathologin gegangen war, wandte sich Amy an den verantwortlichen Beamten der Spurensicherung. Sie erklärte ihm, wo sich das Büro des Toten befand und bat ihn, speziell nach einem Abschiedsbrief zu suchen. Auch in der Wohnung des Toten sollten sie darauf achten. Sie ging

231

zurück zur Kirchenbank, in der Hannes immer noch wie ein Häufchen Elend saß.

„Hannes, komm, wir gehen." Woraufhin er wortlos aufstand und mit ihr die Kirche verließ.

Alexander war mit dem Frühstück bereits fertig und wartete in der Eingangshalle auf sie. Er sah ihnen an, dass es ein schwerer Start in den Tag für sie gewesen war. Obwohl Hannes und Amy der Appetit vergangen war, gingen sie doch noch ins Restaurant, um wenigsten eine Kleinigkeit zu essen. Sie erzählten Alexander, der sie begleitete, von Hubertus Tiegelmeiers dubiosem Selbstmord.

„Das würde unter Umständen heißen, dass der Spuk endlich vorbei ist?" Auch in der Stimme von Alexander schwang Hoffnung und Erleichterung mit.

„Lea wird mich sofort informieren, wenn sie den Körper des Toten ohne Mönchskutte gesehen hat. Dann wissen wir, ob es wirklich vorbei ist. Im Moment müssen wir von Selbstmord ausgehen. Was tatsächlich passiert ist, wissen wir erst, wenn die vollständigen Resultate vorliegen", fasste Amy die Situation kurz zusammen.

Nun war es ihre Aufgabe, der Mutter und der Schwester diese grauenhafte Nachricht zu überbringen. Es gab keine Worte des Trostes für das, was dieser Familie in den letzten Tagen widerfahren war, dennoch würde Amy es versuchen. Hannes fuhr sie wie am ersten Tag nach ihrer Ankunft zu dem Haus am Dorfrand. Es war genau zehn Tage her, dass sie das Gespräch mit Frau Tiegelmeier und der Tochter nach dem Tod von Gustav Tiegelmeier geführt hatte. Wie beim ersten Mal zog Hannes es vor, im Auto zu warten. Amy hatte den Hausarzt der Familie gebeten, ebenfalls zu kommen, da der gesundheitliche Zustand von Frau Tiegelmeier noch immer nicht stabil war. Als der Hausarzt eintraf, ging Amy gemeinsam mit ihm zur Haustür.

Nur Zehn Minuten später öffnete Amy die Beifahrertür an Hannes' Auto. Sie war froh, dass sie es hinter sich hatte. In dieser Situation hatte sie es unterlassen, der Tochter bereits Fragen zu der Auseinandersetzung mit ihrem Bruder während der Trauerfeier zu stellen. Ebenso hatte sie die Frage nach den genauen Todesumständen nicht beantwortet und auf die noch ausstehenden Ergebnisse der Gerichtsmedizin verwiesen. Sie setzte sich ins Auto, zog die Tür zu, und Hannes fuhr los, ohne ein Wort zu sagen.

„Hannes, fahr uns bitte an einen Ort, von dem aus ich in die Ferne sehen kann. Ich brauche noch einen Moment, bevor wir ins Hotel zurückfahren, und ein weiter Blick ist das Einzige, was mir jetzt wirklich guttut."

Hannes fuhr in Richtung Bausch und bog etwa drei Kilometer nach dem Ortsende von St. Florian links ab. Der Weg führte in einen Wald und nach einem eher flachen Beginn stieg die Straße recht steil an. Am Ende des Waldes fuhr Hannes noch etwa fünfhundert Meter einen unbefestigten landwirtschaftlichen Weg entlang, der mitten durch eine Wiese führte. Kurz vor einer Bergkuppe hielt er an und stellte den Motor aus. Direkt oben auf der Kuppe thronte eine große alte Eiche, unter der eine verwitterte Holzbank stand. Der Ort schien vollkommen abgelegen und war doch so nah bei St. Florian. Hannes und Amy stiegen aus.

„Es ist wunderschön hier oben, Hannes. Bist du oft hier?"

„Das ist mein Lieblingsplatz, wenn es mir ähnlich geht wie dir jetzt gerade. Ich wäre heute sicherlich auch noch hier hergefahren."

Amy ging zu der Bank und setzte sich. Der Ausblick war bei dem klaren Wetter, das an diesem Tag herrschte, traumhaft. Sie blickten über die Berge, die das Tal markierten, bis in die angrenzende Ebene. In der Ferne konnten sie sogar die Gipfel der zum Teil noch schneebedeckten Berge erkennen. Hannes hatte sich neben Amy gesetzt.

„Mein Großvater hat immer zu mir gesagt: ‚Wenn du in die Weite blickst, öffnen sich deine Sinne für das Wesentliche. Der Wind, der über die Hügel weht, trägt deine Sorgen und deine Ängste weit fort von dir. Deine Gedanken werden klar und du siehst die Dinge, wie sie wirklich sind."

„Dein Großvater war ein sehr kluger Mann, Amy. Mein Vater ist sehr viel mit uns gewandert. Er liebte die Berge und die Natur. Er kannte alle Berggipfel, die im Umkreis von St. Florian zu sehen sind, und hat uns immer wieder die Namen aufgesagt."

„Du hast recht, Hannes, mein Großvater war wirklich ein kluger und weiser Mann. Als Schamane wusste er sehr viel mehr als andere. Über viele Generationen ist das Wissen der Schamanen gewachsen und weitergegeben worden. Ihre geschärften Sinne und ihre Fähigkeiten mögen einem Laien wie Zauberei erscheinen. Aber es hat nichts mit Zauberei zu tun. Ich bin meinem Großvater bis heute dankbar, dass er mir so vieles beigebracht hat. Bis zu seinem Tod, da war ich elf Jahre alt, ist er immer für mich da gewesen. Meine Eltern arbeiteten beide und ich habe jeden Tag mit ihm verbracht. Er hat mich ganz behutsam mit seinen Geschichten und Erzählungen in seine Welt mitgenommen und auf diese Welt vorbereitet."

„Ich habe meine Großeltern leider nicht mehr kennengelernt. Manchmal hätte ich auch gerne einen Großvater gehabt."

Sie saßen noch eine Weile auf der Bank, bis es Zeit war, wieder ins Hotel zurückzufahren. Es war ein kurzer Ausflug, doch er hatte beiden gutgetan. Kurz bevor sie auf den Klosterhof fuhren, klingelte Amys Handy.

„Hallo Amy, Hubertus Tiegelmeier hat Einritzungen. Im Unterschied zu den anderen Opfern hat er allerdings nur je eine auf der Brust und auf dem Rücken. Entziffert habe ich sie noch nicht", hörte Amy Lea sagen.

„Vielen Dank, Lea, dann wollen wir hoffen, dass es jetzt mit dem Morden endgültig vorbei ist", sagte Amy und war erleichtert wie schon lange nicht mehr.

„Gott sei Dank", Hannes war anzumerken, welch große Last ihm in diesem Moment von den Schultern fiel. „Einen weiteren Mord hätte ich auch nicht verkraftet."

Hannes stellte den Wagen ab und sie gingen ins Hotel.

In der Eingangshalle wartete Peter Fischer bereits auf sie. Die Schlüssel zu den zwei Kirchenzugängen waren sowohl an der Rezeption als auch im Haussafe vorhanden, berichtete er. Die Portiers, die seit gestern Vormittag im Dienst waren, hatten die Schlüssel nicht herausgegeben. Niemand, den er gefragt hatte, wusste von weiteren Schlüsseln zur Kirche.

Bruder Hieronimus, schoss es Amy durch den Kopf. Es würde sie nicht wundern, wenn er seine Schlüssel behalten hätte. Ihn danach zu fragen machte allerdings keinen Sinn. Er würde es abstreiten. Amy merkte, wie der alte Abt ungewollt immer mehr in ihren Fokus rückte.

Für die Berichte aus München war es noch zu früh. Hannes und Alexander saßen in der Eingangshalle und unterhielten sich. Amy war froh, dass Hannes sich wieder etwas gefangen hatte. Die Nachricht von Lea, die sie im Auto erhalten hatten, war für ihn wie eine Erlösung gewesen, dachte Amy. Die letzten zwölf Tage hatten ihn mehr mitgenommen, als er es sich eingestehen wollte. Für ihn war es gut, wenn jetzt Ruhe einkehren würde.

Amy ging in den Ostflügel zur Rezeption des Wellness-bereiches.

„Guten Tag, mein Name ist Amy Craig, Kriminalhaupt-kommissarin aus München. Können Sie mir bitte sagen, wer gestern Abend hier an der Rezeption Dienst gehabt hat?", fragte Amy die junge Mitarbeiterin.

„Ich hatte gestern Abend Dienst", antwortete die junge Frau und schien etwas verunsichert durch die Frage.

„Darf ich Ihnen ein paar Fragen stellen, Frau ..."

„Barbara Felsen heiße ich. Sicher, was möchten Sie wissen?"

„Wie lange hatten Sie gestern Abend Dienst, Frau Felsen?"

„Bis halb elf." Die junge Frau sah Amy noch immer fragend an. Sie hatte anscheinend noch nicht mitbekommen, was passiert war.

„Sie müssen sich keine Sorgen machen, Frau Felsen. Meine Fragen haben nichts mit Ihrer Person zu tun. Es ist reine Routine", versuchte Amy der jungen Frau die Unsicherheit zu nehmen. „Ist Ihnen zwischen zwanzig und zweiundzwanzig Uhr etwas Besonderes aufgefallen?"

Der Gesichtsausdruck der jungen Frau hatte sich etwas entspannt.

„Lassen Sie mich überlegen, nein, es war eigentlich ruhig. Herr Tiegelmeier ging noch bei mir an der Rezeption vorbei und fragte mich auch, ob alles in Ordnung sei."

„Wie spät war es etwa, als Herr Tiegelmeier hier vorbeiging?"

„Das kann ich Ihnen sogar ganz genau sagen. Herr Tiegelmeier war gerade weg, als ein Gast pünktlich zu seiner Anwendung um neun kam."

„Wissen Sie noch, welche Kleidung Herr Tiegelmeier trug und ob er etwas bei sich hatte, zum Beispiel eine Tasche oder etwas Ähnliches?"

„Er war normal gekleidet, wie immer. Warten Sie, er trug eine dunkelgraue Hose, ein helles Oberhemd und ein schwarzes Jackett. Und ja, genau, er hatte einen Rucksack dabei. Das hat mich noch gewundert, weil ich so etwas vorher noch nie bei ihm gesehen hatte. Er trug den Rucksack allerdings nicht auf dem Rücken, sondern in der Hand."

„Ganz herzlichen Dank, Frau Felsen, Sie haben mir sehr geholfen. Das ist auch schon alles", verabschiedete sich Amy und ging zurück in die Eingangshalle.

Sie gesellte sich zu Hannes und Alexander und erzählte ihnen von der Aussage der Mitarbeiterin und dass sie es fast nicht glauben konnte, in diesem Fall doch noch auf jemanden gestoßen zu sein, der etwas Brauchbares aussagen konnte.

„Du wirst sehen, Amy, jetzt wirst du den Fall doch noch aufklären", sagte Alexander voller Überzeugung.

„Mit der Prognose wäre ich vorsichtig, Alexander. Bei diesem Fall kommt immer alles anders, als man denkt. Bestellt ihr mir bitte einen Kaffee? Ich gehe schnell ins Büro und sehe nach, ob die Ergebnisse gekommen sind."

Lea hatte ihren Bericht bereits geschickt. Amy konnte ihren Laptop in die Bar mitnehmen, da sie, Alexander und Hannes die einzigen waren, die dort saßen. Während sie die Ergebnisse las, fasste sie die Resultate für Hannes und Alexander zusammen.

„Es besteht kein Zweifel daran, dass Hubertus Tiegelmeier Selbstmord begangen hat. Der Tod ist zwischen einundzwanzig Uhr fünfzehn und einundzwanzig Uhr fünfundvierzig eingetreten. Er war bereits eine Stunde tot, als ihn jemand von dem Seil heruntergenommen hat. Zu dem Zeitpunkt trug er noch seine eigene Kleidung, die ihm dann ausgezogen wurde. Auf die Brust wurde ihm ACEDIA für Feigheit, Faulheit und Ignoranz und auf dem Rücken LUXURIA für Wollust, Begehren und Genusssucht eingeritzt. Die Tatsache, dass er zu dem Zeitpunkt bereits mehr als eine Stunde tot war und aus den Wunden kein Blut mehr ausgetreten ist, erklärt, warum die Kutte nicht mit Blut verschmiert war wie bei den anderen Opfern. Danach wurden ihm die Kutte und die Sandalen angezogen und er wurde wieder aufgehängt."

„Alleine bei der Vorstellung, einen Menschen ein zweites Mal aufzuhängen, läuft es mir kalt den Rücken herunter", unterbrach Hannes Amys Ausführungen.

„Das geht mir genauso", stimmte Alexander ihm zu.

Amy sah die zwei an und konnte sehr gut nachempfinden, was sie fühlten. Dann fuhr sie mit der Schilderung der Ergebnisse fort.

„Der Körper von Hubertus Tiegelmeier weist keine weiteren Verletzungen oder Spuren von Misshandlungen auf. Er war das vierte Opfer des Mörders, das ist sicher. Nur dass Hubertus Tiegelmeier seinem Leben selbst ein Ende gesetzt hat und dem Mörder in diesem Punkt zuvorgekommen ist, so makaber es auch klingen mag."

„Du bist dir wirklich sicher, dass es jetzt endgültig vorbei ist?"

„Ja, ich bin mir sicher, Hannes. Der Mörder hätte es mir an dem Abend in dem Keller gesagt, wenn er noch weitere Morde geplant hätte."

Von Hannes fiel nach und nach die Anspannung der letzten Tage ab und er kämpfte einen Moment lang mit den Tränen. Amy und Alexander versuchten ihn mit ihren Blicken zu trösten und konnten ihm schließlich ein zaghaftes Lächeln entlocken.

„Wollen wir gemeinsam den genauen Hergang rekonstruieren?", fragte Amy. Alexander und Hannes stimmten zu.

„Dann versuche ich es einmal", begann sie. „Wir wissen, dass Hubertus Tiegelmeier kurz vor einundzwanzig Uhr über den Ostflügel in die Klosterkirche geht. Er muss einen eigenen Schlüssel haben, den er sich in den Tagen zuvor oder bereits früher problemlos nachmachen lassen konnte, da er Zugang zu dem Schlüsselbund im Haussafe hatte. In dem Rucksack, den er bei sich trägt, befindet sich vermutlich das Seil, das er als Verlängerung benötigt. Er betritt die Kirche, und aus der Sakristei holt er den Stuhl. Er steigt auf den Altar und nimmt das schwere Holzkreuz herunter, möglicherweise benötigt er dafür bereits den Stuhl. Ob er das Kreuz selber vorne an den Altar gelehnt hat, können wir nicht sagen. Er holt das Seil aus seinem Rucksack, steigt auf den Altar und dann auf den Stuhl. Das mitgebrachte Seil bringt er als Verlängerung an, da das Seil für das Kreuz zu hoch hängt, um sich direkt an ihm zu erhängen. Er legt sich die Schlinge um den Hals, stößt den Stuhl weg, der daraufhin vom Altar auf den Boden fällt. Dieser Ablauf passt mit der Zeitspanne überein, die Lea für den Todeszeitpunkt festgelegt hat. Seid ihr bis hierhin einverstanden?"

Alexander und Hannes nickten.

„Bei dem, was jetzt folgt, gehe ich von der Annahme aus, dass Hubertus Tiegelmeier der zweite Komplize des Mörders war", legte Amy fest, bevor sie fortfuhr. „Hubertus Tiegelmeier hatte ein Treffen mit dem Mörder geplant.

Aufgrund der Zeitspanne, die zwischen der Entstehung der verschiedenen Strangulationsmale liegt, nehme ich an, dass das Treffen für zweiundzwanzig Uhr dreißig vorgesehen war. Der Mörder kommt durch den Haupteingang der Kirche. Den Schlüssel dafür hat er entweder von Hubertus Tiegelmeier, der auch diesen Schlüssel nachmachen ließ, oder von einer anderen, ebenfalls in die Morde involvierten Person. Der Mörder findet den erhängten Hubertus. Sein Plan war es, Hubertus an diesem Abend zu töten. Aus diesem Grund hatte er die Kutte und die Sandalen bei sich und das Werkzeug, mit dem er die Einritzungen in die Haut vornehmen wollte. Um seinen Plan zu vollenden, nimmt er Hubertus herunter, legt ihn auf den Boden und tut, was zu tun ist. Danach hängt er ihn wieder auf. Er nimmt die Kleidung des Toten und seinen Rucksack und verlässt die Kirche. Dabei vergisst er, den Haupteingang wieder zu verschließen." Amy trank einen Schluck Wasser. Hannes und Alexander sahen sie gebannt an und warteten auf die Fortsetzung.

„Zurück zu Hubertus Tiegelmeier. Als Juniorchef hat er einen schweren Stand neben seinem Vater und wird von ihm schlechter behandelt als die Angestellten. Nicht nur, dass er seine permanenten verbalen Attacken ertragen muss, er wird von ihm vor anderen Personen gedemütigt und bloßgestellt. Seine Erwartungen, als der Vater ihm mehr Verantwortung verspricht, erfüllen sich nicht. Er sieht sich die nächsten Jahre unter der Knute seines Vaters im Hotel arbeiten. Der Frust in ihm ist so groß, dass er sich zum Komplizen des Mörders machen lässt. Er liefert die Informationen aus dem Hotel und wahrscheinlich auch alles, was er von mir zu dem Fall hört. Offen bleibt, ob er selber bei den Morden Hand angelegt hat. Aber wie auch immer, der Vater und der Bruder sind tot und sein Gewissen meldet sich. Der sichere Plan gerät ins Wanken durch unsere Ermittlungen und den Tod von Tobias Viehofer. Hubertus Tiegelmeier befürchtet, dass seine Mittäterschaft auffliegt. Auf der Beerdigung kommt es zu dem Streit mit seiner Schwester. In ihm wächst die Angst, er hält dem Druck nicht mehr stand und beschließt, seinem Leben ein Ende zu setzen. Wann genau er diesen Entschluss gefasst hat, bleibt offen. Hubertus ist sich während der ganzen Zeit seiner Komplizenschaft nicht bewusst, dass er ebenfalls auf der Liste des Mörders steht." Amy hielt erneut inne und noch immer kam kein Kommentar von den beiden Männern.

„Zurück zum Mörder. Er kennt die Geschichte von St. Florian und vor allem die Vergangenheit von Hubertus Tiegelmeier in allen Details. Er weiß etwas, was wir noch nicht wissen. Hubertus Tiegelmeier hat sich etwas zu Schulden kommen lassen, dass ihn auf die Liste gebracht hat. Der Mörder schätzt die Gemütslage des Juniorchefs richtig ein und gewinnt ihn als Komplizen. Die Informationen ermöglichen dem Mörder, seine Taten unbehelligt zu begehen, und er hat gleichzeitig Unterstützung bei den körperlich an-strengenden Transporten der Leichen. Nach den Morden an den ersten drei Opfern war der erste Teil des Plans erfüllt und mit dem Mord an Hubertus Tiegelmeier war er vollständig ausgeführt."

Hannes und Alexander brauchten einen Moment, um Amys Version zu verarbeiten.

„Wie erfahren wir jetzt, was Hubertus verbrochen hat, wenn du mit deiner Vermutung richtig liegst?", fragte Hannes, der sich mit diesem Gedanken nicht so richtig anfreunden konnte.

„Sollte ich wirklich die neu geschriebene und wahre Chronik des Hotels bekommen, werden wir es schwarz auf weiß lesen können. Vielleicht erfahre ich auch etwas, wenn ich mit Brigitte Harter spreche. Wir wissen noch immer nicht, um was es in dem Streit ging, den sie mit ihrem Bruder hatte."

„Ich verstehe die Welt nicht mehr", murmelte Hannes kopf-schüttelnd vor sich hin.

„Wir müssen wieder an die Arbeit", stellte Amy fest. „Wer war Hubertus Tiegelmeier wirklich? Was hat er gemacht, wenn er nicht im Hotel war? Gab es eine Verbindung oder

Kontakte zu Tobias Viehofer? Wo war er an den Schlüssel-
tagen, die wir herausgearbeitet haben? Was weiß seine
Schwester?"

„Was ist eigentlich mit einem Abschiedsbrief? Für
gewöhnlich schreiben Selbstmörder doch Abschiedsbriefe.
Der könnte auch Informationen enthalten. Weißt du, ob es
einen gibt, Amy?", fragte Alexander.

„In der Kirche haben wir keinen gefunden. Es wäre natürlich
möglich, dass der Mörder ihn mitgenommen hat, wenn es
einen gab. Die Beamten der Spurensicherung habe ich
gebeten, im Büro und in der Wohnung von Hubertus
Tiegelmeier speziell darauf zu achten. Allerdings habe ich
nicht explizit gesagt, dass ich sofort informiert werden
möchte, wenn sie einen solchen Brief finden. Also ist das im
Moment noch offen." Amy sah auf die Uhr. „Bis zum Mittagessen ist noch eine Stunde Zeit. Ich werde Frau Harter
anrufen und sie bitten, jetzt zu einem Gespräch zu mir zu
kommen. Ihr zwei fahrt bitte ins Dorf und schaut euch die
Wohnung von Hubertus Tiegelmeier an. Vielleicht findet ihr
dort irgendwelche Hinweise, die uns weiterhelfen. In einer
Stunde sehen wir uns beim Mittagessen, einverstanden?",
fragte Amy in die Runde und da kein Veto kam, war der
Vorschlag angenommen.

Amy hatte telefoniert und bis zum Eintreffen von Frau
Harter blieben ihr noch zwanzig Minuten. Die Zeit würde ihr
genügen, um sich das Büro des Juniorchefs anzusehen. Sie
ging zur Rezeption und ließ sich den Schlüssel geben. Die
Tür war bereits versiegelt, somit hatte die Spurensicherung
ihre Arbeit in dem Büro abgeschlossen. Es war ein
verhältnismäßig kleines und unscheinbares Büro im
Vergleich zu dem von Gustav Tiegelmeier. Alles war
aufgeräumt und ordentlich. Amy sah sich um. Wie im Büro
des Vaters gab es keine persönlichen Gegenstände, keine
Fotos, keine Bilder oder Erinnerungsstücke, einfach nur
Arbeit. In zwei halbhohen weißen Regalen befanden sich
Aktenordner, die man heute in der Computerwelt eigentlich

nur noch sehr selten sah. Amy las, was auf den Ordnerrücken stand. Es waren Geschäftsordner und die aufgedruckten Daten zeigten, dass die Inhalte bereits mehr als zehn Jahre alt waren. Sie ging hinter den kleinen Schreibtisch. Wie die Regale war er aus weißen Pressspanplatten gefertigt. Sie öffnete die zwei einzigen Schubladen. Einige Stifte, ein Schreibblock und Heftklammern waren alles, was sich darin befand. Der Papierkorb war leer, wahrscheinlich hatte die Spurensicherung den Inhalt mitgenommen. Im hinteren Teil des Büros stand ein einfacher runder Tisch mit drei Korbstühlen. Für mehr war in diesem Büro kein Platz. Amy versuchte sich in Hubertus Tiegelmeier hineinzuversetzen. Für einen Juniorchef war dieses Büro eine Zumutung und belegte die Geringschätzung des Vaters gegenüber seinem Sohn. Der kleine fensterlose Raum und die billige Einrichtung waren nicht geeignet, darin Geschäftspartner zu empfangen. Die Angestellten hatten die größeren und deutlich stilvoller ausgestatteten Büros. Hubertus Tiegelmeier hatte jeden Tag von früh bis spät gearbeitet und sich für das Hotel eingesetzt, ohne dafür offenbar je die entsprechende Anerkennung erhalten zu haben. All das konnten weitere Gründe sein, die ihn in die Arme des Mörders getrieben hatten.

Amy ging zurück in Ihr Büro und rief ihren Chef an. Die neue Entwicklung bestürzte auch ihn und er hoffte, dass die Mordserie wirklich keine weiteren Opfer fordern würde.

„Wie siehst du jetzt die Chancen, den Fall aufzuklären, Amy?"

„Jetzt höre ich nicht auf, bis ich den Täter habe, das verspreche ich dir", antwortete Amy zuversichtlich.

„Dann bin ich gespannt, wer am Ende der Täter ist. Viel Erfolg und melde dich bitte, wenn es etwas Wichtiges gibt."

Es klopfte an Amys Tür und Brigitte Harter kam herein. Sie wirkte wesentlich zögerlicher als bei ihrem letzten Besuch und setzte sich nach der Begrüßung an den kleinen Tisch.

„Vielen Dank, dass Sie gekommen sind. Ich dachte, es wäre besser, wenn Ihre Mutter durch das Gespräch nicht noch zusätzlich belastet würde", begann Amy.

„Sie wissen von dem Streit mit meinem Bruder, oder?", sagte Brigitte Harter gerade heraus. „Und jetzt wollen Sie von mir wissen, worum es bei diesem Streit ging."

„Ja, das wäre eine meiner Fragen gewesen. Wollen Sie vielleicht gleich damit anfangen?"

„Ja, gerne, ich hätte viel früher zu Ihnen kommen sollen. Mein Vater und meine Brüder hatten ein Geheimnis. Sie sprachen nie darüber, wenn meine Mutter oder ich anwesend waren, aber wir wussten es beide. Das muss auch der Grund dafür gewesen sein, dass mein Vater Jakob so lange finanziell unterstützt hat, denn sonst hätte er nicht einen Euro von ihm gesehen. Nachdem mein Vater und Jakob ermordet wurden, habe ich Hubertus darauf angesprochen und ihn gefragt, ob die Morde mit ihrem Geheimnis zu tun hätten. Er hat mir nicht geantwortet. Ich habe ihn angefleht, mit Ihnen darüber zu reden und wenigstens Ihnen die Wahrheit zu sagen. Er hatte mir versprochen, es sich zu überlegen. Auf der Beerdigung habe ich ihn dann gefragt, ob er endlich mit Ihnen geredet hätte. Als er es verneint hat, ist es zu dem lauten und peinlichen Streit gekommen. Es beschämt mich sehr, dass unsere Auseinandersetzung die Beerdigung gestört hat. Ich konnte mich in dem Moment aber einfach nicht mehr beherrschen. Vor allem für meine Mutter hat es mir leidgetan. Wissen Sie mittlerweile, was es mit diesem Geheimnis auf sich hat?"

„Nein, leider nicht, Frau Harter. Ich hatte gehofft, Sie könnten mir das sagen. Ihr Bruder hat Suizid begangen, das wissen wir jetzt sicher. Aber wir wissen auch, dass er ebenfalls auf der Liste des Mörders stand. Was immer er auch getan hat, es war in den Augen des Täters ein Grund, auch ihm nach dem Leben zu trachten. Gehe ich richtig in der Annahme, dass dieses Geheimnis der Grund dafür war, dass Sie Ihrem Bruder in dem Streit gesagt haben, er sei an allem schuld?"

„Ja, das war der Grund, einen anderen gibt es nicht."

„Wann haben Sie Ihren Bruder das letzte Mal gesehen?"

„Meine Mutter, mein Bruder und ich haben die Gastwirt-schaft, in der das Leichenmahl stattgefunden hat, um neunzehn Uhr dreißig verlassen. Meine Mutter und ich sind ins Haus meiner Eltern gefahren. Hubertus hat sich vor der Gaststätte von uns verabschiedet und wollte in seine Wohnung fahren, das sagte er jedenfalls zu uns. Das war das letzte Mal." Sie kämpfte mit den Tränen.

„Haben Sie in Ihrem Elternhaus einen Abschiedsbrief von Ihrem Bruder gefunden?"

„Einen Abschiedsbrief? Nein, ich nicht und meine Mutter hätte es mir gesagt, wenn sie einen gefunden hätte. Ich bin mir auch nicht sicher, ob Hubertus einen Abschiedsbrief schreiben würde. Er hat sich sein ganzes Leben lang davongeschlichen. Er hat nie gesagt, wohin er geht und was er macht. Warum sollte er sich jetzt erklären?", sagte Brigitte Harter nicht ohne Verbitterung in der Stimme.

„Hat Ihr Bruder immer alleine gelebt oder hat es irgendwann auch einmal eine Frau in seinem Leben gegeben?"

„Nein, er hatte nie eine Freundin und auch keinen Freund, wenn das Ihre nächste Frage gewesen wäre. Er war immer nur im Hotel und wie man so schön sagt: Er war mit seiner Arbeit verheiratet."

„Was hat Ihr Bruder gemacht, wenn er nicht hier im Hotel war? Welche Hobbys hatte er? Ist er viel unterwegs gewesen? Was können Sie mir dazu sagen, Frau Harter?"

„Es ist schlimm, aber ich weiß es nicht, Frau Craig. Das habe ich vorhin gemeint. Er war in der Beziehung sehr verschlossen und hat uns nicht in sein Leben gelassen. Ich war nur zweimal in seiner Wohnung und das auch nur, weil er krank war und ich ihm etwas zu essen gebracht habe. In seiner freien Zeit oder auch an den Wochenenden haben wir nie gemeinsam etwas unternommen."

„Eine Frage muss ich Ihnen noch stellen, Frau Harter. Warum haben Sie während des Streits zu Ihrem Bruder gesagt, dass er schon immer der Chef sein wollte."

„Als mein Vater ihm seinerzeit einen Teil der Leitung abgetreten hatte, ging Hubertus davon aus, dass mein Vater sich langsam aus dem Hotel zurückziehen würde. Als dann alles anders kam und sich trotz der Ankündigung von meinem Vater nichts änderte, ist mein Bruder eines Abends im Haus meiner Eltern komplett ausgerastet. Mein Vater war noch im Hotel. An dem Nachmittag hatte er meinen Bruder einmal mehr vor einigen Geschäftspartnern lächerlich gemacht und ihn bloßgestellt. Mein Bruder schrie herum und meinte, er wäre der richtige Chef für das Hotel und mein Vater sei viel zu senil für die Arbeit. Er wäre froh, wenn mein Vater einfach tot umfallen würde. Es war schrecklich. Dieser Abend war der Anlass für den Vorwurf."

„Vielen Dank für Ihre Offenheit, Frau Harter. Ich weiß, dass es noch etwas früh ist, diese Frage zu stellen, aber wissen Sie schon, wie es jetzt mit dem Hotel weitergeht? Werden Sie die Leitung übernehmen?"

„Ich weiß es nicht, Frau Craig, und ich habe mir auch noch keine Gedanken darüber gemacht. Für die nächsten Wochen werde ich Peter Fischer bitten, die Geschäfte zu führen. Irgendwann werde ich dann entscheiden müssen, wie es weitergehen soll."

„Ich danke Ihnen für das Gespräch, Frau Harter. Im Moment habe ich keine Fragen mehr. Sollte ich das Geheimnis lüften, werde ich es ihnen mitteilen", versprach Amy.

„Vielen Dank, Frau Craig, vielen Dank für alles." Brigitte Harter stand auf und gab Amy zum Abschied die Hand. Sie schien nach dem Gespräch erleichtert zu sein.

Hubertus Tiegelmeier hatte Amy getäuscht und belogen. Er hatte es so glaubhaft gemacht, dass Amy nie auf die Idee gekommen wäre, seine Aussagen anzuzweifeln. Nun wusste sie definitiv, dass ihm ebenfalls eine Leiche im Keller der Tiegelmeiers gehörte. Offen blieb die Frage, ob er wirklich so weit gegangen war, zu dem Komplizen eines Mörders zu werden, der seinen Vater und seinen Bruder umbringen wollte. Amy war sich eigentlich sicher, dass es so war, aber der Beweis dafür fehlte noch.

Die Ergebnisse der Spurensicherung waren eingetroffen. Frau Harter sollte recht behalten, ein Abschiedsbrief wurde nicht gefunden. In der Wohnung und im Büro befanden sich vorwiegend die Fingerabdrücke des Toten. Die Tatsache, dass diese Räumlichkeiten nicht gründlich gereinigt wurden, sprach dafür, dass der Mörder sich dort nicht aufgehalten hatte. Anders sah es in der Kirche aus. Der Bereich um den Altar war gründlich gesäubert worden und somit gab es wieder keine Spuren vom Täter.

Beim Mittagessen sprachen sie bewusst nicht über den Fall. Es waren einige Gäste anwesend und das Personal lief nach dem Tod des Juniorchefs ziemlich neben der Spur. Sie wollten die Situation nicht dadurch verschlimmern, dass gerade jetzt einer der Angestellten etwas aufschnappte.

Nach dem Essen gingen sie direkt in Amys Büro. Amy erzählte Hannes und Alexander von dem Gespräch mit Brigitte Harter und den Ergebnissen der Spurensicherung.

„In der Wohnung von Hubertus haben wir nichts gefunden, was uns weiterhelfen würde. Ich weiß nicht, was die Spurensicherung alles mitgenommen hat, aber auffällig war, dass sich in der Wohnung nichts wirklich Persönliches befand. Keine Fotos, keine Briefe, einfach gar nichts", berichtete Hannes.

„In seinem Büro war es nicht anders", bemerkte Amy.

„Der Laptop wird bei der Spurensicherung sein. Den hat er sicherlich gehabt, die Kabel waren noch da", ergänzte Alexander. „Dort werden sie vermutlich etwas finden."

„Wir werden uns jetzt die letzten Wochen und Monate von Hubertus Tiegelmeier bis ins kleinste Detail vornehmen. Die Verbindungsnachweise von seinem Handy und dem Telefon in seinem Büro sind bereits angefordert. Hannes, frag du bitte an der Rezeption nach seinem geschäftlichen und privaten Terminkalender. Alexander, du kannst dich an meinen Laptop setzen und über meinen externen Zugang zum Landeskriminalamt auf die Daten seines Laptops zugreifen. Siehe bitte alles durch und finde etwas", bat Amy. „Ich werde mich erkundigen, ob die Verbindungsnachweise schon vorliegen."

Hannes kam zurück mit einem Laptop, auf dem die Terminkalender des Juniorchefs gespeichert waren.

„Wie weit zurück soll ich beginnen?", fragte er.

„Wie wäre es mit dem Tag, an dem Tobias Viehofer in Frankfurt gelandet ist?", schlug Alexander vor.

„Das ist für den Anfang schon mal sehr gut. Wenn wir es für notwendig erachten, gehen wir später noch weiter in die Vergangenheit zurück", stimmte Amy mit Alexander überein.

Es vergingen keine zwei Minuten und Hannes vermeldete den ersten Treffer.

„Hubertus Tiegelmeier war an besagtem Tag in Frankfurt. In seiner Geschäftsagenda ist ein Geschäftsessen im Restaurant des Flughafenhotels eingetragen." Hannes strahlte bis über beide Ohren.

„Sehr gut, weitermachen. Vielleicht finden wir jetzt die fehlenden Mosaiksteine, um den Fall zu knacken", motivierte Amy Hannes und Alexander.

„Herr Tiegelmeier liebte brutale Computerspiele", war die erste Meldung von Alexander. „Und zwar die von der ganz harten Sorte. Er war jede Nacht im Netz und hat alleine oder mit anderen Usern zusammen gespielt." Er zählte einige der Spiele auf und Hannes und Amy sahen sich fragend an. Die Begriffe waren für sie spanische Dörfer.

„Das hätte ich bei ihm auch nicht vermutet", bemerkte Amy und haderte noch immer mit sich, dass sie sich so von ihm hatte täuschen lassen. Hannes hatte an die Pinnwand, die immer noch im Büro stand, ein großes weißes Blatt Papier befestigt und begann etwas zu notieren.

„Amy, kannst du mir bitte die Tage und die Uhrzeiten der Morde sagen?", bat er sie.

Amy diktierte ihm die Daten, während Hannes sie auf das Papier schrieb. Etwa zehn Minuten später bat er um die Aufmerksamkeit von Alexander und Amy.

„Hier stehen die Zeitpunkte der Morde. Dort habe ich notiert, was in seinen zwei Terminkalendern vermerkt ist. Zum Todeszeitpunkt des Vaters, des Bruders und des Bürgermeisters stehen im Geschäftskalender auswärtige Termine für das Hotel. In seinem privaten Kalender steht jeweils der Name eines dieser Computerspiele, die Alexander gefunden hat."

„Hast du nur an diesen Tagen Einträge mit den Namen von Spielen?", wollte Alexander wissen.

„Nein, es gibt noch weitere. Ich denke, das hat er gemacht, damit es nicht auffällt."

„Kannst du mir auch die Namen dieser Spiele herausschreiben?", bat Alexander.

„Sicher, so viele sind es nicht."

„Ja, ich habe die Lösung!", rief Alexander nach einer Weile. „Die Spiele, die an den Tagen eingetragen sind, an denen die Morde begangen wurden, hat Hubertus immer in einer Gruppe gespielt. Alle anderen hat er nur für sich alleine gespielt. Er war wirklich besessen davon. Ich habe mir die Zeitangaben noch einmal genau angesehen. Wenn er nicht im Hotel war, saß er zu Hause am Computer. Er hat oft bis in die frühen Morgenstunden gespielt. Ich weiß gar nicht, wann er geschlafen hat."

„Alexander, ist es möglich, dass der Mörder über die Spiele, die er mit anderen gespielt hat, auf ihn aufmerksam geworden ist?", wollte Amy wissen.

„Das setzt zunächst voraus, dass unser Mörder ebenfalls häufig spielt. Die Spieler benutzen fiktive Namen im Netz. Allerdings benutzen sie in den verschiedenen Spielen in der Regel den gleichen Namen. Sie wollen sich mit den anderen Spielern messen und immer die Ersten und Besten sein. Wenn es jemand auf deinen richtigen Namen abgesehen hat, dann benötigt er nur einen Hacker oder er ist selber so gut. Eine Alternative sind die Spielertreffen, die diese Leute zum

Teil organisieren. Dort spricht man sich zwar auch nur mit dem Pseudonym an, aber wenn du das Gesicht von jemandem kennst, ist er enttarnt."

„Gut, wir wissen nicht, ob der Mörder und Hubertus über diese Spiele zusammengekommen sind. Was wir vermuten können, ist, dass Hubertus Tiegelmeier aufgrund seiner Spielsucht wahrscheinlich zu brutalen Fantasien neigte. Ich kann mir vorstellen, dass für diese Personen der Schritt, diese Brutalität auch in der Realität auszuleben, ein kleinerer ist als für Nichtspieler", resümierte Amy.

„Wir dürfen nicht vergessen, dass Hubertus aufgrund des Geheimnisses, das er laut Brigitte Harter mit seinem Vater und seinem Bruder teilte, in einer ewigen Abhängigkeit stand. Das wäre ein weiteres starkes Motiv, um zum Komplizen zu werden. Der Mörder kannte sein Geheimnis, das wissen wir. Daher kann es sogar sein, dass er ihn damit erpresst hat", gab Hannes zu bedenken.

Amy und Alexander stimmten dem mit einem deutlichen Kopfnicken zu.

In den Terminkalendern gab es noch weitere Indizien, die bestätigten, dass Hubertus Tiegelmeier als Komplize bei den Verbrechen mitgewirkt hatte. Allerdings konnten sie nicht den kleinsten Hinweis finden, der sie der Identität des Mörders näherbrachte. Auch die Verbindungsnachweise gaben nichts her. So groß die Euphorie über die ersten Fortschritte auch war, so bewusst war es Amy auch, dass eine weitere Sackgasse drohte.

Beim Abendessen unterhielten sie sich über Soziale Netzwerke. Die Unachtsamkeit und Freizügigkeit der User im Hinblick auf den Umgang mit Informationen und persönlichen Daten war bedenklich. Die Gefahren, die eine fahrlässige Nutzung der Computerwelt in sich trug, wurden noch immer von vielen unterschätzt. Hannes wollte mehr über die Spiele wissen, denn davon hatte er so gut wie keine Ahnung. Alexander versprach ihm einen Crashkurs, sobald der Fall gelöst war, aber nur dann.

„Aber nicht, dass du noch zum Spieler wirst, Hannes",
scherzte Alexander. „Die brutalen Spiele wirst du nicht
mögen, da bin ich mir sicher. Allerdings gibt es so unzählige
verschiedene Möglichkeiten und Angebote, dass jeder etwas
findet, worauf er hängen bleibt. Es ist wirklich mit viel
Disziplin verbunden, das Gerät nach einer gewissen Zeit
wieder auszustellen und nicht stundenlang zu gamen."
„Wir haben jemanden im Dorf, der nur am PC sitzt und
spielt. Er hat keine Arbeit, wohnt wieder bei seinen Eltern
und macht nichts anderes. In seinem Zimmer brennt jede
Nacht das Licht und am Tag siehst du ihn hinter dem
Fenster sitzen. Ich kann mir schon vorstellen, dass es
verführerisch ist, wenn man es gerne macht. Du hast keinen
Aufwand, kannst zu Hause bleiben, musst dich nicht
bewegen, einfacher geht es doch nicht", überlegte Hannes
laut.
„Es sind vor allem die einsamen Menschen ohne Familie und
Freunde, die sich in die Computerwelten flüchten. Irgendwie verstehe ich das sogar", sagte Amy.
Es war ein kurzweiliger Abend für die drei und sie gingen
zufrieden auseinander.
Amy war noch nicht müde und hatte sich mit ihrer Pfeife
und einem Espresso auf den Balkon gesetzt. Bald würde
Neumond sein, dachte sie gerade, als eine Kurznachricht auf
ihrem Handy einging.

Liebe Frau Craig,
heute löse ich mein Versprechen ein. Meine Arbeit ist beendet
und Sie sollen die wahre Chronik des Hotels erhalten. Dies
allerdings nur, wenn Sie die folgenden Anweisungen genau
befolgen. Sie haben ab jetzt genau zehn Minuten Zeit.
Kommen Sie allein und kommen Sie ohne Waffe und ohne
jegliches elektronische Gerät. Sie wissen, dass Sie nichts von
mir zu befürchten haben, also sollte es Ihnen keine Sorgen
bereiten, auf diese Forderungen einzugehen. Sie finden die
Chronik in dem alten Weinkeller der Mönche. Die Türen
werden für Sie geöffnet sein. Falls Sie eine der Forderungen

nicht einhalten oder die zehn Minuten verstreichen lassen,
wird sich die Chronik selbst zerstören. Das kennen Sie ja
bereits. Leben Sie wohl, Frau Craig.
P.S.: Jetzt sind es noch maximal acht Minuten.

Amy zögerte keinen Moment. Sie hatte zwar bereits ihren
Jogginganzug an, doch das war in diesem Moment nicht
wichtig. Sie ließ alles in ihrem Zimmer zurück. Angst hatte
sie keine, Angst hatte sie eigentlich nie. Mit schnellen
Schritten ging sie in das Erdgeschoss, bog in den Ostflügel
ein und erreichte die Tür zum Aufenthaltsraum. Vorsichtig
drückte sie die Türklinke herunter und wie angekündigt
war die Tür nicht verschlossen. Der Aufenthaltsraum war
leer. Amy sah auf ihre Uhr, es war dreiundzwanzig Uhr
dreißig, die Mitarbeiter waren bereits alle gegangen. Sie
durchquerte die zwei hintereinander liegenden Aufent-
haltsbereiche. Das Gitter und die Tür zum Weinkeller waren
nur angelehnt. Die Taschenlampe hatte sie vergessen,
schoss es ihr durch den Kopf. Doch als sie die alte Holztür
langsam aufzog, war die Treppe durch einen Lichtschein,
der aus dem Keller drang, etwas beleuchtet. Vorsichtig ging
sie die Stufen hinunter. In diesem Moment fragte sie sich
zum ersten Mal, ob sie wirklich die Chronik dort unten
finden würde oder ob sie etwas anderes erwartete. Dies
hinderte sie aber nicht daran weiterzugehen. Sie war sich
sicher, es auf jeden Fall in den vorgegebenen zehn Minuten
bis hierher geschafft zu haben.
Sie war die letzte Stufe hinabgestiegen und stand auf dem
Kellerboden. Etwa einen Meter von der Treppe entfernt
stand wieder ein Pult. Darauf lag ein Buch der Chroniken.
Amy fragte sich, ob es wirklich die versprochene wahre
Chronik des Hotels war. Sie spürte, dass sie nicht alleine in
diesem Keller war. Sie konnte noch nicht alles erkennen, da
ihre Augen sich noch nicht ganz an die Dunkelheit gewöhnt
hatten. Neben dem Pult stand eine brennende Kerze, deren
Licht jedoch nicht den gesamten Kellerraum erhellte. Amy
sah sich um und sah in der hinteren Ecke die Umrisse einer

Person, die auf einem Stuhl saß, und im gleichen Moment wusste sie, wer es war.

„Guten Abend Frau Craig, ich bin froh, dass Sie gekommen sind und die Spielregeln eingehalten haben."

„Guten Abend Bruder Hieronimus."

„Ich sehe Sie nicht sonderlich überrascht, mich hier zu treffen."

„Da haben Sie recht."

„Es ist, wie ich Ihnen schon gesagt habe. Ich hatte Sie anfänglich unterschätzt. Doch Sie haben mich eines Besseren belehrt. Womit habe ich mich verraten? Würden Sie mir das sagen, bitte?"

„Gerne, Bruder Hieronimus. Sie waren außerordentlich hilfsbereit. Sie haben offen über alles gesprochen, Ihre Chronik zur Verfügung gestellt und jede Frage beantwortet. Aber keine Ihrer Informationen und Hilfen hat mir wirklich weitergeholfen. Es war immer nur eine weitere Sackgasse, in die ich lief. Anfänglich habe ich dem keine besondere Bedeutung beigemessen. Doch nach dem Grundrissplan mit den unterirdischen Gängen hat es mich zum ersten Mal stutzig gemacht. Doch sicher war ich mir erst bei unserem letzten Treffen in St. Benedikt. Sie hatten von Ihrer Souveränität eingebüßt. Ihre Mimik und ihr Gesichtsausdruck sprachen eine andere Sprache als ihre Worte, Bruder Hieronimus. Ihre Angriffslust und Ihre spürbare Verärgerung im Gespräch mit mir nach dem Tod von Tobias Viehofer haben mein Bild von Ihnen revidiert."

„Sie sind wirklich sehr gut, Frau Craig."

Eine Weile herrschte Stille. Amy, die jetzt wenigstens die Umrisse in dem Keller besser erkennen konnte, war ein dicker Balken auf der rechten Seite etwa zehn Zentimeter vor dem Stuhl, auf dem Bruder Hieronimus saß, aufgefallen. Der Balken reichte vom Boden bis an die Decke und hatte sich bei ihrem letzten Besuch in dem Keller noch nicht dort befunden. Noch während sie überlegte, was der Balken zu bedeuten hatte, ergriff Bruder Hieronimus wieder das Wort:

„Frau Craig, ich halte hier in meiner linken Hand ein

Diktiergerät. Sie werden darauf mein Geständnis für die Morde an Gustav und Jakob Tiegelmeier, an dem alten Bürgermeister und für das Stören der Totenruhe im Fall von Hubertus Tiegelmeier finden. Ich übernehme die volle Verantwortung für alles, was mit diesen Personen geschehen ist. Sie können den Fall somit abschließen."

Amy versuchte mit einem Schritt neben das Pult zu gelangen.

„Keinen Schritt weiter", rief Bruder Hieronimus laut und energisch und schlug mit seinem Stock, den er in der rechten Hand hielt, an den Balken. Amy hörte, wie Erde auf den Boden fiel. Nun wusste sie, wofür der Balken dort angebracht worden war.

„Es ist gut, ich werde mich nicht mehr bewegen. Ich verspreche es Ihnen."

Wieder war es eine Weile still, bis Amy das Wort ergriff: „Bruder Hieronimus, wir beide wissen, dass Sie die Morde nicht begangen haben. Sie können die Verantwortung dafür übernehmen, aber der Mörder ist jemand anderer. War es Mutus, der mit Ihnen diese Taten geplant und der sie schlussendlich ausgeführt hat?" Amy wollte es von ihm hören. Sie wollte, dass er es einmal sagte, damit sie Gewissheit hatte.

„Frau Craig, jetzt kann ich es Ihnen sagen, ja, es waren Mutus, Tobias Viehofer und Hubertus Tiegelmeier, die mir geholfen haben, Rache an den Personen zu nehmen, die mein Leben zerstört haben."

Amy bemerkte, wie die Emotionen in Bruder Hieronimus aufflammten und seine Stimme beben ließen.

Er fuhr fort: „Diese Männer haben mir und meinen Brüdern unser Leben in St. Florian genommen. Es ist mein Kloster und es wird immer mein Kloster bleiben. Gustav Tiegelmeier hat uns unseren Friedhof und unser Zuhause gestohlen. Ohne einen Funken Mitgefühl und ohne jedes Gewissen hat er nur seine eigenen Interessen und Ziele vor Augen gehabt. Es blieb mir keine andere Wahl, als nach St. Benedikt zu gehen, um meine Brüder vor ihm zu be-

253

schützen. Jakob Tiegelmeier war ein Nichtsnutz. Er hat die Fleischeslust über die Seelen und den Schmerz seiner Opfer gestellt. Er hat es in Kauf genommen, dass sie an dem, was er ihnen angetan hatte, zerbrachen. Sie kennen das Schicksal des jungen Mädchens. Und es ist nur eines unter vielen. Sein Bruder Hubertus stand immer wie der Unschuldsengel da, aber weit gefehlt, Frau Craig. Er musste für die Sünde büßen, die er gemeinsam mit seinem Bruder begangen hat. Jakob Tiegelmeier war damals bei der Vergewaltigung von Laura Viehofer nicht alleine, sonst hätte Mutus ihr helfen können. Sie waren zu zweit und dieses junge Menschenkind war ihnen ausgeliefert. Hubertus war zu feige, dieses Vergehen später einzugestehen. Er hat sich wie ein Hund dem Willen seines Vaters gebeugt, die Tat alleine Jakob anzulasten. Sie haben damals gedacht, niemand habe die Schandtat mitbekommen. Doch Mutus war in der Nacht auf einem seiner Ausflüge gewesen. Er musste alles mit ansehen, weil er nicht fliehen konnte von dem Ort, an dem er sich versteckt hatte. Vollkommen aufgeregt und verstört von dem, was er mit ansehen musste, kam er zu mir und versuchte es mir mit Händen und Füßen zu erklären. Er hatte große Angst, weil er sich nicht sicher war, ob sie ihn nicht doch gesehen hatten. Also musste ich ihn in Sicherheit bringen. Ich versteckte ihn für einige Tage im Kloster, auch vor meinen Brüdern. Bald schon hatte ich Gewissheit, was in der Nacht vorgefallen war. Ich hatte genug Freunde und Vertraute im Dorf und auch im Hotel, die mir halfen und mir Informationen zukommen ließen. Doch es war immer nur von Jakob die Rede. Gustav Tiegelmeier hat nur daran gedacht, seine Nachfolge zu sichern. Deshalb wurde Jakob zum alleinigen Täter gemacht. Nicht einen Moment hat einer von den dreien an das arme, wehrlose und verletzte Mädchen gedacht." Bruder Hieronimus hatte sich so in Rage geredet, dass ihm das Atmen schwerfiel. Nach einigen Augenblicken fuhr er fort. „Bleibt noch der alte Bürgermeister, Otto Frieden. Als Josef Tiegelmeier noch im Amt war, haben wir drei, der Josef, der

Bürgermeister und ich uns regelmäßig getroffen. Es war fast so etwas wie Freundschaft zwischen uns entstanden und jeder profitierte auf seine Art von dem anderen. Wir haben offen miteinander geredet und auch vertrauliche Dinge ausgetauscht. Der Bürgermeister wandte sich von einem auf den anderen Tag von mir und meinen Brüdern ab, als Gustav Tiegelmeier die Leitung des Hotels übernahm. Er nutzte die Informationen, die wir im Vertrauen ausgetauscht hatten, schamlos aus, um sich bei Gustav Tiegelmeier anzubiedern. Auch bei den Entscheidungen, die gegen unser Kloster fielen, nutzte er dieses Wissen. Dass er mir und meinen Brüdern derart in den Rücken gefallen ist, habe ich ihm nie verziehen." Bruder Hieronimus schwieg einen Moment. Er atmete schwer und schien erschöpft zu sein. Nach einer Weile sprach er mit gedämpfter Stimme und mühsam weiter. „Wir brauchten noch jemanden, der die Verbindung für uns zum Hotel sicherte. Sein besonders ausgeprägter Hang zu Gewalt und Brutalität und die Vorstellung, das Hotel alleine leiten zu können, reichten bereits für seine Zustimmung zur Komplizenschaft aus. Es war, als hätte er nur auf eine Möglichkeit gewartet, seinem Vater und seinem Bruder alles das heimzuzahlen, was er in den Jahren zuvor erdulden musste. Somit musste ich nicht so weit gehen und ihn mit seiner Vergangenheit erpressen. Da ich dieses Mittel nicht einsetzen musste, ahnte er natürlich zu keinem Zeitpunkt, dass er auch auf der Liste von Mutus und mir stand. Er war sich zu sicher, dass ihn damals niemand gesehen hatte. Als sein Rachedurst nach den Morden abgeklungen war, plagte ihn mehr und mehr sein Gewissen. Das Ende kennen Sie ja."

Amy brauchte einen Moment, um Bruder Hieronimus' Schilderungen zu verarbeiten, auch wenn ein Großteil des Inhalts nicht neu für sie war.

„Dann hatten Sie die ganzen Jahre über Kontakt mit Mutus. Nicht Jeremias war seine Bezugsperson, sondern Sie. Sie haben Bruder Jeremias all die Jahre in dem Glauben gelassen, Mutus wäre gegangen und hätte bis auf die zwei

Briefe St. Florian hinter sich gelassen. Ihren Racheplan hatten Sie schon lange vor Ihrem Umzug nach St. Benedikt geschmiedet. Und Mutus hatten Sie schon sehr bald, nachdem er zu Ihnen ins Kloster kam, für dessen Umsetzung vorgesehen."

„Ja, das ist richtig, Frau Craig. Selbst wenn wir in St. Florian geblieben wären, hätte es die gleichen Opfer gegeben. Die Tatsache, dass wir gehen mussten, hat Mutus und mich nur noch mehr angespornt, den Plan in die Tat umzusetzen."

„Ich denke, Sie werden mir nicht verraten, wo Mutus sich die ganzen Jahre aufgehalten hat, oder?"

„Das werden Sie verstehen, dass ich Ihnen das nicht sagen kann, Frau Craig."

„War der Tod von Jeremias der Stichtag für die konkrete Planung der Morde?"

„Sie haben Ihre Hausaufgaben gemacht. So war es. Unser Umzug hat mich dazu gezwungen, die Umsetzung aufzuschieben. Wären die Morde zeitlich zu dicht an unserem Weggang aus St. Florian geschehen, wären wir zwangsläufig in Verdacht geraten. Als ich die Zeit für gekommen hielt, waren bereits drei unserer Brüder verstorben. Daraufhin habe ich den Entschluss gefasst, dass auch die zwei anderen es nicht miterleben sollen. Ich hatte schon so lange darauf gewartet, da kam es auf die wenigen Jahre auch nicht mehr an. Wäre ich vor meinen Brüdern gegangen, hätte Mutus unsere gemeinsame Mission ohne mich erfüllt. Diese Gewissheit war beruhigend für mich." Er machte wieder eine kurze Pause.

„Ich spüre Ihr Verlangen, wissen zu wollen, wer Mutus ist, Frau Craig. Ich sage Ihnen, wer Mutus ist. Er ist niemand, denn Mutus wird mit meinem Tod zur Legende. Die Geschichte eines Jungen, der drei Jahre bei den Mönchen gelebt hat, geschrieben in einer Chronik. Mit meinem Tod stirbt der Letzte, der Mutus gesehen und gekannt hat, und somit stirbt auch seine reale Existenz."

Amy musste ihm recht geben, wenn es stimmte, dass niemand außer den sechs Brüdern Mutus je gesehen hatte und wusste, wer er war. Niemand kannte sein Aussehen. Niemand konnte sagen, ja es gibt ihn und ja diese Person ist Mutus.

„Da kann ich Ihnen nicht widersprechen. Darf ich Sie noch etwas fragen?"

„Nur zu. Heute kann ich Ihnen auf fast jede Frage eine Antwort geben. Es ist niemand da, der uns hört, und alles, was ich sage, werden Sie nicht beweisen können."

„Die Chronik von St. Florian, die Sie mir gegeben haben, war das auch eine Zweitschrift für die Öffentlichkeit? Und der Grundrissplan des Klosters, war der Plan für mich präpariert?"

„Dafür muss ich mich entschuldigen. Wie sagen Sie dazu, Behinderung der Polizeiarbeit? Auch dazu bekenne ich mich schuldig, jedoch nur, was die Chronik angeht. Der Grundrissplan war eine Kopie vom Original. Ich wusste natürlich zu dem Zeitpunkt, als Sie die Kopie bekommen haben, dass bereits weitere Gänge existierten. Dieses Wissen habe ich verständlicherweise für mich behalten."

„Das heißt also, es existiert auch die wahre Chronik vom Kloster, wie es jetzt auch die wahre Chronik vom Hotel gibt?"

„Ja, so ist es. Allerdings ist die originale Chronik des Klosters nicht für die Öffentlichkeit bestimmt. Sie ist an einem Ort, den niemand kennt und wo sie niemand findet. Dafür habe ich gesorgt, liebe Frau Craig."

„Niemand? Selbst Mutus nicht?"

„Mutus weiß es. Aber wie schon gesagt, Mutus gibt es bald nicht mehr. Also bin ich der Einzige, der es weiß und mit ins Grab nehmen wird."

Für einige Augenblicke schwiegen beide.

„Erlauben Sie mir bitte noch eine Frage zu den unterirdischen Gängen." Amy versuchte behutsam an weitere Informationen zu gelangen.

„Bitte, Frau Craig, fragen Sie."

„Wie ist Mutus in das Büro von Gustav Tiegelmeier gelangt? Die Treppe, die von dem unterirdischen Gang bis zu dem geheimen Raum führt, haben wir entdeckt. Allerdings haben wir den Zugang nicht gefunden." Das interessierte Amy noch immer brennend.

„Ja, den Zugang gibt es. Da waren Sie uns auch ganz dicht auf den Fersen. Den neuen Zugang hat Mutus direkt in das Büro von Gustav Tiegelmeier gelegt. Den alten Zugang zu dem kleinen Raum hat er anschließend zugemauert. Es ist eine Geheimtür im Bücherregal rechts unterhalb des großen Kreuzes. Eine Meisterleistung von Mutus und fast nicht zu entdecken." Er lachte hämisch.

„Wie wird unser Treffen und unser Gespräch heute Nacht enden, Bruder Hieronimus?"

„Sie werden die wahre Chronik des Hotels an sich nehmen und mit ihr den Keller verlassen. Ich wünsche mir, dass das Buch in ein Regal im Büro des zukünftigen Chefs des Hotels kommt, wer immer das auch sein wird. Vielleicht können Sie dazu beitragen, dass die Schandtaten der Familie Tiegelmeier bekannt werden. Die Bitte hatten wir ja bereits auf dem Tonband an Sie gerichtet."

„Und Sie? Wird Mutus Sie abholen?"

„Nein, Frau Craig, Mutus und ich haben uns bereits verabschiedet. Ich bin zu Hause, in meinem Kloster und ich werde in meinem Kloster sterben, hier und heute Nacht."

Amy hatte genau das befürchtet, nachdem Bruder Hieronimus zu Beginn ihres Gesprächs zur Warnung mit seinem Stock an den Balken geschlagen hatte.

„Aber Sie wissen, dass ich das nicht zulassen kann", sagte Amy ruhig.

„Sie werden es zulassen müssen oder Sie werden heute Nacht mit mir in diesem Keller sterben. Sie haben die Wahl, Frau Craig. Sie wissen, dass ich es so meine, wie ich es sage. Es war nicht so geplant, aber ich wollte nicht gehen, ohne Ihnen meine Beweggründe zu schildern. Sie werden es trotzdem nicht verstehen, das ist mir bewusst. Aber ich habe es wenigstens versucht." Amy spürte, dass es ihm ernst, sogar todernst war.

„Wie wäre es weitergegangen, wenn Sie den Plan nicht geändert hätten?", fragte Amy, um noch etwas Zeit zu gewinnen. Vielleicht fiel ihr doch noch eine Lösung ein, Bruder Hieronimus von seinem Vorhaben abzubringen.

„Es wird Ihnen nicht helfen, mich mit weiteren Fragen hinzuhalten. Sie werden mich nicht umstimmen. Aber diese eine Frage will ich Ihnen noch beantworten. Ich wäre gegangen, ohne dieses Gespräch mit Ihnen. Vielleicht nicht hier in diesem Keller und auf eine andere Art. Aber mein Tod nach der Vollendung unserer Taten war immer Teil unseres Plans."

Amy musste einsehen, dass sie keine Möglichkeit hatte, den von Bruder Hieronimus vorbestimmten Ausgang dieses letzten Gesprächs mit ihm und damit seinen Tod abzuwenden.

„Nun ist es Zeit für Sie, Frau Craig. Leben Sie wohl und Gott schütze Sie. Ich werde Ihren Schritten lauschen, und wenn Sie die Tür am oberen Ende der Treppe geschlossen haben, besteht für Sie keine Gefahr mehr. Sie haben jetzt genau zwei Minuten Zeit, den Keller zu verlassen."

„Leben Sie wohl, Bruder Hieronimus", sagte Amy, nahm die Chronik und ging langsam die Treppe hinauf. Im Gemeinschaftsraum angekommen, schloss sie die alte Holztür hinter sich. Nur Sekunden später hörte sie zuerst ein leises Donnern und dann, wie die Decke in dem Keller einstürzte und Bruder Hieronimus unter sich begrub. Sie wusste, dass sie ihm nicht mehr helfen konnte. Dafür hatten er und Mutus gesorgt. Sie schloss die Eisengittertür, wendete sich ab und ging mit der Chronik in ihr Zimmer zurück. Sie musste jetzt allein sein. Sie konnte auch noch morgen früh das Team aus München anfordern. Mit ihrer Pfeife und dem stärksten, was die Minibar in ihrem Zimmer zu bieten hatte, ging sie auf den Balkon. Ihre Pfeife hatte sie mit einer Spezialmischung ihres Großvaters gefüllt.

13

Amy konnte in dieser Nacht keinen Schlaf finden. Immer wieder ging ihr das letzte Gespräch mit Bruder Hieronimus durch den Kopf und dass sie ihn in dem Keller seinem selbst gewählten Schicksal überlassen musste.

Bereits um sechs Uhr war Amy in ihrem Büro und forderte die Kollegen aus München an. War es heute definitiv das letzte Mal, dass sie sich auf den Weg nach St. Florian machen mussten? Das hatte sie bereits nach dem Tod von Hubertus Tiegelmeier gedacht und nun war es doch anders gekommen. Amy konnte es nur hoffen.

Als Hannes und Alexander sich auf dem Weg zum Frühstück in der Eingangshalle trafen, sahen sie die Männer der Spurensicherung und die Spezialisten aus München in Richtung Ostflügel gehen. Sie sahen sich fragend an und liefen gleichzeitig los. Sie stürmten, ohne zu klopfen, in Amys Büro und waren erleichtert, sie hinter ihrem Schreibtisch zu sehen. Doch als sie ihren Blick sahen, wussten sie sofort, dass etwas Schlimmes passiert sein musste. Amy sagte zunächst nichts. Alexander schloss die Tür, und er und Hannes setzten sich an den kleinen Tisch.

„Bruder Hieronimus ist tot und ich konnte es nicht verhindern", sagte Amy und starrte auf die Chronik, die vor ihr auf dem Schreibtisch lag.

Alexander und Hannes traf die Nachricht so unerwartet, dass sie nicht sofort antworten konnten. Nach einer Weile begann Amy zu erzählen, was in der vergangenen Nacht passiert war.

„Können wir irgendetwas für dich tun, Amy?", fragte Alexander.

„Nein, danke Alexander. Vielleicht wäre es anders gekommen, wenn ich Bruder Hieronimus früher zur Rede gestellt hätte."

„Das denke ich nicht, Amy. Du konntest ihm nichts nachweisen und er hätte einfach alles abgestritten. Vielleicht wäre es dann nie zu diesem Gespräch gekommen und du hättest nie die ganze Wahrheit erfahren."

„Das stimmt. Wahrscheinlich hätte ich dann irgendwann später von seinem Tod erfahren und ihn nicht in Zusammenhang mit den Morden bringen können."

Hannes fiel es schwer, Amy so bedrückt zu sehen. Er fasste sich ein Herz und fragte sie, ob sie mit ihnen frühstücken gehen wolle, auch wenn er glaubte, damit etwas pietätlos zu wirken.

„Eine gute Idee, Hannes, vor allem ein Kaffee wäre jetzt wie Medizin", fand Amy und lächelte ihn an. Sie spürte, wie die Anwesenheit von Alexander und Hannes ihr guttaten. Langsam konnte sie die Gedanken an die vergangene Nacht auf die Seite schieben. Sie wusste, dass es nicht in ihrer Macht gestanden hatte, das Geschehene zu verhindern, und dies galt es zu akzeptieren.

Nach dem Frühstück gingen sie zurück in Amys Büro.

„Mit dem Tod von Hieronimus, seinem Geständnis und seinen Aussagen, die er mir gegenüber gemacht hat, stellt sich die Frage, wie wir weiter vorgehen", begann Amy. „Bruder Hieronimus hat in dem Punkt recht, dass wir jetzt nach jemandem suchen, dessen Existenz von niemandem mehr bestätigt werden kann. Vielleicht sind wir nun wirklich am Ende unserer Ermittlungen und des Falls angekommen. Ich werde den Abschlussbericht der Spurensicherung und der Spezialisten abwarten und danach die neue Sachlage mit meinem Chef besprechen. Bis dahin gibt es nichts weiter zu tun."

Hannes und Alexander sahen Amy an, als wüssten sie nicht, was sie mit der dadurch gewonnenen Zeit anfangen sollten.

„Das kommt etwas unerwartet, nachdem wir gestern noch der Meinung waren, dem Täter endlich auf der Spur zu sein", sagte Alexander schließlich.

„Dieser Fall ist in jeder Hinsicht speziell, Alexander. Bei meinem letzten Telefonat mit Johannes habe ich noch gesagt, dass ich nicht aufhören würde, bis ich den Täter gefasst hätte. Heute sieht die Sachlage schon wieder komplett anders aus. Es lief von Anfang an nicht rund. Überlege dir nur, wie oft wir zwischendurch ohne einen Anhaltspunkt für unser weiteres Vorgehen dastanden."

„Bleibt ihr denn noch etwas hier, nachdem der Fall abgeschlossen wurde, oder fahrt ihr sofort wieder zurück?", fragte Hannes, dem alles irgendwie zu schnell ging.

„Den Abschlussbericht werde ich hier schreiben. Dafür brauche ich sicher zwei Tage. Das Büro ist schnell geräumt. Außerdem habe ich mich entschieden, zur Beisetzung von Bruder Hieronimus zu fahren. Ich denke, sie wird in den nächsten Tagen stattfinden", antwortete Amy.

„Nach St. Benedikt begleite ich dich. Irgendwie mochte ich Bruder Hieronimus und vielleicht ist die Trauerfeier ein guter Abschluss für mich", sagte Alexander.

„Dann komme ich auch mit", entschied Hannes kurzentschlossen.

„Gut, dann sind wir uns ja einig. Treffen wir uns um halb eins zum gemeinsamen Mittagessen?", fragte Amy.

Die zwei Männer nickten, standen auf und ließen Amy alleine.

Amy suchte die Spezialisten auf in der Hoffnung, Oliver Kramer noch anzutreffen. Sie stand in dem Aufenthaltsraum der Mitarbeitenden vor der offenen Tür zum Keller. Sofort kamen die Bilder der vergangenen Nacht wieder hoch. Amy versuchte an etwas anderes zu denken, als Oliver Kramer die Stufen heraufkam und vor ihr stand.

„Herr Kramer, guten Morgen", begrüßte sie ihn und war froh, dass er sie aus den bedrückenden Gedanken riss.

„Haben Sie einen Moment Zeit für mich? Ich möchte gerne, dass Sie sich etwas anschauen."

„Selbstverständlich, Frau Craig. Einen kleinen Moment bitte, ich informiere nur rasch einen Kollegen."

Nur wenige Augenblicke später war er zurück und begleitete Amy durch den Ostflügel und die Eingangshalle. Amy öffnete das Büro von Gustav Tiegelmeier. Es war zwar mittlerweile wieder freigegeben, aber zurzeit noch unbenutzt. Amy ging mit ihm hinter den Schreibtisch.

„Herr Kramer, hinter dieser Wand befindet sich ein Geheimgang. Sie haben vielleicht schon von Ihren Kollegen davon gehört. Den Zugang haben wir bisher nicht gefunden. Nach meinem Gespräch mit Bruder Hieronimus in der vergangenen Nacht weiß ich jetzt, dass der geheime Zugang in dem Bücherregal rechts unterhalb des großen Holzkreuzes versteckt ist. Meinen Sie, Sie finden ihn?"

„Ich liebe Herausforderungen, Frau Craig. Geben Sie mir etwas Zeit und ich melde mich wieder bei Ihnen."

Amy nickte und ließ ihn allein. Obwohl es für die Lösung des Falls nicht mehr von Bedeutung war, wollte Amy diesen geheimen Zugang einmal sehen. Sie hatte so viele Anläufe unternommen, den Hergang des ersten Mordes aufzuklären, und jetzt hatte sie die Chance, das Rätsel zu lösen.

Zurück in ihrem Büro las Amy in der Chronik, die Bruder Hieronimus ihr überlassen hatte. Die Spurensicherung würde das Buch später mitnehmen. Sie erinnerte sich an das erste Gespräch im Klostergarten von St. Benedikt. Bruder Hieronimus hatte erzählt, dass Gustav Tiegelmeier ihn und seine Brüder gequält hätte, er ihr aber die Einzelheiten ersparen wollte. Jetzt erfuhr Amy diese Einzelheiten aus dem Buch. Es war unglaublich, was dieser Mann sich alles hatte einfallen lassen, um den Brüdern das Leben schwer zu machen. Selbst wenn nur die Hälfte von dem stimmte, was dort geschrieben stand, war Gustav Tiegelmeier ohne Zweifel eine machtbesessene, intrigante, arrogante, hintertriebene und egozentrische Person gewesen. Amy fielen noch weitere Adjektive zu diesem Mann ein. Doch auch dies konnte in keinster Weise die Taten von Hieronimus und Mutus rechtfertigen.

Es klopfte an der Bürotür, die sich daraufhin langsam öffnete. Amy blickte auf und sah Oliver Kramer im Türrahmen stehen.

„Frau Craig, haben Sie einen Augenblick Zeit?"

„Selbstverständlich, Herr Kramer." Amy stand auf und folgte ihm in das Büro des Seniorchefs.

Amys erster Blick fiel auf die Wand rechts neben dem Kreuz. Es sah alles unverändert aus und Amy konnte ihre Enttäuschung nicht verbergen.

„Warten Sie noch einen kleinen Moment, Frau Craig, ich bin noch nicht fertig."

Er ging hinter den Schreibtisch und drückte in einem der Regalfächer, aus dem er vorher einige Bücher herausgenommen hatte, an die Rückwand des Regals. In diesem Moment sprang rechts von ihm ein Teil des Regals von etwa einem Meter Höhe und achtzig Zentimetern Breite nach vorne hin auf. Von außen betrachtet hätte man dort nie einen geheimen Zugang vermutet.

„Sie haben ihn gefunden. Das glaube ich ja nicht!", rief Amy aus und strahlte ihn an.

„Außerordentlich raffiniert gemacht. Die Person, die diesen Zugang gebaut hat, verstand etwas davon."

„Können wir hineingehen oder ist es zu gefährlich?"

„Ich war schon nachsehen, bevor ich Sie geholt habe. Es besteht keine Gefahr. Direkt hinter dem Durchgang kommt die Treppe, die Sie schon gesehen haben und die in einen der unterirdischen Gänge führt. Soll ich vorgehen?"

„Gerne, ich bleibe dicht hinter Ihnen."

Sie krochen durch die niedrige Öffnung und konnten sich auf der Treppe wieder aufrichten. Oliver Kramer hatte eine Taschenlampe dabei und beleuchtete die Wände und die Treppe. Links sah Amy die Umrisse der alten Geheimtür, die, wie Bruder Hieronimus es gesagt hatte, zugemauert war. Rechts ging die steile Treppe abwärts und sie gelangten am Ende der Treppe in den Verbindungsgang, der vermutlich vom Nord-Ost- zum Nord-West-Erker führte. Da es einer der alten Gänge war, wollte Oliver Kramer kein unnötiges Risiko eingehen und so gingen sie wieder zurück ins Büro.

„Ich werde die Spurensicherung bitten, den Zugang und den Treppenbereich noch gründlich unter die Lupe zu nehmen, ist das in Ihrem Sinne, Frau Craig?"

„Ja, gerne, das ist eine gute Idee, Herr Kramer. Ich werde den Fall zwar wahrscheinlich heute zu den Akten legen, aber der Vollständigkeit halber sollte das noch angesehen werden. Glauben Sie, dass es Ihnen möglich ist, die Gänge ohne großen Sicherungsaufwand begehbar zu machen? Es könnte sein, dass wir dort unten noch fehlende Beweise finden."

„Das kann ich Ihnen ohne eine vorherige Besichtigung der Gänge leider nicht sagen. Soll ich im Laufe der Woche mit ein oder zwei Kollegen noch einmal vorbeikommen? Wir könnten uns die Gänge ansehen, und ich würde Ihnen anschließend den Aufwand für die erforderliche Sicherung mitteilen."

Amy hielt das für einen guten und vertretbaren Vorschlag und stimmte zu. Sie bedankte sich bei dem Spezialisten für seine Unterstützung und verließ das Büro. Einen Moment lang überlegte sie noch, ob es wirklich notwendig war und Sinn machte, die Gänge zu untersuchen. Aber sie wollte nichts unversucht lassen und noch hatte ihr Chef nicht entschieden, wie es weitergehen sollte. Tief in ihrem Inneren wollte sie sich wahrscheinlich doch noch nicht damit abfinden, dass sie den Fall ungelöst beenden musste.

Zurück in ihrem Büro begann sie zunächst aufzuräumen. Es war noch alles so, wie sie es am Abend zuvor verlassen hatten. Für ihren Bericht würde sie die Ergebnisse der gestrigen Recherchen benötigen und sortierte sie dafür.

Amy spürte, dass sie den Abschlussbericht nicht anfangen konnte, bevor sie nicht mit ihrem Chef gesprochen hatte. Die Ergebnisse aus München würden keine revolutionären Erkenntnisse hervorbringen, dessen war sie sich sicher. Für die Entscheidung über das weitere Vorgehen waren sie somit nicht wirklich relevant. Amy nahm ihr Handy und wählte die Nummer.

„Guten Tag Amy", begrüßte ihr Chef sie. „Ich habe schon gehört, was letzte Nacht geschehen ist. Der Fall lässt wirklich gar nichts aus. Wie geht es dir?"

„Hallo Johannes, danke, es geht mir schon wieder besser. Ich hatte leider keine Chance, ihn zu retten."

„Davon gehe ich aus. Ich weiß, dass du alles Menschenmögliche getan hättest, wenn es eine Möglichkeit gegeben hätte. Ich bin froh, dass du dich nicht selber in Gefahr gebracht hast."

„Danke für dein Vertrauen."

„Hast du dir schon Gedanken gemacht, wie es weitergeht oder wirst du den Fall nun doch abschließen?"

„Genau das wollte ich mit dir besprechen. Den eigentlichen Mörder werden wir ohne Bruder Hieronimus nicht finden. Er war der Letzte, der Mutus kannte und ihn identifizieren könnte. Jetzt, da wir keinerlei Anhaltspunkte mehr haben, wäre es die Suche nach der berühmten Stecknadel im Heuhaufen. Wenn es dir recht ist, werde ich die letzten Arbeiten der Spezialisten hier im Hotel bis zum Ende begleiten, den Abschlussbericht schreiben und dann hätte ich gerne einige Tage frei."

„Das finde ich gut, Amy. Der Fall war anstrengend und nervenaufreibend. Die freien Tage hast du dir wahrlich verdient. Gib mir Bescheid, wenn du genau weißt, wann du wieder in München bist. Vielen Dank für deine Arbeit."

„In knapp zwei Woche bin ich wieder einsatzbereit", antwortete Amy und legte auf. Sie war froh über die Entscheidung und freute sich auf die freien Tage. Sie würde hier in St. Florian bleiben. Vielleicht konnte sie Alexander überreden, ebenfalls noch einige Tage dranzuhängen.

Bis zum Mittag befasste sie sich mit ihrem Bericht, an dem sie ja nicht zum ersten Mal arbeitete. Das Schreiben lenkte sie ab und sie kam gut voran. Sie hatte nicht bemerkt, wie schnell die Zeit vergangen war, und hätte beinahe das gemeinsame Mittagessen verpasst. Sie erzählte Alexander und Hannes von dem Telefonat mit ihrem Chef und das der Fall nun wirklich abgeschlossen war.

„Was steht jetzt bei dir an, Alexander?"

„Ich habe mir noch keine Gedanken darüber gemacht, warum fragst du?"

„Ich werde einige Tage Urlaub machen und zwar hier in St. Florian. Ich dachte, vielleicht können wir drei diese Tage gemeinsam verbringen. Sozusagen als Erholung von dem Fall."

Hannes' Gesicht begann zu leuchten.

„Ich werde euch die schönsten Orte zeigen und wir werden gemeinsam wandern. Das ist eine tolle Idee, Amy!"

„Da kann ich ja gar nicht anders, als mich anschließen", stimmte Alexander zu.

Mit dieser Entwicklung hatte keiner der drei bei ihrem letzten Gespräch gerechnet. Die betrübte Stimmung vom Morgen war wie weggeblasen und das Mittagessen schmeckte umso besser. Danach fuhr Hannes zurück ins Dorf, Alexander ging in sein Zimmer und Amy arbeitete weiter.

Die Ergebnisse aus München erreichten sie am Nachmittag. Die Decke in dem Keller war, wie bereits angenommen, für den Einsturz präpariert worden. Mutus hatte auch hier exakt und professionell gearbeitet. Mehrere kleine, genau dosierte Sprengsätze, die er in der Decke angebracht hatte, wurden von Bruder Hieronimus über einen Funksender zur Detonation gebracht. Das war das leise Donnern, das Amy gehört hatte. Der Balken zwischen ihr und Bruder Hieronimus war demnach nur eine Attrappe gewesen, die sie davon abhalten sollte, zu ihm zu gehen. Auf einer Fläche von etwa drei auf drei Meter hatte sich durch die Detonation der Sprengsätze ein Teil der Decke gelöst und Bruder Hieronimus unter sich begraben. Er war erstickt. In seiner linken Hand hielt er noch immer das Aufnahmegerät mit seinem Geständnis und in der rechten Hand den

Funksender. Das Geständnis von Bruder Hieronimus bein-haltete nichts, was sie nicht schon wussten. Amy fragte sich, wie schwer es Mutus gefallen sein musste, Bruder Hieronimus diesen letzten Wunsch zu erfüllen, auch wenn es ein Teil des Plans gewesen war.

An der Chronik hatte die Spurensicherung Hautreste gefunden, die nicht von Hieronimus stammten. Sie waren von der gleichen Person, von der das graue Haar stammte, das in der Wohnung des Bürgermeisters gefunden wurde. Ohne Vergleichsproben war jedoch beides nach wie vor wertlos. Weitere Spuren gab es keine.

Leas Bericht war deutlich kürzer als gewöhnlich. Nachdem Bruder Hieronimus von der Erde befreit war, hatte sie seinen Tod durch Ersticken bestätigt. Die Aussagen von Amy über den Hergang und die ansonsten unversehrte Leiche hatten eine Obduktion nicht erforderlich gemacht. Bruder Hieronimus war von St. Florian direkt nach St. Benedikt überführt worden, wie es sein Wunsch gewesen war. Nun würde er neben Bruder Jeremias seine letzte Ruhestätte finden. Vielleicht war es gut so, wie es gekommen war. Amy war sich nicht sicher, ob Bruder Hieronimus die Untersuchungshaft und die Gerichtsver-handlungen überstanden hätte, wenn sie ihn lebend aus dem Keller herausgebracht hätte.

Amy ging der Satz von Hieronimus über die Legende von Mutus nicht aus dem Kopf. Sie ging immer wieder alle Fakten und Ermittlungsergebnisse durch, doch egal wie sie es drehte und wendete, zu Mutus führten diese Über-legungen nicht. Er und Bruder Hieronimus hatten ihre, wie sie es nannten, Aufgaben erfüllt und Mutus würde nun sein Leben unerkannt weiterführen.

Amy erhielt eine persönliche Traueranzeige zum Tod von Bruder Hieronimus. Die Beisetzung fand am vierten Tag nach seinem Tod in der Abtei St. Benedikt statt. Amy hoffte, dass sie bis dahin den Abschlussbericht geschrieben hatte, um nach der Trauerfeier die freien Tage genießen zu können.

„Was haltet ihr davon, wenn wir morgen unseren verpassten Marktbesuch vom vergangenen Donnerstag nachholen?", fragte Hannes beim Abendessen. „Jetzt haben wir Zeit und das Wetter macht auch mit."

„Das ist eine gute Idee. Wenn ich eine Abwechslung gehabt habe, geht es mit dem Schreiben immer besser", antwortete Amy.

Alexander hatte ebenfalls nichts einzuwenden. Sie wollten vorher gemeinsam im Hotel frühstücken und danach ins Dorf laufen. Es war ihnen allen anzumerken, dass sie deutlich entspannter waren. Sie genossen das Beisammensein und die Gespräche miteinander.

14

Hannes war am Morgen ebenfalls zum Frühstück ins Hotel gekommen. Sie hatten sich bereits das erste Mal am Buffet bedient und saßen wieder am Tisch, als ein Kellner mit einer großen Torte, auf der einige Kerzen brannten, ins Restaurant kam.

„Seht nur, da hat jemand Geburtstag", sagte Hannes.

Amy und Alexander reagierten nicht darauf, stattdessen beobachteten sie Hannes' Gesichtsausdruck genau. Der wandelte sich zusehends in ein Fragezeichen, als der Kellner mit der Torte auf ihren Tisch zukam und die Torte vor Hannes abstellte. Mit großen Augen las er, was auf der Torte geschrieben stand:

Herzlichen Glückwunsch zum 15-jährigen Dienstjubiläum

Hannes war sprachlos und so gerührt, dass seine Augen feucht wurden.

„Woher habt ihr das gewusst? Das ist eine wunderbare Überraschung. Die ist euch wirklich gelungen, vielen, vielen Dank. Muss ich die Kerzen jetzt ausblasen wie beim Geburtstag?", fragte er mit etwas belegter Stimme.

„Genau! Und du darfst dir dabei auch etwas wünschen", sagte Alexander.

Er kann sich freuen wie ein kleiner Junge, dachte Amy und war froh, dass ihr Hannes' Bemerkung vom ersten Abend über das Jubiläum wieder eingefallen war.

Nach dem Frühstück machten sie sich gemeinsam auf den Weg ins Dorf. Auf dem kleinen Dorfplatz schien sich ganz St. Florian versammelt zu haben. Zwischen den Bäumen waren die Stände aufgebaut und es herrschte ein buntes Treiben. Amy, Hannes und Alexander mischten sich unter die Leute und gingen an den Ständen vorbei. Jeder Marktbesucher grüßte sie freundlich, was für Amy eher ungewohnt war. Backwaren, Fleisch und Wurstwaren, ein Stand mit den verschiedensten Käsesorten und Obst und Gemüse aus der Region wurden angeboten. Mitten auf dem Platz stand ein kleines Karussell mit Pferden, einem Feuerwehr- und einem Polizeiauto und anderen Fahrzeugen und Tieren, auf und in denen die Kleinsten des Dorfes saßen und kreischend ihre Runden drehten. Dieser Markt war fast wie ein Dorffest, staunte Amy. An einem Ende des Platzes waren vor dem Gasthof Festbänke aufgestellt, und der Wirt versorgte seine Gäste mit Getränken und Grilladen. Die Dorfbewohner gingen nach ihren Einkäufen nicht sofort wieder nach Hause, sondern saßen beisammen und sprachen miteinander.

„Euer Markt ist wirklich sehr schön, Hannes. Wenn ich an die Hektik und den Stress der Münchner auf dem Viktualienmarkt denke, ist das hier ein kleines, friedliches Paradies. Ich kann gut verstehen, dass du dich hier wohlfühlst."

„Warst du schon mal auf dem Fischmarkt in Hamburg, Hannes?", wollte Alexander wissen.

„Nein, so weit in den Norden bin ich noch nicht gekommen. Aber Hamburg will ich unbedingt einmal besuchen. Mein größter Traum ist es, irgendwann einmal eine Kreuzfahrt zu machen."

Als sie alle Stände gesehen hatten, gingen sie in Hannes' kleines Häuschen. Amy war überrascht, wie gemütlich er die kleinen Räume eingerichtet hatte. Im Erdgeschoss waren eine Küche, ein Wohnzimmer und ein WC untergebracht. In der ersten Etage zeigte Hannes ihnen seinen Mehrzweckraum mit einem kleinen Schreibtisch und einem Bügelbrett und sein Schlafzimmer. In dem Badezimmer mit Dusche und WC im ersten Obergeschoss stand zusätzlich eine Waschmaschine, da das Haus keinen Keller hatte. In der Stube tranken sie eine Tasse Kaffee und Hannes servierte einen selbst gebackenen Apfelkuchen.

„Du bist ja der perfekte Hausmann, Hannes. Ich bin beeindruckt. Der Kuchen ist richtig lecker und so schön saftig." Hannes wurde etwas verlegen.

„Ich mache die Hausarbeit als Ausgleich noch sehr gerne", erklärte er. „Dabei kann ich entspannen und nachdenken."

„Meinst du, ich lerne das auch noch mit den Jahren, Hannes?", fragte Alexander. „In meiner Wohnung sieht es katastrophal aus im Gegensatz zu hier."

„Ein bisschen Mühe wirst du dir schon geben müssen", sagte Hannes und Amy begann laut zu lachen, als sie die zwei so reden hörte.

Gegen vierzehn Uhr saß Amy wieder an ihrem Schreibtisch. Der kleine Ausflug hatte ihr richtig gutgetan und sie hatte etwas Abstand zu dem Fall bekommen. Das erleichterte ihr das Schreiben an dem Abschlussbericht. Sie wollte jetzt an ihm arbeiten, bis er fertig war. Bis zur Beisetzung blieben ihr noch eineinhalb Tage.

15

Hannes, Alexander und Amy trafen sich regelmäßig und nahmen die Mahlzeiten miteinander ein. Hannes sah auf seiner Dienststelle nach dem Rechten und Alexander las in der wahren Chronik, was sich unter der Herrschaft von Gustav Tiegelmeier wirklich ereignet hatte. Amy hatte die Chronik bereits am Abend vor ihrem Marktbesuch von der Spurensicherung zurückbekommen.

Am Tag vor der Beisetzung löste Oliver Kramer sein Versprechen ein und kam mit zwei Kollegen. Sie wollten die unterirdischen Gänge auf ihre Sicherheit überprüfen. Bevor er Amy in ihrem Büro aufsuchte, waren er mit seinen Männern bereits zwei Stunden in den Gängen unterwegs gewesen.

„Das überrascht mich, Sie so schnell wieder hier zu sehen", begrüßte Amy ihn.

„Meine Kollegen und ich haben Bereitschaftsdienst und wir dachten, wir nutzen die Zeit, solange wir keinen Notfall-einsatz haben. Wir sind bereits seit zwei Stunden hier und haben alle Gänge, die noch frei sind, kontrolliert. Einige sind noch so einwandfrei, dass wir keinen Handlungsbedarf sehen. Vier Gänge sind ganz oder zum Teil verschüttet und wären nur mit einem erheblichen Aufwand wieder begehbar zu machen. Die übrigen müssten an einigen Stellen neu abgestützt werden. Diese Arbeiten könnten wir an einem halben Tag erledigen."

„Ein halber Tag, sagen Sie." Amy überlegte einen Moment. „Bevor ich die Arbeiten freigeben kann, sollte ich Rücksprache mit meinem Chef halten. Der Fall ist, wie Sie wissen, bereits abgeschlossen. Es würde lediglich um die

Vervollständigung und den Abschluss der Ermittlungen in diesen unterirdischen Gängen gehen. Darf ich Sie in den nächsten Tagen anrufen und Ihnen den Entscheid mitteilen?"

„In Ordnung, Frau Craig, dann warte ich auf Ihren Anruf", sagte er und verabschiedete sich.

Nach dem Gespräch mit Oliver Kramer merkte Amy, wie weit weg sich der Fall für sie bereits anfühlte. Obwohl sie noch immer an dem Abschlussbericht schrieb, kam es ihr deutlich länger als zwei Tage vor, die vergangen waren, seit Bruder Hieronimus zu Tode gekommen war. Sie fragte sich, ob es wirklich noch Sinn machte, die unterirdischen Gänge begehbar zu machen, um etwas zu finden, was eigentlich keine Bedeutung mehr hatte. Sie würde noch eine Nacht darüber schlafen, bevor sie ihren Chef anrief.

16

Der Morgen der Beisetzung von Bruder Hieronimus war gekommen. Die Trauerfeier begann um elf Uhr in der Abteikirche von St. Benedikt. Alexander und Amy fuhren um Viertel vor zehn am Hotel ab und Hannes stieg unten im Dorf dazu. Sie redeten nicht viel während der Fahrt. Allen gingen die letzten zwei Wochen durch den Kopf und heute erinnerten sie sich vor allem an die Treffen mit Bruder Hieronimus in dem wunderschönen Garten im Innenhof von St. Benedikt. Amy hatte ihren Bericht am Abend zuvor fertiggestellt und somit konnte sie nach der Trauerfeier ihre Ferien beginnen.

Sie waren bereits eine Dreiviertelstunde unterwegs, als Alexander den Wagen langsam herunterbremste. Amy und Hannes sahen auf die Straße. Ein Feuerwehrmann hatte

Alexander mit einer roten Kelle zum Anhalten aufgefordert. Alexander ließ die Scheibe herunter.

„Guten Tag zusammen", begrüßte der Feuerwehrmann die drei. „Sie kommen hier leider nicht weiter. Es gab einen schweren Unfall und die Straße ist komplett gesperrt. Eine Stunde wird es mindestens noch dauern, bis wenigstens eine Spur freigegeben werden kann. Es tut mir leid."

„Das sind schlechte Nachrichten, aber Sie können ja nichts dafür", antwortete Alexander und fragte ihn, wie er nun am schnellsten in die Abtei St. Benedikt kommen würde.

„St. Benedikt, lassen Sie mich überlegen. Haben Sie ein Navigationsgerät?"

Alexander nickte.

„Dann geben Sie jetzt Trunkheim ein. Das Navigationsgerät wird sie über schmale und abgelegene Straßen in den Ort bringen. Warten sie auf dem Weg dorthin nicht auf Hinweisschilder, die gibt es auf diesen Straßen nicht. In Trunkheim ist St. Benedikt wieder ausgeschildert."

„Vielen Dank für Ihre Hilfe. Wie viel Zeit werden wir für diesen Weg brauchen?", wollte Alexander noch wissen.

„Ja, das ist schon ein rechter Umweg. Ich denke fünfundvierzig Minuten werden Sie noch fahren müssen."

„Gut, also noch einmal herzlichen Dank und einen guten Tag", verabschiedete sich Alexander und lies die Scheibe wieder hoch. Er drehte den Wagen in die entgegengesetzte Richtung und bediente das Navigationsgerät.

„Jetzt werden wir es nicht mehr schaffen, rechtzeitig in St. Benedikt zu sein", sagte er zu den anderen.

„Das ist höhere Gewalt", bemerkte Hannes. „Bruder Hieronimus wird es uns nicht übel nehmen."

„Da hast du recht, Hannes", pflichtete Amy ihm bei.

Sie kamen an Höfen, Wiesen, Feldern und Wäldern vorbei, landschaftlich schön, aber zeitraubend. Wie der Feuerwehrmann gesagt hatte, war St. Benedikt in Trunkheim an der ersten Querstraße, auf die sie trafen, bereits ausgeschildert. Es waren von dort noch zwanzig Kilometer, die sie ohne weitere Hindernisse fahren konnten.

Genau um elf Uhr zwanzig parkte Alexander sein Auto auf dem Parkplatz von St. Benedikt. Zur Kirche waren es nur wenige Meter zu gehen. Zu ihrem Erstaunen war die Kirche nicht nur bis auf den letzten Platz gefüllt, sondern die Trauergäste stauten sich zurück bis zum Eingang. Die Abtei schien mit diesen vielen Menschen gerechnet zu haben, denn über zwei Lautsprecher, die im Eingangsbereich der Abteikirche angebracht waren, konnten sie die Trauerfeier auch dort mitverfolgen. Amy, Alexander und Hannes blieb nichts anderes übrig, als sich hinten anzustellen.

Die Messe wurde von zwei Mönchen gelesen. Nach einem Moment der Stille begann der Chor von St. Benedikt, der nur aus Mönchen bestand, zu singen. Amy lief es kalt den Rücken hinunter. Sie hatte nicht gewusst, dass der Chor so ausgesprochen gut war. Auch Alexander war von dem Gesang bewegt. Die eigentliche Trauerrede hielt Bruder Friedrich. Er ging in seiner Ansprache sehr persönlich auf Bruder Hieronimus ein. Plötzlich spürte Alexander einen leichten Hieb in seiner rechten Seite. Er drehte sich um und sah Amy, die eine Kopfbewegung machte. Er wusste sie zu deuten, gab seinerseits Hannes einen leichten Stoß und gemeinsam verließen sie die Kirche. Alexander und Hannes wussten nicht, was los war, und sahen Amy fragend an.
„Kommt weiter", flüsterte sie ganz aufgeregt und lief vor ihnen her, bis sie so weit vom Kircheneingang entfernt waren, dass sie niemand hören konnte.
„Er ist es. Er ist Mutus! Das glaube ich nicht!", sagte Amy fassungslos. Sie musste sich zusammennehmen, damit sie es nicht laut herausschrie.
„Wer ist Mutus?", fragte Alexander, der noch nicht verstanden hatte, wen Amy meinte.
„Bruder Friedrich! Habt ihr nicht gehört, was er gesagt hat? Sinngemäß sagte er, die Brüder von St. Florian und besonders Bruder Hieronimus und Bruder Jeremias seien die aufrichtigsten und liebenswürdigsten Menschen gewesen, die er bisher in seinem Leben kennenlernen

durfte. Woher will er Bruder Jeremias kennen? Er war bereits verstorben, als er nach St. Benedikt kam. In seinem Lebenslauf steht nichts davon, dass er eine Zeit in St. Florian verbracht hat. Außerdem, wenn ich in einer Trauerrede so etwas sage, dann sicher nicht, weil ich vielleicht einen ein- oder zweitägigen Besuch bei jemandem gemacht habe. Ich bin mir sicher, er ist es. Und das werden wir beweisen. Wir fahren sofort zurück nach St. Florian. Vielleicht ist es auch ganz gut, wenn er uns hier nicht sieht. Eventuell kommt es ihm in den Sinn, dass er sich mit diesem Satz zu weit aus dem Fenster gelehnt hat. Das ist es, was ich schon am Anfang gesagt habe. Wenn sie sich zu sicher sind, dann begehen sie vielleicht einen Fehler. Er hat jetzt nach dem Tod von Bruder Hieronimus gedacht, niemand könne ihm mehr etwas anhaben. Schon ist es passiert. Kommt, beeilen wir uns, wir haben viel zu tun", Amy war vollkommen aus dem Häuschen.

Alexander und Hannes sahen sie noch immer entgeistert an. Sie hatten sie noch nie so euphorisch erlebt. Als sie langsam realisierten, was eigentlich geschehen war, waren sie bereits einige Kilometer gefahren.

Amy überlegte seit der Abfahrt laut, wie die Zusammen- hänge sein könnten. Wie Bruder Hieronimus es geschafft hatte, Bruder Friedrich von vornherein aus jeglichen Verdächtigungen herauszuhalten.

„Aber Mutus ist stumm, Amy", gab Hannes das Offensicht- liche zu bedenken.

Amy stutzte einen Moment und Alexander wagte einen Blick von der Straße weg und sah sie an.

„Das ist richtig, Hannes. Aber genau das hat alle sprechen- den Personen von vornherein ausgeschlossen. Es gibt einen Grund, weshalb Mutus nicht gesprochen hat, als er nach St. Florian kam. Vielleicht hatte er Angst. Vielleicht war er traumatisiert. Erinnerst du dich, dass Bruder Hieronimus gesagt hat, Mutus' Körper sei von Schlägen gezeichnet gewesen, als sie ihn gefunden hatten? Wir werden es her- ausfinden. Von Bruder Hieronimus wissen wir, dass die

Chronik, die er uns gegeben hat, nicht der Wahrheit entspricht. Dass Mutus anfänglich nicht gesprochen hat, kam ihm gelegen. Er ist bei dieser Version geblieben, um Mutus zu schützen und fast hätte dieser Schachzug Mutus als Bruder Friedrich endgültig ein neues Leben beschert."

„Aber wie willst du das beweisen?", fragte Alexander.

„Das wird nicht einfach werden. Denn jetzt sind wir an dem Punkt, an dem Bruder Hieronimus in unserem letzten Gespräch recht behalten soll. Mit seinem Tod ist Mutus zur Legende geworden."

„Was hast du jetzt vor?", wollte Hannes wissen.

„Wir haben das graue Haar. Bruder Friedrich hat graue Haare, somit könnte es von ihm sein. Wir haben die Hautreste von der wahren Chronik des Hotels. Das reicht aber bei weitem nicht aus, um die Staatanwaltschaft zu irgendetwas zu bewegen. Sie wird uns keine Verfügung ausstellen, die uns berechtigt, offiziell gegen Bruder Friedrich zu ermitteln. Wir müssen uns gemeinsam über-legen, wie wir unbemerkt an Daten und Informationen zu Bruder Friedrich und zu Bruder Hieronimus kommen."

„Dann nimmst du den Fall wieder auf?", fragte Hannes etwas ungläubig und dennoch mit erwartungsvollem Blick.

„Das eher nicht, denn dafür wird meine Vermutung nicht ausreichen. Ich werde mit meinem Chef reden, und er muss mir erlauben, zunächst inoffiziell und im Hintergrund zu recherchieren. Wenn er nur eine geringe Chance sieht, dass wir den Fall doch noch lösen können, wird er einverstanden sein. Das Büro im Hotel werde ich aus irgendeinem fadenscheinigen Grund versuchen zu behalten. Doch da mache ich mir keine Sorgen. Peter Fischer hat im Moment andere Probleme, als sich über das Büro Gedanken zu machen. Vor allem will ich verhindern, dass Bruder Friedrich Kenntnis davon bekommt, dass wir wieder an dem Fall arbeiten."

„Wie oft waren wir jetzt kurz davor, den Fall lösen? Und wie oft haben wir ihn schon abgeschlossen, weil uns die notwendigen Spuren und Beweise fehlten? Genau so viele

Male haben wir ihn wieder aufgenommen. Dieser Fall ist total verrückt. Oder hast du schon einmal einen vergleichbaren Fall gehabt?", fragte Alexander irritiert und konnte die neueste Entwicklung immer noch nicht glauben.

„In dem Punkt kommt keiner meiner bisherigen Fälle auch nur annähernd an diesen heran", sagte Amy und musste schmunzeln.

Die Rückfahrt verlief ohne Störungen. Alexander war direkt die Umleitung gefahren und so waren sie bereits um dreizehn Uhr wieder in St. Florian.

Amy ging direkt ins Büro und besprach ihr Vorhaben mit ihrem Chef. Es war einfacher, als Amy gedacht hatte. Ihr Chef hatte den weiteren Ermittlungen grundsätzlich zugestimmt. Allerdings hatte er Amy zu absoluter Vorsicht gemahnt. Einen Abt der Benediktiner unbegründet in diesen Fall zu verwickeln, konnte enorme Wellen schlagen und ihnen richtig Ärger einbringen. Es durfte nichts an die Öffentlichkeit dringen, bevor sie keine Beweise für ihre Vermutung gefunden hatte. Amy war sich dessen bewusst und versicherte ihm, dass er sich diesbezüglich auf sie verlassen konnte. Amy hatte ihn gleichzeitig gebeten, die Arbeit der Spezialisten in den unterirdischen Gängen zu genehmigen. Jedes weitere Beweisstück was sie jetzt noch finden würden, konnte entscheidend sein. Der Chef teilte diese Meinung mit Amy und genehmigte es.

„Ich verlasse mich auf dich und deine zwei Kollegen, Amy. Bitte informiere mich engmaschig über den Stand der Dinge. Wenn es doch auffliegt, muss ich auf dem Laufenden sein", sagte er abschließend und wünschte ihnen viel Erfolg.

Amy nahm sofort Kontakt mit Oliver Kramer auf. Sie informierte ihn, dass sie die Genehmigung für die Stabilisierung der begehbaren Gänge erhalten hatte. Er freute sich über die Nachricht und versprach, im Laufe der Woche mit seinen Kollegen zu kommen.

Alexander und Hannes saßen bereits im Restaurant und waren gespannt, ob Amy ihren Chef überzeugen konnte.

Als Amy zehn Minuten später das Restaurant betrat, sahen sie bereits an ihrem Gesichtsausdruck, dass es geklappt hatte.

Sie freuten sich mit Amy. Doch ihnen war auch bewusst, dass, wenn sie es jetzt nicht schafften, es endgültig vorbei wäre. Allerdings war Amys Zuversicht so groß, dass sie auch für die zwei Männer reichte.

Um den Schein zu wahren, beschlossen sie, ihre Überlegungen zu dem Fall auf Spaziergängen auszutauschen. Damit konnten sie die gemeinsame Zeit im Büro reduzieren. Gegebenenfalls konnten sie auch in die Dienststelle von Hannes ausweichen, der zudem sein Wohnzimmer bereitwillig anbot. Nach dem Mittagessen gingen sie auf ihre erste kleine Wanderung, um das weitere Vorgehen zu besprechen.

„Wer war Mutus und woher ist er gekommen? Das ist eine der dringlichsten Fragen, auf die wir eine Antwort brauchen", begann Amy.

„Ich könnte die Vermisstenanzeigen aus der Zeit, als Mutus ins Kloster gekommen ist, im Umkreis von St. Florian durchsehen", schlug Hannes vor.

„Sehr gut, Hannes. Und du, Alexander, könntest noch einmal im Internet recherchieren, ob du einen ausführlicheren Lebenslauf von Bruder Friedrich findest. Wir müssen zum Beispiel wissen, in welchem Kloster er vorher war. Das Gleiche gilt für Bruder Hieronimus. Bitte suche auch seinen Lebenslauf und überhaupt alles, was du zu den beiden findest."

„Ich kümmere mich darum. Mir ist noch etwas anderes durch den Kopf gegangen. Meinst du, uns könnte die wahre Chronik vom Hotel weiterhelfen? Dann würde ich sie schneller lesen", fragte Alexander.

„Das glaube ich eher nicht. Sie sind aus der Sicht der Leitung des Hotels geschrieben. Der Kontakt zwischen Gustav Tiegelmeier und Hieronimus war auf ein Minimum beschränkt. Zudem war das Leben der Brüder dem Seniorchef egal, außer er konnte es ihnen schwermachen. Bruder

279

Hieronimus hat in dem letzten Gespräch ganz unmissverständlich gesagt, dass niemand außer den sechs Brüdern
Mutus gesehen hat. Somit dürfte er in dieser Chronik nicht
vorkommen."

„Das habe ich schon vermutet", sagte Alexander. „Dann
werde ich mich voll und ganz auf die Lebensläufe konzentrieren."

„Aber du bringst mich auf eine Idee, Alexander. Wir müssten
die wahre Chronik von Bruder Hieronimus finden. Wo
würde ich die verstecken, wenn ich Hieronimus wäre?",
überlegte Amy laut.

„Ich würde sie da verstecken, wo sie eigentlich hingehört",
sagte Hannes. „Bruder Hieronimus hat dir gesagt, St. Florian
wäre sein Kloster und sein Zuhause. Also wird er sie hier
irgendwo im Kloster versteckt haben. An dem Ort, wo das,
was in ihr beschrieben ist, auch stattgefunden hat."

„Das Einzige, was vom Klostergebäude unangetastet geblieben ist, ist die Kirche", führte Alexander den Gedanken
weiter. „Vielleicht gibt es dort auch so etwas wie ein
Geheimfach oder eine geheime Kammer."

„Wir können uns in den nächsten Tagen, wenn wir eine
Abwechslung brauchen, die Kirche einmal genauer ansehen.
Vielleicht fällt uns etwas auf. Zuerst sollten wir uns aber auf
das konzentrieren, was wir besprochen haben. Die Chronik
würde beweisen, dass jemand mit dem Namen Mutus bei
den Brüdern gelebt hat. Allerdings werden wir in dem Buch
nichts über sein Leben vor St. Florian erfahren, nehme ich
an. Aber nur mit seinem vorherigen Leben können wir seine
Existenz wirklich beweisen", gab Amy zu bedenken. Da
mussten Alexander und Hannes ihr recht geben.

Sie waren wieder am Hotel angelangt und jeder widmete
sich seiner Aufgabe. Alexander und Amy saßen im Büro,
Hannes war in seine Dienststelle gefahren. Während
Alexander versuchte, die Lebensläufe von Bruder
Hieronimus und Bruder Friedrich mit Details zu füllen, sah
sich Amy die Protokolle aller Gespräche mit Bruder

Hieronimus noch einmal an. Vielleicht würde sie mit dem jetzigen Wissen noch etwas entdecken, was ihr bisher ohne besondere Bedeutung erschienen war.

Zum Abendessen trafen sie sich wie gewohnt mit Hannes, der mit einigen Neuigkeiten aufwarten konnte. Auch Alexander hatte bereits etwas herausgefunden. Zwar waren nur wenige Tische im Restaurant besetzt, doch sie konnten nicht vorsichtig genug sein. Also sprachen sie leise und wechselten das Thema, sobald einer der Kellner in die Nähe ihres Tisches kam. Darin hatten sie in den letzten vierzehn Tagen Routine bekommen.

Hannes hatte zunächst in einem Umkreis von fünfzig Kilometer um St. Florian in den Vermisstenanzeigen gesucht. In diesem Gebiet hatte er eine Anzeige gefunden, die mit den Eckdaten übereinstimmte. Leider war dieser Junge später tot aufgefunden worden. Bei der Erweiterung des Radius um fünfundzwanzig Kilometer war er auf zwei Meldungen gestoßen. Er hatte die Anzeigen ausgedruckt und mitgebracht. Die Inhalte fasste er für Amy und Alexander zusammen.

Werner Lachner, geboren am 4.11.1985, wuchs als Einzelkind auf. Im Alter von acht Jahren verstarben seine Eltern bei einem Verkehrsunfall. In der Folgezeit war er in zwei Pflegefamilien und in zwei Heimen untergebracht worden. Aus dem letzten Heim verschwand er im Oktober 2001 spurlos. Bei der Untersuchung des Verschwindens durch die zuständigen Behörden stellte sich heraus, dass in dem Heim unhaltbare Zustände herrschten, die das Heimleiterehepaar bis zu diesem Zeitpunkt vertuschen konnte. Die Kinder bekamen kaum zu essen, wurden geschlagen und eingesperrt. Zunächst verdächtigte die Staatsanwaltschaft das Heimleiterehepaar, den Jungen zu Tode geprügelt oder auf andere Weise umgebracht zu haben. Dies konnte jedoch nie bewiesen werden. Leider gab es kein Foto von dem Jungen aus der Zeit, als er verschwand. Es existierte lediglich ein Foto von seinem ersten Kinderausweis, den er im Alter von zwei Jahren erhielt. In dem Heim wurden bei den damaligen Ermittlungen keine persönlichen Sachen gefunden. Von dem Jungen fehlte bis heute jede Spur und er galt weiterhin als vermisst.

Der zweite Junge hieß Ferdinand Peschel, geboren am 4.7.1985. Er hatte zwei jüngere Geschwister und verschwand mit sechzehn Jahren Anfang November 2001 auf dem Heimweg von der Schule. Alle Suchaktionen und Ermittlungen, die direkt nach dem Verschwinden eingeleitet wurden, blieben erfolglos. Angeblich wurde er zehn Jahre später in Norddeutschland gesehen. Sofort eingeleitete Nachforschungen brachten jedoch auch dort kein positives Resultat. Er wuchs in sogenannten geordneten Familienverhältnissen auf. Von Ferdinand Peschel lag ein Foto vor, das kurz vor seinem Verschwinden aufgenommen worden war. Er galt ebenfalls bis heute als vermisst.

„Hier sind die zwei Fotos", sagte Hannes und reichte sie Amy.

„Das Foto mit dem Zweijährigen ist nicht zu verwerten, da der Junge keine besonderen äußeren Merkmale aufweist. Was meinst du, Hannes? Ich finde, der 16-Jährige hat keinerlei Ähnlichkeit mit Bruder Friedrich, oder?"

„Ich kann auch keine Ähnlichkeit entdecken."

„Das sehe ich genauso", schloss Alexander sich der Einschätzung an.

„Dann bleibt uns Werner Lachner. Eine Übereinstimmung hätten wir in dem Fall schon. Die Schläge, die er im Heim bekommen hat, und die Beschreibung des geschundenen Körpers des Jungen, der ins Kloster gekommen ist. Haben wir eine Liste der Kinder, die mit ihm zusammen in dem Heim waren?", fragte Amy.

„Nein, noch nicht, ich habe die gesamte Akte von damals angefordert, inklusive der psychologischen Gutachten, die von dem Jungen erstellt worden sind. Ich denke, sie wird morgen eintreffen", sagte Hannes.

„Das ist sehr gut, danke, Hannes."

Alexander hatte sich zunächst auf Bruder Hieronimus konzentriert und hatte ebenfalls einige interessante Neuigkeiten.

„Bruder Hieronimus wurde, wie wir bereits wissen, am
20.5.1928 geboren. Er hieß mit bürgerlichem Namen Felix
Burgner und man höre und staune, er hatte einen Zwillingsbruder namens Gottfried Burgner. Hieronimus und sein
Bruder absolvierten gemeinsam die Schule, wuchsen wohl-
behütet in guten sozialen Verhältnissen auf und beendeten
ihre Schulzeit mit dem Abitur. Mit neunzehn Jahren traten
beide in den Benediktiner Orden ein und zwar in das
Kloster St. Torgen bei Salzburg. Aus Felix wurde, wie wir
wissen, Bruder Hieronimus. Aus seinem Bruder Gottfried
wurde Bruder Erasmus. Über die Zeit im Kloster habe ich
wenig in Erfahrung bringen können, bis zu dem Zeitpunkt,
als im Leben der beiden Brüder bedeutende Einschnitte
stattfanden. Bruder Hieronimus wurde als Abt nach St.
Florian berufen und nur zwei Jahre später wurde sein
Bruder Abt im Kloster St. Herfeld in der Nähe von München.
Bruder Erasmus starb 2013 an einem plötzlichen Herztod.
Leider habe ich nichts darüber in Erfahrung bringen
können, ob die Brüder nach ihren Berufungen zum Abt noch
weiterhin Kontakt hatten.“

„Dann wissen wir jetzt schon einiges mehr.“ Amy war begeistert. „In dem Lebenslauf von Bruder Friedrich steht,
dass er in einem Kloster in der Nähe von München war,
bevor er nach St. Benedikt gekommen ist. Nun bin ich gespannt, ob du herausfinden kannst, welches Kloster es war.
Es würde mich nicht wundern, wenn er im Kloster St.
Herfeld gewesen ist.“

„Es ist doch interessant, dass Bruder Hieronimus nie von
seinem Zwillingsbruder gesprochen hat“, sagte Hannes.

„Den Grund dafür kann ich dir sagen“, entgegnete Amy.
„Wenn es sich bestätigt, dass Bruder Friedrich im Kloster St.
Herfeld war, hätte Hieronimus uns damit praktisch eine
Steilvorlage gegeben. Er wusste, dass wir ihnen immer mehr

auf die Spur gekommen waren. Es war genau überlegt, wie alles andere, was er uns verschwiegen hat."

Amy ihrerseits konnte keine neuen Ergebnisse präsentieren. Die erneute Durchsicht der Gesprächsprotokolle mit dem Wissen von heute hatten keine neuen Erkenntnisse gebracht.

Sie aßen in Ruhe zu Abend und machten danach noch einen gemeinsamen Spaziergang ins Dorf. In der Gaststätte am Dorfplatz tranken sie noch einige Gläser Wein, und Alexander und Amy gingen danach zurück ins Hotel.

17

Für den Morgen hatten sie verabredet, an ihren Recherchen weiterzuarbeiten. Nach dem Mittagessen war ein Ausflug ins Grüne geplant. Amy und Alexander hatten gerade mit ihrer Arbeit begonnen, als es an der Tür klopfte. Oliver Kramer war mit zwei Kollegen gekommen, um die Gänge zu sichern.

„Hätten Sie Interesse, uns auf unserem ersten Erkundungsgang zu begleiten, Frau Craig? Ich könnte Ihnen gleichzeitig erklären, welche Arbeiten wir vorgesehen haben", fragte er Amy.

„Ja, gerne", antwortete sie und ging mit ihnen.

Aufgrund des sicheren Einstiegs begannen sie mit der Begehung im Büro des Seniorchefs. Amy bekam einen Helm, ein Ortungsgerät und eine leuchtstarke Taschenlampe, dann gingen sie hinunter. Amy wollte zunächst den Weg in Richtung Nord-West-Erker zum Weinkeller des Hotels einschlagen. Dem Gang war anzusehen, dass er älteren Baujahres war, dennoch sahen die Sicherungs- und Stützbalken noch sehr gut aus. Bei einzelnen, so erklärte

Oliver Kramer, war zu erkennen, dass sie vor nicht allzu langer Zeit ersetzt worden waren. Sie kamen zur ersten Biegung, und der Gang führte nach links weiter. Genau auf der Ecke war der Zugang zu einem der vier diagonal verlaufenden Verbindungsgänge, die sich in der Mitte des Innenhofs trafen.

„Dieser Gang ist einer der ältesten und hat einige morsche Stützbalken. Wir sind bei der Besichtigung nur einige Meter weit hineingegangen. Wenn wir die verrotteten Stützbalken ausgewechselt haben, gehe ich gerne mit Ihnen auch durch diesen Gang."

„Ich komme gerne noch einmal mit, wenn Sie Ihre Arbeit erledigt haben, vielen Dank. Die Gänge und ihre Verbindungen interessieren mich wirklich."

Nur wenige Meter weiter sahen sie eine Erdanhäufung.

„Einen kleinen Moment, Frau Craig", sagte Oliver Kramer und hinderte Amy daran, voranzulaufen. „Bei unserer letzten Begehung war dieser Erdhaufen noch nicht da." Er ging voraus und leuchtete mit seiner Taschenlampe die Decke und die Wände ab.

„Was haben wir denn hier?", sagte er erstaunt. „Sie können kommen, Frau Craig, es ist alles sicher genug. Das hier wird Sie besonders interessieren."

Amy ging zu ihm. In der rechten Tunnelwand befand sich eine Tür.

„Ich vermute, dass diese Tür mit Erde bedeckt war. Fragen Sie mich aber nicht, wie unser Unbekannter das fertiggebracht hat. Sehen Sie, hier auf den Vorsprüngen sind noch Erdreste vorhanden. Aus irgendeinem Grund hat sich die Erde gelöst und ist abgerutscht", erklärte er.

Die Tür war verschlossen, allerdings steckte ein Schlüssel im Schloss. Oliver Kramer prüfte zunächst, ob das Öffnen der Tür etwas auslösen würde. Er konnte nichts entdecken und drehte langsam den Schlüssel im Schloss herum. Er drückte gegen die Tür, die wider Erwarten bereits auf leichten Druck reagierte. Als der Spalt groß genug war, gingen sie hindurch und fanden sich im hinteren schmalen

Teil des Weinkellers wieder. Auf die Geheimtür war auf der Seite des Weinkellers ein komplettes Weinregal montiert, das sich in einer der Nischen befand. Die Rückwand des Regals war oben und an den Seiten etwa drei Zentimeter höher und breiter als die Tür und überdeckte damit den Spalt zwischen der Tür und dem Türrahmen. Mit bloßem Auge war es unmöglich, diesen Durchgang zu entdecken. Unweit von dieser Stelle hatten die Kollegen von Oliver Kramer das Loch in die Wand gebohrt und den Gang mit der Minikamera bereits entdeckt.

„Also hat er diesen Weg genommen, als er Jakob Tiegelmeier in den kleinen Keller gebracht hat. Jetzt bestätigen sich unsere Vermutungen mehr und mehr", sagte Amy.

Sie verließen den Weinkeller, schlossen die Tür und entschieden sich, den unterirdischen Gang in Richtung Süd-West-Erker weiterzugehen. Nachdem sie etwa fünfzehn Meter gegangen waren, kamen sie zu dem Abzweig, der zur Klostermauer führte. Es war die Verbindung zu dem Eingang an der Außenseite der Mauer, wo sie die Leiche von Tobias Viehofer gefunden hatten. Sie ließen den Gang rechts liegen und gingen weiter, da sie wussten, dass dieser verschüttet war. Es gab einige weitere Erdanhäufungen auf dem Boden, die jedoch wesentlich kleiner waren als die vor der Geheimtür und kein Problem darstellten. Sie erreichten den Süd-West-Erker, und der Gang machte eine 90-Grad-Biegung nach links in Richtung Süd-Ost-Erker. Zwei Meter davor lag der Zugang zu dem diagonalen Weg unter dem Innenhof. In dem Winkel auf der rechten Seite befand sich eine weitere Tür. Sie war deutlich niedriger als die vorherige. Oliver Kramer drückte vorsichtig die Türklinke herunter. Die Tür war nicht verschlossen und ließ sich problemlos aufziehen. Da der Durchgang sehr niedrig war, hätten sie auf dem Bauch hindurchkriechen müssen. Amy kannte den Raum bereits von ihrem Rundgang mit Herrn Schober und hatte nichts Auffälliges darin gesehen. Allerdings fragte sie sich jetzt, warum sie diese Tür, auch wenn sie so klein war, nicht bemerkt hatte. Vermutlich war der alte Bürgermeister auf diesem Weg in den Innenhof gebracht worden. Herr Kramer leuchtete den Raum aus und entdeckte ebenfalls nichts.

Von dort kamen sie nicht weiter. Der Weg zum Süd-Ost-Erker und dem Weinkeller des Klosters war nach den Angaben von Oliver Kramer im hinteren Teil verschüttet. Der vordere Teil musste erst noch gesichert werden, bevor sie ihn begehen konnten. Ebenso verhielt es sich mit dem Gang der diagonal unter dem Innenhof verlief. Also gingen sie den Weg zurück, vorbei an der Treppe, die sie hin-untergekommen waren und weiter in Richtung Nord-Ost-Erker. Diesen Keller kannte Amy ebenfalls schon und war gespannt, wo sich dort der Zugang befand. Doch dieser Gang war nach etwa zwanzig Metern nicht mehr durchgängig.

„Dieser Deckeneinbruch ist neu, Frau Craig. Bei unserer Besichtigung war dieser Gang noch frei. Dann müssen wir unsere Begehung hier leider abbrechen."

„Das ist in Ordnung, vielen Dank, Herr Kramer. Es war sehr aufschlussreich. Ich bin schon sehr gespannt darauf, nach Ihren Arbeiten die restlichen Gänge abgehen zu können."

Einer der Spezialisten hatte in dem neuen Erdhaufen etwas glitzern sehen. Mit der bloßen Hand begann er, in der Erde zu graben. Jetzt bemerkte es auch Oliver Kramer.

„Was ist los, Pierre?", fragte er ihn.

„Ich habe etwas im Schein der Taschenlampe glitzern sehen. Es muss ungefähr hier gewesen sein", antwortete sein Kollege und grub weiter. Oliver Kramer war zu ihm gegangen und leuchtete ihm mit der Taschenlampe.

„Hier ist etwas", sagte er plötzlich. Oliver Kramer leuchtete die Wände ab. Es war ihm nicht ganz geheuer, sich länger in diesem Teil aufzuhalten, ohne die Stützbalken vorher genau kontrolliert zu haben. Bevor er diesen Einwand vorbringen konnte, zog sein Kollege einen Rucksack aus dem Erd-haufen.

„Frau Craig, sehen Sie mal. Können Sie damit etwas anfangen?", fragte Oliver Kramer und hielt den Rucksack in die Luft.

„Das will ich meinen!", rief Amy erstaunt aus. „Der wird vermutlich, nein eigentlich bin ich mir sicher, dass der Rucksack Hubertus Tiegelmeier gehört hat."

„Wir sehen ihn uns oben genauer an. Ich traue dem Tunnel hier nicht und würde vorschlagen, dass wir zurückgehen", sagte Oliver Kramer.

Im Büro von Gustav Tiegelmeier angekommen hatte einer der Spezialisten einige Plastiktüten geholt, um den Inhalt des Rucksacks für die Spurensicherung zu verpacken. Oliver Kramer hatte sich Handschuhe angezogen, öffnete den Rucksack und holte zunächst eine graue Hose, ein helles Oberhemd und ein schwarzes Jackett heraus.

„Das sind die Kleider vom Juniorchef", sagte Amy und blickte dann mit großen Augen auf das, was der Spezialist als nächstes aus dem Rucksack hervorholte.

„Wie viele sind es?", fragte sie aufgeregt, als Oliver Kramer bereits zwei Holzkreuze in Plastiksäcke getan hatte.

„Das hier ist das letzte, drei sind es, Frau Craig. An allen ist Blut zu erkennen. Sagen Sie jetzt nicht, der Täter hat die Kreuze als Waffe benutzt", sagte er entsetzt.

„Doch, das hat er. Seine ersten drei Opfer wurden damit niedergeschlagen. Einiges an diesem Fall ist wirklich bizarr, anders kann man es nicht sagen."

„Das glaube ich Ihnen sofort. Der Rucksack ist jetzt ... halt, da ist doch noch etwas", sagte er und zog einen Brief hervor.

„Den Brief können Sie mir geben, bitte", bat Amy, die ahnte, dass es der Abschiedsbrief von Hubertus Tiegelmeier war. Also hatte er sich dieses Mal nicht einfach davongemacht, dachte sie.

„Den Brief nehme ich zu mir. Es ist vermutlich der Abschiedsbrief des Selbstmörders. Ich werde eine Kopie davon anfertigen. Dann bringe ich ihn wieder zurück", erklärte sie.

„Das ist schon in Ordnung, Frau Craig. Wir lassen die Box mit den gefundenen Sachen hier stehen. Sie können ihn dazulegen, wenn Sie ihn kopiert haben. Heute Abend nehmen wir die Beweisstücke mit nach München."

„Vielen Dank, meine Herren und Ihnen besonders, Pierre, für Ihre Katzenaugen", sagte Amy lächelnd und drehte sich zur Tür.

„Ich gebe Ihnen Bescheid, sobald wir mit der Absicherung der Gänge fertig sind", rief Oliver Kramer Amy noch hinterher.

„Ja, danke, das hätte ich über den Fund der Sachen beinahe vergessen, entschuldigen Sie", antwortete Amy und schloss die Tür hinter sich.

Als Amy mit dem Brief in ihr Büro zurückkam, saß Alexander noch immer an seinem Computer. Er hob den Kopf, als Amy hereinkam.

„Wie war dein Spaziergang im Untergrund?", fragte er.

„Ich denke, ich halte den Abschiedsbrief von Hubertus Tiegelmeier hier in meinen Händen", antwortete Amy nachdenklich.

Damit hatte sie die volle Aufmerksamkeit von Alexander.

„Was ist mit dir Amy? Das sind doch großartige Neuigkeiten, warum bist du so bedrückt?"

„Wir haben außer dem Brief auch die Kleider von Hubertus Tiegelmeier und drei mit Blut verschmierte Holzkreuze gefunden. Es war alles in dem Rucksack, den er bei sich trug, als er von der Mitarbeiterin in dem Wellnessbereich gesehen wurde. Diese Dinge jetzt zu finden, hat mich irgendwie betroffen gemacht. Wenn wir die Gänge nicht mehr weiter untersucht hätten, wäre der Abschiedsbrief als nicht geschrieben abgehakt worden. Das ist doch eigentlich schlimm, findest du nicht? Und diese Holzkreuze, kannst du dir Bruder Friedrich vorstellen, wie er jemandem damit den Schädel einschlägt?"

„Du hast recht Amy, es ist wirklich verrückt."

Amy holte zwei Plastikhüllen und zog sich Handschuhe an. Vorsichtig nahm sie den Brief aus dem Umschlag und schob ihn in eine der Hüllen. Für den Umschlag hatte sie die zweite Hülle vorgesehen. Sie verließ das Büro, und an der Rezeption bat sie darum, den Kopierer selber bedienen zu dürfen. Die Angestellte ließ sie ohne Weiteres hinter die Rezeption.

Nachdem sie die Originale in die Box zu den anderen Beweisstücken gelegt hatte, ging sie zurück in ihr Büro und setzte sich hinter den Schreibtisch. Sie nahm sich die Kopie des Briefes vor und begann zu lesen.

Liebe Mutter, liebe Brigitte,

wenn ihr nach meinem Tod und nach der Aufklärung der Morde durch Frau Craig die Wahrheit über mich und mein Leben erfahrt, werdet ihr mich abgrundtief hassen. So abgrundtief wie ich es in diesem Moment selber tue.

Ich habe diese abscheulichen Dinge getan. Dafür gibt es keine Entschuldigung und meine Reue kam viel zu spät. Wie in einem Rausch habe ich mich damals und jetzt mitreißen lassen. Damit will ich die Schuld nicht auf die anderen schieben. Ich war es selbst, der es getan hat und ich glaubte, das Recht für dieses Handeln zu haben. Damals wie heute bin ich zu feige, dazu zu stehen, mich zu stellen und die Verantwortung für meine Schandtaten zu übernehmen.

Lebt wohl
Hubertus

Amy lehnte sich in ihrem Stuhl zurück. Für Frau Tiegelmeier und Brigitte Harter war sie froh, dass Hubertus keine Einzelheiten beschrieben hatte. Für sich selber hatte sie gehofft, dass er seine Komplizen nennen würde, aber den Gefallen hatte er ihr nicht getan. Sie setzte sich wieder aufrecht hin und sah zu Alexander hinüber, der in diesem Moment seinen Blick auf sie richtete. Wortlos nahm Amy den Brief in die Hand und reichte ihn Alexander herüber. Er las ihn nicht nur einmal und gab ihn Amy anschließend zurück.

„Glaubst Du, dass diese Zeilen Frau Tiegelmeier und Frau Harter das Geschehene leichter machen werden?"

„Das kann ich mir nicht vorstellen, Alexander. Vielleicht ist es gut für sie zu wissen, dass er vor seinem Tod an sie gedacht hat."

Einen Moment lang herrschte Stille im Büro.

Amy wusste, dass es nun an der Zeit war ihr Versprechen gegenüber Frau Harter einzulösen. Sie kannte das Geheimnis, das ihr Vater und ihre Brüder gehabt hatten seit ihrem letzten Gespräch mit Bruder Hieronimus. Bis jetzt hatte sie das Gespräch vor sich hergeschoben. Der Fund des Abschiedsbriefes war eine weitere wichtige Information für Frau Harter, die sie ihr nicht vorenthalten durfte. Sie nahm ihr Handy zur Hand und rief an. Brigitte Harter war noch immer bei ihrer Mutter und würde in einer Stunde zu ihr kommen.

„Wir haben übrigens auch die geheime Tür zum Weinkeller des Hotels gefunden. Durch diese Geheimtür ist Jakob Tiegelmeier in den kleinen Keller gebracht worden. Mutus ist wirklich vielseitig begabt. Vom Weinkeller aus hätten wir die Tür wohl nie gefunden, so raffiniert hat er sie hinter einem Weinregal verborgen. Im Kellerraum unter dem Lebensmittellager befindet sich ebenfalls ein Zugang zu den unterirdischen Gängen. Das wird der letzte Weg des alten Bürgermeisters gewesen sein, bevor sie ihn im Kräuterbeet vergraben haben."

„Langsam klärt sich alles auf. Vielleicht komme ich mit in den Untergrund, wenn alles neu gesichert ist. Interessieren würde es mich schon. Ich habe auch etwas Neues herausgefunden. Das sage ich dir aber erst, wenn Hannes dabei ist", sagte Alexander lächelnd.

„So lange kann ich warten, es ist nämlich schon Zeit, ins Restaurant zu gehen. Hannes wird schon dort sein."

„Sehr gut, mein Magen knurrt schon seit einer Stunde", freute sich Alexander, stand auf und sie verließen gemeinsam das Büro.

Auf dem Weg zum Restaurant begegnete ihnen Peter Fischer.

„Guten Tag Frau Craig, Sie arbeiten immer noch an dem Fall?", fragte er interessiert.

„Guten Tag Herr Fischer, nein, das kann man so nicht sagen. Der Fall selber ist abgeschlossen. Es werden keine neuen Ermittlungen durchgeführt. Jetzt geht es lediglich um die letzte Aufarbeitung und die Vervollständigung der Ergebnisse, die für den Abschlussbericht noch erforderlich sind", antwortete Amy.

„Wie ich gehört habe, sind die Spezialisten heute wieder im Haus", bemerkte er.

„Das ist richtig. Bei der Begehung der unterirdischen Gänge vor einigen Tagen sind Sicherheitsmängel festgestellt worden. Unsere Spezialisten werden heute diese Mängel in den noch begehbaren Abschnitten beheben und die nicht mehr durchgängigen Bereiche sperren. Nicht dass noch jemand dort unten zu Schaden kommt. Ich schicke Ihnen gerne eine Kopie des Abschlussberichtes unserer Spezialisten für Ihre Unterlagen", erklärte Amy.

„Das ist ja wunderbar, Frau Craig. Dann muss ich mir diesbezüglich keine Gedanken mehr machen. Da bin ich sehr froh. Ich wünsche Ihnen einen guten Appetit", entgegnete er freundlich und ging weiter in Richtung Rezeption.

„Was glaubst du, Amy, wird Frau Harter die Leitung des Hotels übernehmen?", fragte Alexander, als sie weitergingen.

„Wenn sie die richtigen Mitarbeiter an ihrer Seite hat, könnte sie es schaffen. Ich denke schon, dass sie sich dafür entscheiden wird."

Hannes saß bereits am Tisch. Er strahlte über das ganze Gesicht, und konnte es offenbar nicht erwarten, seine Neuigkeiten mit den anderen zu teilen. Sie entschieden sich aber dennoch, die Ergebnisse erst am Nachmittag auf ihrem Ausflug auszutauschen und während des Essens nicht über den Fall zu sprechen. Sie waren heute bereits früher beim Mittagessen und aßen wegen der anschließenden Wanderung nur wenig.

Amy verließ den Tisch als Erste und ging in ihr Büro. Nur wenige Augenblicke später klopfte es an ihre Tür. Brigitte Harter kam herein, begrüßte Amy und setzte sich an den kleinen runden Tisch.

„Wie geht es Ihnen, Frau Harter?"

„Danke, den Umständen entsprechend gut. Jetzt gerade bin ich ein wenig nervös und habe mich auf dem Weg zu Ihnen gefragt, ob ich das Geheimnis überhaupt noch wissen will."

„Das verstehe ich, und es ist allein Ihre Entscheidung, Frau Harter. Sie sollten noch wissen, dass wir heute den Abschiedsbrief Ihres Bruders gefunden haben. Aber auch hier ist es Ihre Entscheidung, ob Sie den Brief lesen möchten oder nicht."

Brigitte Harter war blass geworden und kämpfte mit den Tränen.

„Ich weiß nicht, ob ich die Wahrheit nach all dem was bereits passiert ist verkrafte, Frau Craig. Natürlich habe ich viel über alles nachgedacht und mir sind die schlimmsten Vorstellungen durch den Kopf gegangen. Aber es sind nur Vorstellungen. Die Wahrheit ist unumstößlich und lässt keinen Raum mehr für eine Alternative die erträglicher wäre."

„Ich mache Ihnen einen Vorschlag, Frau Harter. Die Kopie des Abschiedsbriefes gebe ich Ihnen in einem verschlossenen Couvert mit. Lesen Sie ihn, wenn Sie sich dazu in der Lage fühlen. Was das Geheimnis angeht können Sie mich anrufen, wenn Sie es später doch noch wissen möchten."

Brigitte Harter überlegte und war noch immer sichtlich hin und her gerissen. Sie brauchte eine Weile, bis sie sich entschieden hatte.

„Ich denke, ich nehme Ihren Vorschlag an. Vielen Dank, Frau Craig."

„Es wird das Beste sein, wenn auch Sie den Zeitpunkt wählen, wann Ihre Mutter von dem Inhalt des Abschiedsbriefs erfahren soll. Ich werde veranlassen, dass die Spurensicherung Ihnen das Original zusendet. Ist das in Ihrem Sinne?"

„Gerne, meine Mutter verkraftet im Moment gar nichts mehr. Ich bin mir nicht einmal sicher, dass sie sich jemals von all dem erholen wird, was in den letzten Tagen geschehen ist."

„Ich wünsche Ihnen und Ihrer Mutter viel Kraft und alles Gute." Amy war aufgestanden und zur Verabschiedung zu Frau Harter an den Tisch gegangen.

„Vielen Dank für alles Frau Craig und auch Ihnen alles Gute." Brigitte Harter verließ das Büro und Amy war erleichtert. Für den Moment war es sicher die richtige Entscheidung gewesen, die Frau Harter für sich und ihre Mutter getroffen hatte. Aber Amy war sich sicher, dass sie sich irgendwann bei ihr melden würde.

Als Amy aus dem Büro kam, warteten Hannes und Alexander bereits in der Eingangshalle auf sie. Amy ging auf ihr Zimmer, zog sich ihre Wanderkleidung an und dann konnte es losgehen.

Hannes hatte einen Höhenrundweg ausgesucht. Das Wetter war geradezu dafür gemacht und er wusste seit dem kleinen Ausflug mit Amy auf den Hügel vor einigen Tagen, dass sie es liebte, in die Weite blicken zu können.

Um halb eins fuhren sie mit dem Auto vom Klosterhof und dann tiefer in das Tal hinein, an dessen Eingang St. Florian lag. Das Tal wurde immer enger und die Berge rechts und links immer höher. Nach einer knappen Stunde erreichten sie einen Ort, der etwas größer war als St. Florian. Hannes erklärte Alexander den Weg zu einer Talstation am Rande des Ortes. Mit einem Sessellift fuhren sie von dort aus auf 1657 Meter Höhe. An der Bergstation war ein kleines Ausflugsrestaurant. Von dort starteten einige Wanderwege, unter anderem der sechs Kilometer lange Rundweg. Hannes hatte an alles gedacht. Er hatte etwas zu trinken für unterwegs und etwas zu essen für eine kleine Pause zwischendurch eingepackt. Also konnten sie direkt starten.

Hannes war der Ungeduldigste, was das Mitteilen der Neuigkeiten anging, die er herausgefunden hatte. Also durfte er beginnen. Er hatte sich vor allem mit den psychologischen Gutachten von Werner Lachner befasst.

„Der Junge Werner Lachner saß bei dem Autounfall, den seine Eltern nicht überlebten, ebenfalls im Auto. Er war nach diesem Unfall massiv traumatisiert. Als ich das gelesen habe, musste ich an das denken, was du im Auto über Mutus gesagt hast, Amy. Du hattest recht, denn der Junge hat seit dem Unfall kein Wort mehr gesprochen. Die erste Pflegefamilie, in der er sich sehr wohlgefühlt hatte, brachte es fertig, dass er manchmal einige Worte sprach. Die Psychologen waren überzeugt, dass es nur eine Frage der Zeit war, bis er wieder normal sprechen würde. Doch dann mussten die Pflegekinder die Familie verlassen, weil die Mutter schwer erkrankte. Das führte bei dem Jungen zu einem kompletten Rückfall und er sprach danach kein Wort mehr. Alle folgenden Unterbringungen von Werner Lachner waren sehr Konflikt beladen, sodass er sich wieder vollkommen in sich zurückzog."

„Das passt genau zu Mutus und bestätigt deine Version, Amy, wie Hannes schon gesagt hat. Er konnte wirklich nicht sprechen, hat allerdings aufgrund der harmonischen und vertrauensvollen Beziehung zu den Brüdern in St. Florian wieder mit dem Sprechen begonnen wie in der ersten Pflegefamilie. Wann er nun wirklich wieder zu reden begonnen hat, ist eigentlich egal. Vielleicht war es in dem Moment, als es darauf ankam. Als er Hieronimus den schrecklichen Vorfall mit Laura Viehofer mitteilen wollte", folgerte Alexander aus dem, was Hannes herausgefunden hatte.

„Das passt perfekt zusammen. Wenn es wirklich so ist, kann jede Person, die im Umfeld von Bruder Hieronimus lebte, Mutus sein, also auch Bruder Friedrich", stellte Amy zufrieden fest und fragte Alexander, was er herausgefunden hatte.

„Ich habe mich heute Morgen mit Bruder Friedrich befasst. Auf den ersten Blick ein sauberer Lebenslauf ohne Lücken, ohne Ecken und Kanten. Der erste Punkt, der mich aufhorchen ließ, war, dass er im Kloster St. Herfeld, auch da hast du richtig vermutet, Amy, bei Abt Erasmus, dem Bruder von Hieronimus war. Sein bürgerlicher Name ist angeblich Hans Korne, er ist am 9.9.1981 in München geboren. Er besuchte die Schule bis zum Abitur und den weiteren Verlauf kennen wir bereits aus deinen Ermittlungen Amy. So weit, so gut." Alexander machte eine kleine Pause, um etwas zu trinken. „Ich habe dann an Amys Computer alle Register abgefragt, die euch im Landeskriminalamt zur Verfügung stehen, wie Melde- und Strafregister, Personalausweis- und Passregister und so weiter. Jetzt kommt das Verblüffende. Zu der Zeit, als Hans Korne geboren wurde, gab es in ganz München keine Familie mit diesem Nachnamen. Laut Geburtenregister gab es am 9.9.1981 auch keinen Hans Korne, der in München geboren wurde, und sein Abitur kann er auch nicht in München gemacht haben, denn sein Name taucht in keinem entsprechenden Jahrbuch der Gymnasien auf. Einzig die Immatrikulation an der Theologischen Fakultät habe ich gefunden. Meine These aus diesen Ergebnissen ist, dass Bruder Hieronimus gemeinsam mit seinem Zwillingsbruder eine komplett neue Identität für Mutus geschaffen hat. Ich denke, wir sind uns einig, dass auch Mönche an gefälschte Papiere kommen. Das besonders Raffinierte an der ganzen

Geschichte ist, dass sie gleichzeitig das Geburtsdatum von Werner Lachner geändert haben und ihn gut vier Jahre älter gemacht haben. Das ist doch genial, oder?"

„Es ist unglaublich. Wenn ich mich bei der ersten Recherche nicht mit diesem sauberen Lebenslauf zufrieden gegeben hätte, wären wir vielleicht schon früher stutzig geworden", erwiderte Amy. „Ihr zwei seid einfach genial."

„Das denke ich weniger. Also dass wir genial sind, das denke ich schon, aber dass du bei der Überprüfung von Bruder Friedrichs Lebenslauf etwas falsch gemacht hast, das denke ich nicht", sagte Hannes. „Zu dem Zeitpunkt gab es für uns keinen Anhaltspunkt, dass Bruder Friedrich irgendetwas mit den Morden zu tun hatte, Mutus war für uns stumm. Selbst Bruder Hieronimus hätte zu dem Zeitpunkt keiner von uns diese Taten zugetraut. Also passte der gefälschte Lebenslauf genau ins Bild und war deshalb vollkommen unauffällig."

„Da muss ich Hannes recht geben", pflichtete Alexander ihm bei.

„Danke, das beruhigt mich", entgegnete Amy und lachte.

Sie berichtete kurz von den geheimen Türen und dem Rucksack, den sie gefunden hatten, weil Hannes davon noch nichts mitbekommen hatte. Etwas mehr Zeit nahm sie sich für den Abschiedsbrief von Hubertus Tiegelmeier und dem Gespräch mit Brigitte Harter.

„Wenn in dem Brief der Name von Bruder Friedrich gestanden hätte und Hubertus ihn als den Mörder beschrieben hätte, wäre das ausreichend gewesen für eine offizielle Untersuchung?", fragte Alexander.

„Zusammen mit den Ergebnissen eurer Recherchen in jedem Fall", schätzte Amy die Situation ein.

Sie liefen eine Weile wortlos durch die wunderschöne Berglandschaft. Blumenwiesen, saftig grüne Weiden und die unbeschreibliche Fernsicht durch das klare Wetter brachten sie ins Staunen. Irgendwann zog Amy ein Resümee aus dem, was sie bisher herausgefunden hatten.

„Mutus wurde als Werner Lachner geboren. Durch den tragischen Unfalltod seiner Eltern verbringt er seine Jugend bei Pflegefamilien und in Heimen. Aus dem letzten Heim, in dem er geschlagen und schlecht behandelt wird, läuft er fort. Er versteckt sich, irrt umher und erreicht mit letzter Kraft St. Florian, wo er auf den Stufen zur Kirche entkräftet und krank zusammenbricht. Dann folgen die Jahre in St. Florian. Bruder Hieronimus erkennt in ihm den idealen Helfer für seine Rachepläne. Spätestens nachdem Mutus das Verbrechen der Brüder Tiegelmeier mit ansehen musste, ist auch er davon überzeugt, dass die Brüder für ihre Taten büßen müssen. Bruder Hieronimus beschützt Mutus nach dem Vorfall, weil unklar ist, ob er gesehen wurde. Bis hierhin können wir uns auf die Ergebnisse unserer Recherchen und die Aussagen von Bruder Hieronimus stützen. Wir wissen, dass Bruder Friedrich einen fiktiven Lebenslauf hat. Der Beweis dafür, dass die Brüder Hieronimus und Erasmus ihm diesen verschafft haben, fehlt uns. Somit haben wir auch keinen Beweis dafür, dass Werner Lachner alias Mutus auch Bruder Friedrich ist. Ohne diesen Beweis oder Indizien, die dafür sprechen, dass Bruder Friedrich der Mörder ist, werden wir die Staatsanwaltschaft zu nichts bewegen können."

„Das heißt, dass unsere neuen Erkenntnisse zwar unsere Theorie untermauern, aber noch immer nicht ausreichen", folgerte Alexander.

„Genau so ist es", bestätigte Amy.

„Dann müssen wir die wahre Chronik von Bruder Hieronimus finden. Wenn er wirklich alles so aufgeschrieben hat, wie es sich zugetragen hat, finden wir dort die Identität, die Mutus angenommen hat, nachdem er St. Florian verlassen hat", war Hannes' Schlussfolgerung.

„Das ist das Beweisstück, das wir brauchen, ja. Dann wäre der Rest reine Formsache", sagte Amy.

„Gut, dann wissen wir, was wir nach unserer Rückkehr zu tun haben. Wir stellen die Kirche auf den Kopf, nur bildlich gesprochen natürlich. Mit ein bisschen Glück, wer weiß", schlug Alexander vor. Amy und Hannes teilten diese Meinung.

Damit endete die Diskussion über den Fall. Sie genossen den Rest ihrer Wanderung und bei einer Rast die feinen Sachen, die Hannes für die Brotzeit mitgenommen hatte.

Es war bereits achtzehn Uhr, als sie ins Hotel zurückkehrten. Noch war es hell, was für die Suche nach der Chronik eine notwendige Voraussetzung war. Hannes war im Dorf nur kurz in sein Haus gegangen und hatte sich andere Sachen angezogen. Das Gleiche machten Amy und Alexander, als sie wieder im Hotel waren. Hannes war in der Zwischenzeit zum Gärtner gegangen und hatte ihn um die Kirchenschlüssel gebeten, die dieser ohne nach dem Grund zu fragen herausgab. Hannes schloss gerade die Tür zur Kirche auf, als Amy und Alexander den Ostflügel entlangkamen. Alexander hatte seinen Laptop mitgebracht. Als er sich zu Beginn des Falls über das Kloster informiert hatte, war er auf eine ausführliche Beschreibung der Klosterkirche von St. Florian gestoßen. Einige Fresken in der Kirche waren von bedeutenden Künstlern der damaligen Zeit angefertigt worden und das war Grund genug, die gesamte Kirche in aller Ausführlichkeit zu beschreiben.

Zunächst sahen sie sich den Altar und den Kirchenraum hinter dem Altar genauer an. Es gab viele Orte, an denen man ein Buch dieser Größe verstecken konnte. Danach untersuchten sie die Sakristei auf Geheimfächer. Sie mussten rasch erkennen, dass es ein schwierigeres Unterfangen war, als sie es sich vorgestellt hatten. Dies nicht zuletzt, weil sie mittlerweile um die besonderen Fähigkeiten von Bruder Friedrich wussten, geheime Türen und Zugänge anzulegen. Alexander hatte sich aus diesem Grund mit seinem Laptop in die vorderste Kirchenbank gesetzt und begann aus der ausführlichen Kirchenbeschreibung vorzulesen. Vielleicht würden sie dadurch auf eine Idee für ein Versteck kommen.

Das erste Kapitel war der Architektur und den Erbauern der Kirche gewidmet. Dann folgte eine ausführliche Beschreibung der Fresken. In den Ausführungen zu dem großen Kruzifix über dem Altar erfuhren sie, dass das Kruzifix im Büro von Gustav Tiegelmeier aus der gleichen Zeit und von dem gleichen Künstler stammte.

„Besonders erwähnenswert sind die großen Holzstatuen, die im gesamten Kirchenraum verteilt sind", las Alexander weiter. „Jede dieser Statuen ist ein Abbild eines Heiligen, die für die Benediktiner und speziell für die Mönche dieses Klosters eine besondere Bedeutung hatten. Die Statue an der Wand rechts vom Altar stellt den heiligen Petrus dar. Ihm gegenüber befindet sich das Abbild des heiligen Benedikts. Diese Figuren überragen die übrigen Statuen um dreißig Zentimeter, was ihren höheren Stellenwert für die Mönche belegt. An der Seitenwand gegenüber dem Haupteingang finden wir die Mutter Maria mit dem Kind auf dem Arm und die Statuen zweier Evangelisten. An der Rückwand der Kirche stehen die Abbilder des heiligen Florians und des heiligen Johannes des Täufers ..." Alexander zögerte. „Der heilige Florian, der ist es. Was hat Bruder Hieronimus gesagt? St. Florian ist mein Leben. Hannes, komm mit." Alexander stellte seinen Laptop auf die Kirchenbank, stand auf und ging durch den Mittelgang zur Rückwand der Kirche. Hannes folgte ihm. Amy hatte noch nicht verstanden, was Alexander damit sagen wollte und was er jetzt vorhatte. Sie folgte ihnen und sah, wie Alexander versuchte, die Statue zu bewegen.

„Glaubst du, die Chronik ist in der Statue?", fragte sie ungläubig.

„Ich glaube es nicht nur, Amy, ich bin mir sicher. Dieses Bauchgefühl habe ich selten. Aber wenn ich es habe, weiß ich, dass es stimmt, was es mir sagt."

Die Holzfigur war schwerer, als Alexander gedacht hatte. Selbst mit der Unterstützung von Hannes konnten sie die Figur kaum vom Fleck bewegen. Zudem mussten sie vorsichtig sein, dass sie nicht umstürzte und beschädigt wurde.

„Amy, du wirst uns helfen müssen", bat Hannes.

„Meine Muskelkraft wird euch keine große Hilfe sein."

„Das schaffen wir nicht, sie ist definitiv zu schwer für uns. Wir bekommen sie ja nicht einmal vom Fleck und müssten sie anheben, damit wir den Boden sehen können", musste Alexander eingestehen.

Alle drei standen um die Figur herum und überlegten, was sie machen konnten.

„Ich hab's!", sagte Hannes plötzlich. „Alexander, komm bitte mit."

Gemeinsam verließen sie die Kirche durch die Tür zum Ostflügel. Gute zehn Minuten später wurde die Kirchentür vom Klosterhof her geöffnet. Amy drehte sich um und sah die zwei, wie sie etwas Großes und Schweres in die Kirche trugen.

„Ich habe ja gesagt, der Gärtner hat alles", erklärte Hannes.

Sie hatten einen portablen Flaschenzug aus dem Lager des Gärtners geholt. Zum Glück war Herr Schober noch in seiner Werkstatt gewesen. Sie bauten den höhenverstellbaren Flaschenzug über der Statue auf.

„Die Kette können wir dem heiligen Florian aber nicht umlegen. Wir würden damit die Statue beschädigen", wandte Amy ein.

„Ich habe in meinem Auto ein Seil von der Bergrettung. Das Gewicht der Statue hält es in jedem Fall aus. Ich hole es", sagte Hannes und eilte davon.

„Mach langsam, Hannes, der heilige Florian läuft uns nicht weg", spaßte Amy.

„Du glaubst wirklich, das Buch ist in der Statue, Alexander?", fragte sie noch einmal nach.

„Ich bin mir ganz sicher, Amy. Die Kirche ist und bleibt nach dem gültigen Vertrag Eigentum der Benediktiner. Ich habe irgendwo gelesen, dass der Innenraum der Kirche nicht verändert werden darf. Somit dürfen die Statuen nicht verschoben und schon gar nicht an einen anderen Ort gebracht werden. Sie sind der sicherste Platz für ein Versteck. Einen besseren hätte Bruder Hieronimus nicht aussuchen können. Von allen Heiligen, die hier stehen, war ihm der heilige Florian sicher der nächste. Oder bist du anderer Meinung?"

„Nein, deine Schlussfolgerungen kann ich absolut nachvollziehen. In jedem Fall ist es einen Versuch wert und sonst haben wir ja noch genug andere Heilige zur Auswahl", sagte sie und grinste.

Hannes war mit dem Seil zurückgekehrt. Sie legten das Seil um die Figur und begannen sie langsam hochzuziehen. Amy lag bereits bäuchlings auf dem Kirchenboden, um unter die Figur zu sehen.

„Noch ein Stück, ich kann noch nichts erkennen", rief sie.

„Sie ist doch schwerer, als ich dachte", schnaubte Hannes, aber sie schafften es, sie noch einige Zentimeter höher zu ziehen.

„Jetzt sehe ich etwas. Ich glaube, in der Mitte des Bodens ist eine rechteckige Platte, die man herausnehmen kann. Die Größe dieser Platte würde ausreichen, um das Buch hineinzuschieben, sofern die Statue von innen hohl ist", sagte Amy.

„Wir müssen die Figur erst noch einmal herunterlassen. Sie wird zu schwer", stöhnte Alexander. „Geh auf die Seite, Amy."

Sie stand auf und ging ein paar Schritte von der Statue weg. Hannes und Alexander ließen die Statue vorsichtig wieder herunter und sie kam glücklicherweise zum Stehen.

„Wir müssen uns überlegen, wo wir das Seil fixieren können, wenn die Figur die richtige Höhe erreicht hat", sagte Alexander.

Noch während sie überlegten, klingelte Amys Handy.

„Amy Craig", meldete sie sich.

„Hallo Frau Craig, Oliver Kramer, ich wollte Ihnen nur mitteilen, dass wir nun alle gefährdeten Stellen gesichert haben. Es hat doch länger gedauert, als ich zunächst angenommen hatte." Über ihre Suche nach der Chronik hatte Amy Oliver Kramer und seine Kollegen ganz vergessen.

„Sie schickt der Himmel, Herr Kramer. Sind Sie und Ihre Kollegen noch im Hotel? Könnten Sie uns helfen? Wir brauchen ein paar starke Männer. Gut, dann wird Herr Gruber Sie in zwei Minuten in der Eingangshalle abholen, danke."

„Jetzt bekommen wir Hilfe. Ich hatte ganz vergessen, dass die Spezialisten noch in den unterirdischen Gängen waren. Wie gut, dass Herr Kramer sich noch gemeldet hat. Das sind drei kräftige Männer, mit ihrer Hilfe wird es kein Problem sein, die Statue auf die richtige Höhe zu bringen und zu fixieren."

Hannes und Alexander war anzusehen, dass ihnen die Hilfe wie gerufen kam. Sie waren vom ersten Versuch noch außer Atem.

Nach wenigen Minuten kam Oliver Kramer mit seinen Kollegen in die Kirche. Hannes hatte sie in der Eingangshalle abgeholt. Oliver Kramer sah sich die Szenerie an und fragte lächelnd: „Üben Sie sich jetzt im Kunstraub?"

„So kann man das auch sehen." Amy erklärte ihm, was sie vorhatten.

Zu fünft war es beinahe ein Kinderspiel und es dauerte nicht lange und die Figur hing einen guten Meter über dem Boden und war fixiert. Amy und Oliver Kramer sahen sich den Boden der Statue genauer an.

„Da ist sicher eine Öffnung gewesen. Sehen Sie die Fugen, die man unter dem Mörtel erkennen kann? Es sieht so aus, als ob sie jemand für immer verschließen wollte. Also die Person, die dort etwas hineingetan hat, wäre sicher nicht damit einverstanden, dass es jemand herausholt. Ich nehme an, sie wollen es trotzdem haben, Frau Craig, oder?", er sah sie fragend an, lächelte und wusste die Antwort natürlich schon, bevor Amy etwas sagte.

„Davon können Sie ausgehen, Herr Kramer."

„Warten Sie, ich hole mein Werkzeug. Vielleicht schaffen wir es damit, den eingelegten Teil zu lösen", er stand auf und holte einen kleinen Meißel und einen Hammer.

Er klopfte zunächst den oberen Mörtel ab und begann danach, den Rest aus den Fugen herauszukratzen. Einer seiner Kollegen hatte ebenfalls sein Werkzeug geholt und half ihm dabei. Es ging nur langsam vorwärts, aber es funktionierte. Nach etwa fünfzehn Minuten bewegte sich die Platte ein wenig. Der zweite Kollege hatte in der Zwischenzeit einen hellen Scheinwerfer aufgebaut, da das Tageslicht bald nicht mehr ausreichen würde.

„Muss die eingelegte Platte ganz bleiben?", fragte Oliver Kramer.

„Wenn es möglich ist, gerne, dann können wir die Statue wieder so verschließen, wie wir sie vorgefunden haben. Oder dauert es dann wesentlich länger?", fragte Amy zurück.

„Nein, nicht sehr viel länger. Wir versuchen es."

Amy, Alexander und Hannes saßen gebannt auf der letzten Kirchenbank und starrten auf die Statue und die Spezialisten. Plötzlich löste sich die Platte und Oliver Kramer konnte sie noch im letzten Moment auffangen, sonst wäre sie auf dem Steinboden der Kirche in viele Stücke zerbrochen. Amy sprang von der Bank auf und kniete sich neben die Statue. Sie sah durch die entstandene Öffnung in das Innere des heiligen Florians.

„Alexander, du hattest recht, da ist das Buch. Du bist einfach genial! Sie und Ihre Kollegen natürlich auch, Herr Kramer."

Der Spezialist hatte die Platte aus den Händen gelegt und sah nun selbst in die Öffnung.

„Da ist aber noch etwas außer dem Buch, Frau Craig. Sehen Sie, hier ist ein ganz dünnes Kabel unter dem Buch eingespannt. Wenn ich das richtig beurteile, wird irgendetwas ausgelöst, wenn das Kabel bei der Herausnahme des Buches durchtrennt wird", erklärte Oliver Kramer.

„Mutus, raffiniert und ausgebufft. Er hat auch hier wieder an alles gedacht", kommentierte Amy die neue Sachlage.

„Wollen Sie das Buch immer noch herausnehmen oder erst einmal überlegen, was Sie machen?", fragte er Amy.

„Warten Sie noch einen Moment bitte, ich muss wirklich erst überlegen, wie wir jetzt am besten vorgehen." Sie ging zur Kirchenbank zurück und setzte sich. Sie musste an die Stichflamme denken, mit der die Chronik vom Hotel zerstört worden war. Das durfte auf gar keinen Fall passieren.

„Was könnte es alles sein?", überlegte Amy laut. „Ein Selbstzerstörungsmechanismus, ein Auslöser für einen Sprengsatz, der möglicherweise nicht nur das Buch zerstört. Was könnte es noch sein, was meint ihr?", fragte sie die anderen.

„Ein Funksender. Sobald das Kabel durchtrennt wird, löst es ein Signal aus für einen Empfänger, zum Beispiel Mutus", war Alexanders Idee. Die anderen schwiegen.

„Können wir irgendwie feststellen, was dahinter steckt?", fragte Amy die Spezialisten.

„Dafür brauchen Sie die anderen Spezialisten, Frau Craig. Für diese Arbeit sind wir nicht mehr die Richtigen."

„Gut", sagte Amy, nahm ihr Handy und rief in München an. Sie erklärte die Situation und forderte Unterstützung durch die Sprengstoffexperten an.

Hannes hatte während des Telefonats die Kirche verlassen.

„Wo ist Hannes?", fragte Amy.

„Er ist gegangen, ohne etwas zu sagen", antwortete Alexander.

„Es wird etwa eine Stunde dauern, bis die Experten aus München hier sind. Die Statue können wir bis dahin nicht alleine lassen."

„Gut, dass Sie den Draht noch entdeckt haben, Herr Kramer", sagte Alexander. „Das hätte auch ins Auge gehen können." Daran wollte jetzt keiner denken.

Plötzlich ging die Kirchentür zum Ostflügel auf und Hannes kam mit einem großen Servierwagen in die Kirche gefahren.

„Ich habe mir gedacht, wir können die Statue nicht alleine lassen, um essen zu gehen, also muss das Essen zu uns kommen", er strahlte über das ganze Gesicht, weil er seine Idee einfach genial fand.

„Das ist wunderbar, Hannes. So macht das Warten Spaß", strahlte auch Alexander.

„Meine Herren", wandte sich Amy an die Spezialisten, „dürfen wir Sie zum Essen einladen?"

„Da sagen wir natürlich nicht nein, vielen Dank", erwiderte Oliver Kramer und nahm die Einladung auch im Namen seiner Kollegen an. Heute war Buffet-Tag im Restaurant und Hannes hatte sich von allem etwas auf vier große Platten geben lassen.

Amy erzählte den Kollegen während des Essens die ausführliche Geschichte der verschiedenen Chroniken, damit sie verstehen konnten, warum dieses Exemplar so wichtig war und in gar keinem Fall zerstört werden durfte.

Noch bevor alle mit dem Essen fertig waren, klingelte Amys Handy erneut. Die Sprengstoffexperten waren bereits an der Rezeption eingetroffen. Sie hatten deutlich weniger als eine Stunde für die Anfahrt gebraucht. Alexander stand auf und verließ die Kirche, um sie abzuholen. Sie waren zu viert und hatten einige Gerätschaften mitgebracht. Amy erklärte ihnen die Situation und sie machten sich gleich an die Arbeit. Mit einem speziellen Durchleuchtungsgerät machten sie Aufnahmen von dem Innenleben der Statue. Schnell war klar, dass es sich nicht um eine Bombe oder etwas Ähnliches mit Zerstörungscharakter handelte. Es war tatsächlich ein Mechanismus, der ein Funksignal auslöste.

„Wir können versuchen, diesen Mechanismus zu überbrücken, dann sollte er nicht ausgelöst werden, wenn das Buch entfernt wird. Allerdings ist noch eine kleine Blackbox fünfzehn Zentimeter höher neben dem Buch zu sehen. Dieses kleine Kästchen dort, Frau Craig", erklärte einer der Experten Amy am Bildschirm des Laptops. „Leider können wir nicht feststellen, was in dem Kästchen ist. Es lässt die Strahlen unserer Geräte nicht durch. Der Erbauer dieses Warnsystems hat an alles gedacht. Es besteht die

Möglichkeit, dass es einen weiteren Mechanismus enthält, genau für den Fall, dass jemand das erste Kabel überbrückt. Das ist das Risiko, das Sie eingehen, wenn Sie sich entscheiden, das Buch zu entfernen. Was ich mit Sicherheit sagen kann, ist, dass es kein Sprengsatz ist. Dafür ist das Kästchen zu klein."

„Gut, wenn das Buch nicht zerstört werden kann, muss ich das Risiko eingehen. Uns geht zwar unter Umständen das Überraschungsmoment verloren, wenn wirklich ein Signal abgesetzt wird, aber wir haben dann die Beweise, die wir benötigen, um den Täter zu überführen. Nehmen Sie das Buch bitte heraus", entschied Amy.

Nachdem das dünne Kabel überbrückt war, schnitten die Spezialisten es durch und zogen das Buch vorsichtig aus der Öffnung. Ob es nun zu einem zweiten Signal gekommen war, konnten sie erst sagen, nachdem sie die gesamte Vorrichtung untersucht hatten. Dies konnten die Experten allerdings nur in ihrem Labor machen. Sie packten alles ein und machten sich direkt wieder auf den Weg nach München. Sie wollten sich bei Amy melden, sobald sie sagen konnten, was es mit dem Kästchen auf sich hatte. Oliver Kramer und seine Kollegen hatten sich ebenfalls verabschiedet.

Amy hielt die unverfälschte Chronik von Bruder Hieronimus in den Händen. Sie konnte es noch immer kaum glauben, dass sie sie wirklich gefunden hatten.

„Wir sind wirklich ein tolles Team", sagte sie strahlend und stolz. „Findet ihr nicht?"

„Bei so einer Chefin geht das ja gar nicht anders", gab Hannes das Kompliment zurück und wurde etwas rot im Gesicht.

„Da hast du genau das Richtige gesagt, Hannes", stimmte Alexander zu.

Die Spezialisten hatten, bevor sie gegangen waren, geholfen, die Statue wieder zu verschließen und sie an ihren Platz zurückzustellen. Den Flaschenzug wollten Alexander und Hannes am nächsten Tag zurückbringen. So konnten die drei die Kirche ebenfalls verlassen. Amy hatte die Chronik in ihre Jacke gewickelt und musste sie wegen der Größe und des Gewichts mit beiden Händen tragen. Hannes schob den Servierwagen vor sich her und Alexander lief ein paar Schritte hinter ihnen. Sie gingen durch den Ostflügel in die Eingangshalle.

Bevor sie sich in die Bar setzten, um den Fund zu feiern, musste Amy sich erst einmal genau überlegen, wo sie die Chronik verstecken konnte. Eigentlich wollte sie das Buch nicht aus der Hand geben, bevor sie nicht wusste, was drinstand. Aber wenn das zweite Signal wirklich ausgelöst worden war, gab es jemanden, der alles daran setzen würde, das Buch zurückzubekommen. Sie entschied sich, die Chronik mit in ihr Zimmer zu nehmen und das Buch selber zu bewachen. Im Büro hatte sie das Buch in eine große Tasche getan, die sie mit in die Bar nahm. Sie hatten sich ein Glas Wein bestellt und stießen miteinander an. Endlich war es ihnen gelungen, den benötigten Beweis zu finden, wenn Hieronimus in dieser Chronik alles niedergeschrieben hatte. Sollte der Fall nun doch noch ein erfolgreiches Ende nehmen? Amy hoffte es und konnte es kaum erwarten in der Chronik zu lesen.

Der Wein machte sie nach dem anstrengenden Tag rasch müde und sie gingen bald auseinander. Hannes war der Wein so in den Kopf gestiegen, dass er sich spontan entschloss, für die Nacht im Hotel zu bleiben.

In ihrem Zimmer angekommen begann Amy in der Chronik nach dem fehlenden Beweis zu suchen. Sie blätterte eine ganze Weile in dem dicken Buch, musste aber dann erkennen, dass sie einfach zu müde war, und ihr die Augen dabei zufielen. Sie entschied sich erst etwas zu schlafen und die Suche dann fortzusetzen.

18

Amy wurde vom Klingeln ihres Handys geweckt. Der Morgen dämmerte gerade und sie erwartete, dass jemand von den Sprengstoffexperten durchgeben würde, was es mit dem Kästchen aus der Statue auf sich hatte. Doch bevor sie sich melden konnte, hörte sie die Stimme von Bruder Friedrich.

„Guten Morgen Frau Craig, ich hoffe, Sie haben gut geschlafen. Frau Craig, Sie haben etwas, was mir gehört, und ich habe, ich sage es einmal ganz salopp, etwas, was Ihnen gehört."

Amy überlegte, was er damit meinen konnte.

„Ich schlage Ihnen ein Tauschgeschäft vor. Die wahre Chronik von Bruder Hieronimus gegen ihren Assistenten Alexander."

Amy gefror das Blut in den Adern. Alexander war in den Händen dieses gewaltbereiten Psychopathen. Einen Moment lang drehte sich alles in ihrem Kopf, doch sie erlangte schnell die Fassung zurück. Sie musste jetzt wach sein und klar denken.

„Ich möchte ein Lebenszeichen von Alexander", sagte Amy mit fordernder und energischer Stimme. Einen Moment lang passierte gar nichts.

„Hallo Amy, mir geht es gut. Ich ....", hörte sie Alexanders Stimme, aber schon hatte Bruder Friedrich ihm das Telefon wieder weggenommen.

„Das war das Lebenszeichen, nun zu unserem Tausch. Ich bekomme von Ihnen die Chronik, und sollten sie bereits Kopien angefertigt haben, erwarte ich, dass Sie mir auch diese aushändigen. Sollten sie einzelne Passagen abfotografiert haben, empfehle ich Ihnen diese Aufnahmen zu löschen, wenn Sie Ihren Assistenten lebend wiedersehen wollen. Versuchen Sie keine Tricks, und gehen Sie auf meine Forderungen ein. Sie wissen, wozu ich fähig bin. Ich schlage vor, dass wir uns unverzüglich treffen."

Amy hatte, während Bruder Friedrich sprach, mit dem Zimmertelefon das neben ihr auf dem Nachttisch stand Hannes' Nummer gewählt. Er hatte abgenommen und Amy hatte den Hörer an ihr Handy gehalten, sodass er ihr Gespräch mit Bruder Friederich mithören konnte. Sicher hatte er die Lage erkannt und war bereits auf dem Weg zu ihr.

„Ich schlage vor, wir nutzen dafür ein letztes Mal die unterirdischen Gänge unter dem Kloster, was halten Sie davon?", fragte Bruder Friedrich. Amy war aufgestanden und hatte für Hannes leise ihre Zimmertür geöffnet.

„Einverstanden, wie wollen Sie, dass wir vorgehen?", fragte Amy und hoffte, dass Bruder Friedrich nicht wusste, dass sie mit Oliver Kramer alle Gänge abgegangen war. Plötzlich stand Hannes neben ihr, der geräuschlos das Zimmer betreten hatte. Amy war noch nie so froh gewesen, ihn bei sich zu wissen.

„Was halten Sie davon, wenn wir den Tausch in dem kleinen Raum hinter dem Weinkeller des Hotels vollziehen? Sie gehen mit dem Buch in den kleinen Raum und warten dort auf uns. Sie geben mir das Buch und ich lasse im Gegenzug Ihren Assistenten frei."

Amy überlegte einen Moment. Wenn Bruder Friedrich den Raum präpariert hatte wie bei Bruder Hieronimus, könnte der Raum zum Grab für sie und Alexander werden. Sie durfte sich nicht auf einen geschlossenen Raum mit nur einem Ausgang einlassen.

„Dieser Vorschlag behagt mir nicht, Bruder Friedrich. Ich hatte mir mein eigenes Grab etwas anders vorgestellt. Welche Alternative haben Sie sich überlegt? Denn das haben Sie sicher."

„Bruder Hieronimus hat mich nicht nur einmal vor Ihnen gewarnt. Sie haben recht, ich habe eine Alternative", räumte er ein.

Hannes hatte in der Zwischenzeit aus München ein Sondereinsatzkommado angefordert und hoffte, dass sie es rechtzeitig schaffen würden.

„Dann werden wir den Tausch in dem eigentlichen Weinkeller vornehmen. Wäre Ihnen das recht?", bot er Amy an.

„Gut, Bruder Friedrich, damit bin ich einverstanden. Wann soll der Tausch stattfinden?", wollte Amy wissen.

„In genau einer Viertelstunde, und bitte verspäten Sie sich nicht." Er legte auf und das Gespräch war beendet.

„Wir müssen jetzt genau überlegen und vor allem schnell handeln, Hannes. Der Tausch ist in einer Viertelstunde, also genau um sechs Uhr zwanzig im Weinkeller des Hotels. Dort haben wir zwei Ausgänge. Der über die Treppe und durch das Hotel und der andere durch die Geheimtür im hinteren Teil des Weinkellers und dann durch die unterirdischen Gänge. Ich bin so froh, dass wir diesen geheimen Zugang gestern noch entdeckt haben. Ich denke, dass Bruder Friedrich nicht weiß, dass ich ihn kenne. Ihm ist allerdings klar, dass in der kurzen Zeit keine Verstärkung aus München hier sein kann. Die Frage ist, ob er mit dem Buch zufrieden ist oder ob er Alexander und mich dort unten begraben will. Er könnte den Keller so vorbereitet haben wie bei Bruder Hieronimus. Kannst du mir innerhalb der nächsten sieben Minuten ein Lawinensuchgerät organisieren? Ich hoffe, es funktioniert auch, wenn man unter der Erde begraben ist."

„Ich habe eines im Auto. Im Winter helfe ich bei der Bergwacht bei Lawinenunglücken. Da ist es Pflicht, eines zu tragen. Ich hole es schnell." Hannes rannte aus dem Zimmer.

Amy ging im Kopf die möglichen Szenarien durch. Wenn Bruder Friedrich nur das Buch wollte, würde er wahrscheinlich durch die unterirdischen Gänge verschwinden. Entweder würde er dann im Büro von Gustav Tiegelmeier herauskommen, im Lagerraum der Küche, oder es gab einen weiteren Ausgang, den sie noch nicht kannte. Die zweite Variante war, dass er Alexander und sie lebendig begraben wollte. Dann würde er vermutlich die Kellerdecke im Weinkeller zum Einsturz bringen und über die Treppe und durch das Hotel fliehen. Amy konnte nicht abschätzen, wie viel Zeit er für eine entsprechende Präparierung der Decke gebraucht hätte. Sollte er so vorgehen, müssten Alexander und sie versuchen, sich durch einen Sprung in den hinteren Kellerbereich zu retten, um durch die Gänge zum Büro von Gustav Tiegelmeier zu gelangen. Besser wäre es natürlich, wenn sie sich über die Treppe in Sicherheit bringen konnten. Sie hoffte nur, dass Bruder Friedrich in der Zwischenzeit die Gänge nicht unpassierbar gemacht hatte, denn dann hatten Alexander und sie ein größeres Problem.

„Nehmen Sie dieses Signalgerät für Verschüttungen unter Erdmassen. Das kennen Sie schon."

Amy drehte sich um. Oliver Kramer stand hinter ihr.

„Wo kommen Sie denn her?", fragte sie überrascht und konnte nicht verbergen, dass sie sich freute und ein wenig erleichtert war, dass Hannes nicht alleine zurückblieb, wenn sie sich auf den Weg machen würde.

„Man weiß nie, wofür es gut ist, wenn man seine Telefonnummern austauscht, wie ich es gestern Abend mit Hannes gemacht habe", antwortete er. „Ich bin nach der Statuenaktion nicht mehr nach München gefahren und war nur ein paar Kilometer von hier entfernt bei Freunden. Hannes wusste das. Wie kann ich helfen?"

Amy erklärte ihm kurz und knapp die Situation.

„Das ist aber lebensgefährlich, was Sie da vorhaben. Sie wissen selber nur zu gut, mit wem Sie es zu tun haben. Glauben Sie wirklich, er lässt Sie lebend da rauskommen?", fragte Oliver Kramer besorgt.

„Er hat recht, Amy, du hättest nie auf sein Angebot eingehen sollen. Es ist wirklich zu gefährlich", stimmte Hannes ihm zu.

„Ihr glaubt doch nicht ernsthaft, dass ich Alexander im Stich lasse?"

Sie sah auf ihre Uhr. Sie hatte nur noch fünf Minuten Zeit.

„Ich muss gehen. Wünscht mir Glück und haltet euch bitte im Hintergrund. Bringt euch nicht in Gefahr und lasst ihn einfach entkommen. Wir finden ihn. Hauptsache, ich kann Alexander heil da rausholen. Versprecht es mir."

Wie aus einem Mund sagten beide: „Versprochen und viel Glück."

Amy nahm die Chronik und verließ das Zimmer. Sie ging durch die Klostergänge, an der Rezeption vorbei und bog in den Westflügel ein. Die Tür zum Weinkeller stand bereits offen. Langsam ging Amy die Treppe Stufe um Stufe hinunter. Sie war jetzt vollkommen bei sich und konzentriert. Als sie die letzte Stufe erreicht hatte, wurde sie von einer Taschenlampe geblendet.

„Nehmen Sie bitte die Taschenlampe herunter", sagte Amy ruhig, aber bestimmt. Der Schein der Taschenlampe wanderte daraufhin auf den Boden.

„Sie sind alleine gekommen, das ist sehr vernünftig, Frau Craig. Und Sie haben die Chronik mitgebracht. Ich schätze es sehr, dass Sie nicht den Versuch unternehmen, Spiele mit mir zu spielen."

Vor Amy stand Bruder Friedrich, der ihr in der zivilen Kleidung fremd war. Jetzt sah er aus wie ein gewöhnlicher Verbrecher.

„Wo ist Alexander?", fragte sie. Sie konnte ihn nirgends sehen. „Sie halten sich nicht an unsere Abmachung, Bruder Friedrich."

„Er ist in Sicherheit, keine Sorge. Ich habe ihn gefesselt und geknebelt und ihre Kollegen werden ihn hier im Hotel finden. Der junge Mann hat nichts verbrochen. Er soll sein Leben noch genießen. Das ist jetzt nur noch eine Sache zwischen uns beiden, Frau Craig. Sie haben Bruder Hieronimus und mir die letzten Wochen, Monate oder sogar Jahre genommen, die wir noch gemeinsam hätten verbringen können. Das nehme ich Ihnen sehr übel. Warum

313

haben Sie es nicht dabei belassen, als Sie den Fall das erste Mal abgeschlossen hatten? Das war sehr dumm von Ihnen."

„Sie müssen sich sehr sicher gewesen sein, dass Ihnen niemand auf die Schliche kommen würde", erwiderte Amy.

„Das waren wir auch. Sie müssen zugeben, dass unser Plan einige brillante Schachzüge beinhaltete."

„Da haben Sie allerdings recht. Wenn ich ehrlich bin, habe ich nach dem Tod von Bruder Hieronimus nicht mehr daran geglaubt, den Fall noch zu lösen."

„Es waren zwei fatale Unachtsamkeiten, die uns verraten haben. Hieronimus' Verhalten bei Ihrem vorletzten Treffen hat Sie stutzig gemacht und ich habe mich bei meiner Trauerrede für Hieronimus von meinen Gefühlen leiten lassen. Eines würde mich allerdings noch interessieren. Verraten Sie mir, wie Sie auf das Versteck der Chronik gekommen sind?"

„Bruder Hieronimus hat mir vor seinem Tod gesagt, es wäre sein Kloster und das würde es immer bleiben. Damit war klar, dass sich die Chronik hier befinden würde. Wir wussten von der vertraglichen Regelung, dass die Kirche von St. Florian im Besitz des Benediktiner Ordens ist und bleibt. Dieser Vertrag besagt zudem, dass die Kirche und ihr Inhalt nicht verändert werden dürfen. Die Kirche war der sicherste Ort für das Buch. Als wir uns die Kirche und speziell die Statuen angesehen haben, war uns klar, dass es die Statue von St. Florian sein musste."

„In diesen Punkten war Hieronimus sehr sentimental und somit gut zu durchschauen, das stimmt. Aber ich konnte ihm diesen Wunsch, die Chronik in der Klosterkirche zu hinterlassen, nicht abschlagen."

„War in dem kleinen Kästchen in der Statue ein zweiter Sender oder wie haben Sie entdeckt, dass wir das Buch gefunden und aus der Statue entwendet haben?"

„Das erste Funksignal ist bereits ausgelöst worden, als Sie die Statue bewegt haben. Das zweite haben Sie überbrückt und es stimmt, in dem Kästchen war ein Auslöser für ein drittes Signal."

Hannes und Oliver Kramer konnten sich natürlich nicht zurückhalten. Sie warteten einige Minuten, und als sie davon ausgehen konnten, dass Amy mit Bruder Friedrich im Weinkeller war, eilten sie in das Büro von Gustav Tiegelmeier. Sie wollten durch den unterirdischen Gang in die Nähe des Weinkellers gelangen. Oliver Kramer öffnete die Geheimtür und sie krochen hindurch. Er leuchtete mit der Taschenlampe die Treppe ab. Am Fuße der Treppe lag jemand. Bei genauerem Hinsehen erkannte er Alexander. Er war geknebelt und gefesselt, aber er lebte. Sie liefen zu ihm und befreiten ihn aus seiner misslichen Lage. Anschließend halfen sie ihm, durch die niedrige Geheimtür ins Büro von Gustav Tiegelmeier zu gelangen. Er hatte einige Blutergüsse im Gesicht, war aber ansonsten wohlauf. Hannes war sofort klar, was das zu bedeuten hatte. Bruder Friedrich wollte nur Rache an Amy nehmen. Sein Herz schlug ihm bis zum Hals. Er sah auf seine Uhr. Das Sondereinsatzkommando hätte längst da sein müssen. Er nahm sein Telefon und rief in München an. Er erfuhr, dass die Zentrale kurz nach seinem Anruf eine Mitteilung von Amy bekommen hatte, dass der Einsatz nicht mehr notwendig sei. Hannes wusste nicht, wie Bruder Friedrich das geschafft hatte. Er löste den Alarm erneut aus, obwohl er wusste, dass in einer knappen Stunde alles zu spät sein konnte. Sie mussten etwas unternehmen.

„Nun kann ich Ihnen die gleiche Frage stellen, die ich Bruder Hieronimus bei unserem letzten Gespräch gestellt habe", sagte Amy. „Wie wird dieses Gespräch zwischen uns enden, Bruder Friedrich?"
„Heute sind die Rollen quasi getauscht, Frau Craig", antwortete er, „heute werden Sie hier unten Ihr Grab finden und ich werde den Keller verlassen. Ach ja, das Sondereinsatzkommando habe ich wieder abbestellt. Es war nicht ganz einfach, Ihre Stimme zu imitieren, aber es hat geklappt. Also warten Sie nicht auf Hilfe, sie wird nicht kommen."

315

„Auch dieses Mal haben Sie scheinbar an alles gedacht, Bruder Friedrich. Was werden Sie nun machen? Bruder Friedrich dürfte nach diesem Abend ebenso der Vergangenheit angehören wie damals Werner Lachner oder Mutus."

„Ich bin bereit für ein neues Leben, Frau Craig und gut darauf vorbereitet."

„Also hat Bruder Hieronimus die Wahrheit gesagt, dass sein Tod nach Vollendung Ihrer Taten ein Teil des Plans war. Ihr Vorwurf, ich hätte Ihnen Ihre gemeinsame Zeit genommen, stimmt also nicht."

„Das ist nicht ganz richtig so. Wenn wir unentdeckt geblieben wären, wovon wir ausgegangen sind, hätten wir unser Klosterleben weitergeführt. Es hätte keinen Grund dafür gegeben, dass Hieronimus diesen letzten Schritt tut."

„Gestatten Sie mir noch eine Frage, Bruder Friedrich. Wer hat die Morde an Gustav Tiegelmeier, seinem Sohn Jakob und an dem alten Bürgermeister denn nun begangen? Tobias Viehofer, Hubertus Tiegelmeier oder Sie?"

„Die Morde habe ich begangen, Frau Craig. Das habe ich mir nicht nehmen lassen. Auch die Einritzungen habe ich persönlich vorgenommen. Tobias und Hubertus haben mir lediglich dabei geholfen, die Männer zu überwältigen und später die Leichen dahin zu bringen, wo ich sie haben wollte."

„Eines würde mich noch interessieren. Wann haben Sie wieder zu sprechen begonnen? War es in der Nacht, als Sie Jakob und Hubertus beobachtet hatten?"

„Ja, das ist richtig. Aber genug der Fragen, Frau Craig. Darf ich Sie nun bitten, mir die Chronik zu geben?"

„Die werden Sie sich schon hier bei mir abholen müssen", entgegnete Amy und umschloss das Buch fest mit beiden Armen. Sie wusste, dass sie nur diese eine Chance hatte.

Bruder Friedrich kam langsam auf sie zu und griff nach dem Buch. Im gleichen Moment ließ Amy die Chronik los und ergriff ihrerseits mit beiden Händen die Unterarme von Bruder Friedrich.

„Was war das?", er starrte Amy fragend an.

„Was meinen Sie?", fragte Amy mit ruhiger Stimme.

„Der Stich an meinem Unterarm, waren Sie das?"

„Das war ein Gruß von meinem Großvater."

Aber diese Worte hatte Bruder Friedrich schon nicht mehr gehört. Er lag betäubt vor ihren Füßen auf dem Boden des Weinkellers.

Amy hörte ein Geräusch aus dem hinteren Bereich des Kellers, wo sich die Geheimtür befand.

„Kommt schnell", rief sie und wusste genau, dass es nur Hannes und Oliver Kramer sein konnten. „Wir müssen Alexander suchen."

„Nein, müssen wir nicht", hörte sie Alexanders Stimme.

Amy ging zwei Schritte zurück und setzte sich erleichtert auf die unterste Stufe der alten Steintreppe.

Es war vorbei.

Sie drehte an der kleinen Kappe an ihrem Fingerring, auf der ihr indianisches Familienwappen abgebildet war. Die kleine Nadel, die sie mit einem indianischen Pfeilgift präpariert hatte, verschwand im Inneren des Rings. Er war ein Erbstück von ihrer Großmutter. Ihr Großvater hatte diesen Ring extra für sie anfertigen lassen. Amy hatte diesen Ring erst nach dem Tod ihres Großvaters an ihrem achtzehnten Geburtstag von ihrem Vater überreicht bekommen.